AF191970

Kerstin Rech

IM SCHATTEN DES PERMES

Zwei Kriminalromane

Bibliografische Information der Deutschen Nationalbibliothek
Die Deutsche Nationalbibliothek verzeichnet diese Publikation in der
Deutschen Nationalbibliographie; detaillierte bibliographische Daten
sind im Internet über dnb.-d-nb.de abrufbar

Verlag: BoD • Books on Demand GmbH, In de Tarpen 42, 22848

Norderstedt

Druck: Libri Plureos GmbH, Friedensallee 273, 22763 Hamburg

ISBN: 978-3-7597-1546-3

...noch viel höher scheinen dann die Berge, enger und düsterer die Täler, gigantisch die Felsen. Und stolpert man über einen herab gefallenen Zweig, über einen Stein, oder hört man die Quellen und die vielen Wässerlein murmeln, klingt einem der ungewohnte Schrei eines Waldvogels in die Ohren, so haben unheimliche Wesen ihre Hand im Spiel....Und in unserem Walde sind es der „Permes" und der „Butterhut", auch die „Goldgluten" sind gefürchtet und wenn es ganz schlimm im Walde zugeht, dann ist eben „Proforschtjagd". Ihr Jungen wollt es nicht glauben, doch fragt die Alten, denen ist der „Permes" sicher schon begegnet.

Wilhelm Schetting (1908-1945)
(aus 750 Jahre Bierbach,
Hrsg. Heinrich Ehrmantraut)

Im Schatten des Permes

Teil 1

Bierbach, 03.August 2003

Bald würde die Sonne untergehen. Im Osten hatte der Himmel schon die Farbe von reifen Orangen angenommen. Wenn sie nicht im Dunkeln durch den Wald nach Hause gehen wollte, dann musste sie jetzt langsam aufbrechen.

Margot Klaus legte die Heckenschere ins Gras und begutachtete ihr Werk.

Sie hatte vor ein paar Tagen die roten Johannesbeeren gepflückt und heute die Sträucher geschnitten, die ihr Grundstück zum Primannswald hin begrenzten.

Sie beschnitt die Beerensträucher immer gleich nach der Ernte, damit das Sonnenlicht den ganzen Strauch erreichen konnte. Und sie hatte die alten Triebe abgeschnitten, denn bald würden sie durch neue ersetzt werden.

Sie sammelte das Schnittholz der Beerensträucher ein und legte es auf den Haufen mit den fleckigen Blättern der Tomaten und Kartoffeln sowie den Stützstangen der Bohnen und das von Milben befallene gelbe Bohnenlaub, um es tags darauf zu verbrennen.

Margot ging ein paar Schritte auf ihren Lieblingsbaum zu. Er war ein alter Apfelbaum, der nur noch kinderfaustgroße Äpfel tragen konnte, aber sie liebte ihn. Als sie bei ihm war, schloss sie die Augen und strich sanft über seine Rinde, bis sie die Einkerbungen unter ihren Fingerspitzen fühlte. J und M. Sie lächelte.

Dann riss sie plötzlich die Augen auf. Wie so oft, wenn sie sich alleine in der Nähe des Waldes aufhielt, hatte sie das Gefühl, jemand stünde ganz nahe bei ihr. Manchmal konnte sie fast seinen Atem spüren, den Atem des Permes. Aus dem Wald hörte sie ein Knacken, als sei jemand auf einen dürren Ast getreten.

Sie bückte sich schnell und nahm die Heckenschere wieder in die Hand. Dann drehte sie sich um spähte mit zusammengekniffenen Augen in die Dunkelheit des Pirmannswaldes.

Nichts war zu sehen. Sie legte die Heckenschere wieder ins Gras und schob mit dem Fuß das letzte Laub auf den präparierten Haufen.

Sie schwor sich, beim nächsten Mal, ihr Handy mitzunehmen, wenn sie wieder allein hier draußen sein würde

„Wird das ein Scheiterhaufen für die Bas Stollebett?", fragte Wolfgang Lenhard, ihr Nachbar und Freund, und lachte.

Woher war er so schnell aufgetaucht?

„Na klar, Wolfgang, für wen sonst?" Sie stimmte in sein Lachen ein. „Und damit der Permes mich nicht holt, bin ich froh, mit dir durch den Wald nach Hause gehen zu können. Hast du einen Spaziergang gemacht?"

„Ja. Im Sommer ist es am angenehmsten im Wald."

„Ach, dann warst du das vorhin. Ich habe etwas rascheln gehört." Sie deutete zu dem grünen Dickicht, das für Blicke undurchdringlich schien.

Wolfgang runzelte die Stirn. „Nein, Margot. Ich bin gerade erst gekommen." Und nach einer kurzen Pause fügte er hinzu: „Ich musste in Ruhe über einiges nachdenken."

„Darf man erfahren, worüber?"

Er antwortete nicht gleich, sondern betrachtete nachdenklich den Scheiterhaufen, der zwischen ihnen stand. Dann sah er auf und antwortete mit gequältem Lächeln: „Über die Vergangenheit, Margot. Über das was geschehen ist."

Bierbach, Grohbachtal, 18. Juli 1903.

„Tot! Tot! Sie schlagen mich tot!", kreischte die Bas Stolle-bett.

Die Gänsehirtin von Bierbach war sie, die Bas Stollebett. Und ein armes Weib war sie obendrein, das von dem geringen Lohn ihres Gewerbes kaum leben konnte. So kam es, dass sie ihren kargen Lebensunterhalt mit dem Erbetteln von Speck und Brot und Kartoffeln aufbesserte.

Und mit noch etwas anderem kam sie den Bierbachern an. Einer Gabe nämlich, die einmalig war und um die sie dennoch niemand im Dorf zu beneiden wagte. Und eben diese Gabe stand wohl im Zusammenhang mit der Tatsache, dass sie jetzt auf der Flucht war. Auf der Flucht vor drei mit Äxten bewaffneten Bierbacher Burschen.

Wenn die Bas immer sonntags, nachdem die Leute aus dem Dorf aus der Kirche kamen, ihre paar Pfennige fürs Gänsehüten abholte und noch ein bisschen etwas dazu erbettelte, gaben ihr die Bierbacher gerne etwas ab. Aus Mitleid zum einen und zum anderen, weil sie die Gänse des Dorfes so gut hütete.

Und einen dritten Grund gab es.

Wenn man es genau betrachtete, gaben sie hauptsächlich und ohne sich dessen bewusst zu sein, aus Furcht. Furcht nicht allein vor der Bas, der alten, Tabak schnupfenden Gänsehirtin, sondern vor der geheimnisvollen Macht, mit der sie im Bunde zu stehen schien. Denn die Bas konnte Brauchen, und von irgendwoher musste sie die Kraft für diese Gabe bekommen haben.

Dass der allmächtige Herrgott die alte Bas so außergewöhnlich ausgestattet hatte, hielten die Dorfbewohner für unwahrschein-lich. Was sollte der Herrgott schon mit einer verlumpten Gänse-hirtin im Sinn haben, wenn es in Bierbach so viele rechtschaffe-ne Leute gab? Aber wenn nicht Gott, wer blieb dann noch übrig?

Wer da draußen, so fragten sich die Bierbacher, vor allem in der dunklen Jahreszeit, wenn die Nacht länger währte als der Tag und der kalte Mond durch die Fenster in die kleinen, niedrigen Kammern schaute.

Wer beobachtete sie, versteckt im Dunkeln der Nacht? Wer jagte und schnappte zu wie ein Wolf, wenn ein unbedarfter Mensch alle Vorsicht außer Acht ließ und des Nachts alleine in den Wald ging?

Wer war es, der das beschauliche Dorf zwischen Schucht, Steinberg, dem Bliesgau und dem Hechlertal ebenfalls seine Heimat nannte und der im Wald nahe dem Grohbach seinen Unterschlupf hatte?

Genau dort, vermutete man nicht zu Unrecht, war das Unheimliche zu Hause, in der Nähe jener Stelle, wo die Bas Stollebett ihre Hütte hatte.

Doch war jemand krank im Dorf, dann wurde die Bas Stollebett ans Krankenlager gerufen. Es gab kein Haus in Bierbach, in das man sie nicht schon bestellt hatte. Im Linnebrunne, auf dem Hüwelche, im Käsehof oder im Eck bis hinauf in die Muhl. In den Häusern der Tagelöhner, der Kleinbauern, der Korbmacher, der Maurer, Schuster und Pflasterer hatte sie so oft gestanden und die Wärme gespürt, die von den unter den Stuben liegen Ställen hochstieg. Dann verabreichte sie ein nach eigener Rezeptur aus Kräutern
und Pilzen hergestelltes Gebräu und murmelte für die Umstehenden unverständliche Beschwörungsformeln.

Wenn man wollte, konnte man ab und zu beschwichtigende Worte wie *Jesus Christus* oder unser *Herrgott im Himmel* heraushören. Und es schien beruhigend, dass die Bas Stollebett den Namen des Herren aussprechen konnte, ohne dass der Zorn des Himmels sie traf.

Man sprach nicht gerne darüber, dass man ihre Dienste in Anspruch nahm und war froh, wenn sie nach dem Brauchen wieder das Haus verlies. Man schämte sich auch gebührlich, so wie man sich schämt, wenn man einem verbotenen Laster frönt. Doch der Aberglaube im Dorf war eben doch stark, zu manchen Zeiten fast so stark wie der Glaube. Doch eben nur fast. Und das bewahrte Bierbach vor dem Schicksal, das der Permes sich für das Dorf ausgedacht hatte, wenn sie, die Bierbacher, ihn in ihre Häuser, in ihre Herzen, einlassen würden.

Die Bas Stollebett hauste die meiste Zeit im Grohbachtal, mitten im Pirmannswald in einer schiefen, modrigen Holzhütte, die mit verbeulten Blechen notdürftig abgedeckt war. Dort saß sie die meiste Zeit auf einem Bündel Binsen, starrte auf die offene, aus drei Steinen und einem viereckigen Blech bestehende Feuerstelle und stopfte ausgefallene Gänsefedern in ein Säckchen. Da ihre Hütte nur eine kleine Öffnung hatte, durch die man hinein und hinaus kriechen konnte, war das Innere ständig voller Rauch. Vermischt mit der Feuchtigkeit, die an vielen Tagen im Grohbachtal hing, machte er das Atmen schwer, benebelte den Geist und berauschte die Sinne.

„Tot! Tot! Sie schlagen mich tot!" Die Bas Stollebett kreischte weiter, während sie den Waldweg entlang rannte. Ihre Stimme, die vor Angst in eine schrille, unnatürliche Höhe zog, verfing sich in den Spitzen der Tannen und Fichten, schwebte wie ein fadenscheiniges aber festes Spinnennetz in die Kronen der Eichen und Buchen und hatte schon nichts Menschliches mehr.

Ein Eichelhäher, der vom Webenheimer Bösch herübergeflogen kam, stieß einen warnenden Ruf aus, der von den Baumkronen widerhallte.

Die Bas Stollebett hatte ihre Röcke gehoben und rannte mit nackten Füßen von ihrer Hütte zur Kanzel.

Zu ihrer Rechten floss der Grohbach als dünnes Rinnsal dahin. So brav und leise, als wolle er den Lauf der Welt nicht stören. In seinem seichten Wasser konnte man gerade die Füße benetzen.

Unklar schien es, wie es dieser Bach ohne Hilfe geschafft haben soll, vor vielen Tausenden von Jahren den Schucht vom Steinberg zu trennen, und das bewaldete Tal, das seinen Namen trug, zu formen.

Die Bas Stollebett rannte. Angst und Verzweiflung trieben sie vorwärts über den breiten Waldweg. Wie hatte es geschehen können, dass diese drei Bierbacher Burschen in ihre Hütte hatten kommen können, ohne von ihr bemerkt zu werden? Warum hatte sie nicht ihr Lachen und Rufen gehört, als die drei, durch das Grohbachtal marschierend, beständig näherkamen?

Warum hatten die Gänse in ihrem Pferch nicht Alarm geschlagen? Gänse sind die besten Wachhunde. Und die Bas konnte bislang auf sie vertrauen.

Sonst hatte die Bas immer „komme erinn, ihr Buwe!" gerufen, wenn sie die Ankömmlinge hörte, die in den Wald kamen, um Holz zu schlagen. „Komme erinn, ihr Buwe" und die Buben waren der Aufforderung gefolgt. Alle. Jedes Mal.

Sie kamen sogleich durch die kleine Öffnung hereingekrochen. Auf allen vieren. Saßen dann da auf ihren Fersen. Ängstlich und doch neugierig beäugten sie die Bas Stollebett durch den dichten Rauch ihres süßlich riechenden Feuers.

Und dann erzählte sie die Geschichten, die ihr so am Herzen lagen. Von den Goldgluten, von der Proforschtjagd, vom Butterhut und vom Permes. Immer wieder vom Permes. Wie er dem alten Vetter Dorkel des Nachts erschienen war, als dieser bei seinen Schafen schlief. Den alten Hanjakob fast zu Tode erschreckt hatte, als dieser im Schweitzertal seinen Gaul hütete. Und immer kam er in anderer Gestalt. Als Jäger im grünen Wams, als Ketten rasselndes Ungeheuer, das sich aus seinem Kerker befreit hatte, als Harlekin, der seine Späße trieb. Doch immer war es der Permes.

Aber dieses Mal hatte sie sie nicht kommen hören, die Burschen, die zum Holzschlagen in den Wald gekommen waren. Plötzlich waren sie da gewesen, hatten am Eingang gehockt und mit großen Augen und voller Abscheu dem Treiben in der Gänsehütte zugesehen.

Das hätte nie, nie geschehen dürfen.

Als hätte der Permes plötzlich Wasser ins Feuer gegossen, war der Rauch undurchdringlicher und fester geworden, und als er wieder seine natürliche Dichte annahm, war der ganze Spuk vorüber.

Regungslos und stumm hatte die Bas Stollebett zuerst dagesessen und zurückgestarrt. Hatte gehofft, dass ihre im Geiste gestammelten Beschwörungen die rechte Wirkung auf die drei jungen Männer hätten, und sich der Mantel des Vergessens über sie legen würde. Sie hoffte auf die Kraft des Permes.

Ihre Hoffnung erstarb jäh, als der Sohn des Korbmachers nach draußen gekrochen war, um seine Axt zu holen, die er, wie seine Kameraden, neben der Hütte abgelegt hatte. Er schien entschlossen, die Ordnung im Universum wieder herzustellen, damit der Himmel oben und die Erde unten bliebe. Und was immer in der Hölle verborgen war, sollte dort und nur dort weiterfristen.

Als die Bas Stollebett die Entschlossenheit des Korbmachersohnes erkannt hatte, bekam sie es mit der Angst zu tun. War aufgesprungen, an den verdutzten Gesichtern der beiden anderen, die nur noch aus Augen zu bestehen schienen, vorbeigestolpert und auf allen vieren davon gekrabbelt. Schreiend davon gekrabbelt. Draußen gab sie dem dritten, der unschlüssig seine Axt in der Hand wog, einen kräftigen Stoß vor die Brust und raffte ihre Röcke.

Wie Bluthunde mussten ihr nun die drei Bierbacher Burschen folgen. Sie hatten Angst. Gerade so wie die Bas Stollebett. Doch ihre Angst war grauenvoller anzusehen, denn ihre Angst galt dem Unfassbaren. Dem nicht zu Begreifenden. Instinktiv erfassten sie, dass es mit einem Axthieb nicht getan wäre. Das Böse konnte man nicht einfach töten.

Was wussten sie über den Permes? Was hatten ihre Altvorderen immer erzählt? Wie konnte man ihm beikommen? Sicher nicht, indem man sein williges Werkzeug, die alte Gänsehirtin, tötete.

Sie rannten und rannten. Rannten der Bas Stollebett hinterher und hofften doch gleichzeitig mit jedem Schritt, mit jedem Schlag ihrer Herzen, sie nie einzuholen. Sie rannten hinterher, weil keiner von ihnen vor seinen Kameraden als feiger Hund dastehen wollte.

Rannten in ihren klobigen Schuhen, von der Gänsehütte den Waldweg Richtung Dorf auf den Felsvorsprung, genannt Kanzel, zu. Doch ahnten sie, dass sie sich mit jedem Schritt, den sie Bierbach näherkamen, weiter von der Wahrhaftigkeit, der Sicherheit und der Realität entfernten.

Der Lück Johann, der Sohn des reichsten Bauern aus Bierbach, der Bubel Julius, Musiker wie sein Vater und der Lenhard Max, dessen Familie dem Gewerbe der Korbmacherei nachging und dessen ältester Bruder nach Amerika, nach Rochester, ausgewandert war.

„Tot! Tot! Mach se tot! Permes! Mach se tot!"", kreischte die Bas. Ihre Stimme wurde immer wilder. Beschwörender.

Von der Hütte her hörte man die Gänse laut schnattern.

Der Bubel Julius bekam eine Gänsehaut am ganzen Körper, obwohl es ein schwül-heißer Tag war. Der Schweiß, der seinen Körper bedeckt hatte, stockte. Wurde schmierig und kalt wie bei einem frischen Leichnam. Sein Mund war ausgetrocknet, als hätte er ihn mit Sand ausgerieben.

Plötzlich musste er an die Kerb im letzten September denken. An den Kerbemontag, als er, der beste Trompeter im ganzen Westrich, mit den anderen Musikanten zum Tanz aufgespielt hatte.

Julius Schritte verlangsamten sich. Schon hing er hinter seinen Kameraden zurück, die stur die Bas Stollebett im Blick hatten. Zu gerne hätte er, der Musikant, seinen Tagträumen nachgehangen und von den jungen Bierbacher Mäde geträumt, statt einer alten Hexe nachzurennen und vielleicht Schlimmes, unvorstellbar Schlimmes heraufzubeschwören.

Vielleicht, so befiel ihn unvermittelt eine Ahnung, sollte die schöne, fröhliche Kerb im vergangenen Jahr seine letzte gewesen sein. Vielleicht würde er nie mehr den bunten Kerbestrauß sehen. Würde nie mehr aufspielen können, wenn der Hammel ausgetanzt werden würde.

Es war ihm nicht wohl. Er hatte Angst vor der Rache des Permes, sollte der Bas Stollebett etwas zustoßen. Und was wollten sie überhaupt mit der Alten anfangen, wenn sie sie eingeholt hatten? Weder er noch seine beiden Kameraden würden in der Lage sein, der Alten mit der Axt das Hirn zu spalten. Hatte sie nicht auch den Permes angerufen und seinen und den Tod seiner Freunde gefordert?

Aber auf der anderen Seite konnte er den Lück Johann und den Lenhard Max nicht einfach aufhalten. Konnte nicht seine Hände auf ihre Schultern legen und sagen: „Losse ma se lawe, die alt Stollebett."

Hätte er gewagt, sie aufzuhalten, hätten sie zu dritt über das alte, kreischende Weib lachen können, wie es seine Röcke bis zu den knotigen Knien gerafft hatte und auf seinen schwieligen, verhornten Füßen den Waldweg entlang rannte.

Er konnte ja nicht ahnen, der brave Bubel Julius, dass seine Kameraden dasselbe empfanden, wie er. Dass sie, auch wenn sie es niemals zugegeben hätten, dankbar gewesen wären, wenn er sie aufgehalten hätte. Sie hätten ihn noch oft damit aufgezogen: „De Julius hat Mores vor de alt Bas Stollebett gehatt. Bestimmt hatter gemennt, dass se ne verhext." Und er, der Julius, hätte ihnen in Memmersch Wirtschaft ein Bier spendiert, damit sie endlich die Klappe halten würden.

Nein, sie konnten nicht mehr Halt machen. Denn nie hätten sie vergessen können, was sie in der verrauchten Hütte hatten mit ansehen müssen.

Julius holte seine beiden Freunde ein und schaute zum Himmel.

Zu dem warnenden Eichelhäher hatten sich Schwärme anderer Waldvögel gesellt. In noch nie da gewesener Harmonie hatten sich die vielen verschiedenen Arten zusammengetan und hingen wie eine dunkle Wolke über der unheimlichen Gruppe, angeführt von der kreischenden, alten Bas Stollebett, dicht gefolgt von den Äxten schwingenden Burschen.

Die Bas Stollebett erreichte die Kanzel und kletterte so schnell sie konnte hinauf.

Am Fuße der Kanzel blieben die drei Burschen einen Moment stehen, als erhofften sie sich göttlichen Beistand. Denn so oder so empfanden sie es als frevelhaft, dass die Gänsehirtin ausgerechnet auf der Kanzel Zuflucht suchte. Die Kanzel, so wurde jener aus Buntsandstein bestehende Felsvorsprung im Grohbachtal genannt, von dem aus der heilige Pirminius im achten Jahrhundert gepredigt hatte, um der Gegend das Christentum zu bringen.

Der Gründer der Klöster auf der Insel Reichenau, im Elsass und der Pfalz hatten nicht ahnen können, dass dieses Gebiet zwischen Schucht und Steinberg, wo fünfhundert Jahre später ein Ort namens Bierbach entstehen würde, keinem anderen je gehören würde als dem Permes.

So sah es zumindest die Bas Stollebett.

Der Permes war ihr Geliebter und ihr Herr. Er kam so oft zu ihr in die Hütte, wie sie ihn rief. Und anders als die Burschen, die an den Holztagen im Wald bei ihr eine Rast einlegten und zu ihr in die Hütte gekrochen kamen, um sich die wunderlichen Erzählungen der Bas anzuhören, kam der Permes immer aufrecht herein. Wie ein Herr.

Sie hatte nie gesehen, wie er das machte, da er nur kam, wenn die Hütte voller Rauch war und ihre Augen tränten. Er stand dann da, aufrecht, groß und schön und sah auf sie herunter, auf die alte Bas Stollebett, wie sie auf den Binsen lag und die Beine spreizte und sich ihm darbot.

Aus seinen Erzählungen wusste sie, dass er schon auf diesem Flecken Erde zu Hause gewesen war, als Schucht und Steinberg noch eine einzige Sandsteintafel waren, als es noch kein Grohbachtal gab. Die Zeit kannte der Permes noch. Er kannte noch diese Zeit und die Zeit davor und alle Zeiten der Welt. Und sie allein hatte Anteil an seinem Wissen und seiner Macht. Sie und nicht einer von den anderen Bierbachern, die sie mit ein paar Almosen abspeisten, und von denen jetzt drei hinter ihr her waren.

Als sie in fliegender Hast den Felsen hinaufgeklettert war und oben auf der Kanzel stand, waren ihre Fingernägel abgebrochen und ihre Beine blutig geschürft. Sie glaubte sich in Sicherheit, als die drei Burschen laut keuchend am Fuße des Felsvorsprungs ankamen.

Johann und Julius lehnten die schwer gewordenen Äxte an die Beine, pressten ihre Hände an die linke Bauchseite und schnauften schwer. Max fuhr sich mit dem Ärmel über das schweißnasse Gesicht.

Die Gänsehirtin stand auf der Kanzel und lachte keuchend. Hinter sich die Felswand, um sie herum Büsche und Bäume, vor sich den Abgrund.

Sie lachte mit einem Gesellen, den nur sie alleine sah, der einmal hinter den drei Burschen stand und grotesk auf einem

Bein tanzte und sich vor ihr verbeugte, dann auf dem bewaldeten Hügel direkt über ihr herumspukte.

Vom Dorf her riefen die Kirchenglocken, doch Johann, Julius und Max hörten sie nicht.

Die Bas Stollebett breitete die Arme aus, denn jetzt stand der Permes ganz nah neben ihr.

„Permes!"

Sie drehte sich ihm zu, fuhr mit der Hand ordnend über ihr mausgraues Kopftuch und wiegte sich derb in den Hüften.

Der Permes legte den Kopf schief.

Unten standen die drei Burschen und schauten hinauf zur Kanzel, merkwürdig berührt von dem absonderlichen Verhalten der Alten.

„Bas Stollebett! Komm runner!", rief Johann.

„Odder mir hole dich!", rief Max.

„Un dann kannsche awwer was erläwe!", schloss Julius.

Die Bas Stollebett riss ihren Blick vom Permes los, der in ihren Augen schöner war denn je, und drehte den Kopf ruckartig den dreien am Fuße der Kanzel zu.

„Mach se tot! Permes! Mach se tot!"

Ihr linker Arm fuhr auf Johann, Julius und Max zu, als wolle sie Blitze schleudern.

Wie unter einem schmerzhaften Hieb zuckten die drei zusammen.

Ein kalter Wind kam auf, der so gar nicht zu dem schwül-heißen Julitag passen wollte. Die drei Burschen drehten ihre Köpfe von der Kanzel weg und sahen in die entgegengesetzte Richtung, hinüber zum Webenheimer Bösch. Sie suchten mit fiebrigen Augen die bewaldete Höhe nach der Quelle dieser plötzlichen Kälte ab, konnten aber nichts entdecken. Kam sie vom Hexentanzplatz oder aus dem Tunnel, der durch den dichten Fichtenwald führte?

Sie wandten sich wieder der Kanzel zu und griffen nach ihren Äxten, als sie mitten in der Bewegung innehielten. Sie konnten nicht glauben, was sie da sahen.

Der Lück Johann, der Bubel Julius und der Lenhard Max verstanden von der Sekunde an, was es bedeutet, wenn einem das Blut in den Adern gefriert und einem die Haare zu Berge stehen.

Sie sahen sich an und schworen sich, das unheimliche Geheimnis dieses Sommertages ein Leben lang zu hüten. Kein Wort darüber. Nicht zu ihren Eltern, nicht zu ihren Geschwistern. Und auch später nicht zu ihren Ehefrauen, nicht zu ihren Kindern.

Und sie wussten, dass der Holztag, an dem sie ohne Feuerholz aus dem Wald zurück ins Dorf kämen, ihr ganzes Leben verändern würde.

Drunten im Dorf blieben die Bierbacher auf der Straße stehen und schauten hinauf ins Grohbachtal.

Verwundert sahen sie die Vögel über der Kanzel kreisen. Hörten das Geschrei aus unzähligen Vogelkehlen.

Und dann begannen auch noch die Kirchenglocken zu läuten.

Ein schlimmes Unheil ahnend, taten die Bierbacher das einzig ihnen richtig Erscheinende, sie bekreuzigten sich und machten sich wieder daran, ihrem Tagwerk nachzugehen.

Nur die Familien von Johann, Julius und Max machten sich noch Sorgen. Sie sorgten sich so lange, bis die drei wohlbehalten ins Dorf zurückkamen.

Dass sie nicht, wie ihnen von ihren Vätern aufgetragen, mit dem geschlagenen Holz zurückgekommen waren, trug ihnen zwar Schelte ein. Doch war das nicht bös gemeint. Falls ihre Leute das Entsetzen in den Gesichtern der drei bemerkt haben sollten, so haben sie es nicht erwähnt.

„Es gebt Sache, iwwer die schwätzt ma besser net, bevor ma demet es Unglick ahnzieht", dachten sie.

Die Bas Stollebett war tot.

Der Wannemacher, der am Abend nachsehen wollte, wo die Gänse blieben, fand ihre Leiche am Fuße der Kanzel. Er ging ins Dorf zurück, um Hilfe zu holen.

Etwas merkwürdig fanden die Bierbacher, die kurze Zeit später um die Tote herumstanden, dass ihr Körper so zerschmettert da lag, wo doch die Kanzel höchstens drei Meter hoch war und man sich von ihr kaum zu Tode stürzen konnte. Auch von der bewaldeten Höhe über der Kanzel nicht.

Am Schlimmsten hatte es den Kopf von der Bas Stollebett erwischt. Ihre Oberlippe war hochgezogen, als wäre sie weggeschrumpft. Das Zahnfleisch, in dem bis vor kurzem noch ein paar braune Zahnstümpfe gestanden hatten, war zu einer breiigen Masse zerschlagen worden. Ihr Schädel war furchtbar zugerichtet. Unter den grauen Haarsträhnen gähnten tiefe Spalten. Blut und ausgelaufene Hirnmasse waren auf den festgetretenen Waldboden gequollen. Über den zähen Brei hatten sich bereits die Schmeißfliegen hergemacht, und unzählige Waldameisen trugen fleißig Klümpchen für Klümpchen davon.

Der alte Lück schob nachdenklich seine Mütze in den Nacken und hob die Axt auf, die neben der Toten im Gras lag, und die er als seine erkannte. Keil und Stiel waren blutverschmiert. Haare und Erde klebten daran. Kopfschüttelnd versuchte Lück die Axt im Gras zu säubern.

„Geh doch do an die Grohbach. Do werds doch sauwerer."

„Do hasche recht. Losst der die gut Axt do im Wald leie. Der kann was erläwe!"

„Wer hätten awwer a gedenkt, dass es Stollebett èmol vun der Kanzel fallt un sich dotsterzt."

Nachdem alle einmal hingekuckt hatten, deckten die Frauen die Leiche mit einer mitgebrachten Pferdedecke zu. Die Männer steckten sich je ein Stück abgebrochenen Kautabak in die Wangen. Kauten und spien abwechselnd. Alle zusammen warteten sie, erleichtert über den Tod der Bas Stollebett, auf den Pfarrer. Sie vertrauten darauf, dass der alte Herr mit einem gesprochenen Segen und geweihtem Wasser alles, was hier auch geschehen sein mochte, von Gottes Erdboden verbannen konnte.

„Was machten dann dei Kuh? Gebt se jetzt besser Milch?", fragte Klause Hans.

„Seit vorgeschter schunn", antwortete der Bubel und kramte in den ausgebeulten Taschen seiner Joppe. „Jetzt han ich mei Peif dehemm leie gelosst." Er schüttelte verärgert den Kopf.

„Es gebt heit noch è Gewitter." Der Sornberger Jakob kniff die Augen zusammen und blinzelte in die untergehende Sonne.

Die andern taten es ihm nach. Damit trat ein unausgesprochenes Gesetz in Kraft, die Bas Stollebett und ihr sonderbares Ende zu vergessen.

Die Gänse wurden schon am nächsten Tag von einer anderen Gänsehirtin gehütet, die sich weigerte, die Hütte ihrer Vorgängerin zu benutzen, und sei es nur, um sich vor plötzlichen Regenschauern zu schützen. Auch die Gänse trieb Ferrangs Veronika ins Hechlertal statt ins Grohbachtal.

Veronika war bis dato die Magd vom Bauer Lück gewesen, der froh war, das eigenwillige Geschöpf von seinem Hof zu bekommen. Vor allem, da sie anfing, seinem Sohn Johann den Kopf zu verdrehen. Und an einer gewöhnlichen Magd als künftige Bäuerin und Mutter seiner Enkel war ihm nicht gelegen. Zumal er nicht garantieren konnte, selbst von der Magd die Finger zu lassen - wie sich vor zwei Wochen in der Kammer ihres Stallhäuschens in der Hirtengasse erwiesen hatte.

Die Hütte der Bas Stollebett verfiel mit den Jahren. Bald schon überwucherten sie Flechten und Moos.

Doch das Gebiet, wo die Gänsehütte gestanden hatte, gehörte fortan auf eine unheimliche Weise zum Dorfleben dazu.

1906 ließ der damalige Jagdpächter, Christian Fleisch aus Saarbrücken, auf derselben Stelle, wo einst die Hütte der Bas Stolleberg gestanden hatte, eine Jagdhütte bauen und nannte sie „Jägerheim Christians Ruhe im Grohbachtal". Der aus Vorarlberg stammende Unternehmer ließ auch noch einen Weiher anlegen. Wasser gab es ja genug im Grohbachtal. Ein Tagelöhner aus dem Lothringischen, Jean-Pierre Grosser, der bei dem Bau der Hütte geholfen und im Dorf keine Übernachtungsmöglichkeit gefunden hatte, blieb allein bei dem Rohbau, um dort zu schlafen. Er wurde am nächsten Tag von seinen Kameraden vermisst. Man nahm an, dass der als arbeitsscheu geltende Mann das Weite gesucht hatte.

1955 kaufte die Gemeinde Bierbach das Grundstück, errichtete einen Kinderspielplatz, und aus der Jagdhütte des Christian

Fleisch wurde die Waldschenke. Der sieben Jahre alte Hans-Peter Orloff, der mit seinen Eltern und seiner Schwester am Hechlerberg wohnte, wollte unbedingt wissen, ob der Spielplatz schon fertig war. Also machte er sich eines Tages nach dem Abendessen heimlich auf den Weg ins Grohbachtal. Mosersch Lydia sah ihn noch mit seinem Roller die Eckstraße hochfahren. Den Roller fand man in der Nacht am Ufer des Fischweihers. Die Feuerwehr pumpte das Wasser aus dem Weiher. Nichts. Auch eine groß angelegte Suchaktion in der Umgebung brachte keinen Erfolg. Der Junge wurde nie gefunden.

1960 wurde der Weg von der Eckstraße ins Grohbachtal, vorbei an der Kanzel bis hin zum Spielplatz, asphaltiert. Auf halbem Weg, zwischen Kanzel und Dorf, wurde ein Parkplatz angelegt.

Michael Hanauer, der erste in Bierbach, der eine Vespa sein Eigen nannte, wollte den neu asphaltierten Weg als Rennstrecke benutzen. Brigitte und Ludwig Meier kamen gerade von ihrem Grundstück am Fuße des Schuchts und bogen zur selben Zeit, als Michael am Parkplatz vorbeifuhr, mit ihrem Leiterwagen in den Weg zum Dorf ein. Sie hörten ein Motorgeräusch, dem sie keine weitere Beachtung schenkten. Hinter der ersten Kurve nach der Kanzel entdeckten sie Michaels Vespa auf dem neu asphaltierten Weg liegend. Die kleinen Räder der Maschine drehten sich noch, vom Hanauer Michael fehlte jede Spur.

1970 wurde ein zweiter Fischweiher angelegt. Herbert Weber, der mit ein paar Freunden in der Waldschenke gesessen und zu viel getrunken hatte, kam auf die Idee, den neuen Weiher pinkelnd einzuweihen. Also torkelte er nach draußen. Seine Freunde ließen ihn alleine ziehen und haben ihn von der Stunde an nicht mehr gesehen.

1972 wurde direkt neben der Kanzel von der Freiwilligen Feuerwehr Bierbach eine Kneippanlage gebaut. In über 4000 Arbeitsstunden wurden von den Männern ehrenamtlich ein Wassertretbecken und ein Armbecken errichtet. Christa Bender wollte ihren Mann Otto von der Baustelle abholen, da sie beide an diesem Freitagabend noch zu einem Geburtstag eingeladen waren. Es war ein langer heißer Tag. Als Christa den Wald betrat, dämmerte es. Sie konnte nicht wissen, dass die Männer von der Freiwilligen Feuerwehr wegen der Hitze schon längst Feierabend gemacht hatten und im Dorf in der Eckwirtschaft saßen. Niemand hat Christa Bender je wieder gesehen.

Verirrten sich zu Lebzeiten der Bas Stollebett nur Holz schlagende Burschen und Liebespaare ins Grohbachtal im Pirmannswald, so entwickelte sich diese Region später zu einem Naherholungsgebiet für Einheimische und Besucher aus der Umgebung.

„Gehn net alleen in de Wald", warnte der Lenhard Max, der Lück Johann und der Bubel Julius alle, ob sie es hören wollten oder nicht, „gehn nie alleen in de Wald." Doch wer nahm schon drei alte Männer ernst?

III

Bierbach, 05. August 2003

Draußen kochte der Asphalt und die Luft flimmerte und flirrte, als würde sie jeden Moment ihre physische Konsistenz verändern wollen. Ganz Europa stöhnte in diesem Sommer unter den Temperaturen, die seit Ende Mai fast jeden Tag weit über 30 Grad Celsius lagen.

In der Wirtschaft *Bei Theo* in der Pfalzstraße in Bierbach war es angenehmer als draußen, will heißen, knapp unter zweiunddreißig Grad.

Eine zivile Temperatur bei durchschnittlich 40 Grad in diesem Sommer. Dazu trug ein Tischventilator auf höchster Stufe bei, der im hinteren Teil der Kneipe auf einem Regal stand, zwischen einem schmiedeeisernen Topf mit drei rosafarbenen Plastikrosen und einem grauen Tonkrug mit der verschnörkelten Aufschrift *Gruß aus Bamberg*. Wie ein tanzender Derwisch wirbelte er die abgestandene Luft im Raum herum.

Über dem Ventilator, fast unter der Decke, hing ein Schwarzweißfoto von der Damenmannschaft des FC Bierbach von 1976, in der Theos Frau Ruth das Tor gehütet hatte.

Daneben hing eine Bleistiftzeichnung unter Glas. Das Papier war schon vergilbt. Es stellte ein kleines Kunstwerk dar, signiert von Johann Lück, datiert im Jahre 1911, und es zeigte die Kanzel. Über der Kanzel stand eine schwarz gekleidete Gestalt, die aussah wie Murnaus Nosferatu mit großen, zu Klauen gekrümmten Händen: der Permes. Und er starrte mit stechenden Kohleaugen hinüber zur Damenmannschaft des FC Bierbach.

Pfarrer Alfred Bubel lächelte.

Was ein Psychologe wohl daraus schließen würde, dachte Alfred, dass Theo die beiden Bilder gerade so zueinander platziert hatte?

Er saß, oder besser klebte, auf einem der mit Kunstleder bezogenen Barhocker. Schweißperlen standen auf seiner Stirn, lösten sich und rannen kitzelnd über sein Gesicht. Immer wieder wischte er sie mit einem weißen Stofftaschentuch weg, doch mit jedem Schluck Bier wurden es mehr.

Außer ihm waren nur noch drei andere Gäste in der Wirtschaft, die ausgemergelten Brüder Karl, Gerd und Franz Weber. Die ganze Familie Weber sah aus, als würde sie seit Generationen an Unterernährung und Mangelkrankheiten leiden.

Karl, Gerd und Franz standen neben der geöffneten Tür und steckten den Rest ihrer Stütze in den Spielautomaten. Nebenbei diskutierten sie darüber, ob Lance Armstrong oder Jan Ullrich die Tour de France im nächsten Jahr gewinnen würde.

Für Unkundige hörte es sich an, als hätten die drei Brüder den dicksten Krach. Ihre Fäuste waren geballt und ihre Gesichter krebsrot. Mit einer Vehemenz, die in keinem Verhältnis zu ihrer Körpergröße oder ihrem Gewicht stand, warfen sie Geldstück um Geldstück in den Schlitz des Spielautomaten und schlugen jedes Mal dagegen, als müssten sie befürchten, dass der Apparat die Kohle sonst wieder ausspuckte.

„Da! Friss!", drohten sie dem Automaten, und der gehorchte.

Immer wieder warfen sie Hochwürden in seiner schwarzen Hose und seinem schwarzen Kollarhemd lauernde Blicke zu. Glückspiel war Sünde. Daran konnten sie sich noch dunkel aus der Zeit des Religionsunterrichts erinnern. Was war das für ein Pfarrer, der sich einen Dreck um seine Schäfchen kümmerte und lieber vor sich hinstarrte. In der Wirtschaft. Mit einem Glas Bier. Wenn sie heute Abend ohne Geld dastünden, wäre eindeutig der Pfaffe schuld.

Karl hätte dem Pfaffen gerne die Meinung gesagt, aber bei denen zog man immer den Kürzeren und außerdem stotterte Karl, wenn er seinen Alkoholpegel noch nicht erreicht hatte. Aber wenn der erst einmal erreicht war! Karl spürte eine unbändige Lust auf eine richtig schöne Schlägerei in sich hoch kochen. Er schlug sich mit der Faust in die hohle Hand. „Kkkomm mmir einer ddumm!"

Und wenn er sich heute nicht den Pfaffen vorknöpfen würde, dann bei nächster Gelegenheit den Wolfgang, der im Kirchenchor sang und auch immer ein so frommes Gesicht machte und der mit dem Pfaffen befreundet war. Der Karls Mutter immer so scheinheilig grüßte und die alte Frau früher die Unterkirche hatte putzen lassen. Für die Weber-Brüder, besonders für Karl, war das ganze Dorf verdorben, scheinheilig und gemein.

„Aalles dddreckige Bbastarde", knurrte er.

„Wen meinst du?", fragte sein Bruder Gerd, warf noch einen Euro in den Schlitz und knallte mit der Faust auf den Spielautomaten. „Die Pfaffen?"

„Ddas gganze Ddorf. Nnur dddreckige Bbastarde!"

„Mit der Nas immer ganz oben!", sagte Franz.

Alfred saß allein an der Theke und ahnte nichts von dem Kampf, der in Karl und dessen Brüdern tobte. Er betrachtete stattdessen sein Porträt in einem versilberten Pokal, den Theo, im letzten Jahr bei einem Bierzapfwettbewerb auf dem Webenheimer Bauernfest gewonnen hatte.

Was er sah, war ein rundes Gesicht mit ein paar Haaren obendrauf, das durch die bauchige Form des Pokals noch mehr in die Breite gezogen wurde.

Du siehst aus wie die Witzfigur eines wohlgenährten, mittelalterlichen Mönchs. Du hättest in *Der Name der Rose* mitwirken könne, dachte er bei sich.

Er nahm sein Taschentuch wieder aus der Hosentasche und wischte sich über das Gesicht. Nicht nur die Hitze, die sich in seiner schwarzen Kleidung hielt wie in einem Nachtspeicherofen, machte ihm zu schaffen. Er haderte heute so mit Gott und der Welt, wie er es seit seiner Zeit als Welt verbessernder, der lateinamerikanischen Befreiungstheologie zugeneigter Theologiestudent nicht mehr getan hatte. Als er für sein Leben gern an der Seite von Bischof Romero Lateinamerika aus den Klauen einer habgierigen Oligarchie befreit hätte. Das harte Studium an der Priesterakademie in Speyer hatte ihm nur in seinen Träumen Gelegenheit geboten, heroische Taten zu vollbringen. Und im Nachhinein betrachtet, schien dies auch nicht Gottes Wille gewesen zu sein. Er hatte etwas anderes mit ihm vor. Aus dem kämpferischen Theologiestudenten Alfred war ein Dorfpfarrer geworden.

Seine Gemeinde Bierbach gehörte zur Stadt Blieskastel und war mit fast zweitausend Einwohnern der drittgrößte Stadtteil.

Bierbach lag am Fuße zweier Bergrücken, dem 334 Meter hohen Schucht und dem Steinberg, der noch 15 Meter näher an alpine Größe heranreichte. Bierbach lag vor allem zwischen den über die Grenzen des Landes bekannten Naherholungsgebieten Pirmannswald und dem Bliesgau. Und die Bierbacher Aue, durch die sich die Blies schlängelte, war eine der schönsten Flussauen in ganz Deutschland. Es gab einen Radweg, der neben der Blies entlangführte und der an Wochenenden überfüllt war von Radfahrern, Fußgängern, Inline-Skatern.

Es herrschte ein Betrieb wie auf den Wanderwegen zu den Schlössern vom Bayernkönig Ludwig. Na ja, nicht ganz, aber fast.

In Bierbach war er geboren und aufgewachsen, und im acht Kilometer entfernten Homburg hatte er das Johanneum besucht, ein von den Herz-Jesu-Missionaren gegründetes Internat, in dem auch Externe wie er unterrichtet wurden. Nach dem siebenjährigen Studium und der Weihe zum Priester war es dem Bierbacher Bub gelungen, sich schnell wieder in das Dorfleben einzufügen.

Normalerweise sollte ein Priester nie Pfarrer in seiner Heimatgemeinde werden, wo man ihn bereits als Kind gekannt hatte. Aufgrund des großen Priestermangels in der Diözese Speyer hatte man bei ihm eine Ausnahme gemacht. Und es war keine Fehlentscheidung des Bischofs gewesen. Alfreds anfängliche Sorge, von den Älteren, die hauptsächlich in seine Kirche kamen, nicht respektiert zu werden, hatte sich als grundlos erwiesen.

Er nahm einen großen Schluck Bier, leckte sich den Schaum von den Lippen und wischte sich wieder mit seinem Taschentuch über die Stirn und den Hals. Matthäus kam ihm in den Sinn und Alfred deklamierte: „Selig sind die reinen Herzens sind, denn sie werden Gott schauen."

„Selig sind die Bekloppten, denn sie brauchen keinen Hammer", deklamierte Karl ebenso flüssig. Er hatte seinen Pegel erreicht. Seine Brüder und der Wirt lachten kehlig.

Alfred hörte gar nicht hin.

Er hatte die letzten Wochen mit seinem Gemeindereferenten Jens Lüders, einem dürren, überlangen, asketisch aussehenden

Mann aus dem protestantischen Nordfriesland, ein Programm entwickelt. Lüders nannte es despektierlich ein Unterhaltungsprogramm. Es war Alfred daran gelegen, die Bierbacher Jugend wieder zum Gottesdienst und zur aktiven Teilnahme am Kirchenleben zu bewegen. Ermutigt hatte ihn das seit ein paar Jahren aufflammende Interesse vieler Teenager an der Bibel, vor allem an der Offenbarung des Johannes. Alfred wurde häufig darauf angesprochen und um eine Erklärung gebeten, was es mit den sieben Posaunen auf sich hatte oder mit der Schale des Zorns oder auch mit dem Reiter auf dem weißen Pferd.

Die hochgezogenen Augenbrauen und das spöttische Lächeln seines gestrengen Gemeindereferenten ignorierend, hatte er dieses Interesse zum Anlass genommen, Jugendmessen und extra Bibellesungen für junge Leute zu organisieren.

Es hatte nicht lange gedauert, bis seine Hoffnungen zerstört wurden, genau gesagt bis heute Nachmittag und der ersten Bibellesung. Ihr Thema waren *Die Briefe des Paulus an die Korinther*, und es war kein einziger Jugendlicher gekommen.

Alfred, der mit Lüders wartend in der Unterkirche gesessen hatte, gab der Hitze die Schuld, die die Jugendlichen wohl eher ins Schwimmbad als in die Kirche getrieben hatte.

Lüders hatte dazu nur die Nase gerümpft und das kleine Kreuz über der Sitzgruppe fixiert. Es war ihm vom Gesicht abzulesen, welcher Art das Zwiegespräch zwischen ihm und Jesus Christus war. Lüders grundsätzliche Frage dabei lautete, so vermutete er: Warum, oh Herr, ist dieser fette Trottel Pfarrer und nicht ich?

Nach einer dreiviertel Stunde hatte er den Gemeindereferenten nach Hause geschickt und zwanzig Minuten gewartet, bis er sicher sein konnte, ihm vor der Kirche nicht mehr zu begegnen. Dann war er unglücklich die Treppe hoch gestapft, am begrünten Innenhof kurz stehen geblieben und hatte einem Schmetterlingspaar zugeschaut, das sich sacht auf einer Rosenblüte niedergelassen hatte.

Dann war er durch den Haupteingang, unter dem Kirchturm hindurch, auf den Vorplatz gegangen. Aber statt ins Pfarrhaus zu gehen, entschloss er sich, seinen Eltern, Lisbeth und Pirmin Bubel, in der Korngartenstraße einen Besuch abzustatten.

Vielleicht hatte seine Mutter einen Kuchen gebacken, zumindest hatte sie einen in der Tiefkühltruhe, den sie für ihn auftauen würde. Der Gedanke hatte ihn wieder froh gestimmt und er war die Treppe hinuntergeeilt, die vom oberen Teil des Dorfes direkt in die Korngartenstraße führte.

Auf halber Höhe der Treppe war ihm Falk Strobel, der neunzehnjährige Sohn seines Freundes Günter, begegnet. Von ihm hatte Alfred erfahren, dass die jüngeren Mitglieder seiner Gemeinde die Religion mit einer Folge aus *Akte X*, einer Krimiserie mit Fantasy- Science-Fiction und Horrorelementen, verwechselten und die Offenbarung des Johannes einfach nur cool fanden. Sie hatten keinerlei Interesse, die Messe zu besuchen und sich ernsthaft mit der Bibel auseinander zu setzen. Angesagt war lediglich, das letzte Kapitel des Neuen Testament nach drehbuchreifen Gruselszenen zu durchforsten.

„So ist es halt, Herr Pfarrer. Da kann man nichts machen. Tschüß", hatte Falk abschließend gesagt, grüßend die Hand gehoben und seinen Weg fortgesetzt. Und damit war Alfreds letzte Hoffnung auf ein reges, die ganze Kirchengemeinde umfassendes Miteinander, dahin.

Vielleicht aber, so dachte er sich jetzt, habe ich nur einen Grund gebraucht, wieder mal ein Bier zu trinken.

Die Stunde, die er bei seinen Eltern verbracht hatte, war nicht sehr amüsant gewesen, auch wenn er seinen Kuchen bekommen hatte. Seine Mutter werkelte die ganze Zeit in der Küche herum und murmelte leise vor sich hin, wahrscheinlich ein Gebet. Sie lebte getreu nach dem Motto: Müßiggang ist aller Laster Anfang.

Je größer und stattlicher Alfred wurde, desto schmächtiger erschien ihm sein Vater. Ihn verfolgte die Vorstellung, ein Bandwurm würde in dem alten Mann hausen und ihn von innen langsam auffressen.

Der alte Pirmin Bubel hatte auf dem Küchenstuhl gesessen und abwechselnd seinen Sohn und das Kreuz über dem Tisch angestarrt und dabei die Faust seiner rechten Hand geballt, als hätte er einen inneren Kampf durchzustehen.

Bei Bubels hing in jedem Zimmer ein Kreuz an der Wand. Darüber, dass seine Eltern Gott so offensichtlich zugetan waren, hätte er eigentlich glücklich sein müssen. Aber wenn er ehrlich war, schämte er sich ihrer.

Er trank einen Schluck Bier. Es bedrückte ihn, dass er sich seiner lieben Eltern schämte und dass er seinen Vater nicht gefragt hatte, was ihn quälte.

„Noch drei! Oder sollen wir verdursten, Theo!", schrie Franz, und Alfred zuckte zusammen.

„Kommt gleich", beruhigte ihn Theo.

Inzwischen war es Abend geworden, das Pfarrbüro geschlossen und Daniela Westphal, seine tüchtige Pfarrsekretärin, längst zu Hause bei Mann und Kindern. Die Kranken und Bedürftigen hatte er am etwas kühleren Vormittag schon besucht und eine Abendmesse hatte er heute auch nicht mehr zu halten. Gott sei Dank, dachte er und nahm noch einen Schluck.

Zu viel Bier durfte er natürlich auch nicht trinken, denn immerhin war er der katholische Pfarrer von Bierbach. Und in Bierbach, so klein es auch war oder gerade deswegen, hatten die Wände Augen und Ohren. Aber gegen ein zweites Glas war nichts einzuwenden.

„Und ich sah den Himmel aufgetan; und siehe, ein weißes Pferd. Und der darauf saß hieß: Treu und Wahrhaftigkeit", zitierte Alfred den Johannes und winkte Theo, den Wirt herbei.

„Noch eins, Herr Pfarrer?"

„Ja, bitte."

„Und wie geht's? Sonst alles in…..?"

Alfred nickte, obwohl der Rest des Satzes im infernalischen Geschepper fallender Münzen und dem Gewinner-Jingle des Spielautomaten unterging. Einer der Weber-Brüder schien eine Glückssträhne zu haben.

„Früher hätte es das nicht gegeben, dass der Pfarrer in die Wirtschaft kommt. Jedenfalls nicht in dem Dorf, in dem er Pfarrer war. Da sind sie zum Saufen und zum… nach Saarbrücken gefahren." Theo lachte dröhnend, während er ein neues Karlsberg zapfte.

Alfred runzelte leicht verärgert die Stirn, was der Wirt im Halbdunkel der düsteren Kneipe nicht sehen konnte, aber irgendwie ahnte. Sein Lachen wurde immer verhaltener und endete in einem verlegenen Räuspern.

Hinter Alfreds Rücken machte Franz eine eindeutig obszöne Geste. Bevor Theo etwas zu ihm sagen konnte, drehte er sich wieder dem Spielautomaten zu.

„Die Zeiten haben sich geändert. Nichts für ungut, Herr Pfarrer", entschuldigte sich der Wirt.

„Ich mische mich überall gerne unter die Gemeinde, damit ich den Kontakt nicht verliere."

„Ist schon recht, Herr Pfarrer, Sie dürfen ja auch mal ein Bier trinken. Ich habe da nichts dagegen."

„Das ist nett von dir, Theo." Alfred lachte.

„Außerdem bin sowieso evangelisch."

„Da habe ich nichts dagegen."

„Das ist großzügig von Ihnen, Herr Pfarrer."

Theo stellte das gezapfte Bier vor Alfred auf die Theke.

„Würden Sie bei der Ökumene mit den Evangelischen das Abendmahl feiern?"

Alfred holte tief Luft und stöhnte innerlich. Hatte man als Pfarrer denn nie Feierabend? „Die katholische und die evangelische Kirche feiern so manches Fest zusammen. Wir leben die Ökumene, gerade hier in Bierbach", wich er der Frage aus.

Er hasste diese Fragen, von denen er glaubte, dass kein ehrliches Interesse dahintersteckte, sondern der Wunsch, die katholische Kirche als nicht mehr zeitgemäß darzustellen. Denn wie sollte er Fragen wie diese oder die noch beliebtere nach dem Zölibat in ein, zwei griffigen Sätzen beantworten?

Wie viele Christen, so überlegte er und nahm einen großen Schluck, kannten denn noch den Sinn und Ursprung der Eucharistie oder des Abendmahls? Wer wusste noch, dass sich in der katholischen Kirche während der Eucharistiefeier Brot und Wein tatsächlich in den Leib und das Blut Christi verwandeln? Wo hingegen nach der Auffassung Luthers Jesus Christus zwar im Abendmahl leiblich gegenwärtig ist, doch verwandelt sich das Brot nicht wirklich in den Leib Christi. Und dennoch, dachte Alfred, sind wir alle Christen, vereint im Glauben, und feiern das

Abendmahl im Gedenken an den Tod und die Auferstehung Christi.

„Ich möchte zahlen, Theo."

„Fünf zwanzig."

Alfred legte sechs Euro auf die Theke, trank sein Bier aus und stand auf. Letzteres war gar nicht so einfach, denn der Barhocker klebte an seinem Hintern. Verlegen schielte er nach den Weber-Brüdern, doch die waren Gott sei Dank mit einem handfesten Streit um den Starttermin der Fußball-Bundesliga beschäftigt.

Karl war der Meinung, dass die Bayern auf keinen Fall wieder Meister werden dürften, auch wenn er dafür seinen Brüdern eigenhändig die dürren Hälse umdrehen müsste.

Theo wühlte umständlich in einem Beutel mit Wechselgeld. Nahm eine Handvoll Münzen raus, betrachtete sie stirnrunzelnd und ließ sie stöhnend in den Geldbeutel zurückfallen.

„Lass nur, Theo. Es stimmt so."

„Danke, Herr Pfarrer." Theo ließ zufrieden den Geldbeutel zuschnappen und warf ihn in die Schublade unter der Theke.

Alfred überlegte und drehte sich noch einmal um, bevor er aus der Tür ging. „Theo, deine Frage beantworte ich dir gerne, wenn du zu mir ins Pfarrhaus kommst. Aber bring viel Zeit mit. Ich muss nämlich weit ausholen. Und vielleicht können wir bei der Gelegenheit auch ein Gebet zusammen sprechen."

Die Weber-Brüder prusteten los.

„Nein, danke, Herr Pfarrer. Das wäre sehr nett von Ihnen, aber lassen wir's besser sein. Ich kann ja hier nicht weg. Außer am Ruhetag, und da gehen wir einkaufen", beeilte sich Theo zu antworten.

Alfred zog fragend die Augenbrauen hoch.

„Und wenn wir mal nicht einkaufen gehen, habe ich zu Hause jede Menge zu tun. Sobald die Hitze rum ist, will ich das Wohn-zimmer tapezieren und den Flur und das Schlafzimmer und das Esszimmer." Theo suchte händeringend nach weiteren Entschul-digungen.

„Ist schon gut, Theo", entließ ihn Alfred gnädig.

Theo nickte dankbar und wünschte Alfred einen schönen Abend.

„Gelobt sei Jesus Christus", murmelte Alfred und verließ die Kneipe.

Als er auf den Bürgersteig trat, war ihm, als liefe er gegen eine Wand aus heißer Luft. Die Augusthitze ließ seine schwarze Priesterkluft an ihm kleben wie einen nassen Plastikduschvorhang. Obwohl es schon kurz nach halb acht war, schien es noch immer über 30 Grad zu sein. Bierbach lag da wie ausgestorben. Nicht einmal die Frauen waren auf der Straße, die sich für gewöhnlich gegen Abend zum Friedhof aufmachten, um die Gräber zu gießen.

Er schaute über die Straße hinweg in die Aue. Die Blies lag dunkel und schwer da, als wäre der kleine Fluss zu einem stehenden Gewässer geworden. Sein Pegelstand lag weit unter normal.

Langsam ging er die Pfalzstraße dorfeinwärts. Die Stimmen und Geräusche aus der Wirtschaft wurden mit jedem Schritt leiser, bis sie nicht mehr zu hören waren.

Es war totenstill in Bierbach. Totenstill und ausgestorben.

Wie totenstill und ausgestorben, korrigierte er sich. Trotzdem konnte er nicht verhindern, dass ihm der Angstschweiß ausbrach. Und plötzlich wurde ein Schalter in seinem Kopf umgelegt und die Zeit drehte sich um dreißig Jahre zurück.

Es war an einem heißen Sommertag gewesen, genau wie heute.

Dreißig Jahre zuvor. Und sie hatten…. Ja, was hatten sie getan? Er musste nur kurz überlegen und schon lief der Projektor warm und der Acht-Millimeter-Film mit seiner Erinnerung lief ab. Manche Szenen waren nur undeutlich zu erkennen. Das war jedoch kein Problem für jemanden, der, wie er, den Film bereits kannte.

IV

Bierbach, 15. Mai 1972

Sie hatten viele Stunden in der Kneippanlage neben der Kanzel im eiskalten Wasser geplanscht, die *Sechs Unzertrennlichen*: Jessica Lück, Margot Klaus, Wolfgang Lenhard, Günter Strobel, Birgit Altpeter und er, Alfred Bubel.

Die Anlage war zwar noch nicht ganz fertig, aber es war schon genug Wasser im hellblau gestrichenen Becken, um mit den Knien am Boden ein paar kurze Schwimmbewegungen zu machen und vor allem genug, um sich gegenseitig zu tunken.

Es war ihnen ausdrücklich verboten worden, in der halbfertigen Anlage zu spielen. Doch das war ihnen egal. Sie wussten, die Männer der Freiwilligen Feuerwehr würden erst gegen Abend ins Grohbachtal kommen um an ihrem Projekt weiterzuarbeiten.

Später waren sie zum Spielplatz, der weiter oben im Pirmannswald lag, gegangen und hatten dort weitergespielt. Zu Alfreds großer Not hatten sie ihre Geschicklichkeit im Weitspringen von der Kettenschaukel gemessen. Keiner, so wusste er, stellte sich dabei so ungeschickt an wie er. Dann war es Jessica zu langweilig geworden und sie hatte vorgeschlagen, tiefer in den Wald zu gehen und *Robin Hood im Sherwood Forrest* zu spielen.

Der Vorschlag wurde angenommen und gemeinsam jagten sie am Fischweiher vorbei, den Schwarzen Weg hinauf, in Richtung der Sieben Fichten. Die anderen vorneweg und er schwer keuchend hinterher.

Auf der Lichtung bei den Sieben Fichten angekommen, wurden Birgit und er zu englischen Edelleuten bestimmt, die von Jessica, Wolfgang, Margot und Günter überfallen und ausgeraubt werden sollten.

Er hatte sich ein gutes Versteck ausgesucht, um dem Überfall zu entgehen. Ein Versteck, das seinen ganzen Mut erforderte. So viel Mut, wie ihm die anderen nicht zutrauen würden. Es war ihm klar, dass er nicht zu Robins Bande gehören durfte, weil ihn die anderen für zu dick und zu feige hielten. Er ließ Birgit zurück, die sich lieber in der Nähe der Lichtung verstecken wollte, und lief den Weg auf Kirkel zu. Nach ein paar Minuten bog er in den Felsenpfad ein.

Der Felsenpfad war eine einmalige Attraktion für jeden Wanderer in dem Wald zwischen Bierbach und Kirkel. In späteren Jahren sollte er zu einem Dorado des Freeclimbings werden. Doch Alfred hatte keinen Sinn für die bizarre Schönheit dieser ungewöhnlichen Gesteinsformationen mitten im Wald. Sein Herz schlug wild und sein grünweißes Hemd war an vielen Stellen dunkel von Schweiß. Mutig und mit zusammengebissenen Zähnen setzte er einen Fuß vor den anderen.

Die in Schichten aufgeworfenen Felsen aus Buntsandstein hingen drohend über ihm, als er den schmalen Pfad entlangging. Er kam sich unter ihnen noch kleiner und schutzloser vor, als er es ohnehin schon war. Feuchte, kühle Luft stieg aus den bemoosten Spalten unterhalb der Felsen hervor. Obwohl er schwitzte, war er dankbar für jeden Sonnenstrahl, der durch die Baumkronen fiel.

Er hatte keine bewundernden Gefühle für den Felsenpfad. In vielen der steinernen Riesen sah er Gesichter, die ihn angrinsten oder Fratzen schnitten. Auch war er davon überzeugt, dass sie es darauf anlegten, Kinder wie ihn auf dem Weg zum Stolpern und Fallen zu bringen. Und wenn er dann auf dem Boden läge, würden die Felsspalten sich weiter öffnen wie Mäuler und riesige Zähne mit Moos und Flechten bewachsen kämen zum Vorschein. Die Felsen mit ihren zig Felsspalten und ihren hunderten von Zähnen würden sich ganz langsam dem Boden zuneigen und dann…

Unter dem Pales-Felsen hatte er sich niedergekauert und gewartet. Hier würde ihn niemand finden. Auch die Felsen selbst nicht. Sie konnten zwar den Weg bewachen, aber nicht erkennen, wer direkt unter ihn saß. Ein Nachteil, wenn man so unbeweglich und groß war.

Dass er hier aushalten würde, war ihm wichtig. Wichtiger als seine Angst. Denn keiner traute ihm zu, am wenigsten Jessica, dass er sich so weit von seinen Freunden zu entfernen wagte.

Und dann auch noch im Felsenpfad. Er konnte stolz auf sich sein. Und das würde er auch zeigen, sobald er wieder mit den anderen zusammen war.

Nach einer Weile wurde ihm die Zeit lang und immer länger. Er gewöhnte sich sogar an seine Angst vor den unheimlichen Felsen um sich herum, so wie man sich an einen kratzenden Pullover auf der Haut gewöhnt.

Er legte sich bäuchlings auf den weichen Boden und beobachtete die Waldameisen, die scheinbar ohne jede Ordnung hin und her liefen. Mal mit Gepäck, mal ohne. Irgendwann zwischen der hundertsten und hundertundeinsten Ameise musste er dann eingenickt sein.

Sein gleichmäßiger Atem streifte die ausgetrockneten Nadeln und Blätter vor seiner Nase und seinem offenstehenden Mund. Es war vollkommen ruhig um ihn herum. Nur sein leichtes Schnarchen war zu hören. Es störte die Stille nicht, sondern unterstrich sie noch, als würde es auf ganz natürliche Weise zu den Geräuschen des Waldes gehören.

Alfred spürte, wie der Waldboden leise zu vibrieren begann.

Schritt.

Noch ein Schritt.

Schwere, gleichmäßige Schritte.

Leise. Vernehmlich. Lauter.

Sie drangen immer stärker in sein Unterbewusstsein, stahlen sich in diesen undeutlichen Zustand zwischen Wachen und Träumen, als gehörten sie dazu.

Und die Schritte kamen näher.

Er riss in der Sekunde die Augen auf, als er die Gefahr witterte. Generationen, von Zivilisation geprägt, hatten zum Glück nicht das Erbe der Urahnen verdrängt, die im Wald von Gefahren umgeben waren und nur mit geschärften Sinnen überleben konnten. Er sprang auf die Füße.

Er blickte nach links.

Niemand näherte sich.

Er blickte nach rechts.

Ein Schatten verschwand um die Biegung.

War es ein Mensch?

Ein Tier?

Ein Geist?

Er wusste es nicht.

Aber er kannte den Namen des Schattens.

Es konnte nur einer sein: der Permes.

Er schaute auf seine Armbanduhr, die er zu seiner Kommunion bekommen hatte. Eine Stunde war vergangen, und seine Freunde hatten ihn nicht gefunden, aber dafür hätte ihn beinahe der Permes entdeckt. Er wunderte sich, dass er mehr stolz war als ängstlich.

Er machte sich schleunigst auf den Weg zu den Sieben Fichten, um seine Freunde zu suchen und sich stolz als den Mutigsten des Tages zu präsentieren, der sich nicht nur allein auf dem Felsenpfad verstreckt hatte, sondern beinahe auch noch gegen den Permes hatte kämpfen müssen.

Der Rest der Unzertrennlichen war verschwunden. Die Lichtung bei den Sieben Fichten war menschenleer.

Sicher ist es Jessica mal wieder zu langweilig geworden, dachte er und kam sich plötzlich sehr erwachsen vor. Doch dieses Gefühl verschwand so schnell, wie es gekommen war. Er befand sich allein im Wald. Und ganz in der Nähe trieb sich noch der Permes herum.

Alfred rannte zum Schwarzen Weg, der hinunter nach Bierbach führte. Er rief. Laut. Lauschte auf Antwort. Rief wieder. Nur ein einsamer Eichelhäher antwortete ihm.

„So muss es sein, wenn alle tot sind und man der letzte Mensch auf der Welt ist", murmelte er und versuchte sich vorzustellen, was das für ein Gefühl wäre. Es war kein schönes Gefühl.

„Gehn nie alleen in de Wald", hatten sein Großvater und die Großväter von Jessica und Wolfgang immer gesagt, „denn sonscht holt euch de Permes."

Dass ihm die Ermahnung ausgerechnet in diesem Augenblick einfallen musste. Jetzt, wo er allein war. Er mochte sich gar nicht vorstellen, was der Permes mit ihm machen würde, wenn er ihn zu fassen bekäme. Er war um vieles schlimmer als die Felsen, die ja nur in Alfreds Phantasie lebendig wurden. Aber den Permes gab es wirklich. Oder wer sollte das sonst vorhin gewesen sein?

Viele hatten ihn schon gesehen und Schauerliches berichtet. Wolfgangs Großvater hatte, solange Alfred ihn kannte, nie den Wald betreten. Weder allein noch mit anderen. Wenn der Lenhard Max spazieren gegangen war, dann immer in der Bliesaue. „Ich muss weit kucken können", hatte er immer zu den Kindern gesagt.

Alfred war allein und auf sich gestellt. Fieberhaft überlegte er, was zu tun sei, um dem Permes noch einmal zu entkommen. Sicher dachte der Herrscher des Waldes, dass Alfred den kürzesten Weg nehmen würde. Den Schwarzen Weg, der zum Spielplatz führte, von dem man an der Kanzel vorbei direkt ins Dorf kam.

Ich kann ihm nur entkommen, wenn ich einen anderen Weg nehme, überlegte er und marschierte entschlossen Richtung Lautzkirchen. Am Frauenbrunnen machte er kurz halt, erfrischte sich und trank eine paar Hände voll Wasser. Aber nicht, ohne sich dabei immer wieder nach dem Permes umzusehen.

Nach einer Stunde verließ er kurz vor Lautzkirchen den Wald, kletterte über die Leitplanke und stolperte auf die Straße. Er war müde und hungrig, aber dank des längeren Weges war er dem Permes entkommen. Und, so stellte er fest, mit den Eisenbahnschienen und der Bliesaue neben der Straße marschierte es sich leichter die vier Kilometer nach Bierbach als im Wald.

Dass ihm kein einziges Auto begegnete und auch kein Zug vorüberfuhr, beunruhigte ihn nicht. Noch nicht. Die einfache Tatsache, wieder auf einer asphaltierten Straße zu laufen, ließ keinen Platz für schaurige Gedanken. Die gehörten für ihn zum Wald, in dem der Permes hauste.

Als er am Webenheimer Stich um die Kurve bog, konnte er das Dorf schon sehen. Kurz darauf kam er am Friedhof vorbei. Auf der Pfalzstraße, die damals noch Hauptstraße hieß, kamen auf der linken Seite die ersten Häuser von Bierbach in Sicht. Als erstes das Haus, in dem die Gölzers wohnten. Dann das Doppelhaus, in dessen linker Hälfte die drei katholischen Ordensschwestern wohnten: Schwester Pantaleon, die die Kranken im

Dorf versorgte, Schwester Honoria, die den Kindergarten leitete und Schwester Emanuela, die sich um den Haushalt kümmerte. Es folgten Ulrichs, dann Meilsches. Und nirgendwo eine Menschenseele. Es war totenstill. Das Dorf lag da wie ausgestorben.

Er musste heftig schlucken. Hat der Permes vielleicht gedacht, es wäre sein Wunsch gewesen, als er vorhin im Wald gemurmelt hatte: „So muss es sein, wenn alle tot sind..."

„Wenn man sich etwas im Wald wünscht, erfüllt das der Herrscher des Waldes. Aber nur die schlimmen Wünsche", hatte Wolfgangs Großvater geunkt und wissend genickt.

Alfred hielt seine Hände vor den Mund, formte sie zu einem Trichter und rief mit zitternder Stimme in alle vier Himmelsrichtungen: „So habe ich es nicht gemeint!"

Der Weg nach Hause zog sich, und seine Beine wurden immer schwerer. „Wenn du so langsam läufst, bleibst du noch mal im Asphalt stecken und versinkst", hatte ihm Margot noch am Morgen prophezeit. „Immer weiter runter, dorthin, wo der Teufel wohnt."

Im Dorf war man eigentlich nie allein. Aber wenn jetzt doch? Wenn wirklich alle Menschen verschwunden waren? Dann würde der Permes bestimmt auch wagen, bis ins Dorf vorzudringen.

In der Hauptstraße war Alfred noch immer keiner Menschenseele begegnet, obwohl er schon auf der Höhe des alten Schulhauses war. Kein Fenster, keine Tür hatte sich geöffnet. Es war immer noch alles totenstill und ausgestorben.

Als er am Ehrenmal für die Gefallenen der Weltkriege vorbeikam, machte er bei der Metzgerei Prinz halt und schaute durch das Schaufenster, um zu sehen, ob jemand vor oder hinter dem Tresen stand. Es war niemand zu sehen. Die Kühltheke war ausgeräumt und ausgewaschen. Nur Konservendosen mit Hausmacher Wurst standen in den Vitrinen an der Wand.

Er lief die paar Stufen der Treppe hinauf und rüttelte an der Tür.

War er denn ganz allein auf der Welt?

Plötzlich legte sich eine Hand auf seine Schulter, und er spürte heißen Atem an seinem Ohr.

Er ist gekommen und holt dich, spukte es durch seinen Kopf. Es ist zu spät, zu spät für alles.

Langsam drehte sich Alfred um, die Tränen in seinen Augen ließen ihn nur verschwommen sehen. Doch da war niemand. Er atmete durch und konnte es nicht fassen. Er würde noch am Leben bleiben.

Dankbar, noch einmal entkommen zu sein, rannte er weiter.

Auch in der Lindenstraße begegnete ihm niemand. Am Haus der beiden alten Schwestern Mathilde und Frieda, die (obwohl schon hoch betagt) im Dorf noch immer die Neie-Mäde genannt wurden, schaute er verzweifelt zum Küchenfenster hoch. Eine von den beiden saß doch sonst immer dort und suchte das Gespräch. Heute saß keine da, und das Küchenfenster war fest geschlossen.

Warum ist denn keiner da? Was mache ich nur, wenn mich der Permes erwischt? Fast hätte er geweint.

Alfred schaute noch hoffnungsvoll aber vergebens in Sornbergers Gemüseladen und den Milchladen von der Frau Jung. Die beiden Läden lagen nebeneinander im Erdgeschoss eines ehemaligen Bauernhauses, schräg gegenüber von Mathilde und Friedas Haus.

Er lief weiter die Korngartenstraße entlang.

Jetzt stieg die Straße ein wenig an. Wäre er geradeaus weiter die Treppen hinaufgegangen, wäre er zur Kirche gekommen. Doch die war damals noch kein Ort des Trostes für ihn. Er bog links ab. Nur noch zwei Häuser, dann wäre er zu Hause und in Sicherheit.

Am anderen Ende der Straße meinte er, eine schwarze Gestalt auf sich zukommen zu sehen.

Er hastete die Stufen zur Haustür hoch, fiel hin, schlug sich die Knie auf und stieß einen Schmerzensschrei aus.

Seine Mutter Lisbeth öffnete die Tür, half ihm auf und strich ihm tröstend übers Haar.

Als Alfred sich noch einmal umdrehte, sah er, wie auf der gegenüberliegenden Straßenseite die Haustür zum Haus seines Großvaters Julius Bubel zufiel.

V

Bierbach, 05. August 2003

Nur ein Kind denkt sich so einen Unsinn aus, sagte Alfred sich jetzt, einunddreißig Jahre später. Denn wieder waren alle Straßen wie leergefegt. Weil es so heiß war. Auch damals war es so heiß gewesen, wenn auch nicht ganz so wie heute.

Er sah in den wolkenlosen Himmel, wo die Abendsonne noch immer feurig strahlte. Und die Vernunft vertrieb seine Angst. Aber nicht die dumpfe Ahnung nahenden Unheils.

Er blieb vor der Hügelstraße stehen, die von der Dorfmitte aus hoch zur Kirche führte. Er schaute über die Straße zur Bäckerei Kiefer. Auch dort waren die Markisen hochgezogen und das nackte Schaufenster warf nur sein eigenes konturloses Spiegelbild und einen kleinen Ausschnitt der Pfalzstraße sowie der Hügelstraße zurück, doppelt belichtet und mehrfach überblendet.

„Es wird wieder passieren!", stieß er hervor und fragte sich im selben Augenblick, wie er so etwas denken konnte. Oder hatte er etwa eine göttliche Vision? Das wäre ihm sehr peinlich gewesen. Wie hätte er das seinem Bischof erklären sollen?

Er schloss einen Moment die Augen, um sich zu sammeln. Schließlich war er trotz seines Glaubens ein moderner Mensch.

Wie kam er auf so einen Gedanken? Was würde wieder passieren? Er hatte keine Ahnung.

Und wieso wieder? Damals ist doch nichts passiert. Oder doch?

Langsam dämmerte es ihm. Zu langsam. Die so lange verdrängten Gedanken ließen sich nicht so einfach fassen. Dreißig Jahre war es her. Was war damals geschehen?

Nachdem ihn seine Mutter ins Haus gebracht hatte, verabreichte ihm sein Vater Pirmin eine Ohrfeige, weil er so spät nach Hause gekommen war und sich gar nicht mehr beruhigen wollte. Aber da war doch noch etwas gewesen… was? Er konnte sich nicht erinnern.

Nachdem er die Ohrfeige weggesteckt hatte, erzählte er seinen Eltern, dass er beinahe vom Permes gepackt worden wäre, als er allein im Wald war. Darauf verpasste ihm sein Vater noch eine Tracht Prügel, und seine Mutter Lisbeth ging kopfschüttelnd und den Rosenkranz murmelnd in die Küche, um das Abendessen zuzubereiten.

Kurze Zeit später war dann sein Großvater, wie jeden Tag zum Abendbrot zu ihnen gekommen. Seit Großmutter Luzia vor zwei Jahren verstorben war, kam der Großvater regelmäßig zu den Mahlzeiten.

Da er schräg gegenüber wohnte, brauchte Alfreds Mutter nur aus dem Küchenfenster zu rufen, wenn der Tisch gedeckt war.

„Den Permes will er gesehen haben, unser Bub, beim Felsenpfad", sagte sein Vater bei Tisch und lachte.

Alfred hatte sich gewundert, dass die Geschichte, die ihm eine Tracht Prügel eingebracht hatte, auf einmal so lustig sein sollte. Sein Großvater verzog keine Miene und schaute ihn nur seltsam prüfend an.

„Wie sah er denn aus?", fragte er seinen Enkel.

„Vadder, bitte, lass das Thema", bat Lisbeth.

„Also, wie sah er aus?", fragte der alte Mann noch einmal, seinen Sohn und seine Schwiegertochter ignorierend.

„Er war groß und hatte einen schwarzen Umhang um und einen großen schwarzen Hut auf", antwortete Alfred.

„So sieht doch niemand aus", lachte Pirmin, und ein leichtes Zittern war aus seinem Lachen herauszuhören.

„Und später habe ich gedacht, dass der Permes alle Leute aus dem Dorf mitgenommen hat", fuhr Alfred fort.

Julius ließ sein Messer fallen. Seine Augen durchbohrten Alfred, der glaubte, schon wieder etwas Falsches gesagt zu haben. Dann starrte der alte Mann zu dem Kruzifix neben der Tür. Seine rechte Hand war zur Faust geballt.

„Dummes Zeug", sagte Lisbeth.

„Wie oft muss ich dir denn noch sagen, dass keiner allein in den Wald gehen soll." Julius zog seine Taschenuhr aus seiner Westentasche und schaute darauf, „Zeit für mich", sagte er und stand auf.

Alfred krümelte sein Brot zwischen den Fingern und wagte nicht aufzusehen, bis sein Großvater gegangen war und er die Haustür ins Schloss fallen hörte.

Und er erinnerte sich an noch etwas. Es muss in der gleichen Nacht gewesen sein. Er hatte wach im Bett gelegen, als ein Steinchen gegen das Fenster seines Zimmers schlug. Er war aufgestanden und hatte aus dem Fenster geschaut.

Unten auf der Straße hatte Jessica gestanden. Mitten in der Nacht.

Wieso stand Jessica mitten in der Nacht unter seinem Fenster?

Oder hatte er das alles nur geträumt?

Hatte er auch nur geträumt, dass Jessica ihm atemlos zugeflüstert hatte, etwas Schreckliches gesehen zu haben... In Bierbach sei... Aber das konnte nicht sein. Nein, das konnte nicht sein. Er weigerte sich, sich daran zu erinnern. Außerdem hatte ihn Jessica mehr als einmal an der Nase herumgeführt. Und er hatte als Kind zu viel Phantasie.

Anscheinend hatte er die noch immer.

„Es wird wieder passieren!" Dieser Satz schoss wie die Kugel eines Flipperautomaten durch seinen Kopf. Irgendwie unkontrollierbar. Sauste in seinem Kopf umher. Schlug von einer Schädelwand an die andere, bis er dachte, den Verstand zu verlieren. Er presste seine Fäuste gegen die Schläfen.

„Es wird wieder passieren!" Jedes Wort ein Schlag. Jeder Schlag ein Schmerz. Es war ihm, als würde er um Hilfe gerufen. Als verstecke sich hinter den vier Worten eine ganz andere Wahrheit.

Es wird wieder passieren... nahm er den Takt auf. Es wird wieder passieren... hämmerte es in seinem Kopf.

„Selig sind die Bekloppten, denn sie brauchen keinen Hammer", hörte er plötzlich Karl Webers quäkende Stimme ganz dicht an seinem Ohr.

Alfred nahm die Fäuste von seinen Schläfen. Faltete die Hände zum Gebet und blickte zum Himmel. „Herr, wenn das ein Zeichen von dir ist, dann hilf deinem unwürdigen Diener, es zu verstehen."

„Ist etwas passiert, Herr Pfarrer? Geht es Ihnen nicht gut?" Nicht Karl Weber, sondern der Gemeindereferent, Jens Lüders stand wie aus dem Boden geschossen vor ihm.

„Herr Lüders!" Alfred starrte ihn an wie eine Erscheinung.

Lüders trug einen schwarzen Anzug über einem perfekt gebügelten schwarzen Hemd. Trotz der Hitze stand kein Tropfen Schweiß stand auf seiner Stirn. Er sah aus, als würde ihn eine eingebaute Klimaanlage permanent erfrischen.

„Herr Lüders", wiederholte Alfred.

Das Hämmern in seinem Kopf hatte plötzlich aufgehört. Erleichtert ließ er die Hände sinken.

„Soll ich Sie nach Hause bringen, Herr Pfarrer? Sie sind ja weiß wie ein Leintuch."

„Danke, Herr Lüders, aber das ist nicht nötig. Es ist nur die Hitze."

Und das Bier, fügte Lüders in Gedanken hinzu.

„Wissen Sie, ob irgendetwas vorgefallen ist im Dorf, während ich…äh…?", fragte Alfred so harmlos wie nur möglich.

…in der Kneipe saß, fügte Lüders wieder in Gedanken hinzu und kräuselte die Nase. „Was meinen Sie genau, Hochwürden? Einen Todesfall? Oder ein anderes Unglück?"

„Ach, nichts."

Lüders zog die rechte Augenbraue hoch.

„Vielleicht hat ein betagtes Gemeindemitglied die Hitze nicht vertragen. Haben Sie heute schon Frau Jacob besucht, Herr Pfarrer?"

„Was?"

„Frau Jacob aus der Blumenstraße, die alte Dame, die bettlägerig ist. Sie wollten Sie heute besuchen", erinnerte Lüders und lächelte anmaßend. „So stand es in Ihrem Terminkalender. Oder hat Frau Westphal…"

„Ich habe Frau Jacob bereits heute Vormittag einen Besuch abgestattet. Es geht ihr gar nicht gut, diese Hitze und dann den ganzen Tag im Bett."

Lüders zog nun die linke Augenbraue hoch.

Dieser Bursche ist kalt wie Hundeschnauze, stellte Alfred fest.

„Haben Sie auch mit dem Kirchenvorstand gesprochen, wegen der Fahrt ins Kloster Hornbach?"

„Lassen Sie das!"

„Bitte?"

„Hören Sie auf, mich abzufragen wie einen dummen Jungen. Was denken Sie sich?"

„Es hätte ja sein können, Hochwürden, dass Sie das Todesjahr des heiligen Pirminius vergessen haben, bei Ihrem derzeitigen Gesundheitszustand." Der Gemeindereferent lächelte. Dieses Mal unterwürfig.

Alfred spürte, wie seine Gesichtsfarbe von weiß zu rot gewechselt hatte. Nie zuvor war ihm so deutlich geworden, dass er den Gemeindereferenten nicht ausstehen konnte. Dieses ewige Grinsen in Lüders Gesicht, wenn er mit ihm oder sonst jemandem sprach. Diese stets gekräuselte Nase, als würde er etwas Ekeliges riechen.

Alfred hatte nach der Messe auf dem Kirchenplatz schon ein paar Mal beobachtet, wie seine Gemeindemitglieder, nachdem Lüders mit ihnen geredet hatte, verstohlen an sich selbst herumschnupperten, oder eine hohle Hand vor den Mund hielten, um ihren Atem zu prüfen.

Lüders war in seinen Augen alles andere als ein Gewinn für die Gemeinde. Er wollte den Bischof zwar nicht kritisieren, dafür war er zu katholisch. Jedoch hätte er sich gewünscht, das Geld, welches Lüders die Diözese monatlich kostete, anderweitig Verwendung gefunden hätte. Zum Beispiel zur Renovierung des Pfarrhauses.

„Wie können Sie es wagen, mir zu unterstellen, dass ich das 1250. Todesjahr des heiligen Pirminius vergessen könnte!"

„So dürfen Sie das nicht sehen, Hochwürden. Ich sehe es lediglich als meine Aufgabe an, Sie bei Ihrer Arbeit zu unterstützen."

Alfred hielt sich an die Gebote der Nächstenliebe und verzieh Lüders seine Frechheiten. Er kam sich auch ein bisschen dumm vor, die Jahreszahl so präzise genannt zu haben, als müsse er beweisen, dass er sie kannte.

„Ich bin nur ein Diener des HERRN. Und meine bescheidene Aufgabe ist es, mitzuhelfen, dass in der Gemeinde alles zum Wohle des HERRN geschieht." Lüders lächelte unverschämt.

Alfred registrierte es zwar, aber winkte ab. Für eine Auseinandersetzung war es viel zu heiß. Er drehte sich grußlos um und ging die Hügelstraße hinauf.

„Gott mit Ihnen, Herr Pfarrer."

Sein Amt verbot es Pfarrer Bubel, die Antwort zu geben, die der Mann Alfred gerne gegeben hätte. Wie Nadelstiche spürte er die Blicke seines Gemeindereferenten im Rücken. In diesem Moment wäre er gerne Don Camillo mit den stahlharten Fäusten gewesen.

Doch wenigstens hatte die Kugel in seinem Kopf aufgehört, herumzuflitzen.

Aber was? Was wird wieder passieren, fragte er sich erneut. Und vor allem, wo und wem?

Und warum habe ich diese Vorahnung?

Weil ich für meine Gemeinde verantwortlich bin?

Er sehnte sich danach, in seine kühle Kirche zu gehen. In der Zwiesprache mit Gott seine innere Ruhe wieder zu finden und Antworten auf seine Fragen. Und er wünschte sich noch etwas anderes. Er wünschte sich plötzlich, Jessica wäre hier.

VI

Bierbach, 06.August 2003

Wolfgang Lenhard lachte. Etwas übertrieben zwar, aber er lachte. Was sollte er auch sonst tun? Er musste zeigen, er war der Situation gewachsen. Angst hatte er keine. Sagte er sich.

Wovor sollte er auch Angst haben? War vielleicht irgendwo eine Waffe zu sehen?

Er war immerhin eins achtundachtzig groß und durchtrainiert. Und diese Gestalt, diese jämmerliche Gestalt, die in der Diele seines Hauses vor ihm stand, konnte er am ausgestreckten Arm verhungern lassen, wenn er wollte. Und er verspürte wirklich Lust dazu.

Wut kochte in ihm hoch. Immerhin war das hier sein Haus. Und wer hier ein und aus ging, bestimmte immer noch er.

„Wenn du nicht sofort verschwindest, rufe ich die Polizei! Also, hau ab!"

„Und warum?", bekam er zur Antwort.

„Wegen Hausfriedensbruch oder wegen Einbruch zum Beispiel und natürlich wegen Diebstahls. Deine Fingerabdrücke sind hundert Prozent auf meinem Schreibtisch. Wenn man es genau nimmt, bist du hier eingebrochen. Du bist ein kriminelles Subjekt. Wenn die Polizei dich unter die Lupe nehmen würde, kämen bestimmt noch ganz andere Dinge zum Vorschein. Aber wenn ich es recht bedenke, wäre ein Psychiater eher für dich zuständig."

Die Antwort war ein Lachen.

Wolfgang spürte, wie er langsam die Oberhand verlor. Sein Herz schlug ihm bis zum Hals. Und er war sicher, dass das Pulsieren der Schlagader an seinem Hals auch seinem Gegenüber nicht entgangen war.

Ja, du hast mich genau erkannt, sagte dieses Lachen. Also Vorsicht!

Wolfgang fragte sich, wie er all die Jahre nur so blind hatte sein können. Wie er all die Jahre in diese Augen hatte blicken können, ohne den Wahnsinn dahinter zu erkennen.

Die Schlagader an seinem Hals pulsierte immer heftiger. Die Haut darüber juckte und kitzelte, als hätte eine Spinne ihre Eier hineingelegt und die kleinen Biester strebten nach draußen.

Er fasste sich mit der Hand an den Hals und packte so fest zu, als wolle er sich selbst erwürgen. Es half ein wenig. Das Pulsieren wurde schwächer.

„Lass uns ein Bier zusammen trinken und über alles reden, Wolfgang. Danach geht es dir bestimmt besser. Was meinst du?"

„Danke. Es geht mir auch so gut. Aber noch besser ginge es mir, wenn du verschwinden würdest. Trink dein Bier, wo du willst, aber nicht hier bei mir."

Sein Gegenüber lachte wieder. Riss dabei den Mund auf, als wolle es ihn verschlingen. Fauliger Geruch stieg Wolfgang in die Nase. Auch das war ihm früher nie aufgefallen.

Vor ein paar Tagen erst hatte er im Wartezimmer seines Zahnarztes in einem Magazin geblättert und einen Artikel über forensische Psychiatrie gelesen. Darin hatte gestanden, dass der Stoffwechsel bei geisteskranken Gewaltverbrechern nicht mehr normal funktioniert und sie deshalb oft am ganzen Körper stinken.

Er musste würgen und drehte sich weg.

Bloß keine Schwäche zeigen, sagte er sich. Bloß nicht auf den Teppich kotzen. Er wusste, wie empfindlich sein Magen war. Und dann noch diese Hitze. Er glaubte zu ersticken. Er musste jetzt so schnell würgen, als hätte er einen Schluckauf. Und egal, wie er sich auch bemühte, er bekam es nicht unter Kontrolle.

„Ist dir nicht gut, Wolfgang?" Die Stimme bediente sich eines sanften Untertons. Eines unnatürlich sanften Untertons, der so gar nicht zu dem gemeinen Gesichtsausdruck passen wollte.

So stellte sich Wolfgang die Schlange vor, die Eva verführt hatte. *Da sprach Gott der Herr zu der Schlange: Weil du das getan hast, seiest du verflucht und verstoßen. Auf deinem Bauche sollst du kriechen und Erde fressen dein Leben lang.*

Du Arschloch, fügte er in Gedanken hinzu. Dann ging es ihm besser. Das Würgen hatte nachgelassen.

Er steckte seine Hände betont lässig in die Taschen seiner Shorts und ging in Richtung Keller, wobei er sich bemühte, seinen Gang locker wirken zu lassen. „Ich habe noch zu tun. Die Dachbalken über dem Balkon streichen sich noch nicht von alleine. Wenn ich zurück bin, bist du verschwunden. Kapiert?"

Die Uhr neben der Gästetoilette zeigte halb drei. Glutofenhitze! Und er wollte die Balken streichen! Sylvia würde denken, dass er den Verstand verloren hatte. Aber irgendetwas musste er tun. Musste zeigen, dass er sich nicht beeindrucken ließ. Er würde jetzt in den Keller gehen, die Leiter holen, den Pinsel und einen Farbeimer und was er sonst noch brauchte.

Er war ein schlechter Handwerker. Er hatte auch überhaupt keinen Spaß an handwerklichem Tun. Aber als Hausbesitzer blieb es nicht aus, dass er hin und wieder selber Hand anlegen musste. Seine Frau Sylvia schien es auch von ihm zu erwarten. Wenn es nach ihm gegangen wäre, hätte er einen Fachmann bestellt, aber er wollte ihre Illusion von einem echten Mannsbild nicht zerstören.

„Du bist verschwunden, wenn ich wieder aus dem Keller zurück bin! Kapiert?", wiederholte er und öffnete die Kellertür.

Er knipste das Licht an und ging die Treppe hinunter. Stufe um Stufe wurde es kühler und angenehmer, und er bedauerte, nicht im Keller verweilen zu können, sondern auf dem heißen Balkon streichen zu müssen. Aber er hatte es sich nun einmal vorgenommen und wollte es auch durchführen.

Geh nur in den Keller, Wolfgang. Mir entkommst du nicht.

Der Eindringling lächelte gemein und warf einen Blick ins Wohnzimmer, auf die gemütliche Sitzgarnitur aus beigefarbenem Cordsamt, den Wohnzimmerschrank, die Glasvitrine mit dem Meisner Porzellan. Sein Blick streifte das Sideboard, auf dem eine Ansammlung gerahmter Fotos stand.

Das interessierte ihn. Er ging hinüber und sah sie sich genauer an.

Sylvia und Wolfgang bei ihrer Hochzeit. Sylvia und Wolfgang im Kirchenchor „St. Cäcilia". Er links bei den Tenören, sie rechts bei den Sopranistinnen. Sylvia und Wolfgang bei der Kappensitzung in der Pirminiushalle. Sie verkleidet als Bas Stollebett und er als Permes, die dunkle Gestalt des Waldes.

Verkleidet als Permes! Wie konnte er es wagen!

Der Eindringling knirschte mit den Zähnen, ballte die Fäuste und sah sich im Zimmer um, bereit auf irgendetwas einzuschlagen. Irgendetwas zu zerstören. Doch dann fiel ihm sein eigentliches Vorhaben wieder ein. Das Problem hieß Wolfgang.

Er ging zurück in die Diele.

Im Keller hörte er Wolfgang hantieren. Dann krachte es, und es hörte sich an, als wäre der Werkzeugkasten auf den Boden gefallen. Wolfgang fluchte.

Der Eindringling schlich die Treppe hoch in den ersten Stock, vorbei an der Badezimmertür und vorbei an der Tür des Gästezimmers. Die Tür zum Schlafzimmer öffnete er und ging hinein.

Die Bettdecken lagen aufgeschlagen auf dem Doppelbett. Für einen Moment sah er zwei nackte Körper in zerwühlten Laken. Er verdrängte das Bild und versteckte sich hinter der Schlafzimmertür.

Dort blieb er regungslos stehen und wartete. Wartete und genoss die Aussicht auf das, was er als nächstes machen würde. Die Vorstellung davon, und er sparte nicht an Details, bereitete ihm eine kribbelnde Vorfreude.

Bald schon. Bald schon wäre es soweit, und er würde dem Permes ebenfalls ein Opfer darbringen.

VII

Karlsruhe, 6.August 2003

Birgit Altpeter saß auf ihrem Bett und starrte vor sich hin. Sie hatte wieder das Gefühl, als beobachte sie sich selbst durch eine dicke Milchglasscheibe. Die Gestalt, die sie beobachtete, war nur schemenhaft zu erkennen. Aber es war sie. Eindeutig.

Wer sollte es auch sonst sein. In ihrem Universum gab es sonst keinen Menschen. Der einzige Mensch, den sie begehrte und unbedingt haben wollte, ließ sich nicht hinter die Milchglasscheibe ziehen, so sehr sie es auch immer wieder versucht hatte.

Ihr Bett war seit Wochen nicht gemacht, geschweige denn frisch überzogen worden. Kleider- und Wäscheberge türmten sich auf dem Sessel und der Spiegelkommode. Nur noch ein schmaler Gang führte zum Wohnzimmer, wo weitere Kleidung und Unrat die Couch, den Esstisch und die Stühle bedeckte und sich Zeitungen und Zeitschriften bis unter die Decke stapelten.

In der Küche stand auf der Spüle, auf dem Herd und auf der Anrichte schmutziges Geschirr. Auf dem Tisch lagen versteinerte Brotrinden und stapelten sich die Teller mit eingetrockneten Soßen und Tassen mit verschiedenfarbigen Resten.

Der Boden war übersät mit Abfall in blauen Plastiksäcken, die nie hinausgetragen worden waren, sowie leeren Dosen, leeren Kartons und leeren Flaschen. Und überall krabbelte und surrte es von Ungeziefer.

Das Chaos in ihrer Wohnung entsprach ihrem wahren Innenleben. Es war ganz allmählich über sie gekommen, immer unüberschaubarer geworden, bis es schließlich nicht mehr zu bewältigen gewesen war.

Jetzt hatte Birgit keine Kraft mehr. Weder zum Aufräumen noch zum Wegwerfen. Ihr bisschen Energie reichte gerade aus, um sich am Leben zu erhalten und nach außen hin den Schein zu wahren.

Manchmal kam es ihr so vor, als sei sie total fremdbestimmt und ferngesteuert.

Als Kind in Bierbach hatte sie den Permes dafür verantwortlich gemacht. Seine Macht, glaubte sie damals, reiche bis ins Dorf, und er könne nach Belieben von einem Menschen Besitz ergreifen.

Mit sechzehn musste sie mit ihren Eltern nach Karlsruhe ziehen. Die fremde Macht beherrschte sie auch dort, aber sie konnte sie nicht mehr dem unheimlichen Waldgeist zuordnen. Oder doch? Hatte er sie bis hierher verfolgt?

Wenn jemand den Schweinestall im zweiten Stock in der Alleestraße 17 in Karlsruhe betreten hätte, hätte er es nicht fassen können, dass dies die Wohnung der adretten, unauffälligen Studienrätin Birgit Altpeter sein sollte.

Die eine war die Studienrätin draußen in der Welt, die andere war…? Sie wusste es nicht. Wusste nur, dass sie existierte.

Das Telefon klingelte. Einmal. Zweimal. Dreimal.

Geh ran, sagte die Stimme, die in ihrem Kopf hauste und manchmal auch wütete. Sie stand auf, ging ins Wohnzimmer und ortete das Telefon unter einem Berg unkorrigierter Schulhefte. Sie nahm den Hörer ab und meldete sich.

„Birgit! Gott sei Dank erreiche ich dich."

„Sylvia!" Sylvia war Wolfgangs Frau. Seit fünfzehn Jahren, drei Monaten und sieben Tagen.

„Was ist denn los?", wunderte sich Birgit. Sie fuhr jede Woche mindestens einmal nach Bierbach, um die beiden (eigentlich aber nur Wolfgang) zu besuchen oder eine ihrer Tanten, zu denen sie als Kind immer geflüchtet war, wenn ihr Vater betrunken in ihr Zimmer getorkelt war, die Hose offen.

Hatte sie das gerade laut gesagt? Sie schlug sich auf den Mund.

„Wolfgang ist von der Leiter gestürzt und liegt im Koma…"

„Ach du lieber Gott."

„…In der Uni-Klinik in Homburg. Auf der Intensivstation. Die behandelnden Ärzte sagen, dass er es vielleicht nicht überlebt."

„Was sagst du da?"

„Er wollte die Balken…" Ein Weinkrampf schüttelte Sylvia.

Birgit schwieg. Sie saß da wie betäubt, hielt den Telefonhörer ans Ohr gepresst, aber sie verstand nichts. Schaute stattdessen zur Uhr.

Es war halb zwölf in der Nacht, als ihre Welt zu zerbersten drohte. Wolfgang lag im Koma. Aber, sie lacht auf und es hörte sich an wie ein Quieken, das bedeutete immerhin, dass er immerhin noch am Leben war.

Koma. Wie ein Nachrichtenticker zog dieses Wort durch ihr Gehirn. Koma, Koma, Koma. So lange und so dicht hintereinander zog es vorbei, bis es für sie seine Bedeutung verlor und fast albern klang.

„Im Koma liegt er?"

„Vielleicht stirbt er auch. Ach Birgit, es ist alles so furchtbar", schluchzte Sylvia.

Eisige Kälte überfiel Birgit. Sie kroch langsam von außen nach innen. Begann in den Fingerspitzen und breitete sich über ihren ganzen Körper aus. Diese Kälte, dachte sie, hat ein Leben lang auf eine Nachricht wie diese gewartet. Wolfgang könnte sterben!

Seit sie denken konnte, hatte sie sich vor einer Welt ohne Wolfgang gefürchtet. Vor einer Welt, in der ihre Liebe und ihre Sehnsucht umherirren müssten, wie verwirrte Alzheimer-Patienten, die ihr Zuhause nicht mehr finden können oder gar nicht mehr wissen, dass sie eines haben.

Sylvia sprach weiter. Immer wieder unterbrochen von hemmungslosen Schluchzern.

Wolfgangs Unfall war nachmittags gegen drei passiert. In ihrem Haus in der Bühlstraße. Er hatte auf dem Balkon auf einer Leiter gestanden. Direkt neben der Brüstung.

„Auf dem Balkon auf einer Leiter? Wieso das denn?"

„Er wollte die Dachbalken streichen. Bei fast vierzig Grad im Schatten. Vielleicht ist im schwindelig geworden, er bekam Übergewicht und stürzte über die Brüstung auf die Terrasse."

Auf die Terrasse, von der aus man einen weiten Blick über die Bliesaue hatte. Auf die Terrasse, auf der sie Wolfgang gebeichtet hatte, was sie für ihn empfand. In der Küche hatte zur selben Zeit Sylvia gestanden und von alledem nichts geahnt. Hatte den beiden sogar durch das Fenster fröhlich zugewinkt.

‚Ich weiß, dass du mich liebst, Birgit, aber ich bin verheiratet. Glücklich verheiratet und ich liebe meine Frau über alles', hatte Wolfgang geantwortet und war ihrem Blick ausgewichen. Dann hatte er seinen Stuhl zurückgeschoben und war aufgesprungen, als wolle er flüchten. Und sie war sicher, dass er nicht vor ihr flüchten wollte, sondern vor Sylvia.

„Aber du und ich, Wolfgang. Erinnerst du dich denn nicht mehr daran?", hatte sie darauf erwidert.

„Meine Güte, Birgit! Damals waren wir doch noch Kinder." Dabei hatte seine Stimme ärgerlich geklungen.

Sylvias Stimme drang wieder in ihr Bewusstsein und holte sie in die Gegenwart zurück. „Die Schmerzen, die er haben musste. Ich darf gar nicht daran denken. Und es ist ausgerechnet heute passiert, als ich nicht zuhause war. Wenn ich ihn gleich gefunden hätte…"

„Wo warst du denn?"

Sylvia stutzte einen Moment. Hatte sie bemerkt, dass in der Stimme ihrer alten Freundin ein Vorwurf mitklang? „Wäre ich doch nur vom Einkaufen im *Globus* gleich heimgefahren, statt noch bei Margot vorbeizuschauen."

Birgit hätte beinahe aufgeschrien. Margot wohnte schräg gegenüber von Sylvia und Wolfgang in der Bühlstraße. „Wie schwer sind denn seine Verletzungen?"

„Weil er so spät gefunden wurde, hat er unheimlich viel Blut verloren. Und im Krankenhaus haben die Ärzte einen Schädelbasisbruch festgestellt, und die Wirbelsäule ist angebrochen. Und zwei gebrochene Rippen haben die Lunge durchbohrt." Sylvias Stimme wurde mit jedem Wort leiser, als könne sie das Gesagte selbst kaum fassen.

„Du meine Güte, das hört sich ja furchtbar an. Es tut mir so leid, Sylvia."

„Ach, Birgit! Ich bin so froh, dass ich dich erreicht habe. Ich habe mit jemandem reden müssen, der so vernünftig ist wie du. Kannst du nicht kommen? Es sind doch Ferien. Oder willst du wegfahren?"

„Ich bin gerade heute von einem Kurzurlaub aus der Lüneburger Heide zurückgekommen. Ich fahre sofort los, Sylvia. In knapp eineinhalb Stunden kann ich bei dir sein", hörte sich Birgit antworten.

„Ist es nicht schon zu spät? Das kann ich doch nicht von dir verlangen, Birgit. Es reicht auch morgen noch."

„In eineinhalb Stunden", wiederholte Birgit, legte auf und zündete sich eine Zigarette an. Sie inhalierte tief und spürte, wie sich ihr Körper langsam wieder erwärmte und der Stress nachließ. Was für eine Nachricht!

Sie ging zurück ins Schlafzimmer, wo ihre Reisetasche noch unausgepackt zwischen Bett und Schrank stand, öffnete den Reißverschluss und schüttete den Inhalt auf den Boden.

An ihrer Wanderkluft haftete noch ein wenig Heidekraut und der Geruch der Heidschnucken.

Als Kinder hatten Wolfgang und sie mit ihren Eltern dort regelmäßig die Ferien verbracht. Und für sie war das immer die schönste Zeit des Jahres gewesen, wenn Wolfgang und sie drei Wochen lang ununterbrochen zusammen sein konnten.

Nicht, dass sie in Bierbach öfter getrennt gewesen wären als unbedingt notwendig. Aber in der Ferienzeit durften sie auch zusammen im selben Zimmer schlafen. Weil sie noch Kinder waren. Und unschuldig. Und Begehren nur eine dunkle Ahnung war.

In der Heide waren sie Tag und Nacht beieinander, ohne Alfred, Margot, Jessica und Günter. Die Störenfriede, die sich immer zwischen Wolfgang und sie gedrängt hatten. Wären sie nicht gewesen, wäre Wolfgang ihr Mann geworden. Aber sie haben es verhindert. Mit allen Tricks.

Warum hatte der Permes damals nicht ihren Wunsch erfüllt und die vier getötet? So oft hatte sie darum gebeten. Aber nie war etwas geschehen.

Die vier waren an allem schuld. Auch daran, dass Wolfgang jetzt so schwer verletzt war. Denn er hätte ihr Mann werden sollen. So wie sie es sich als Kinder geschworen hatten. Hinter der Waldschenke beim Spielplatz. Beim Permes hatten sie es sich sogar geschworen. Und ihn betrügt man nicht.

„Wolfgang", flüsterte sie, und dann wurde ihre Stimme immer lauter, bis sie schließlich schrie. „Wolfgang! Wolfgang!"

Bald schrie sie seinen Namen so oft und so laut, dass der Nachbar aus der Wohnung über ihr mit dem Besenstiel auf den Boden stampfte.

VIII

Auf der A6, 12. August 2003

Auf der Autobahn. Im Stau. Am Mannheimer Kreuz.

Im Radio sang jemand von ewiger Liebe und Sehnsucht. Ansonsten Gluthitze. Ihr Kreuz tat weh von der langen Sitzerei in der immer gleichen Haltung.

Apropos Kreuz. Sie war ja selbst dran schuld. Warum musste sie auch gleich losfahren, wenn der Herr Pfarrer anrief. Ein paar Stunden später hätte es auch noch gereicht und es wären weniger LKW unterwegs gewesen. Und ein paar Grad weniger wären auch angenehmer gewesen.

Jessica nahm ihre Baseballkappe vom Kopf und fuhr sich durch ihre rot-blonden Locken. Das Schweißband ihrer Kappe war feucht wie ihre Stirn. Sie liebte es, im Cabrio zu fahren, mit dem Wind in den Haaren, aber bei der stechenden Sonne wäre es ohne Kopfbedeckung mörderisch gewesen.

Sie fächelte sich mit der Kappe ein wenig kühle Luft zu. Das kleine Mädchen aus dem Wagen vor ihr, lachte und winkte. Sie lächelte, winkte zurück und setzte die Kappe wieder auf.

Die Kleine hatte blonde Haare, die zu einem Pferdeschwanz zusammengebunden waren, der immer fröhlich hin und her wippte, wenn sie sich von Jessica abwandte, um ihren Eltern, die vorne im Auto saßen, etwas mitzuteilen.

Jessicas Gedanken wollten auf Wanderschaft gehen. Räumlich vorauseilen nach Bierbach, und zeitlich um viele Jahre zurück. Doch sie neigte dazu, Sentimentalitäten zu unterdrücken. Wenn sie ehrlich war, wünschte sich nichts mehr, als zu Hause zu sein. In dem Loft in Stuttgart, das zwei zu eins aufgeteilt war in das Architekturbüro *Lück + Scheufele* und ihre Wohnung.

Seit dem Verlassen des Büros hatte sie nicht richtig abschalten können, weil sich die Arbeit auf ihrem Schreibtisch stapelte.

Lück + Scheufele hatte an einer Ausschreibung für ein zehnstöckiges Verwaltungsgebäude der *Chase Manhatten Bank*, das am Stuttgarter Hauptbahnhof entstehen sollte, teilgenommen, und die Jury hatte ihrem Projekt aus Stahl und Glas den ersten

Preis zugesprochen. Und sie hatten nicht nur den ersten Preis gemacht, sondern auch den Zuschlag bekommen, was selten genug war (meistens wurde der günstigere zweite oder dritte Preis realisiert). Das bedeutete, neben der Ehre, auch einen Haufen Arbeit.

Jessica hatte in Berlin, Stuttgart und Chicago studiert und sich auf Entwurf und Modellbau spezialisiert. Ihr Partner, Moritz Scheufele, der mit ihr in Berlin zusammen studiert hatte, kümmerte sich um die Ausführung und die Bauleitung. Zum Team gehörten des Weiteren eine Sekretärin und eine Buchhalterin sowie, je nach Arbeitsanfall, zwei weitere Architekten.

Der Stau schien sich nicht auflösen zu wollen. Ab und zu bewegte sich die Autokolonne ein paar Meter vor, dann kam sie wieder zum Stillstand. Alle paar Minuten hupte irgendein frustrierter Fahrer. *Dichtes Verkehrsaufkommen* nannte dies der Radiosprecher vom SWR 1.

Sie ärgerte sich. Über den Verkehr. Über den Schwätzer im Radio. Und über die nicht enden wollende Hitze.

Jetzt fuhr sie also nach Bierbach. Seit zwanzig Jahren war sie nicht mehr dort gewesen. Falsch. Seit fünfzehn. Das letzte Mal zur Hochzeit von Sylvia und Wolfgang. Aber nur ein paar Stunden. Zur Trauung und zur Feier.

Getraut wurden sie vom damaligen Bierbacher Pfarrer Laval. Ihre Trauzeugen waren natürlich zwei von den *Sechs Unzertrennlichen* gewesen, nämlich Alfred und sie.

Sie hatten im Nebenzimmer des *Lindenhof* in der Hauptstraße gefeiert, der traditionsreichsten Wirtschaft in Bierbach. Es hatte ein üppiges Hochzeitsmahl und Elsässer Riesling gegeben. Und Wolfgangs Onkel Willi, der Vorsitzende des Obst- und Gartenbauvereins, hatte eine Zweiliterflasche Selbstgebrannten spendiert. Zum Tanz hatten die *Sunshine Boys* aufgespielt, eine damals sehr populäre Band, die auch bei der Kirmes und den Faschingsbällen in Bierbach und Umgebung auftraten. Und soweit Jessica bekannt war, war es eine glückliche Ehe geworden.

Wolfgang hatte Sylvia, die ursprünglich aus Blickweiler stammte, am Arbeitsplatz kennengelernt. Die beiden waren Arbeitskollegen bei der Volksbank Blieskastel gewesen.

Jessica sah ihn plötzlich vor sich, in seinem neuen, schwarzen Anzug, den er am Vortag mit Alfred zusammen im Kaufhaus *Hägin* in Homburg gekauft hatte. Und jetzt fuhr sie zu seiner Beerdigung. Sie hatte einen Kloß in den Hals und schaltete das Radio aus.

Wenn ein Freund aus Kindertagen stirbt, stirbt auch ein Stück der eigenen Kindheit mit, hieß es. Und das war kein dummes Geschwätz und war auch nicht...

Hör auf zu philosophieren, dachte sie. Es tut einfach nur verdammt weh.

Über den Sinn des Lebens würde sie mit Alfred diskutieren. Dafür war ein katholischer Priester bestens geeignet. Und sie hatte in ihm einen zum Freund. Häufig gesehen hatten sie sich in den letzten Jahren nicht, aber immer wieder miteinander telefoniert.

Sie hatte nie verstanden, wieso Alfred Pfarrer geworden war, und nicht ein Gelehrter für alte Sprachen oder Archäologie - *irgendetwas*, das mit altem Zeug zu tun hatte.

In ihrer Vorstellung saß er in einer düsteren Bibliothek, vor sich einen in Leder gebundenen Folianten, den Staub der Jahrhunderte wegpustend und andächtig die Seiten umschlagend. Das hätte zu ihm gepasst. Aber Pfarrer?

Kam er sich nicht ein wenig albern vor, die jungfräuliche Empfängnis von der Kanzel herab zu verkünden? Oder die Geschichte vom geteilten Roten Meer, durch das Moses sein Volk geführt haben soll? Oder die Mär von Jesus, der auf dem Wasser ging?

Mit der Nummer hätte er im Zirkus Maximus in Rom auftreten und eine Menge Silberlinge machen können.

Für Jessica war das angebliche Wasser nur eine Luftspiegelung in der Wüste. Ein Phänomen, das mittlerweile allgemein bekannt war.

Aber vielleicht tat sie ihm ja Unrecht, und er legte mehr Phantasie und modere Interpretation in seine Predigten als die alten

Pfarrer, die sie noch kannte. Und möglicherweise war Alfreds Großvater an der Berufswahl seines Enkels nicht ganz unschuldig. Der alte Bubel Julius mit seinem Geschwätz vom Bösen in der Welt und speziell im Bierbacher Wald, und seine bei jeder Gelegenheit ausgestoßene Warnung vor dem Permes!

Ihr Großvater, der Lück Johann, und der Lenhard Max hatten ebenfalls sonderbare Vorstellungen, was das Böse anbelangte. Doch so weit wie der alte Bubel Julius waren sie nie gegangen. Jessicas Mutter hatte die düsteren Warnungen der drei immer auf irgendwelche traumatischen Kriegserlebnisse geschoben.

Jessica glaubte nicht, dass das Böse als freie Kraft existierte. Ebenso wenig wie das Gute. Es gab keinen Gott, keinen Teufel und auch keinen Permes. Für sie gab es nur das real Existierende, was man sehen, hören, anfassen und riechen konnte. Die Begriffe Gut und Böse waren eine menschliche Erfindung, wie auch die Kirchen und ihre angeblich heiligen Bücher. Nichts da mit Gottes Wort, das er ausgesuchten Chronisten eingeflüstert haben soll!

Das Alte Testament, das Neue Testament und der Koran waren von Menschen geschrieben worden, die unter den Bedingungen und den Eindrücken ihrer Zeit gelebt hatten. Sie hielten das, was sie aufschrieben, für Gottes Wort, aber das war es nach Jessicas Überzeugung nicht. Vielleicht hatten sie Halluzinationen als göttliche Eingebungen gedeutet. In der Hitze wäre das nicht verwunderlich gewesen. Kamen doch alle drei Buchreligionen letztendlich aus der Wüste, wo es extrem heiß ist und Trugbilder zum Alltag gehören. Oder konnte man sich etwa den brennenden Dornbusch, der sogar reden konnte in Deutschland, Schweden oder Norwegen vorstellen?

Historisch betrachtet hat die Bibel als wichtiges Zeitdokument und als Sammlung alter Überlieferungen und Mythen sicher ihre Berechtigung. Aber für Jessica war geschichtliches Interesse das eine und Religiosität das andere.

Sie war konsequent. Sie gehörte keiner Religion an. Was sie in diesem Zusammenhang irritierte, waren Leute, die sich besonders fortschrittlich gaben, indem sie sich vom traditionellen christlichen Glauben abwandten, ihn gar ins Lächerliche zogen, um sich jederzeit kritiklos und voller Respekt allerlei fremden Religionen zuzuwenden.

Jessica war zwar auch katholisch getauft, würde sich aber von Alfred nicht dazu überreden lassen, die Heilige Messe zu besuchen. Die Predigt anlässlich der Beerdigung, ja. Aber sonst nichts. Davon abgesehen, hatte sie sowieso nicht vor, länger zu bleiben.

Der Verkehr war jetzt endgültig zum Stillstand gekommen. Jessica stelle den Motor ab und nahm ihren Zeichenblock und einen Bleistift aus ihrer Tasche, die auf dem Beifahrersitz stand, um die Wartezeit sinnvoll zu nutzen.

Sie hatte gerade zwei diagonale Striche zu Papier gebracht, als ihr Handy klingelte. Sie griff noch einmal in die Tasche, nahm es zur Hand und meldete sich.

„Jessi?"

Sie erkannte die Stimme sofort. Sah blonde Haare vor sich. Blaue Augen. „Hallo Margot."

„Hallo Jessi. Schön, deine Stimme zu hören. Wie geht es dir?"

„Gut. Das heißt nicht gut. Ich bin natürlich traurig, dass Wolfgang tot ist."

„Das sind wir alle. Und dabei erschien es zunächst, als hätte er sich wieder erholt von seinem Sturz. Hat Alfred dich angerufen oder Sylvia?"

„Alfred. Das hättest du mich aber auch später fragen können. Ich bin nämlich auf dem Weg nach Bierbach. Aber das weißt du bestimmt auch schon." Jessica tastete nach der Zigarettenschachtel, schüttelte eine heraus, steckte sie mit fahrigen Fingern zwischen die Lippen und zündete sie an.

„Deswegen rufe ich ja an. Ich habe deine Nummer von ihm bekommen."

„Wieso rufst du mich denn jetzt an?", fragte Jessica unwirsch zurück.

„Jessica! Wir haben uns seit zwanzig Jahren nicht mehr gesehen."

„Du irrst dich. Seit fünfzehn."

„Das weißt du noch so genau?" Jessica glaubte ein Lächeln in Margots Stimme zu hören.

„Ich habe gerade nachgerechnet." Jessica überkam ein leichtes Schwindelgefühl. Sie drückte die Zigarette im Aschenbecher aus und nahm den Bleistift wieder auf.

„Aber da warst du nur für ein paar Stunden hier. Ich meine, richtig hier warst du zuletzt vor zwanzig Jahren." Sie machte eine kleine Pause. „Ich habe mich so gefreut, als ich gehört habe, dass du kommst. Wenn auch der Anlass traurig ist. Weißt du schon, wo du wohnen wirst? Also, bei mir ist noch ein Bett frei."

Der Bleistift zitterte leicht in Jessicas Hand. „Ich wohne im *Hotel zur Post* in Blieskastel. Alfred hat mir dort ein Zimmer reservieren lassen. Aber wohnen ist zu viel gesagt, ich bleibe nur eine Nacht. Morgen, gleich nach Wolfgangs Beerdigung, muss ich wieder zurück nach Stuttgart fahren."

„Du hast es ja eilig, wieder wegzukommen." Margots Stimme klang enttäuscht.

„Ich habe jede Menge zu tun."

„Das hast du schon seit zwanzig Jahren, Jessi. Aber ich muss sagen, du hast es auch weit gebracht."

„Danke. Du doch hoffentlich auch."

Margot lachte freudlos auf. „Zu einer geschiedenen Ehe. Zu mehr hat es bei mir nicht gereicht."

„Dumm gelaufen. Versuche es doch noch einmal. Vielleicht klappt es beim zweiten Mal besser."

„Du hast dich kein bisschen verändert."

„Wie meinst du das?", fragte Jessica.

„Du bist noch genau so charmant wie damals", antwortete Margot, diesmal mit einem deutlichen Lächeln in der Stimme.

„Also dann bis morgen bei der Beerdigung". Jessica wollte das Gespräch beenden. Margot hatte recht. Sie hatte sich nicht geändert. Nichts hatte sich geändert. Wäre es anders, würde er Herz jetzt nicht schlagen wie verrückt.

In dem VW-Kombi hinter ihr begann ein vor Hitze durchgeknallter Fahrer nonstop auf die Hupe zu drücken und fand sofort Nachahmer.

„Hast du noch etwas gesagt? Ich verstehe dich nicht!", schrie Jessica ins Handy.

„Ich dachte, heute Abend schon. Ich hatte gehofft, dass wir uns heute Abend schon sehen könnten. Wir könnten zusammen essen, wenn du willst, ein bisschen von alten Zeiten reden", schrie Margot in den Hörer.

Das Hupkonzert verstummte so plötzlich, wie es begonnen hatte.

„Nein!", antwortete Jessica.

„Entschuldige, dass ich aufmerksam sein wollte", erwiderte Margot leicht pikiert.

„Schon gut. Ich entschuldige mich ja auch nicht dafür, dass ich immer sehr direkt bin. Das ist meine Art."

„Das stimmt doch gar nicht, Jessi. Deine Art ist es, dich unklar auszudrücken. Dich zurückzuziehen, wenn es dir unangenehm wird. Du bist dein Leben lang schon auf der Flucht. Und ab und zu bist du auch gern verletzend, so wie jetzt."

„Du kennst mich doch überhaupt nicht mehr."

„Beantworte mir noch eine Frage, Jessi."

„Ja, aber mach schnell, sonst ist mein Akku leer."

„Warum bist du damals nicht zu meiner Hochzeit gekommen?"

„Vielleicht war ich zu der Zeit gerade pleite. Damals habe ich doch noch studiert."

„Zu Wolfgangs Hochzeit bist du doch auch gekommen."

„Was soll denn die Fragerei? Außerdem muss ich die Leitung freihalten, ich erwarte noch einen wichtigen Anruf."

„Was hast du eigentlich gegen mich? Wir waren doch früher…"

Die Kleine aus dem Wagen vor ihr winkte wieder. Jessica winkte zurück.

„… die besten Freundinnen."

Die Kleine winkte immer noch. Sie sah aus wie Margot in der zweiten Klasse.

„Nichts, Margot. Wir sehen uns auf der Beerdigung."

„Wie du willst!"

Es klickte. Margot hatte aufgelegt.

Jessica schaltete das Handy aus und warf es wütend auf den Beifahrersitz. Ihr Herz klopfte noch immer wie wild.

Sie steckte den Bleistift in die Spirale ihres Zeichenblocks und betrachtete, was sie während des Telefonats gezeichnet hatte. Ein Gesicht. Margots Gesicht.

So hat sie mich damals angesehen, als ich ihr sagte, dass ich nach Berlin gehe, dachte Jessica.

„Warum nach Berlin?" hatte Margot gefragt.

„Weil ich dort Architektur studieren will", hatte sie geantwortet, und weil du dich verliebt und von Heirat gesprochen hast, in Gedanken hinzugefügt. Dann hatte sie sich umgedreht und war gegangen.

Und Margot war in Bierbach zurückgeblieben und hatte Rolf Hilbig aus Landsweiler-Reden geheiratet, einen Beamten vom Blieskasteler Einwohnermeldeamt.

Danach waren sie sich noch einmal kurz auf Sylvias und Wolfgangs Hochzeit begegnet, hatten aber nur Belanglosigkeiten ausgetauscht. Jessica hatte sich auf der Feier vorwiegend gerade immer an dem Platz aufgehalten, an dem Margot nicht war.

Was hatte Margot eben gesagt? Es stimmte. Sie, Jessica, war immer auf der Flucht. Auf der Flucht vor ihren Gefühlen.

Sie steckte sich eine neue Zigarette an und tat einen tiefen Zug. Bei der nächsten Ausfahrt würde sie rausfahren und wieder zurück nach Stuttgart fahren. Wolfgang würde auch ohne sie unter die Erde kommen. Warum sollte sie sich das antun? Sie würde sich von niemandem aus der Bahn werfen lassen. Sie hatte es sich in ihrem Leben gerade so schön eingerichtet. Sie würde dieses Kaff nie mehr betreten. Ihr Leben lang hatte sie nur nach vorne geschaut. Nie zurück. Bierbach gehörte zu ihrer Vergangenheit.

Sie nahm ihr Handy wieder auf und wählte.

„Pfarrbüro Herz-Jesu. Dagmar Westphal am Apparat."

„Jessica Lück. Guten Tag, Frau Westphal, würden Sie dem Herrn Pfarrer etwas von mir ausrichten?"

„Ich kann Sie auch verbinden. Ach, gerade sehe ich, dass er telefoniert. Können Sie einen Moment warten?"

„Ich habe leider keine Zeit. Sagen Sie ihm nur, dass ich nicht zur Beerdigung kommen kann. Mir ist leider etwas dazwischengekommen."

„Einen Moment, Frau Lück. Er kommt gerade herein."

Jessica hörte, wie im Pfarrbüro eine Tür geöffnet wurde, die quietschend um ein paar Tropfen Öl bettelte. Im Vatikan horten sie die Reichtümer, aber haben kein Geld für ein Kännchen Öl fürs Pfarrbüro in Bierbach übrig, dachte Jessica. Bestimmt tippte die Pfarrsekretärin noch auf einer alten Olympia-Schreibmaschine.

Der Hörer wurde weiter gereicht.

„Jessica?" Alfreds Stimme hörte sich müde an, als koste ihn jeder einzelne Buchstabe ihres Namens unendlich viel Kraft.

„Alfred. Ihr müsst Wolfgang ohne mich beerdigen. Ich kann leider nicht kommen."

„Jessica!", sagte er noch einmal, und dieses Mal klang seine Stimme verzweifelt.

„Was ist denn los?" Beunruhigt setzte sich Jessica auf und presste das Handy fester ans Ohr.

„Günter ist verschwunden", antwortete er.

„Verschwunden? Was soll das heißen, verschwunden?"

„Er ist vor zwei Tagen allein in den Pirmannswald gegangen und ist nicht mehr zurückgekommen. Du erinnerst dich, Jessica." Er holte tief Luft. „‚Gehen nie alleen in de Wald, sonscht holt euch de Permes!'" Seine Stimme war zu einem Flüstern geworden.

„Das ist nicht dein Ernst, Alfred. Du willst mir doch nicht weismachen, dass du heute noch etwas auf die Warnung der drei alten Männer vor dem Permes gibst." Sie versuchte, rational zu klingen, aber irgendetwas schnürte ihr die Kehle zu. Ein für lange Zeit erfolgreich verdrängtes Bild aus ihrer Kindheit drang plötzlich für Sekunden mit brutaler Gewalt in ihr Bewusstsein und ließ sie vor Entsetzten erschaudern. Bevor sie es richtig zu fassen bekam, war der Spuk schon wieder vorbei.

„Doch, Jessica. Und frage mich nicht, woher ich das weiß. Du musst kommen. Ich brauche dich hier. Irgendetwas stimmt nicht mehr in Bierbach."

IX

Bierbach, 13. August 2003

Wolfgang war jetzt schon seit vier Stunden unter der Erde. Die Trauerfeier, unter Anteilnahme der gesamten Dorfgemeinschaft, war feierlich und sehr ergreifend gewesen.

Der Kirchenchor, in dem Wolfgang Mitglied gewesen war, hatte *Es ist vollbracht* gesungen. Seine Kameraden von der Freiwilligen Feuerwehr hatten in ihren Paradeuniformen Spalier gestanden, als sein Sarg von der Aussegnungshalle zum offenen Grab getragen wurde. Und Alfred hatte man bei jedem Wort angemerkt, wie sehr er vom Tod seines Freundes betroffen war.

Höre mein Gebet Herr, und vernimm mein Schreien, schweige nicht zu meinen Tränen.

Einer hatte gefehlt in der Gemeinde der Trauernden. Günter Strobel war noch immer nicht aufgetaucht. Grüppchenweise hatten die Leute nach der Beerdigung beieinander gestanden spekuliert und gerätselt. Doch statt der dunklen Angst, die Alfred hinsichtlich des Verschwindens bewegte, gingen die Bierbacher von einer neuzeitlicheren Version aus. Es gingen sogar Gerüchte um, dass Günter Schuld an Wolfgangs Tod war und aus diesem Grund das Weite gesucht hatte.

Jessica und Alfred saßen hinterher noch bei Sylvia am großen Esstisch beieinander. Außer ihnen waren noch Margot und Birgit anwesend sowie Sylvias Mutter, ihr Bruder mit seiner Frau und den beiden Kindern. Allen stand neben der Trauer noch immer die Fassungslosigkeit und das Nichtbegreifenkönnen in den Gesichtern.

„Ich bin froh, dass Wolfgangs Eltern das nicht mehr erleben mussten", sagte Sylvia.

Die andern nickten.

Aber was war mit Günter geschehen?

Seine Frau Hannelore hatte Margot erzählt, Günter sei an dem Tag, an dem er von Wolfgangs Tod erfahren hatte, in den Wald gegangen, wo er eine Weile allein um seinen Freund trauern wollte. Als er um Mitternacht noch immer nicht zurück war, hatte sie die Polizei alarmiert.

„Und dann?" fragte Jessica.

„Die Polizei hat sie vertröstet. Sie solle noch ein bisschen warten, ob er nicht von alleine zurückkäme", sagte Margot. „Bei Erwachsenen wartet die Polizei immer ein paar Tage mit der Vermisstenmeldung. Die Männer von der Freiwilligen Feuerwehr sind dann gestern von sich aus losgezogen und haben damit begonnen, überall nach ihm zu suchen."

„Sie haben ihn aber nicht gefunden", sagte Alfred mit Grabesstimme, die sich für einen Moment anhörte wie die seines Großvaters.

Jessica sah ihn kurz an. Sie hatte irgendwie gehofft, dass er seine Wahnvorstellung aufgegeben hätte.

„Sie haben den ganzen Wald abgesucht, bis nach Kirkel und nach Wörschweiler", fuhr Margot fort.

„Wer hat ihn denn als letztes gesehen?", fragte Jessica.

„Hannelore."

„Nein, das meine ich nicht, Margot. Hannelore hat ihn zu Hause gesehen. Wenn wir davon ausgehen, dass er sich über die Eckstraße ins Grohbachtal aufgemacht hat, dann könnte ihn doch auf dem Weg dorthin noch jemand gesehen haben."

„Das stimmt", sagte Margot und die anderen nickten.

„Wenn er ist diesen Weg gegangen ist." Alfred spielte nachdenklich mit seiner Kuchengabel.

„Welchen denn sonst, Alfred? So ist er immer gegangen. Oder glaubst du, er ist hinter dem Haus den Steinberg hoch ins Schweitzertal?", schaltete sich Sylvia wieder ins Gespräch ein.

„Geht das überhaupt?", fragte Birgit, die neben Sylvia saß und tröstend den Arm um sie gelegt hatte.

„Ich weiß es nicht. Wie ihr wisst, bin ich kein großer Spaziergänger", sagte Alfred und zog schuldbewusst seinen Bauch ein.

„Natürlich geht das", sagte Sylvia. „Von der Alois-Matheis-Straße auf den Steinberg, dann nach rechts und nochmals nach rechts und dann bist du im Schweitzertal. Hinten bei dem kleinen Weiher. Dort machen viele Bierbacher ihren Sonntagsspaziergang. Wolfgang und ich...", Sylvia brach ab, als sei ihre Lebensenergie mit einem Knopfdruck abgestellt worden, und starrte mit leeren Augen vor sich hin.

Birgit drückte Sylvias Schulter. Ihre Schwägerin tätschelte ihr unbeholfen die Hand.

„Wann ist er losgegangen?", fragte Jessica Margot.

„Hannelore sagte, um halb sechs. Kurz nachdem er von Wolfgangs Tod erfahren hat."

„Um halb sechs? Dann muss ihn doch jemand gesehen haben, Margot. Um diese Zeit ist es doch noch taghell."

„Ich werde mal rumfragen", schlug Margot vor und blickte in Gedanken versunken Jessica an, „obwohl das die Polizei heute Vormittag schon getan hat."

„Frage ruhig nochmals bei Burgers nach. Die sind doch um diese Zeit meistens in ihrem Garten. Und Lesche Irma könnte ihn eventuell auch gesehen haben", meinte Sylvia, die wieder aus ihrer Erstarrung erwacht war.

„Vielleicht ist er in einer Kneipe versumpft", meinte Birgit, und nahm ihren Arm von Sylvias Schulter. Silvia schien erleichtert, zog die Schultern hoch und richtete sich auf.

„Quatsch!", warf Margot ungehalten dazwischen und konnte sich kaum zurückhalten, mit der Faust auf den Tisch zu hauen.

Jessica blickte sie überrascht an.

„Günter betrinkt sich doch nicht tagelang in irgendeiner Kneipe und geht nicht zur Beerdigung seines besten Freundes. So etwas überhaupt zu denken…"

„Sei doch nicht so empfindlich", versuchte Birgit zu beschwichtigen. „Ich mache mir schon auch Gedanken um Günter. Aber sehr charakterfest war er gerade nicht."

Margot sprang von ihrem Stuhl auf und wandte sich zur Tür.

Alfred, der annahm, dass jetzt seine seelsorgerischen Fähigkeiten gefragt waren, stand ebenfalls auf. Verlegen knetete er seine Hände.

„Du kannst dich wieder setzen, Alfred. Ich will noch mal zu Hannelore gehen. Vielleicht gibt es inzwischen schon etwas Neues."

Jessica sah überrascht zu ihr hin. Sie geht, obwohl ich noch hier bin, wunderte sie sich.

„Wenn du irgendetwas weißt, ruf mich an, Margot", bat Sylvia.

Jessica sah Hannelore vor sich, wie sie neben ihrem Sohn vor dem offenen Grab von Wolfgang stand.

Wie sollte Sylvia in Zukunft mit Hannelore umgehen, wenn ihre Männer tatsächlich ein so schreckliches Schicksal verbinden sollte? Wenn Günter tatsächlich Schuld hätte an Wolfgangs Tod, wäre ein ungezwungenes Miteinander der beiden nicht mehr möglich. Sie könnten nicht mehr zusammen beim Bäcker stehen oder in der Metzgerei und dabei unbeschwert plaudern. Und wie würden sich die anderen Bierbacher ihnen gegenüber verhalten? Gäbe es zwei Fraktionen: „Die Günter ist unschuldig-Fraktion" und die „Wenn ihr ihn findet, hängt ihn an den nächsten Baum-Fraktion"? Oder würde betretenes Schweigen ausbrechen, sobald eine von beiden in Bierbach ein Geschäft beträte?

„Natürlich rufe dich an. Und morgen komme ich auch noch mal bei dir vorbei. Soll ich dir was mitbringen?", hörte sie Margot sagen.

„Danke, Margot, das ist nicht nötig. Aber ich freue mich, wenn du kommst", antwortete Sylvia.

„Ich habe es ja nicht weit. Nur über die Straße rüber."

Margot umarmte Sylvia. Gab Sylvias Mutter, Bruder und Schwägerin die Hand. Den anderen nickte sie zu.

Als sie durch die Tür ging in ihrem engen schwarzen Rock, der knapp über dem Knie aufhörte, gab es Jessica einen Stich ins Herz. Margot hätte mir wenigstens auch die Hand geben können, schließlich sehen wir uns nicht mehr, dachte sie beleidigt.

Es war zu früh, um Sylvia alleine zu lassen, und Alfred war froh, dass Birgit Ferien hatte und ein paar Tage bei ihr wohnen konnte. Sylvias Mutter war zu alt und gebrechlich um ihr beizustehen. Sie hatte ja kaum verstanden, dass ihr Schwiegersohn heute beerdigt wurde. Sylvias Bruder und seine Frau waren zu sehr mit dem Geldverdienen beschäftigt, als sich mit so unprofitablen Dingen wie Trauern und Trösten abgeben zu können. Und obwohl Margot schräg gegenüber wohnte und im Notfall sofort bei ihr sein konnte, war es doch beruhigend für ihn, dass Birgit nachts im Haus war.

Er hatte Angst um Sylvia. Seit Wolfgang gestorben und Günter verschwunden war, ließ ihn seine Kindheitserinnerung an die dunkle Gestalt am Pales-Felsen nicht zur Ruhe kommen. Irgendetwas war im Gange, das fühlte er, und es war noch nicht vorbei.

X

Bierbach, 13. August 2003

Jessica und Alfred machten sich, nach dem Margot gegangen war, auch bald auf den Weg zum Pfarrhaus neben der Kirche, wo sie ihr Auto geparkt hatte.

Der Weg war nicht sehr weit. Die Bühlstraße lag im oberen Teil des Dorfes, wie auch die katholische Kirche.

„Günter war nicht sehr charakterfest? Was soll das heißen? Zier dich nicht so, Alfred, oder fällt das unter das Beichtgeheimnis", fügte sie hinzu, als er nicht gleich antwortete.

„Hannelore und er hatten ein paar Probleme miteinander."

„Was denn für Probleme?"

„Kannst du dir das nicht denken?"

„Nein."

Alfred blieb stehen und wischte sich den Schweiß von der Stirn. „Günter hatte ein Verhältnis."

„Das hat er dir gebeichtet?"

„Um Gotteswillen nein, Jessica!" Er hob erschrocken die Hände. „Er hat es mir erzählt, nach einer Chorprobe, beim Bier."

„Also kein Beichtgeheimnis. Nur ein Gespräch von Mann zu Mann."

„Wenn du es so nennen willst".

Eine Weile gingen sie schweigend die Hügelstraße hinunter.

„War es allgemein bekannt, dass Günter ein Verhältnis hatte?", nahm Jessica den Faden wieder auf. Sie konnte sich das überhaupt nicht vorstellen. Der blasse, schmächtige Günter, dem schon mit Anfang zwanzig die Haare ausgegangen waren. Als sie ihn das letzte Mal gesehen hatte, hatte er ganz den Eindruck gemacht, als sei er mit den ehelichen Pflichten voll und ganz ausgefüllt.

Wenn einer das Zeug zum Frauenhelden gehabt hätte, dachte sie, dann Wolfgang. Er hatte ausgesehen wie Rock Hudson.

„Nein. Woher auch? Nicht einmal Hannelore wusste es."

„Das wäre meine nächste Frage gewesen. Aber mir schien, dass Birgit davon wusste. Oder täusche ich mich?"

Alfred blieb wieder stehen und fasste sich in den verschwitzten und scheuernden Kragen seines Kollarhemdes. Er klebte ihm am Hals und engte ihn ein. „Das kann ich mir nicht vorstellen."

Sie ging noch ein paar Schritte weiter und blieb dann ebenfalls stehen.

„Wäre es denn nicht möglich, dass sein Verhältnis Birgit heißt?"

„Nein, Jessica. Nein." Aus seinem Tonfall war herauszuhören, dass er das Thema leid war.

Sie waren am Garten von Anette und Werner Linn angekommen. Die beiden lagen in ihren Liegestühlen und hoben neugierig den Kopf, als sie Schritte hörten.

„N'abend, Herr Pfarrer", riefen sie gleichzeitig über den Gartenzaun.

„Guten Abend."

„Ach Jessica, auch mal wieder im Land", flötete Anette scheinheilig, als hätte sie Jessica gerade eben erst entdeckt.

„Wie du siehst."

„Gibt es schon etwas Neues von Günter?", fragte Werner und sah Alfred erwartungsvoll an.

„Leider nicht."

„Man macht sich halt so seine Gedanken, Herr Pfarrer. Und der Werner und ich haben uns gedacht, dass er vielleicht im Krankenhaus liegt und sein Gedächtnis verloren hat." Anette stand auf und kam an den Gartenzaun. Ihre Nase war dunkelrot verbrannt.

„Das kann nicht sein, Anette. Die Polizei hat bereits in allen Krankenhäusern der Umgebung nachgefragt."

„Die haben ja lange nichts gemacht, die Polizei", brummte Werner, hievte sich aus dem Liegestuhl und folgte seiner Frau an den Zaun. In seinem Gesicht und auf seiner Glatze schälte sich die Haut.

„Die Polizei wird erst nach vierundzwanzig Stunden aktiv", bemerkte Jessica.

„Haben die auch im Krankenhaus in Zweibrücken nachgefragt?", keuchte der Rebmann Karl, der gerade mit seiner Frau Susanne auf Höhe des Linnschen Garten angekommen war und heftig nach Luft rang. Die steile Hügelstraße hatte sie ganz schön geschafft. Ihre Köpfe waren tomatenrot.

„Ich nehme es doch an."

„Das sagen Sie so, Herr Pfarrer. Vielleicht hat die Polizei nur in den saarländischen Krankenhäusern nachgefragt. Und Zweibrücken liegt in der Pfalz", gab Susanne zu bedenken.

„Ich bin sicher, dass die Polizei das auch berücksichtigt hat, Susanne."

„Abwarten. Wer weiß, was noch alles rauskommt", orakelte der Rebmann Karl. „Bei der Hitze ist alles möglich."

„Ich will's gar nicht wissen", schwindelte Anette.

„Ich auch nicht", pflichtete ihr Susanne bei und sagte dann übergangslos zu Alfred: „Es war eine schöne Beerdigung, Herr Pfarrer, bisher Ihre schönste."

„Danke", sagte Alfred und signalisierte Jessica unauffällig mit den Augen, dass er weitergehen wolle.

Sie verabschiedeten sich und überquerten die Hügelstraße. Ein schwarzer Golf GTI kam vom Dorf heraufgefahren und raste knapp an ihnen vorbei.

„Der hat es aber eilig", bemerkte Jessica, die selber einen flotten Fahrstil bevorzugte.

„Das war Falk. Er fährt hoch zum Schucht. Falk ist der Sohn von Hannelore und Günter."

„Ich weiß. Und jetzt geht er seinen Vater suchen?"

„Er sucht ihn jeden Tag im Wald. Er und seine Freunde laufen alle Waldwege ab. Was für eine Tragödie. Und ich stehe dabei und kann nichts tun. Die Polizei hat den ganzen Wald abgesucht. Sie waren in jeder Stadt, in jedem Dorf, auf jedem Bahnhof im Saarland und der Pfalz."

„Wenn die Polizei ihn nicht findet, was kannst du denn dann tun, Alfred?"

„Vielleicht bleibt mir wirklich nur, zu beten." Er seufzte. „Aber was Birgit angeht, irrst du dich. Das ist ausgeschlossen. Es muss eine gewesen sein, die Günter in Zweibrücken kennen gelernt hat. Vielleicht eine von der *Demag*, wo er arbeitet."

Jessica sah ihn skeptisch an.

Inzwischen waren sie auf dem Kirchplatz angekommen und standen vor der neuen Herz-Jesu-Kirche mit dem hohen Glockenturm, die 1960/61 gebaut worden war. Für Jessica waren die fünfziger, sechziger und siebziger Jahre die Jahre der architektonischen Todsünden. Aber das sagte sie Alfred nicht, der sehr stolz auf seine Kirche war. Keine dreihundert Meter Luftlinie entfernt stand das 1910 eingeweihte, evangelische Gotteshaus, das in Jessicas Augen weitaus schöner war. Es lag am Südhang mit Blick über das Bliestal. Entworfen hatte es ein Architekt aus Kaiserslautern mit dem seltenen Namen C.M. Rayß.

Das Pfarrhaus stand direkt neben der Kirche, ein zweistöckiges Wohnhaus mit einer großen Terrasse über der Garage, die alles Mögliche beherbergte - nur kein Auto, da Alfred nicht gerne selber fuhr. Vor dem Haus wucherte ein Garten, dem anzusehen war, dass Frau Vatermanns haushälterische Talente eher im Haus lagen.

„Willst du noch in die Kirche, Jessica?"

„Wie kommst du denn darauf?"

„Dann schau dir doch wenigstens die schöne Glaswand bei untergehender Sonne an."

„Nein, danke. Als ich das letzte Mal in der Kirche war, musste ich im Seitenschiff neben den Beichtstühlen knien und zweihundert Vaterunser rückwärts beten."

„Oh Jessica!"

„Ich komme nur noch kurz zu dir herein, bevor ich losfahre. Meine Tasche habe ich schon im Auto."

Kurz darauf saßen sich die Beiden in Alfreds Wohnzimmer gegenüber. Trotz der Hitze hatten sie ein Glas *Highland Park* vor sich stehen, Jessicas Lieblings-Scotch, den sie auf Reisen gerne mit sich führte, weil es ihn fast nirgends zu kaufen gab. Alfred hatte einen Steinkrug mit Eiswürfeln in der Küche an Frau Vatermann vorbeigeschmuggelt.

„Weißt du Jessica, mein Glaube ist normalerweise mein größter Trost. Aber heute nicht." Er nahm einen großen Schluck und stellte das Glas zurück auf den Tisch. „Ich kenne Wolfgang und Günter schon mein Leben lang. Und dass sie jetzt vielleicht beide bei Gott sind, und dass wir uns bei ihm wieder sehen, tröstet mich nicht. Überhaupt nicht. Ich möchte die beiden wieder hier haben. Hier in Bierbach, wo sie hingehören. Wo wir alle hingehören." Er sah sie an. „Übrigens, du auch."

„Ich gehöre nirgendwo hin." Einen Moment lang sah sie Margot vor sich. Stirn runzelnd vertrieb sie das Bild und kippte den Whisky runter, der eigentlich viel zu schade war, um ihn mit Eis zu verdünnen. Aber bei dieser Hitze konnte man es durchgehen lassen.

„Sagen deine Worte, aber dein Herz sagt etwas anderes."

„Du bist ein sentimentaler Schwätzer, Alfred. Aber heute verzeihe ich dir das. Heute war es ein schwerer Tag für uns alle."

„Ich bin froh, dass du doch noch gekommen bist."

„Ich auch." Sie lächelte ihm aufmunternd zu und stand auf. „Ich lasse dir die Flasche Whisky da."

Alfred saß da wie betäubt. Schweiß stand auf seiner Stirn. Sie durfte noch nicht gehen. Nicht, bevor er ihr von seiner Vorahnung erzählt hatte. Er fühlte, dass dies die letzte Möglichkeit dazu war. „Kannst du nicht noch bleiben?" Er setzte sich ein wenig aufrechter und lächelte Jessica bittend an.

„Warum denn?"

Alfred sackte in seinen Sessel zurück und schaute sie sonderbar eindringlich an. „Weil ich gespürt habe, dass etwas passieren wird." Er schloss erschöpft die Augen.

„Was hast du gespürt?"

Er öffnete die Augen und sah sich ratlos im Zimmer um.

Jessica stellte überrascht fest, dass Alfred, der es gewohnt war, täglich anderen Beistand zu leisten, jetzt selbst welchen gebraucht hätte. Sie fühlte sich überfordert.

„Vielleicht war deine Vorahnung eine göttliche Eingebung. Bierbach würde zum Wallfahrtsort aufsteigen, und ich könnte die Kapelle zum Seeligen Alfred bauen."

„Du hast schon als Kind immer den Narren gespielt, wenn du nicht weiterwusstest, Jessica." Er warf eine Handvoll Eiswürfel in die Gläser und schenkte nach.

Sie setzte sich wieder und zündete sich eine Zigarette an. „Also, was willst du mir sagen?"

Alfred trank einen Schluck und holte tief Luft. „Ich hatte so ein ungutes Gefühl. Irgendetwas stimmt nicht. Ich kann es nicht genau sagen, aber…"

„Du hattest also eine Vorahnung, was Wolfgangs Tod anbelangt. So weit konnte ich dir folgen. Hattest du die auch, als Günter verschwand?"

„Nein."

„Ich glaube nicht an Vorahnungen, Eingebungen oder irgendwelchen göttlichen Hokuspokus. Für mich haben alle Dinge einen realen Ursprung." Sie sah zu ihm hinüber, und als er ihr nicht widersprach, fuhr sie fort: „Vielleicht war es ja so: Du hast irgendetwas gesehen oder erlebt, was dich tief beeindruckt hat. Vor zwei Wochen oder vor fünf Jahren… Und das hast du in deinem Unterbewusstsein gespeichert. Jetzt ist etwas passiert, das dich an die Situation von damals erinnert hat, dein Unterbewusstsein hat die beiden Ereignisse verknüpft, den Zusammenhang erkannt, aber du weigerst dich, es in dein Bewusstsein aufsteigen zu lassen. Vielleicht ist ein Eichelhäher über dich hinweg geflogen und hat geschrien." Sie hielt, erstaunt über ihre letzten Worte, inne und drückte ihre Zigarette aus.

Alfred hatte sie geduldig ausreden lassen. „Danke für die freudschen Ausführungen. Aber, warum um Himmels Willen, muss es ausgerechnet ein Eichelhäher sein? "

„Als ich neun war oder zehn, bin ich mittags vom Schweitzertal gekommen, als über mir ein Eichelhäher schrie. Er flog vom Grohbachtal her und schrie, als wäre der Teufel hinter ihm her. Ich mochte diese Vögel nicht. Als Kind mochte ich überhaupt keine Vögel. Ich fand es immer unheimlich, dass sie fliegen konnten. Und als der gottverdammte, sorry Alfred, Eichelhäher schrie, habe ich gewusst, dass jemand sterben wird."

„Und? Ist jemand gestorben?"

„Ja. Margots Onkel Ewald, de alde Schwaduddler. Er ist vom Baum gefallen und war sofort tot."

„Wo?"

„Auf seinem Grundstück. Erinnerst du dich? Wenn man hoch Richtung Kanzel geht, muss man bei der Kneippanlage rechts rein. Dort hatte er seine Obstbäume stehen." Obstbäume. Wiesen. Sie hielt einen Moment inne und sah Margot und sich die Wiese vom Schucht herunterrennen. Und wie so oft, hielten sie sich dabei an den Händen. „Wenn man den Weg weiter geht, kommt man zum Schucht. Komisch, dass ich das noch so gut weiß."

„Die Erinnerungen aus der Kindheit sind die tiefsten, weil man da mit allen Sinnen wahrnimmt."

„Da ist was dran."

„Ich muss dich etwas fragen, Jessica."

Sie sah ihn erwartungsvoll an.

„Es ist schon dreißig Jahre her. Erinnerst du dich, wie du eines Nachts unter meinem Fenster gestanden hast? In der Korngarten-straße."

„Was habe ich da gewollt? Fensterln?" Sie grinste Alfred übermütig an.

„Du warst sehr aufgeregt… Irgendetwas muss passiert sein…", sagte Alfred ernst und bemerkte, wie bei seinen Worten plötzlich ein Schatten über ihr Gesicht fiel und sie wie ein kleines, ver-ängstigtes Mädchen aussehen ließ. Aber der Schatten auf ihrem Gesicht verschwand so schnell, wie er aufgetaucht war.

„Ach Alfred, wenn man acht oder neun ist, dann ist alles auf-regend. Vielleicht haben sich ein Katholischer und eine Evange-lische heimlich geküsst." Sie lachte. „Weißt du, dass ich früher immer dachte, der Schucht wäre evangelisch und der Steinberg katholisch?"

„Was hattest du eigentlich damals um die Mittagszeit im Schweitzertal zu suchen?"

„Der Hunger hat mich hingetrieben. Du weißt ja, ich habe manchmal bei meiner Cousine Sieglinde zu Hause Mittag gegess-sen. Bei Riedingers gab es die beste Kartoffelsuppe mit Apfel-pfannkuchen."

„Ja, ich erinnere mich noch." Alfred schmunzelte, „Du hast dich überall durchgefressen. Und bei denen, die das beste Ange-bot hatten, bist du hängen geblieben. Du warst wie eine streu-nende Katze. Frei und ungebunden."

Jessica lachte wieder. Die Abendsonne fiel durch eines der Fenster und ließ ihre Haare aufleuchten, als wären sie aus purem Gold.

Alfred war es, als ginge die Sonne in seinem Haus auf und wärme ihn auf eine längst vergessen geglaubte Weise. Ein Gefühl der Leichtigkeit durchströmte seinen Körper. Als Gott die Frau erschuf, hat er wohlgetan, dachte er und sah sie bewundernd an.

„Und du hast wunderbar zeichnen können. Du hast von uns allen Zeichnungen gemacht. Leider habe ich keine einzige mehr davon."

„Ich auch nicht."

„Auch keine mehr von Margot?"

„Wieso ausgerechnet von Margot?"

„Weil du sie am meisten gezeichnet hast."

„Wolfgang konnte gut singen, erinnerst du dich?", wechselte Jessica das Thema.

„Bierbach war immer das Dorf der Sänger und Musikanten."

„Ich dachte das Dorf der Korbmacher, die Bierbacher Kerbcher."

„Das stimmt. Wolfgangs Großvater, der Lenhard Max, war der letzte Korbmacher in Bierbach."

„War er nicht einer der Alten, die einem immer so Angst gemacht haben vor dem Permes?"

Bei dem Wort Permes zuckte Alfred unmerklich zusammen und griff mit einer Verlegenheitsgeste zu seinem Glas. Nahm einen Schluck. „Ja, er und unsere Großväter, der Lück Johann und der Bubel Julius."

Frau Vatermann streckte den Kopf durch die Tür und fragte, ob sie jetzt das Abendessen zubereiten solle.

„Isst du mit, Jessica?"

„Danke, aber ich bin schon fast weg."

Frau Vatermann lächelte zufrieden und zog sich wieder in die Küche zurück.

Jessica hielt ihr Glas gegen das Licht und ließ die Sonnenstrahlen in der honigfarbenen Flüssigkeit tanzen.

Das Telefon klingelte. Alfred sprang überraschend behände auf und lief eilig ins Arbeitszimmer. „Vielleicht ist es eine Nachricht von Günter", rief er über die Schulter zurück.

Während Alfred am Telefon war, sah sie sich in seinem Wohnzimmer um.

So alt und renovierungsbedürftig das Haus von außen war, so modern und leicht war seine Inneneinrichtung. Die Regale mit den vielen Büchern waren aus hellen Kirschbaumholz, im selben Ton, wie das Parkett, die Sessel aus cognacfarbenem Leder. Alles sehr geschmackvoll. Aber sie hatte eigentlich auch nicht erwartet, dass Alfred in einer muffigen Bude hausen würde. Sie wusste, dass er Geschmack hatte und künstlerisch interessiert war. Über der Couch hing eine Reproduktion von Henri Rousse- aus *Tropischer Wald mit Affen und Schlange*. Das Original, wusste sie, hing in der *National Gallery of Art* in Washington. Auf dem Urwaldbild waren fünf Affen zu sehen, die sich mit Angel und Netzen am Fluss niedergelassen hatten, um zu angeln. Die bedrohliche Riesenschlange war kaum vom Geäst der dunkelgrünen Bäume zu unterscheiden. Es war ein fröhliches Bild von Rousseau, der mit Vorliebe den Urwald gemalt hatte und dabei doch niemals aus Frankreich herausgekommen war.

Sie sah sich die Bücher an und las die Buchtitel: *Die Bekenntnisse des Heiligen Augustinus. Lexikon der Heiligen. Abteien und Klöster in Europa. Beten mit der Heiligen Hildegard. Das Leben des Heiligen Pirminius.*

Nebenan in seinem Büro telefonierte Alfred immer noch. Als sie den Namen Margot hörte, ging sie hinüber. Er stand vor seinem Schreibtisch und drehte ihr den Rücken zu, trotzdem konnte sie jedes Wort verstehen.

„Ist das wahr? Oh mein Gott! Wo bist du jetzt? Natürlich. Keine Frage. Wir müssen der Sache erst einmal nachgehen, bevor... Ganz genau. Danke Margot, dass du mich gleich benachrichtigt hast. Bleib bitte noch bei Hannelore." Er legte den Hörer auf und verharrte regungslos vor seinem Schreibtisch.

Jessica räusperte sich.

„Kannst du dir vorstellen, Jessica, dass...". Seine Stimme klang heiser.

„Dass was?"

„Dass Wolfgangs Tod vielleicht…"

Sie packte ihn am Arm und zwang ihn, ihr ins Gesicht zu sehen.

„Was ist passiert? Jetzt reiß dich mal zusammen, Alfred!"

Statt einer Antwort deutete er aufs Telefon.

„Margot? Ist Margot etwas passiert?"

„Nein…"

„Sondern? Sie war es doch am Telefon. Was hat sie gesagt?"

Er atmete tief ein und faltete die Hände.

„Bitte nicht jetzt, Alfred!" Sie schlug ihm leicht auf den Unterarm.

„Könntest du dir vorstellen, dass Wolfgangs Tod vielleicht kein Unfall war?", fragte er stockend.

Sie machte ein paar Schritte zum Fenster und schaute nachdenklich hinaus. „Ich könnte mir gut vorstellen, dass Wolfgangs Tod kein Unfall war. Und ich könnte mir auch vorstellen, dass Günters Verschwinden etwas mit seinem Tod zu tun hat. Denn es wäre doch ein merkwürdiger Umstand, dass ein so sportlicher Mann wie Wolfgang von der Leiter fällt, und Günter kurz danach auf so mysteriöse Weise verschwindet. Was hat Margot konkret gesagt?"

„Hannelore hat einen Schuldschein gefunden. Günter hatte bei Wolfgang zwanzigtausend Euro Schulden."

„Donnerwetter! War Wolfgang so reich, dass er zwanzigtausend Euro verleihen konnte?"

„Als kaufmännischer Angestellter eigentlich nicht. Und die Summe hätte Günter auch nie zurückzahlen können. Bei ihm hat es hinten und vorne nicht gereicht."

„Was hat er eigentlich beruflich gemacht?"

„Günter? Er ist Lagerarbeiter. Du brauchst von ihm noch nicht in der Vergangenheit zu sprechen."

„Aber ein Haus konnte er sich bauen?"

„Nein, das Haus in der Heinzenstraße hat er geerbt. Er hätte nie bauen können, Hannelore war doch nur Hausfrau, und er mit seinen paar Kröten ..."

„Warum ist sie nicht arbeiten gegangen?"

„Weil sie das kranke Kind hatten."

„Falk ist doch nicht krank."

„Nicht Falk. Patrick hieß der Erstgeborene. Er war zwei Jahre älter als Falk. Vor fünf Jahren ist der arme Junge gestorben."

„Das wusste ich gar nicht."

„Es wurde auch nie viel drüber geredet. Patrick war geistig und körperlich schwerstbehindert." Alfred schüttelte in trauriger Erinnerung den Kopf. „Seine Behandlung hat sehr viel Geld gekostet. Zweimal im Jahr fuhr Hannelore mit ihm zur Kur, und das hat die Krankenkasse nicht bezahlt. Ich habe oft zu Gott gebetet, dass er ihnen Kraft gäbe. Mehr konnte ich nicht für die Familie tun."

„Na, hoffentlich haben deine Gebete auch etwas genützt", zweifelte Jessica und kam wieder zum Ausgangspunkt zurück. „Stammen die Schuldscheine aus der Zeit, als der zweite Sohn noch lebte?"

„Das weiß ich nicht. Ich muss noch einmal mit Margot sprechen und sie fragen, welches Datum darauf steht."

„Und diesen Schuldschein hat Hannelore bei sich zu Hause gefunden? Findest du das nicht merkwürdig?"

Alfred schwieg und blickte Hilfe suchend zu dem Kreuz an der Wand.

„Das würde ja bedeuten, dass der Schuldschein bei Günter war und nicht bei Wolfgang, wo er hingehört hätte. Schuldscheine bewahrt normaler Weise der Gläubiger auf, nicht der Schuldner."

„Genau das hat Margot auch am Telefon gesagt. Und sie will, dass ich jetzt zu Hannelore komme. Margot ist auch noch dort. Wir wollen die Sache besprechen, bevor wir zur Polizei gehen."

Alfred machte Anstalten, aufzubrechen. „Kommst du mit?"

„Nein. Ich fahre jetzt zurück nach Stuttgart. Ich bin schon viel zu spät dran. Es ist ja schon halb neun. Aber halte mich auf dem Laufenden. Okay?"

„Okay."

Jessica überlegte einen Moment. „Ich kann dich bei Hannelore absetzen, komme aber nicht mehr mit hinein. Ich fahre von dort aus gleich weiter."

XI

Bierbach, 13./14. August 2003

Jessica war auf der Autobahn schon kurz vor dem Leonberger Kreuz, als sie beschloss, die nächste Abfahrt zu nehmen und nach Bierbach zurückzufahren.

Kurz vor Mitternacht kam sie wieder in ihrem Heimatdorf an und fuhr geradewegs hoch ins Grohbachtal. Auf dem Parkplatz ließ sie ihr Auto stehen und ging den kurzen Weg bis zur Kanzel zu Fuß. Eine angenehme Kühle strömte ihr aus dem Wald entgegen.

Sie hatte ihre Taschenlampe mitgenommen, die sie immer im Auto hatte, und ließ den Lichtkegel hin und herspringen.

Wenn das Licht die Baumreihen streifte, huschten lange Schatten zwischen den Stämmen umher. Die Kreaturen des Waldes belauerten jeden ihrer Schritte. Vor der Kneippanlage neben der Kanzel blieb sie unter der Straßenlaterne stehen, die zwischen Kanzel und Kneippanlage stand. Eine ganze Kolonie von Nachtfaltern umflatterte den Schein des künstlichen Lichts. Diese Straßenlaterne hatte es in ihrer Kindheit noch nicht gegeben. Sie fand, sie passte auch nicht hierher.

„Wenn das der Permes sieht!", hörte sie ihren Großvater sagen.

„Was meinst du? Die Kneippanlage oder die Straßenlaterne?", fragte Jessica. „Rede ich jetzt mit einem Toten? Bin ich denn total verrückt?"

„Das haben wir in uns. Wir sind selber daran schuld, dass wir verflucht sind", hörte sie ihn zu Julius und Max sagen.

Und was hatte ihre Mutter damals ziemlich ungehalten zu ihm gesagt, als sie die drei vom Küchenfenster aus im Hof so reden gehört hatte? „Hör auf mit den alten Geschichten, Johann!"

Im Schein des künstlichen Lichts sah die Kneippanlage mit ihren hellblau gestrichenen Hand- und Fußbecken unwirklich aus. Sie passte nicht ins Grohbachtal. Und schon gar nicht neben die Kanzel.

„Die Kanzel gehört der Vergangenheit", hatte ihr Vater erklärt, als sie wieder einmal durch das seltsame Gerede ihres Großvaters verunsichert worden war. „Hier hat die Gegenwart nichts zu suchen. Sie war von Anfang an ein mystischer Ort. Schon bei den Kelten und den Römern. Hätte Pirminius sie sonst ausgesucht, um von ihr zu predigen?"

„Und wer ist der Permes?", hatte sie ihn gefragt. „Ein übrig gebliebener Gott aus der Zeit bevor es unseren Gott gab?"

„Der Permes ist das Böse. Das Böse hat viele Namen", war seine Antwort gewesen.

Sie kletterte mit der Taschenlampe zwischen den Zähnen die Kanzel hinauf.

Sie hatte schon auf den höchsten Wolkenkratzern dieser Erde gestanden, jedoch einen Abgrund nie als derart bedrohlich empfunden. Die Kanzel war nicht einmal haushoch und bei Tag sah sie völlig harmlos aus. In der Nacht jedoch... Da half auch keine Straßenlaterne.

Oben auf der Kuppe zwischen den Bäumen ließ sie den Schein der Taschenlampe über den Boden wandern. An dem großen Buntsandstein machte sie halt. Er markierte immer noch die Stelle, an der der Permes die Leiche von Christa Bender damals vergraben hatte. Sie war dabei gewesen. Nur sie wusste davon.

Plötzlich hatte sie das Gefühl, beobachtet zu werden. Stand er jetzt hinter ihr und beobachtete sie, so wie sie ihn vor einunddreißig Jahren von ihrem Versteck aus beobachtet hatte? Sie glaubte seinen heißen Atem im Genick zu spüren.

Sie umklammerte die Taschenlampe fester, nahm ihren ganzen Mut zusammen und drehte sich blitzschnell um. Wo vorher Bäume gestanden hatten, gähnte ein riesiges schwarzes Loch, das selbst das Licht der Taschenlampe verschluckte.

XII

Bierbach, 14. August 2003

Alfred drückte auf die Klingel, unter der der Name Klaus stand.

„Margot hat nach ihrer Scheidung wieder ihren Mädchennamen angenommen", erklärte er, als er Jessicas fragenden Blick sah.

„Aha."

Jessica hatte den Rest der Nacht im vier Kilometer entfernten Blieskastel, im Hotel *Zur Post* verbracht. Am Morgen war sie, aufgewühlt von den Erlebnissen der Nacht, gleich zu Alfred gefahren, um ihm von ihrem Abstecher zu der Stelle zu berichten, wo vor einunddreißig Jahren Christa Bender verscharrt worden war. Und um im Gespräch mit ihm herauszufinden, warum sie dieses Erlebnis bis zum heutigen Tag verdrängt hatte.

Als er dann freudig lächelnd vor ihr stand und kaum Worte fand, sie so unerwartet schnell wieder zu sehen, konnte sie ihm doch nicht die Wahrheit sagen. Sie hatte die schreckliche Erinnerung wieder verdrängt und sich von ihm überreden lassen, mit zu Margot zu fahren.

Alfred kam es bei der Hitze nicht ungelegen, von ihr die Bühlstraße hinauf gefahren zu werden. Wenn auch die Glorifizierung des Leidens ein Teil des christlichen Glaubens war, so hörte für Alfred der Spaß bei 38 Grad im Schatten auf.

„Schau mal, wen ich mitgebracht habe", sagte Alfred, als Margot die Tür aufmachte.

„Ja, ich sehe es", entgegnete Margot, und es war ihr nicht anzumerken, ob sie sich freute oder nicht. „Hallo, Jessi."

„Hallo, Margot."

„Komm rein. Hast du in deinen Kleidern geschlafen, Jessi?"

„Nein, aber ich habe sie gewaschen. Im Waschbecken. Gestern Nacht."

„Gibt es keine Waschmaschinen oder Bügeleisen, da, wo du herkommst?"

Jessica lächelte unbestimmt. Sie wollte den beiden nicht sagen, in welchem Zustand sie gestern Abend vor dem Hotelportier gestanden hatte, derangiert und schmutzig. Der Abstieg von der Kanzel war nämlich in einem Rutsch erfolgt. Aber Hotelpersonal ist Gott sei Dank diskret und fragt nicht nach.

Margot trat einen Schritt zur Seite und ließ die beiden herein.

Es war das erste Mal, dass Jessica Margots Haus betrat, das sie mit ihrem Mann bewohnt hatte, und in dem sie seit ihrer Scheidung alleine wohnte. Margot schien ein Faible für englischen Landhausstil zu haben, stellte sie fest, als sie durch die Diele ins Wohnzimmer gingen. Weiche Stoffe mit Blumenmustern gaben dem Raum eine leichte, sommerliche Eleganz.

„Jessica hat es sich gestern Abend kurz vor Stuttgart anders überlegt und ist wieder zurückgekommen. Im Hotel war ihr Zimmer noch frei."

„So ein Glück", antwortete Margot, und Jessica glaubte, eine Spur von Ironie in ihrer Stimme zu hören.

Die drei gingen durch das Wohnzimmer auf die Terrasse, wo bereits Sylvia, Birgit und Hannelore und Falk um einen Tisch saßen. Sie begrüßten sich.

„Meinen Sohn Falk kennst du ja noch, Jessica", stellte Hannelore ihren Sohn vor und schaute Jessica unsicher an.

„Ja. Wir kennen uns vom Sehen. Hallo Falk."

Was war nur mit Hannelore los? Wieso benahm sie sich so merkwürdig, als sei ihr alles peinlich und als sei sie an allem schuld?

„Was macht ihr alle hier? Kriegsrat halten?" Jessica warf einen Blick in die Runde.

„Bevor du gekommen bist, hat Falk bei mir angerufen", antwortete Alfred und setzte sich zu der Gruppe. „Hannelore und er sind der Meinung, dass Sylvia die Sache mit dem Schuldschein erfahren sollte."

Jessica sah sich nach Margot um, die gerade mit einem Tablett Gläser und zwei Flaschen Apfelsaft zurückkam. „Setz dich doch, Jessi", sagte sie.

Jessica setzte sich in den letzten freien Korbsessel.

Margot stellte das Tablett ab und begann den Apfelsaft auszuschenken.

Nachdem jeder ein volles Glas vor sich stehen hatte, setzte sie sich auf die Lehne von Jessicas Sessel und verkündete mit Blick auf Jessica: „Der Saft ist von meinen eigenen Äpfeln. Ich bin gespannt, wie er dir schmeckt."

„Er wird mir sicher gut schmecken", antwortete Jessica, weil sie es an der Zeit fand, endlich einmal etwas Nettes zu Margot zu sagen.

„Dann trink doch mal einen Schluck."

„Mein Vater ist tot!", platzte Falk heraus.

Alle Gesichter wandten sich ihm entsetzt zu.

„Wie kommst du denn auf so einen Gedanken, mein Sohn?", fragte Alfred, der als erster seine Stimme wieder fand.

„Selbst wenn er Scheiße gebaut hätte, würde er sich nicht vor der Verantwortung drücken und einfach abhauen."

„Wir täuschen uns manchmal in Menschen, auch in Menschen, die uns nahestehen", sagte Margot. Ihr Arm ruhte kurz auf Jessicas Schulter, die zögerlich an ihrem Apfelsaft nippte und sich stattdessen ein kaltes Glas Bier wünschte.

„Das hätte er meiner Mutter nie im Leben angetan. Stimmt's, Mum?"

Die anderen sahen Hannelore erwartungsvoll an.

Hannelore nickte schnell. Als ob sie hoffte, nicht allzu lange Mittelpunkt des Gesprächs bleiben zu müssen, dachte Jessica. Dieses verschreckte Huhn hat sich nicht verändert.

„Eh, Mum, was soll der Scheiß? Er hätte doch so was nicht gemacht, oder?"

„Falk, kannst du dich nicht anders ausdrücken?", bat Hannelore.

Die primitive Ausdrucksweise ihres Sohnes schien sie schmerzvoll daran zu erinnern, dass sie hier am Tisch die sozial niedrigste Stellung innehatte.

„Was hat es mit dem Schuldschein auf sich, Hannelore?", fragte Jessica.

„Ich habe ihn gestern Abend im Werkzeugkeller gefunden. In der Schublade von Günters Werkbank", antwortete sie.

„Was ich mir überlegt habe…"

„Warum warst du eigentlich an der Werkbank?", fiel Margot Jessica ins Wort.

„Sie dachte sich einfach, durchsuch sie mal, vielleicht findest du was", antwortete Falk, mit einem patzigen Unterton in der Stimme, für seine Mutter.

„Könnte es nicht sein", fragte Jessica, „dass Günter seine Schulden zurückbezahlt und Wolfgang ihm den Schuldschein zurückgegeben hat?"

„Nein. Das kann nicht sein, denn auf unserem Konto und auf dem Konto von Hannelore und Günter fanden keine Transaktionen in der Höhe von 20.000,-- Euro statt. So viel ist sicher. Und ich glaube auch nicht, dass die ganze Sache bar über die Bühne gegangen ist. Denn das hätten Hannelore und ich gemerkt."

Hannelore nickte.

„Das glaube ich auch nicht, Sylvia", meldete sich Alfred wieder zu Wort.

„Dann ist die Sache mit dem Schuldschein ein Bluff?", fragte Birgit. „Aber von wem und warum?"

„Um meinem Vater den Mord an Wolfgang in die Schuhe zu schieben", platzte Falk wieder heraus.

Hannelore schlug sich die Hand vor den Mund. Die anderen schwiegen bestürzt.

„Falk! Was redest du da?", fragte Margot. „Kein Mensch hat bei Wolfgangs Tod je von Mord gesprochen. Wie kommst du darauf?"

„Seien wir doch ehrlich", sagte Birgit. „Wir alle hier haben Günter in Verdacht. Schon bevor der Schuldschein gefunden wurde. Warum ist er denn sonst verschwunden?"

„Du hast ja recht", gab Margot zu.

„Was willst du machen, Sylvia?" Hannelores Stimme zitterte. „Willst du zur Polizei gehen?"

„Nein. Wolfgang wird davon nicht wieder lebendig und Günter, da bin ich mir sicher, ist nicht schuld an seinem Tod. Mein Gott, sie haben ihr ganzes Leben zusammen hier verbracht."

Hannelore nahm allen Mut zusammen, ergriff Sylvias Hand und drückte sie dankbar. Die anderen am Tisch schwiegen.

„Wir können nur hoffen und beten", unterbrach Alfred die Stille.

„Vielleicht sollten wir doch zur Polizei gehen. Es könnte immerhin sein, dass dieser Schuldschein der Schlüssel zu Günters Verschwinden ist." Birgit machte eine Pause und schaute jeden einzeln fragend an. „Ich will, dass er gefunden wird, bevor er sich etwas antut."

„Etwas antut?", rief Hannelore erschrocken, „Günter?"

„Mein Mann ist tot! Und niemand bringt ihn mir wieder", stieß Sylvia hervor.

„Es tut mir leid", sagte Hannelore mit schwacher Stimme.

„*Du* kannst nichts dafür, also brauchst *du* dich nicht zu entschuldigen", bemerkte Sylvia. Ihre Stimme klang gepresst.

An der Tür klingelte es.

Margot sprang erleichtert auf und lief ins Haus.

Jessica zwang sich dazu, ihr nicht nachzusehen. Auch wenn sie in ihrer weißen Capri-Hose und ihrem orangefarbenen Top ein hübscher Anblick war.

Die Runde am Tisch lauschte. Man hörte ein Lallen und ein unartikuliertes Lachen. Nach ein paar Minuten kam Margot mit einem Bündel Löwenzahn zurück.

„Was hast du denn da?", fragte Sylvia. „Wieder ein Geschenk von deinem Verehrer?"

„Ja, der Bender Otto, der alte Jubbefaller, hat mir Löwenzahn gebracht, damit ich Salat machen kann."

„Mit Eier und Speck?", fragte Alfred genüsslich.

„Otto Bender?" Jessica spürte, wie ihr heiß wurde.

Margot legte das Grünzeug auf den Tisch und setzte sich wieder auf die Lehne von Jessicas Sessel. „Du erinnerst dich vielleicht an ihn. Seine Frau Christa ist vor…" Margot überlegte, „…dreißig, nein, vor einunddreißig Jahren spurlos verschwunden. Das war in dem Jahr, als die Kneippanlage eingeweiht wurde."

Jessica schluckte trocken. Sie bemühte sich, Alfreds Blick auszuweichen, der Margot und sie mit großen Augen ansah.

„Kann ich den Schuldschein einmal sehen?", fragte Sylvia und Jessica hätte sie vor Dankbarkeit umarmen können, dass sie wieder zum Ursprungsthema zurückkam.

„Sicher." Hannelore nahm ihre Handtasche hoch, die neben ihr auf dem Boden stand. „Du kannst ihn auch behalten, denn wenn Günter bei Wolfgang Schulden gehabt hat, dann zahle ich sie dir zurück", fügte sie tapfer hinzu, während sie den Schein aus ihrer Tasche holte, die alt und schäbig und bestimmt auch nicht teuer gewesen war.

Hannelore gab Sylvia das Papier.

Es war ein liniertes Din-A5-Blatt, das aussah wie aus einem Schulheft herausgerissen. Der Text war in Druckbuchstaben geschrieben und darunter befanden sich die Unterschriften der Beiden. Das Datum war der 21. Februar 2002.

„Ich, Günter Strobel, bestätige hiermit, von Herrn Wolfgang Lenhard, zwanzigtausend Euro in bar erhalten zu haben…", las Sylvia vor.

„Herr im Himmel steh mir bei", stöhnte Hannelore, als wäre sie sich erst jetzt, da es laut ausgesprochen wurde, der Tragweite bewusst geworden.

Falk warf ihr einen wütenden Blick zu.

„Darf ich auch mal sehen?", fragte Margot und streckte die Hand aus.

Sylvia reichte ihr das Papier. Margot beugte sich über den Schuldschein und Jessica las, über Margots Arm blickend, mit.

Margot ließ das Papier sinken, nahm es wieder auf und betrachtete den Text lange mit gerunzelter Stirn.

Jessica hatte genug gesehen und wandte sich wieder den anderen am Tisch zu, die allesamt schweigend und mit gespannter Aufmerksamkeit Margot beim Studium des Schuldscheins beobachteten. Das Schweigen machte sie nervös, da ihre Gedanken sich sofort wieder mit dem Erlebten der vergangenen Nacht im Grohbachtal beschäftigten. Sie wollte diese Nacht wieder vergessen, was ihr hoffentlich bald gelingen würde. War sie nicht immer eine Meisterin im Verdrängen nicht willkommener Gedanken gewesen?

„Seid ihr überhaupt sicher, dass einer von den beiden den Text verfasst hat und dass das darunter ihre Unterschriften sind?", fragte Margot in die Stille hinein.

„Keine Ahnung", antwortete Falk prompt. „Ich habe nie was gesehen, was mein Vater unterschrieben hat."

„Ich glaube, es ist Günters Unterschrift", sagte Hannelore, „Den Rest hat er, glaube ich, nicht geschrieben."

Kann ich mir vorstellen, dachte Jessica, schon als Schüler hatte er in einem Satz zwanzig Fehler gemacht und nur mit Ach und Krach die Hauptschule geschafft.

„Darf ich noch mal sehen?", bat Sylvia.

Margot gab ihr den Schuldschein. Sylvia holte ihre Lesebrille aus einem Etui und sah sich alles noch einmal ganz gründlich an. „Das ist nicht Wolfgangs Unterschrift!"

„Was?", riefen alle wie aus einem Mund.

„Wolfgang hat den Anfangsbuchstaben seines Namens immer unverhältnismäßig groß geschrieben und auch sonst ist die Schrift seiner nicht ähnlich."

„Bist du dir da sicher?", fragte Birgit ungehalten und riss Sylvia den Schuldschein aus der Hand.

„Natürlich. Das hier ist nicht seine Unterschrift. Warum ist mir das nicht gleich aufgefallen?"

„Vielleicht, weil es doch die Unterschrift von Wolfgang ist." Birgit wedelte wichtigtuerisch mit dem Schein.

„Also, hör mal. Ich werde doch noch wissen, wie die Unterschrift von meinem Mann aussieht."

„Gibt es handschriftliche Belege von den beiden?", fragte Jessica.

„Ja", antwortete Sylvia. „Wolfgang hat sich vor kurzem erst handschriftliche Notizen gemacht. Für einen Artikel, den er anlässlich des Pirminiusjahres für die Blieskasteler Nachrichten schreiben wollte."

„Über den Heiligen Pirminius?", fragte Alfred und schaute interessiert in ihre Richtung.

„Nein. Über einen, der so ähnlich heißt und irgendetwas mit Bierbach zu tun hat."

Jessica hielt einen Augenblick die Luft an.

„Doch nicht etwa über den Permes?" Margot lachte kurz auf und schüttelte den Kopf.

„Gibt es von Günter irgendetwas Handschriftliches?", drängte Jessica weiter und sah Hannelore an.

„Nein", sagte Hannelore. „Ich kann mich nicht erinnern, ihn je etwas schreiben gesehen zu haben. Was meinst du, Falk?"

Falk gab seiner Mutter keine Antwort, stattdessen fragte er: „Hat einer mal eine Zigarette für mich?"

Jessica, die sich gerade selber eine angezündet hatte, schob das Päckchen Zigaretten in seine Richtung. Auch Birgit hielt Falk ihr Zigaretten-Päckchen hin.

Falk nahm beide an sich. „Bei meinem Vater im Auto habe ich Zigarettenkippen gefunden. Dabei raucht er gar nicht." Er steckte beide Päckchen ein, stand auf und verließ wortlos die Terrasse.

Die Gruppe am Tisch hörte, wie die Haustür ins Schloss fiel und ein paar Sekunden später wie der Motor seines schwarzen Golf GTI aufheulte.

„Er hat eure Zigaretten mitgenommen", stammelte Hannelore fassungslos, „so hat er sich noch nie benommen."

„Rege dich nicht auf. Ich habe noch die hier." Jessica hielt ihre Zigarette hoch. „Und im Auto habe ich noch ein ganzes Päckchen."

„Ich hole dir einen Aschenbecher." Margot stand auf.

„Wann fährst du wieder nach Hause, Jessica? Du hast doch sicher jede Menge zu tun", wollte Birgit wissen.

„Jetzt. Ich bin fast schon nicht mehr da."

„Aber deine Zigarette wirst du noch zu Ende rauchen?", fragte Margot.

„Das kann ich auch im Auto."

„Dann lass mich dich wenigstens zum Auto bringen", sagte Margot und verbarg ihre Enttäuschung hinter einem freundlichen Lächeln.

„Ich finde schon alleine hinaus."

„Wie du meinst."

XIII

Bamberg, 30. April 1909

Er war weit gegangen, der Mühlheimer Sepp. Wie es halt einem rechten Gesellen seiner Zunft gebührt. Als Zimmermann war er stets auf Wanderschaft. Mal hier, mal da. Im ganzen Kaiserreich war er herumgekommen, der alte Mühlheimer Sepp. Im Preußischen grad so wie im Bayrischen.

Doch nun, da er älter wurde und ihm die morschen Knochen zu schaffen machten, sehnte er sich immer öfter nach einem Zuhause. Und recht wäre ihm (der das Bier und den Wein so mochte) eine Wirtschaft, gerade so wie der Bamberger Schlosskeller, in dem er an diesem Abend mit zwei Gesellen beim Rauchbier saß.

Er schaute zur Wirtin hin, von der er wusste, dass sie seit einem halben Jahr Witwe war und die nicht so aussah, als würde sie ein gestandenes Mannsbild wie ihn aus dem Haus jagen wollen. Ein patentes Weibsbild und auch noch ganz hübsch für sein Alter, dachte der Sepp.

Und die alte Bischofsstadt, mit ihren schönen Bauten und kostbaren Schätzen, hatte es ihm auch angetan. Vor allem der Bamberger Reiter, der so stolz auf seinem Pferd saß, gefiel ihm. Es war eine katholische Stadt, dieses Bamberg, und bei dem Wort katholisch musste er lachen.

„Was lachst denn so deppert?", fuhr ihn der Meier an, „bist bleed geworden, Sepp, oder vertragst das Bamberger Bier gar nicht?"

„Wanderbursche, frei und ledig, zieh ich durch die weite Welt", sang er statt zu antworten und hob seinen Krug. „Geld und Gut hab ich nicht nötig, bleibe da, wo mir's gefällt…"

Die Wirtin hinter dem Schanktisch schenke ihm ein Lächeln.

Es geht doch, freute sich der Mühlheimer Sepp.

„Jetzt fängt der Depp noch an zu singen!", schimpfte der Meier.

„Schlafe auf des Waldes Boden, über mir das Sternenzelt…"

„Jetzt halt fei dei Maul! I sag's dir!" Der Meier sah nicht aus, als würde er mit sich spaßen lassen.

„Lass gut sein, Sepp", bat der alte Zecher, dem nichts so sehr verhasst war, wie eine Wirtshausschlägerei. „Mit deiner Singerei vertreibst du uns noch die Hexen. Weil, heut ist doch die Hexennacht."

„Habt ihr es schon mal mit einer solchen getrieben?", fragte der Sepp leise, damit ihn die Wirtin nicht hören konnte.

„Mei Alte is a rechte Hex!", lachte der alte Zecher.

„Ich meine mit einer richtigen? So einer, die sich mit Kräutern auskennt und die Leut verhexen tut?"

„Was meinst denn?" Der Meier verstand nicht.

„So eine, die Holz verbrennt an dem ein Pilz dran ist, der dich betrunken macht. So betrunken, dass du Sachen siehst, die es gar nicht gibt."

„Was meinst denn?"

Der Meier und der alte Zecher tranken von ihrem Bier und schauten den Sepp mit glasigen Augen an.

„Na schau her, Meier und du auch, alter Zecher. Wenn du zu so einer in die Hütte kommst…in ihre Hütte im Wald. Und da ist ein Feuer…"

„Geh weiter mit deiner Geschicht. Ich muss jetzt auch hoamgehen!"

„Ich komm mit dir, Meier", sagte der alte Zecher.

Die beiden standen auf und schwankten Arm in Arm zur Tür.

Erleichtert rutschte der Mühlheimer Sepp auf der Wirtshausbank weiter bis zum Fenster und schaute hinaus.

Jetzt hätte er fast geredet! Wenn das Herz voll ist, läuft der Mund über. Ein Glück, dass die beiden weg waren.

Obwohl die beiden weg waren, beschäftigte ihn die Bas Stollebett und Bierbach, das Dorf, in dem er die letzten fünf Jahre so oft zu tun gehabt hatte, weiter.

Er verglich das vornehme Kopfsteinpflaster mit den festgetretenen Schotterwegen, die Fachwerkhäuser mit den Stall- und Kleinbauernhäuser und die Wirtin vom Bamberger Schlosskeller mit der alten Bas.

Normalerweise wäre er nie und nimmer zu der hässlichen, alten Hexe gegangen. Doch es hat ihm gefallen, wie sie ihn angebetet hatte, als wäre er nicht nur ein einfacher Zimmermann, sondern Permes, Herrscher des Waldes. Er hatte ja selber daran geglaubt, wenn er berauscht und benebelt in der verrauchten Hütte lag und sie auf ihm ritt und dabei aussah, als wäre sie von Sinnen.

Er schüttelte sich bei der Erinnerung daran und trank einen Schluck Bier. Jetzt kamen ihm die drei Burschen wieder in den Sinn, die eines Tages plötzlich auf der anderen Seite des Feuers gekauert und sie beide angestarrt hatten.

Sie mussten schon eine Weile dagesessen haben, denn ihre Blicke waren glasig gewesen und irr vom Rauch. Er hatte zurückgestarrt und plötzlich die Mordlust in ihren Augen gesehen. Da hatte er die Bas Stollebett von sich gestoßen, war aufgesprungen und hatte schnell den Becher mit dem seltsamen Gebräu, das ihm die alte immer zu trinken gab, ins Feuer geschüttet, so dass der Rauch dick und schwefelgelb wurde wie die Wolken vor einem Gewitter. Im Schutze des Rauches war er dann unter der Rückwand der Hütte hindurchgekrochen, hatte sich heimlich davongeschlichen und war ins Dickicht des Waldes gerannt.

Von dort hatte er beobachtet, wie die drei Burschen der alten Bas von ihrer Hütte bis zu jenem Felsvorsprung, den alle im Dorf Kanzel nannten, hinterherjagten.

Vorsichtig hatte er sich der Kanzel von hinten genähert, war auf allen Vieren bis zum Abhang über der Kanzel gekrochen und hatte von dort aus heimlich das Geschehen weiter beobachtet.

Die drei Burschen hatten am Fuße der Kanzel gestanden und die Bas über ihnen auf dem Felsvorsprung.

Schaurig war es anzusehen, wie sich die Bas benahm. Sie lachte und sprach mit einem unsichtbaren Wesen. Dann breitete sie die Arme aus und flog auf wie ein riesiger, kreischender Vogel. Nie hatte er einen furchtbareren Laut gehört. Und der Vogel stieß auf die drei Bierbacher Burschen nieder und fiel ihnen vor die Füße. Plump wie ein Stein, denn eine Elle vor dem Boden verwandelte sich der Vogel wieder in die Bas. Die drei hoben ihre Äxte und…

Er trank seinen Krug aus.

„Frau Wirtin! Noch einen Krug!", rief er zum Schanktisch hin.

„Kommt sofort, der Herr." Sie lächelte kokett.

Drei Jahre später, so erinnerte er sich weiter, hatte es ihn wieder in diese Gegend gezogen, als ein reicher Fabrikant eine Jagdhütte bauen ließ. Da wurde ein tüchtiger Zimmermann allemal gebraucht. Dass ausgerechnet der Grosser, dieser lothringische Spitzbube am selben Ort war...

Er hätte das Geld, welches er Grosser schuldig war, nie aufbringen können. Verflucht sei das Kartenspiel, das ihm schon so häufig ins Unglück gestürzt hatte.

Der Grosser hatte ihm Prügel angedroht, sollte er seine Schulden nicht begleichen. Da war ihm eine Idee in den Sinn gekommen. Eine böse Idee. Eine gewagte Idee. Er lauerte einem der drei Burschen auf, die damals die Bas Stollebett erschlagen hatten. Er hatte sich gerade diesen einen ausgesucht, weil er ihm von den dreien am besten geeignet erschien. Oft genug hatte er ihn dabei beobachtet, wie er sich bei jedem Schatten ängstlich umschaute, als erwarte er Grauenvolles zu sehen.

Und Grauenvolles bekam er zu sehen, als er eines Tages allein im Wald Holz schlagen musste. Aus der Tiefe des Waldes kommend, erschien ihm der Permes, die gleiche Furcht einflößende schwarze Gestalt wie damals auf der Kanzel.

Der junge Bierbacher ließ seine Axt fallen, fiel auf die Knie und flehte den heiligen Pirminius um Hilfe an.

„Du hast meine Kreatur, die Bas erschlagen", sagte die schwarze Gestalt böse.

„Ich mach's widder gut, Permes! Ich mach's widder gut!", hatte der Junge mit kalkweißem Gesicht und vor Angst schlotternd gerufen.

Er hatte genickt, und auf dem Gesicht des Jungen war ein Hoffnungsschimmer erschienen.

„Dem Permes wurde durch den Bau der Hütte ein Stück seines Waldes weggenommen. Dafür muss ein Menschenleben geopfert werden, oder der Permes kommt hinunter ins Dorf und holt sich eins."

„Ich verstehe nicht", stammelte der Junge.

„Die Jagdhütte."

Der Junge sah ihn verständnislos an.

„Du kannst dein Dorf vor Unheil bewahren, und ich vergesse, was mit der Bas Stollebett geschah."

„Was muss ich machen?"

Der Junge hatte zu weinen angefangen und seine Zähne schlugen wie wild aufeinander.

„Da ist einer in der Nacht allein bei der Baustelle. Den will der Permes. Und mit einer Axt umgehen, das kannst du doch."

Am nächsten Tag hieß es im Dorf, der Grosser sei verschwunden, und man hat nie mehr was von ihm gehört oder gesehen.

Er schaute wieder dem Fenster. Draußen wurden die Laternen angezündet. Ein Pferdefuhrwerk fuhr vorbei. Das Geräusch der eisenbeschlagenen Räder auf dem Kopfsteinpflaster klang hohl und einsam zwischen den großen Häusern.

Um den Lothringischen tat es ihm nicht leid, der war ein Wucherer und Halsabschneider gewesen. Viele, nicht nur ihn, hatte er beim Kartenspiel um ihr letztes Geld betrogen. Und darauf, dass er dem Jungen vorgegaukelt hatte, er sei der Permes, war er noch immer stolz.

Die Wirtin brachte den neuen Krug Bier.

„Wenn du kein Nachtlager hast, kannst du hier in der Gaststube bleiben", sagte sie einladend und lächelte ihm zu.

Er hatte kein Nachtlager.

Tags darauf war er wieder auf der Wanderschaft. Nach Norden zog es ihn dieses Mal. Bis an die Küste, wo er drei Tage nach Maria Lichtmess den Tod fand. Ein Dachbalken, falsch montiert, schlug ihm den Schädel ein.

Wäre ihm noch Zeit zum Wetten geblieben, er hätte sein ganzes Geld verwettet, dass er den Permes auf dem Dachfirst gesehen hatte. Den Permes aus dem Grohbachtal, eingehüllt in seinen schwarzen Umhang und dem großen Hut auf dem Kopf.

XIV

Bierbach, 14. August 2003

Mit Sylvia und Birgit waren die letzten gegangen. Margot schloss die Tür hinter ihnen. Die beiden wollten noch zu Wolfgangs Grab. Alfred musste mit dem Pfarrgemeinderat die anstehende Pilgerfahrt nach Hornbach, zum Kloster des Heiligen Pirminius, besprechen. Hannelore war nach Hause gegangen, falls Günter oder die Polizei sich melden sollten.

Und Jessica war nach Stuttgart zurückgefahren, wo angeblich viel Arbeit auf sie wartete.

Margot legte sich in ihren Liegestuhl unter den Sonnenschirm und schloss die Augen. Sie sah Jessicas Gesicht vor sich, roch ihr Parfum und stellte sich vor, sie lägen ganz dicht beieinander. Sie würden sich berühren. Ein Schwarm Bienen summte um die Rosenbüsche herum. Ansonsten war es still. Kein Auto fuhr. Kein Rasenmäher knatterte. Und Jessica …Jessica.

Nein! Sie fand keine Ruhe. Es ist noch keine zwei Wochen her, da war die Welt ihrer Freunde noch in Ordnung gewesen und ihre auch.

Plötzlich fiel ihr ein, dass sie doch mit Lesche Irma reden wollte.

Eine halbe Stunde später stieg sie vor der Eckstraße Nr. 43 aus ihrem Peugeot.

„Tag, Lotte", grüßte Margot eine Nachbarin von Lesche Irma, die gerade vom Einkaufen kam.

„Tag, Margot. Heiß heut."

„Jo, aber net heißer als gestern."

„Vorgestern war's noch heißer."

„Aber net so heiß wie die vorige Woche."

„Allé dann, Margot."

„Jo, du a, Lotte."

Margot ging die Stufen zur Haustür von Lesche Irma hoch und klingelte. Sie vermisste Irma am Fenster. Normalerweise lehnte Irma immer mit einem Kissen unter den Armen am Fenster und Margot hoffte, dass ihr Fernbleiben heute eine Ausnahme war.

Denn sollte Irma sich auf ihre alten Tage ins Innere ihres Hauses zurückgezogen haben, würde sie wohl kaum Günter zur fraglichen Zeit gesehen haben können.

Lesche Irma war eigentlich eine verheiratete Bachmann und eine geborene Ehrmantraut. Da aber der Name Lesch schon seit mehr als hundertfünfzig Jahren für die Ehrmantrauts benutzt wird, nannte man sie Lesche Irma.

Warum der Name Lesch für die Ehrmantrauts stand, wusste niemand mehr so genau. Eine Theorie besagt, dass ein Vorfahre der Ehrmantrauts zur Fasnachtzeit einen Blieskasteler Polizeidiener namens Loesch nachgeahmt haben soll und von Stund an so genannt wurde. Und da der Name Lesch besser von der Zunge ging, nannte man sämtliche Nachfahren des Spaßvogels so.

Margot klingelte noch mal und rief: „Irma, bist du da?" Sie legte das Ohr an die Tür und lauschte nach drinnen.

„Ist was zu hören? Man wird dich noch für neugierig halten."

Margot fuhr erschrocken herum. „Jessi! Ich dachte du wärst schon längst auf und davon", sagte Margot freudig überrascht.

„Auf und davon? Ich habe doch nichts ausgefressen", Jessica schob ihre Sonnenbrille in die rotblonden Locken. „Ich war schon hinter Kaiserslautern, da habe ich mir gedacht, dass ich noch mit Lesche Irma reden will. Entschuldige bitte, dass ich zurückgekommen bin, aber dies ist ein freies Land. Man kann kommen und gehen wie und so oft man will."

„Vor allem du!" Margot drehte sich wieder zur Tür und klingelte zum dritten Mal. „Es wird ihr doch hoffentlich nichts passiert sein?"

Die beiden sahen sich einen Moment fragend an.

Nach einer Weile hörten sie schlurfende Schritte, die sich langsam der Tür näherten.

„Na endlich", sagte Jessica.

„Irma ist zweiundneunzig, da kann sie nicht mehr so schnell. Nicht jeder rast mal eben so kurz durch drei Bundesländer und wieder zurück."

„Heute waren es nur zwei."

Im Schloss wurde ein Schlüssel umständlich zwei Mal umgedreht, dann wurde die Tür einen Spalt geöffnet. „Wer is dann do?"

„Irma, wir sind's, Margot Klaus und Jessica Lück."

Die Tür öffnete sich ganz und ein runzeliges Gesicht lugte mit zusammengekniffen Augen nach draußen, wo die beiden jungen Frauen in der Nachmittagssonne standen.

„Irma, du sollst doch immer zuerst fragen wer da ist und dann erst aufmachen und nicht umgekehrt."

„Ach je, ich bring alles durcheinander. Komme erinn."

Jessica und Margot folgten Irma durch einen langen schmalen Gang, der durch zwei Kommoden und ein Schuhschränkchen fast zugestellt war, in die Küche. Es roch nach frisch geputztem Linoleum, gemahlenem Kaffee und Bratkartoffeln mit Speck.

Margot schaute aus dem Küchenfenster, vor dem ein Stuhl stand und auf dessen Fensterbank ein Kissen lag. Sie stellte fest, dass man von dieser Position aus die Straße gut im Blick hatte.

„Setzt euch, ihr Mäde", forderte Irma die beiden auf.

Jessica und Margot nahmen nebeneinander auf der Eckbank Platz, da die beiden Stühle mit Bügelwäsche belegt waren.

Irma öffnete den Küchenschrank und suchte darin herum. „Jetzt han ich net èmol è Stickche Schokolad für euch. Kenn Schnäkes."

Jessica prustete los und Margot knuffte ihr in die Seite.

„Irma, ich muss dich etwas fragen."

Irma schloss die Tür vom Küchenschrank und drehte sich um.

„Froh nur, Margot."

„Hast du letzten Montag den Günter gesehen, wie er ins Grohbachtal gegangen ist?"

„Euer Freund Günter? Der Dochtermann von Hanauers Elfriede?"

„Ja."

„Das dumm Ding is immer noh Humborch zur Kaadeblätsch gefahr, weil sei Bruder, de Michael domols verschwunn is. Als ob die Kaadeblätsch sahn kennt, wo der geblieb is."

Jessica spürte eine eiskalte Hand ihren Rücken hochfahren. Diese Geschichten mit den verschwundenen Bierbachern schien sie zu verfolgen.

Irma nahm den Stapel Bügelwäsche von einem Stuhl und legte ihn auf den anderen obendrauf. Auch ohne statische Berechnung war Jessica klar, dass der Wäscheturm zum Einstürzen verdammt war. Sie beäugte die wackelige Konstruktion misstrauisch.

„Aber noch einmal zurück zu Günter. So um halb sechs am Abend. Hast du ihn da gesehen?", fragte Margot nach.

Irma wiegte langsam den Kopf hin und her: „Do muss ich überlege."

„Das war vor drei Tagen."

„Jo, jo."

Unterdessen schob Jessica die Wäsche so hin, dass jede Einsturzgefahr ausgeschlossen war.

Irma setzte sich auf den frei geräumten Stuhl, den beiden gegenüber. „Wenn ich jetzt Milch dehemm hätt, könnt ich euch è Kakao mache."

„Danke, Irma. Aber das ist nicht nötig", antwortete Jessica und zu Margot flüsterte sie: „Glaubst sie, wie wären erst zwölf?"

„Sie meint es nur gut", flüsterte Margot zurück.

„Jetzt fallt's ma in! Wannemacherschs Else, die alt Muschtergret, hat mir gesagt, dass de Wolfgang gestorb is, weil die Glocke geleit han. Do draußen uff de Stroß hat's Else gestann un hat's mir gesagt. Zehn Minute später ist de Günter vorbei komm."

Irma erzählte weiter, dass er es ziemlich eilig gehabt habe, in den Wald zu kommen. Sie habe nach ihm gerufen und er sei bei ihrem Fenster stehen geblieben. Ungeduldig zwar, aber er sei stehen geblieben. Sie hatten über Wolfgang gesprochen.

„War er deprimiert?", wollte Margot wissen.

„Kann ich net sage, ich fand, dass er arg traurig ausgesehen hat."

„War er allein?", fragte Jessica.

„Net so richtig. Der Gäggische war bei ihm, is aber immer ein paar Schritte vor ihm hergelaufe. Und wie de Günter bei mir gestanden hat, hat der bei Burgerschs Zaun gestann und uns zugeguckt."

„Wer?", fragte Jessica.

„Der Gäggische, der so macht, als wär er Pfarrer. Der, der so aussieht wie man sich de Permes vorstellt, nur ohne Hut. So groß und dürr und immer in schwarz."

„Weißt du, wen sie meint?", fragte Jessica und sah Margot Hilfe suchend an.

„Jens Lüders, den Gemeindereferenten."

„Ein Freund von Alfred?"

„Bestimmt nicht. Dafür ist er zu arrogant und benimmt sich Alfred gegenüber zu anmaßend."

Sie erhoben sich und auch Irma stand auf.

„Danke, Irma. Du hast uns sehr geholfen."

„Mach ich doch gern." Irma ging wieder zu ihrem Küchen-schrank und zog eine Schublade heraus. Sie nahm ihren Geld-beutel zur Hand, öffnete den Schnappverschluss und holte zwei Geldstücke heraus.

„Da könnt ihr euch è Eis kaufe, ihr Mäde", sie hielt den beiden die Münzen hin.

„Das machen wir, Irma", sagte Margot nahm das Geld an.

„Hast du die beiden oder einen von den beiden wieder ins Dorf zurückgehen sehen?", fragte Jessica noch beim Hinausgehen.

„Nur denne Gäggische, so ungefähr è Stund später odder zwä. Awer net, dass ehr jetzt denke, es Lesche Irma ist è alte Retsch."

„Nein, bestimmt nicht", beeilte sich Margot zu sagen.

In dem Moment, als Irma die Haustür öffnen wollte, klingelte es draußen.

„Sah mol, heit bekomm ich mehr Besuch, als sonscht de ganze Monat", sagte sie, als sie Otto Bender vor der Tür stehen sah, „und ausgerechnet heit, wo ich kenn Stickche Schokolad im Haus han."

„Tach", grüßte Otto.

Jessica und Margot grüßten zurück.

„Das ist Otto Bender, der mir heute Mittag den Löwenzahn gebracht hat", flüsterte Margot Jessica zu.

„Der seine Frau verloren hat?", fragte Jessica leise zurück.

„Verloren ist der passende Ausdruck. Sie wurde nie gefunden. Und Otto fing vor Kummer an zu saufen und hat seinen ganzen Verstand versoffen. Ich glaube, wenn er genau wüsste, dass sie tot ist und er ein Grab hätte, zu dem er gehen könnte, würde es ihm besser gehen. Aber diese Ungewissheit ist grausam."

Jessica wurde leichenblass, sie machte einen Schritt zurück und verstolperte sich, fiel fast hin.

Margot fasste sie am Arm. „Was ist denn los mit dir?"

Jessica schüttelte stumm den Kopf und starrte Otto an.

„De Permes hat mei Christa geholt", schniefte Otto und schnäuzte sich in seinen Hemdzipfel, „und jetzt läuft der Sauhund wieder rum und holt sich die Leut. Weil es ist nämlich das Pirminiusjahr. Und der Permes ist die dunkle Seite vom Pirminius, so wie der Gemeindereferent die dunkle Seite vom Pfarrer Bubel ist. Ich könnt euch noch viel erzähle, mach ich aber net. Es hat Tote gegeben. Jetzt erst. Ich weiß Bescheid, aber ich sag nix. Wenn ich nix sag, dann bringt er vielleicht mei Christa zurück."

„Weißt du etwas, Otto? Wenn du etwas weißt, sag es!", befahl ihm Margot streng.

Otto verschränkte die Arme hinter seinem Rücken und machte ein trotziges Gesicht. Er verzog den Mund, als wolle er heulen.

„Armer Bub. Aber verzähl denne Mäde doch wenigstens von dem schöne Gedicht, dass ich dir beigebracht han", versuchte Irma ihn abzulenken.

„Ein anderes Mal", winkte Margot ab, da sich Jessica kaum noch auf den Beinen halten konnte, doch Otto stellte sich schon in Positur.

„In de Schlofstubb nummero 3…"

Otto wusste nicht mehr weiter und stand mit offenem Mund da. Ein Speichelfaden hing von seiner Unterlippe.

„…do macht…", half ihm Irma auf die Sprünge.

„Do macht è Neschtquack groß Geschrei
So rangst kenn Geih
So quietscht kenn Fleet…"

„…so schmettert nur è C-Trombet!", half Margot ihm ungeduldig weiter. „Irma, Otto, wir müssen jetzt wirklich gehen."

„So schmettert nur è C-Trombet", deklamierte Otto ungerührt weiter, während sich Jessica auf die Treppenstufen setzte und Margot fatalistisch Reim um Reim über sich ergehen ließ.

„Die Mamme die war iwwermied
Und heert nix vun dem scheene Lied
De Babbe der wird endlich wach
Un schlaat jo gleich de greschte Krach
Stuppt seiner Fra, die newerm leit
È paar mol grindlich in die Seit
Ja sah mol Gret, bischt du dann daab
Das Kind kreischt sich die Struss ball ab
Do macht die Gret è schebbi Laab
Du Narr, wenn des herscht, dann stells doch ab
Du haschst als Vadder, meiner Seel, so gut wie ich am Kind dei Dähl
Was, hat de Jakob do gesaht, werd so è Kind gedählt, mei Mad
Uff die Art kannsch du misch net teische,
wieh du dei Dähl, ich loss meins kreische."

Otto war endlich fertig und sah er Margot glücklich an.

Jessica, die mit angezogenen Knien auf der Treppe saß, und den Kopf in die Armbeugen gelegt hatte, stand auf und ging langsam wie eine Schlafwandlerin die Treppenstufen hinab.

Margot verabschiedete sich von Irma und Otto und folgte ihr besorgt.

„Ich kann nicht fahren, Margot. Ich lasse mein Auto hier stehen. Kannst du mich fahren?"

„Natürlich. Was ist denn los mit dir? Verträgst du die Hitze nicht?"

Jessica lehnte sich gegen Margots Wagen. „Es ist nicht die Hitze."

„Was denn sonst?"

„Fahr mich bitte zur Polizei, Margot", murmelte sie erschöpft.

„Zur Polizei? Was willst du denn dort?" Margot strich ihr ein paar Haarsträhnen aus der Stirn. Sie öffnete die Beifahrertür, nahm ein Taschentuch aus dem Handschuhfach und trocknete Jessicas feuchtes Gesicht. „Wir können der Polizei auch telefonisch mitteilen, dass Lüders zusammen mit Günter in den Wald gegangen und allein wieder zurückgekommen ist."

Jessica schüttelte müde den Kopf. „Darum geht es nicht."

„Wie du willst. Aber ich fände es besser, wenn du mit zu mir kämst und dich erst ein bisschen hinlegen würdest. Du siehst furchtbar aus."

Jessica schaute über Margots Schulter. Otto Bender stand noch immer oben auf der Treppe und schaute ihnen grinsend zu.

„Fahr mich zur Polizei, Margot. Ich muss etwas gestehen."

„Was hast du denn verbrochen?", fragte Margot erschrocken. Es kam ihr vor, als würde ihr jemand den Boden unter den Füßen wegziehen.

„Nichts. Ich habe als Kind etwas beobachtet und im Unterbewusstsein schon viel zu lange mit mir herumgetragen. Einunddreißig Jahre, um genau zu sein. Und einunddreißig Jahre habe ich zugelassen, dass es ihn zerstört."

Jessica deutete matt mit dem Kinn in Ottos Richtung.

XV

Saarbrücken, 14. August 2003

Seit über einer Stunde saß Margot nun schon auf der harten Holzbank im Flur des Polizeipräsidiums in Saarbrücken und wartete auf Jessica, die im Büro von Hauptkommissar Andreas Feuerstein ihr Geständnis ablegte. Feuerstein war ein Bierbacher, der jetzt in Saarbrücken lebte und die beiden kannten ihn gut.

Margot wusste nicht, was Jessica ihm gerade mitteilte. Auf der Fahrt zum Polizeipräsidium hatte sie eisern geschwiegen und eine Zigarette nach der anderen geraucht. Margot hatte sie nur ab und zu besorgt von der Seite betrachtet und war nicht weiter in sie gedrungen. Aber dass es irgendetwas mit Christa und Otto Bender zu tun haben musste, war klar.

Otto Bender. Was aus einem Menschen werden kann, dem ein großes Unglück zustößt, sinnierte Margot. Sie versuchte, sich an den Otto Bender aus ihrer Kinderzeit zu erinnern. Da war er groß, stark und mutig gewesen, so wie man sich als Kind einen Feuerwehrmann eben vorstellt. Jetzt war er ein Wrack. Körperlich und seelisch.

Am Anfang des Flurs ging die Schwingtür auf und zwei Uniformierte führten einen glatzköpfigen Mann den Flur entlang. Ihre Schritte hallten von den kahlen Wänden zurück. Als die drei an Margot vorbeikamen, sah sie, dass der Glatzkopf mit Handschellen gefesselt war.

Wenn Jessica mit Handschellen aus Feuersteins Büro herausgeführt wird, bekomme ich einen Schreikrampf ... Margot warf den Kopf in den Nacken und atmete tief durch. Was immer sie auch getan hatte, so schlimm konnte es unmöglich gewesen sein. Jessica war doch keine Kriminelle. Sie war vielleicht ein bisschen verrückt, ein bisschen eigensinnig, aber doch nicht kriminell. Und dann war es vor einunddreißig Jahren…

Sie sprang wie elektrisiert auf.

Was immer Jessi auch getan haben mag, wenn es vor einunddreißig Jahren geschehen ist, dann war sie noch ein Kind gewesen und nicht strafmündig.

Margot war froh, dass ihr das eingefallen war, und sie setzte sich einigermaßen beruhigt auf die Holzbank zurück.

Ein weiteres Rätsel gab ihr die Verbindung zwischen Lüders und Günter auf. Sie war sicher, dass Günter nie mit Lüders in den Wald gegangen wäre. Er konnte ihn nicht leiden. Niemand in Bierbach konnte ihn ausstehen.

Damit würde sich jetzt Feuerstein befassen müssen, dafür war er Hauptkommissar. Und als alter Bierbacher, der alle Leute im Dorf kannte, war er für diese Aufgabe bestens geeignet.

Sie würde sich um Jessica kümmern, das war ihr jetzt wichtiger. Und wenn sie ehrlich sein sollte, freute sie sich darauf.

Seit sie Kinder waren, gab es zwischen ihnen diese Spannung. Und es hatte lange gedauert, bis Margot sich darüber im Klaren gewesen war, welcher Art diese Spannung war. Doch da war sie schon eine Weile verheiratet gewesen und Jessica auf und davon. Inzwischen war sie geschieden, und Jessica lebte ihr Leben, und offensichtlich nicht einmal schlecht.

Aber mein Leben ist auch nicht schlecht, dachte Margot. Sie hatte es sich in einem Leben als Single eingerichtet und fühlte sich wohl. Nein, das stimmte nicht ganz. Es gab kaum einen Tag, an dem sie nicht an Jessica dachte. Kein Erlebnis, bei dem sie sich nicht gewünscht hätte, sie könne es mit ihr teilen. Egal, wie sie es drehte und wendete, Jessica war immer in ihren Gedanken.

Die Tür von Feuersteins Büro ging auf und er kam im Sturmschritt heraus. Als er Margot sah, blieb er abrupt stehen.

„Immer noch da, Margot? Du hast doch deine Aussage schon gemacht."

„Wie lange wird es denn noch dauern?"

„Bis wir Günter gefunden haben? Keine Ahnung. Aber bestimmt kann uns Jens Lüders weiterhelfen. Ich werde ihm heute noch kräftig auf den Zahn fühlen. Gut, dass du mir das gesagt hast. Aber Irma bekommt was zu hören, dass sie der Polizei wichtige Informationen vorenthalten hat."

„Irma ist 92. Andreas, mäßige dich. Ich meinte eigentlich, wie lange es noch mit Jessica dauert."

„Wartest du auf sie?" Andreas Feuerstein schien erstaunt.

„Ja. Ich habe sie hergefahren und nehme sie wieder mit zurück."

„Jessica ist schon weg."

„Was?"

„Schon seit einer Viertelstunde. Durch die andere Tür. Da kommt man direkt ins Treppenhaus."

„Sie ist abgehauen?" Margot war aufgesprungen. Keine Strafe schien ihr in diesem Augenblick hart genug für Jessica, ob sie vor einunddreißig Jahren ein Kind gewesen war oder nicht - Ketten und Kerker, Wasser und trocken Brot, das war das Mindeste.

„Nein, sie ist nicht abgehauen." Feuerstein lachte. „Ich habe sie gehen lassen. Aber sie muss sich zu meiner Verfügung halten. Wird sie auch tun, denn ich glaube, sie hat verstanden, dass man mit mir keine Spielchen spielt." Feuerstein holte tief Luft und blähte seinen Brustkorb auf. „Und wenn wir bei der Kanzel keine Leiche finden, dann Gnade ihr Gott." Feuerstein atmete aus.

Margot stand mit offenem Mund da, dann schloss sie ihn und schluckte trocken. „Keine was?"

Obwohl sie mit etwas Außergewöhnlichem gerechnet hatte, kam ihr die Situation jetzt absurd vor. Und das Wort Leiche klang so fremd in ihren Ohren, als wäre es chinesisch.

„Muss ich dir nicht sagen, Margot, aber ich tue es trotzdem. In ein paar Stunden weiß es sowieso ganz Bierbach. Jessica behauptet, sie wisse, wo die Leiche von Christa Bender vergraben ist."

„Was?" Hatte sie sich verhört? „Wo?"

„In dem Waldstück, oberhalb der Kanzel. Sozusagen über der Kanzel."

„Woher will Jessica das wissen?"

Feuerstein grinste. Es gefiel ihm, dass Margot so verdattert vor ihm stand. Denn sie war auch eine von denen, die gelacht hatten, als er sagte, er wolle Kriminalkommissar werden.

Bevor er ihr antworten konnte, drehte sie sich um. Er schaute ihr hinterher, wie sie schäumend vor Wut den Flur entlang zum Ausgang rannte.

„Mit der möchte ich mich nicht anlegen", brummte er, als er sein Büro wieder betrat, in Richtung seiner Assistentin Cornelia Markowitz, die auf ihrem Schreibtisch saß und Jessicas unglaubliches Geständnis las.

Er nahm sein Schulterhalfter mit der Dienstpistole von der Garderobe und zog es hektisch an. „Und was ist mit Ihnen? Brauchen Sie eine Extraeinladung? Wir müssten schon längst in Bierbach sein."

Hoffentlich schießt er sich nicht wieder in den Fuß, dachte Kriminalassistentin Cornelia Markowitz und legte das Vernehmungsprotokoll, das Jessica mit ihrer Unterschrift bestätigt hatte, in ihre Schreibtischschublade. „Bierbach, du lieber Himmel! Ist das überhaupt auf irgendeiner Landkarte verzeichnet? Was ist das für ein Kaff? Ich habe noch nie…" Sie verstummte jäh und hätte sich am liebsten auf die Zunge gebissen, doch es war zu spät. Feuerstein runzelte verärgert die Stirn.

„Auf geht's, Markowitz!"

„Nach Bierbach, Chef?", fragte sie kleinlaut.

„Genau. Wenn Christa Bender tatsächlich oberhalb der Kanzel begraben liegt, gehen wir auf Geisterjagd."

„Meinen Sie diesen ominösen Permes?" Kriminalkommissarin Markowitz deutete auf ihre Schreibtischschublade. „Ist das ein echter Geist oder nur ein *dirty old man*, der Frauen und Kinder erschreckt?"

„Wenn Jessica Recht hat, ist er, egal was er sonst noch ist, ein Mörder. Auf! Auf!" Feuerstein fuchtelte ungeduldig mit der Hand. „Der noch leben kann, wenn der Mord vor einunddreißig Jahren passiert ist."

Markowitz versuchte, neben Feuerstein den Flur entlang zu gehen. Das war nicht einfach. Wenn er einen Schritt machte, musste sie zwei machen.

„Wie alt wird der Mörder heute sein? Fünfzig oder sechzig? Was meinen Sie, Chef? Der typische Mörder ist zwischen zwanzig und dreißig. Also, das käme in etwa hin."

„Quatsch! Mörder gibt es in jedem Alter. Ich kann mich noch gut daran erinnern, als Christa Bender verschwunden ist. Es hat ziemlichen Wirbel verursacht, damals. Aber irgendwann hat kein Mensch mehr darüber geredet."

„Kollektiver Gedächtnisschwund?"

„Kann sein. Kann aber auch nicht sein. Nein! Kann nicht sein. Verdammt - Markowitz, das ist doch keine Science-Fiktion."

„Aber irgendetwas muss doch vermutet worden sein. Kein Mensch verschwindet einfach so." Markowitz fiel Günter Strobel ein. Auch er war einfach so verschwunden. „Aber vielleicht ist in Bierbach ja alles anders als im Rest der Welt", fügte sie spöttisch hinzu. Inzwischen waren sie auf dem Parkplatz angekommen und Markowitz sah sich suchend nach dem Auto um.

„Manche haben auch gesagt, sie wäre mit einem Mann auf und davon", bemerkte Feuerstein und dachte an seine Frau, die vor zwei Jahren mit dem Chef des *La Strada,* ihrer Stamm-Pizzeria, durchgebrannt war.

„Soll auch vorkommen", sagte Markowitz. Sie hatte das Auto entdeckt und steuerte darauf zu.

„Vielleicht sogar mit dem Weber Herbert, der zwei Jahre vor ihr verschwunden ist. Wer weiß schon, was in so einem Frauenhirn vorgeht?"

Markowitz drehte sich zu ihm um. Manchmal konnte sie den Gedankengängen ihres Chefs einfach nicht folgen.

Feuerstein blieb stehen und kratzte sich nachdenklich am Kopf.

„Legen Sie eine Idee frei, Chef?"

„Vielleicht war der Mörder von Christa Bender ein Kind."

„Ein Kind, das uns jetzt 31 Jahre später weismachen will, dass es den Mörder damals beobachtet hat?"

Feuerstein nickte anerkennend. „Gar nicht so dumm, Markowitz, gar nicht so dumm."

„Aber warum sollte Jessica Lück uns das jetzt sagen?"

„Das Gewissen, Markowitz. Jeder Mensch hat ein Gewissen."

XVI

Bierbach, 14. August 2003

Jessica stand am Fenster von Alfreds Arbeitszimmer und schaute auf das hell erleuchtete Bierbach. In jedem Haus brannte Licht. Obwohl die Bewohner scharenweise zum Grohbachtal hinaufgingen oder fuhren, hatten sie doch ihre Häuser illuminiert, aus Angst sie könnten bei ihrer Rückkehr den Dämon des Waldes vorfinden.

Zwei Polizeihubschrauber mit Suchscheinwerfern kreisten über dem Dorf und machten einen Höllenlärm. Auch das Grohbachtal lag in gleißendem Scheinwerferlicht.

In der einen Hand hielt Jessica ein Glas Whisky, in der anderen eine halbgerauchte Zigarette. „Die Vergangenheit holt einen immer wieder ein", presste sie hervor, ohne sich umzudrehen.

Alfred schenkte sich nach. „Die Wahrheit holt einen ein. Und das kann auch eine Befreiung sein. Warum hast du dich mir nie anvertraut?", fragte er, „bin ich dir ein so schlechter Freund gewesen?"

„Ach, Alfred." Jessica drehte sich zu ihm um. Tränen stiegen ihr in die Augen und kullerten die Wangen hinab. Verärgert wischte sie sie weg.

Damals hatte sie es ja jemandem sagen wollen, als sie nachts aus dem Grohbachtal zurückgeradelt war, und die Angst ihr vorgaukelte, es wäre der Leibhaftige hinter ihr her. Warum hatte sie sich auch nachts aus dem Haus geschlichen, um im Dunkeln mit dem Rad herumzufahren. Was hatte sie sich damals beweisen wollen? Sie wusste es nicht mehr. Ja, sie wollte über das reden, was sie gesehen hatte, aber Margot hatte schon geschlafen. Wieder und wieder hatte sie kleine Steinchen an ihr Fenster geworfen, doch Margot war nicht aufgewacht.

In dieser Nacht, so erinnerte sie sich, hatte sie sich nichts sehnlicher gewünscht, als über das, was sie gerade beobachtet hatte, jemandem anvertrauen zu können. Aber nicht mit einem Erwachsenen. Die hätten ihr bestimmt nicht geglaubt, dass sie den Permes gesehen hatte und hätten sie nur ausgeschimpft, weil sie sich so spät nachts noch im Wald herumtrieb.

Nachdem sie Margot nicht aufwecken konnte, war sie weiter zu Alfred gefahren. Alfred war schon nach dem zweiten Steinchen ans Fenster gekommen. Sie hatte gestammelt und Andeutungen gemacht, und hatte irgendwie gehofft, dass er ihre Gedanken erraten könne. Aber er hatte es nicht gekonnt. Und sie hatte plötzlich nicht mehr darüber sprechen können. Und mit jedem Augenblick, der verging, konnte sie es weniger.

Und aus Sekunden waren Minuten, aus Minuten Stunden und am Ende waren es einunddreißig Jahre des Schweigens geworden.

Sie hätte vermutlich bis an ihr Lebensende geschwiegen und sich eingebildet, es wäre nie geschehen, hätte sie nicht Otto Bender erlebt. Dieses Wrack von einem Menschen, dem das mysteriöse Verschwinden seiner Frau und die Ungewissheit über ihr Schicksal den Verstand geraubt hatten.

„Ich habe ihm das angetan!" Sie drückte ihre Zigarette aus, als wolle sie sie zerquetschen.

Alfred sah sie überrascht an. „Wem hast du etwas angetan?"

„Dem Otto. Dass er heute so verrückt ist, dass er herumläuft und Kindergedichte rezitiert, ist meine Schuld." Sie machte eine verzweifelte Geste.

Alfred trat zu Jessica ans Fenster und nahm sie in den Arm. „Nein, Jessica. Schuld hat allein Christas Mörder."

„Und wer ist jetzt ihr Mörder? Damals dachte ich, es sei der Permes gewesen. Heute weiß ich, dass es ihn nicht gibt."

Sie machte sich von Alfred los, ließ sich auf seinen Bürostuhl fallen und legte frustriert und etwas provokativ die Füße auf den Schreibtisch.

„Wir müssen uns jetzt einfach gedulden, was Feuerstein und seine Leute herausfinden. Und du höre auf, dich zu ängstigen wie ein Kind. Das Böse kann dir nichts tun, wenn du an das Gute glaubst. Wenn du Gott in seiner unendlichen Güte in dein Herz lässt."

Sie machte eine ungeduldige Bewegung mit den Schultern, als wolle sie ein unangenehmes Gefühl abschütteln, und nahm ihre

Füße vom Schreibtisch. „Red nicht so einen heiligen Mist. Du weißt, das kommt bei mir nicht an."

Alfred lächelte milde.

„Und grinse nicht so scheinheilig. Ich bin weder schwach noch schwachsinnig."

„Aber ganz schön verunsichert und durcheinander. Was angesichts der Geschehnisse ja auch kein Wunder ist. Aber lasse deine Gefühle doch zu…"

„Idiot!"

„… anstatt wütend zu werden, weil du ein schlechtes Gewissen hast. Gott weiß, dass dich keine Schuld trifft."

„Schuld. Gott. Beweise mir, dass es einen Gott gibt, Alfred."

Alfred setzte sich ihr gegenüber auf den Besucherstuhl. „Beweise mir, dass es keinen gibt. Schau dich um, schau dir die Erde in all ihrer Schönheit und Vielfalt an", er deutete mit ausgestrecktem Arm zum Fenster, „schau dir diesen Sternenhimmel an. Und dann sage mir, dass das alles Zufall sein soll."

„Die Wissenschaft hat ganz andere Erklärungen. Die Urknall-Theorie zum Beispiel."

„Und wer hat den Urknall ausgelöst? Und was war vor dem Urknall?" Er beugte sich vor und sah sie herausfordernd an.

„Der heilige Geist?" Jessica schnaubte verächtlich.

Alfred nickte. „Die Wissenschaft in all ihrer Rationalität hat bewiesen, dass selbst die kleinste Abweichung in der Gravitation oder die kleinste Abweichung bei der Anzahl der Atome genügt hätte, und das Wunder des Lebens hätte es nie gegeben. Die Chancen standen eins zu Abermillionen. Und jetzt frage ich dich, Jessica, ist es rein mathematisch so viel logischer an den Zufall zu glauben, als an Gott? Ist denn eine Wahrscheinlichkeitsrechnung die gegen null tendiert so viel logischer als *Am Anfang schuf Gott Himmel und Erde?*"

„Pfarrer Alfred, sei mir nicht böse, aber bei diesem Thema werden wir nie einer Meinung sein."

Sie lächelten sich an, wohl wissend, dass bis jetzt alle ihre weltanschaulichen Diskussionen so geendet hatten, und es ihrer Freundschaft trotzdem keinen Abbruch getan hatte.

„Sollten wir uns jetzt nicht auch langsam auf den Weg ins Grohbachtal machen?", fragte sie und stand auf. „Ich denke, wir sollten dabei sein."

„Um Gottes Willen, ja!"

Er eilte zur Garderobe, warf seine schwarze Soutane über, die ihm Frau Vatermann zu diesem Anlass bereits herausgehängt hatte, setzte das Tonsurkäppchen auf und hängte sich das handgroße, aus Akazienholz geschnitzte Kreuz um. Dann lief er noch einmal zurück zum Schreibtisch und nahm das kostbare, in Leder gebundene Brevier an sich, das er von seinen Eltern zur Priesterweihe geschenkt bekommen hatte.

„Heute in voller Montur?", bemerkte Jessica frech.

Er sah sie strafend an. „Ein kleines bisschen mehr Respekt vor der Würde meines Amtes würde auch dir gut anstehen, Jessica."

„Entschuldigung, Hochwürden! Aber passt auf, dass Ihr nicht über euren Rocksaum stolpert, sonst ist es mit der Würde schnell vorbei."

„Darauf zu antworten wäre unter meiner Würde."

Es war ein ungleiches Paar, das schließlich aus dem Pfarrhaus trat. Ein korpulenter Priester in vollem Ornat und eine schlanke Frau, in Jeans und einem zerknitterten T-Shirt.

Ein Auto kam die Hügelstraße hoch gerast und bog in den Kirchenvorplatz ein. Als der Lichtkegel Jessica und Alfred erfasste, blendeten die Scheinwerfer kurz auf, das Auto machte eine Vollbremsung und kam mit quietschenden Reifen einen halben Meter vor den beiden zum Stehen. Die Fahrertür des Peugeot flog auf und Margot sprang heraus.

„Hast du mich erschreckt", sagte Alfred.

Margot winkte genervt ab und ging auf Jessica los. „Was denkst du dir eigentlich, mich im Polizeipräsidium einfach sitzen zu lassen?", schimpfte sie. Ihre Stimme kippte fast über. „Denkst du überhaupt irgendetwas?"

„Tut mir leid, Margot. Ich wollte einfach nur weg. Und da habe ich mir ein Taxi genommen."

„Du wolltest einfach nur weg? Hast du gedacht, du müsstest mit mir den Rest deines Lebens in Saarbrücken im Flur des Polizeipräsidiums verbringen?"

„Beruhige dich doch, Margot", mischte sich Alfred ein, „du schreckst ja alle Nachbarn auf."

„Quatsch! Ganz Bierbach ist auf den Beinen und versammelt sich im Grohbachtal, wo jeden Moment eine Leiche ausgegraben werden soll."

„Es tut mir wirklich leid, Margot. Ich weiß auch nicht, was ich mir dabei gedacht habe", sagte Jessica und machte ein schuldbewusstes Gesicht.

„Es tut dir leid. Na bravo. Wenigstens etwas."

„Darf ich dich um einen Gefallen bitten, Margot?" Jessica sah ihre Freundin bittend an.

„Du hast vielleicht Nerven!"

„Wärst du so nett und würdest uns ins Grohbachtal fahren? Wir sind schon spät dran und mein Auto steht noch bei Lesche Irma vorm Haus. Und du willst doch bestimmt auch dorthin."

Margot zog die Augenbrauen hoch und betrachtete Jessica eine Weile stumm.

„Margot, bitte", sagte Alfred.

„Also gut, aber nur weil du es bist, Alfred, und der Anlass für dich wichtig zu sein scheint, so wie du gewandet bist", gab sich Margot versöhnlich.

Jessica legte einen Arm um Margots Schulter, zog sie zu sich heran und küsste sie auf die Wange.

XVII

Bierbach, 14./15. August 2003

In der Pfalzstraße parkten mehrere Feuerwehrautos. Die gesamte Eckstraße hoch reihte sich Fahrzeug an Fahrzeug. Im Käsehof standen ein Leichenwagen und ein Krankenwagen vom Roten Kreuz. Die Männer standen einsatzbereit bei ihren Fahrzeugen und sprachen aufgeregt miteinander oder in ihre Handys.

Margot, Jessica und Alfred staunten nicht schlecht, was Feuerstein da alles in Bewegung gesetzt hatte. Schließlich ging es doch nur um die Bergung einer seit einunddreißig Jahren im Waldboden versteckten Leiche.

Hupend bahnte sich Margot ihren Weg durch die Menschenmenge. Die meisten waren aus Bierbach und ihr bekannt.

Alle paar Minuten flogen die Polizeihubschrauber tiefer und beleuchteten die ins Grohbachtal ziehenden Menschen, die nicht wussten, ob sie sich lieber die Augen oder die Ohren zuhalten sollten.

Da es aussichtslos schien, auf dem Parkplatz nahe der Kanzel das Auto abstellen zu wollen, parkte Margot bei Lesche Irmas Haus, hinter Jessicas BMW. „Die letzten paar Meter müssen wir zu Fuß gehen", sagte sie zu ihren beiden Mitfahrern und schlug die Autotür zu.

„Paar Meter? Das ist bestimmt noch ein halber Kilometer bis zur Kanzel", stöhnte Alfred.

Jessica stand nachdenklich vor ihrem Auto.

Ich wette, wenn sie nicht als Zeugin hierbleiben müsste, würde sie jetzt einsteigen und davonrasen, dachte Margot.

„Wer liegt denn da obe?", rief Lesche Irma, von ihrem Platz am Fenster gegen den gewaltigen Motorenlärm der Hubschrauber an.

„Es Bender Christa", rief Margot zurück.

„Ich dachte, man hat Günter da oben gefunden." Der Ortsvorsteher Georg Venn hatte zu Margot aufgeholt.

„Günter? Nein, davon weiß ich nichts", antwortete Margot. „Ich weiß nur, dass man die Leiche von Christa oberhalb der Kanzel gefunden hat."

„Eine Unverschämtheit, dass ich bei so was nicht zuerst informiert werde", schnaubte er und bahnte sich seinen Weg durch die Menschenmenge.

Margot sah sich nach Jessica und Alfred um.

„Der Pfarrer Bubel ist schon weiter zur Kanzel", schrie Rippergers Gisela, der Margots suchender Blick aufgefallen war, mit heiserer Stimme. „Und das Rothaarige sitzt dort in seinem Auto."

Margot ging auf Jessicas Auto zu, und die drei Weber-Brüder, die wild gestikulierend und disputierend davorstanden, stoben wie ertappt auseinander.

„Jessica!", schrie Margot, zum einen wegen des Lärms, zum anderen, weil sie wieder wütend war.

Jessica, die in ihrem Handschuhfach kramte, drehte sich zu ihr um. „Was ist denn? Warum schreist du so?"

„Von mir aus kannst du verschwinden. Jetzt gleich. Und du brauchst dich hier nie wieder blicken zu lassen. Aber Feuerstein will dich bestimmt noch einmal verhören. Und aus diesem Grund, und wirklich nur aus diesem Grund, solltest du hierbleiben." Margot war zum Heulen zu Mute.

„Was redest du denn, Margot? Ich fahre doch nicht weg. Ich suche nur meinen Zeichenblock. Aber hier ist er nicht. Dann muss ich ihn wohl im Hotel vergessen haben."

„Wozu brauchst du deinen Zeichenblock?", fragte Margot und war mit einem Schlag erleichtert.

„Ich kann mit Worten so schwer erklären, was ich damals gesehen habe. Aber ich kann es zeichnen. Aber ohne Block geht gar nichts." Sie klappte das Handschuhfach zu, stieg aus und lächelte Margot zu. „Du musst keine Angst haben, ich fahre schon nicht weg."

Margot schaute verlegen auf den Boden.

„Ich fahre erst weg, wenn hier alles erledigt ist. Aber jetzt komm, lass uns zur Kanzel hochgehen."

Margot und Jessica gingen schnell an den letzten Häusern der Eckstraße vorbei. Beim Wasserhaus standen die ersten Scheinwerfen und tauchten die Straße in Flutlicht.

„Findest du nicht, dass Feuerstein ein wenig übertreibt", fragte Jessica.

„Ein wenig? Ich glaube, er hat vollkommen den Verstand verloren. Wie es aussieht, hat er das ganze Dorf in einen Ausnahmezustand versetzt."

Auch auf dem Waldparkplatz standen Polizeiautos, Zivilfahrzeuge und ein zweiter Krankenwagen sowie ein Übertragungswagen vom Saarländischen Rundfunk. Die Menschenmenge wurde zusehends dichter. Es war kaum noch ein Durchkommen möglich, und Jessica nahm Margot an die Hand, um sie nicht zu verlieren.

Ungefähr dreißig Meter weiter hatte die Polizei eine Absperrung, wie man sie von Autobahnbaustellen her kennt, aufgebaut. Sie wurde von zwei jungen Polizisten in Uniform bewacht. Der eine war aus Schwarzenacker und der andere aus Lautzkirchen. Ein greller Scheinwerfer war genau auf sie gerichtet, so dass jeder Pickel in ihren jungen Gesichtern zu sehen war.

Die Absperrung war für die Schaulustigen eigentlich das Ende. Aber Georg Venn wollte sich nicht daranhalten und tobte mit einem der beiden jungen Polizisten, der offenbar nicht wusste, wie er reagieren sollte, lautstark herum. Schließlich kapitulierte der und nahm sein Handy in die Hand. Nachdem er kurz das Problem geschildert hatte, nickte er und ließ den Ortsvorsteher durch.

Venn winkte die Mitglieder des Bierbacher Ortsrates herbei, die ihm jetzt geschlossen zur Kanzel folgten. An ihren Gesichtern konnte man ablesen, wie wichtig sie sich in diesem Augenblick fühlten.

Margot und Jessica machten seinem Kollegen klar, dass sie wichtige Zeugen wären, und Hauptkommissar Feuerstein ihre Anwesenheit unbedingt wünsche. Als er Name Feuerstein fiel, nickte er und nach kurzem Nachfragen mit dem Handy durften auch sie passieren.

Während Margot und Jessica schon die letzten Meter zur Kanzel gingen, kämpften weitere Bierbacher um Durchlass, denn sie sahen nicht ein, warum die einen weitergehen durften und die anderen nicht. Und es war nur noch eine Frage von Minuten, bis die Absperrung durchbrochen und die Menge zur Kanzel hochstürmen würde. Der Lautzkirchener und der Schwarzenackerer verloren langsam jegliche Kontrolle. Gegen mehrere Hundert Bierbacher kamen sie nicht an, und da nützte auch kein Handy mehr.

Der einzig ruhende Pol in all der Aufregung war der Grohbach, der still und gleichmäßig in seinem Bett neben der Straße dahinfloss. Der Bach stimmte Jessica romantisch und sie legte ihren Arm um Margots Taille. Zog sie an sich. Margot ließ es geschehen, und ein paar Schritte gingen sie miteinander, als wären sie ein Liebespaar.

Der Lärm der Hubschrauber wurde etwas leiser, da sie gerade eine Schleife über das Bliestal drehten. Eine Unterhaltung in normaler Lautstärke wäre nun möglich gewesen, aber sie redeten nicht, vielleicht um die Stimmung nicht zu zerstören. Am Fuße der Kanzel ließen sie sich los.

Die Szenerie war unwirklich.

Scheinwerfer an Scheinwerfer. Ein Kamerateam des SR stand zwischen der Kneippanlage und der Kanzel und nahm alles auf, was irgendwie sendefähig schien. Polizisten in Uniform und Beamte der Kripo liefen geschäftig herum und Mitarbeiter der Spurensicherung und der Gerichtsmedizin standen in ihren Schutzanzügen bereit und warteten auf ihren Einsatz.

Direkt unter der Kanzel saß Feuerstein auf einem Mäuerchen, das im selben Jahr erbaut worden war wie die benachbarte Kneippanlage, und eine Quelle zu einem kleinen Teich abgrenzte. Mit zufriedener Miene sah er dem Treiben um sich herum zu, welches er so trefflich inszeniert hatte. Endlich konnte er beweisen, wozu er, Hauptkommissar Andreas Feuerstein aus dem Serrstrang, in der Lage war. Seine Jacke hatte er ausgezogen und neben sich gelegt, so dass jeder sein Pistolenhalfter gut sehen konnte.

Markowitz unterbrach seinen Gedankengang mit dem Handy in der Hand. „Der Herr Polizeipräsident ist dran, Chef." Sie übergab ihm das Handy und zog sich klugerweise zurück.

„Hier Hauptkommissar Feuerstein, Herr Polizeipräsident!", Seine Miene wurde Sekunde für Sekunde finsterer und sein Gesicht wechselte die Farbe abwechselnd von rot zu weiß und umgekehrt. „Natürlich. Gute Nacht, Herr Polizeipräsident."

Er schaltete das Handy aus und rief: „Markowitz!"

Seine Assistentin kam langsam auf ihn zu. „Was gibt es, Chef?"

„Sorgen Sie dafür, dass die Hubschrauber verschwinden. Der Polizeipräsident hat sich eben beschwert. Er kann nicht schlafen." Feuerstein lachte verächtlich, doch sein Lachen kam etwas gequält.

„Wo wohnt er denn?"

„Das geht zwar keinen etwas an, aber ich sage es Ihnen trotzdem. In Webenheim." Als er ihr fragendes Gesicht sah, ergänzte er: „Das liegt auf der anderen Seite der Blies."

Inzwischen waren die Mehrzahl der Bierbacher an der Kanzel angekommen und standen erwartungsvoll herum. Die eingeschalteten Scheinwerfer warfen bizarre Schatten.

„Wieso sind die nicht hinter der Absperrung?", polterte Feuerstein. „Ich sollte euch alle persönlich vom Fleck weg verhaften und einsperren."

Georg Venn löste sich von seinen Ortsratsmitgliedern und trat auf Feuerstein zu. Für einen Moment standen sich die beiden Großcousins mit leicht gesenkten Köpfen gegenüber.

„Was fällt dir ein, meine Leute einsperren zu wollen? Sorg du lieber dafür, dass keine Mörder frei herumlaufen, du Angeber", schimpfte Venn, die nächste Kommunalwahl vor Augen.

„Das ist Beamtenbeleidigung", schimpfte Feuerstein zurück. Seine rechte Hand fuhr in Richtung Pistole. Mitten auf dem Weg dorthin machte sie über seinem Bauch halt. Er kratzte sich dort verlegen, bevor er seine Schusshand in der Hosentasche verschwinden ließ, als hätte er nie etwas anderes beabsichtigt.

Markowitz, die die Auseinandersetzung aus einiger Entfernung beobachtet hatte, murmelte: „Hinterwäldler!"

„Wir haben was gefunden!", rief ein Polizist, der oberhalb der Kanzel zwischen den Bäumen stand und von der Straße her nicht zu sehen war.

Markowitz drehte sich um und kletterte behände die Felsen hoch.

„Was gefunden?", rief Feuerstein.

„Die Leiche!", rief der Polizist zurück.

Ein Aufschrei ging durch die Menschenmenge.

Feuerstein nahm die Felsen in Augenschein und fand, es sei nicht mit der Bedeutung seiner Stellung vereinbar, selbst hinaufzuklettern. Vor allem nicht, solange sein verhasster Großcousin ihm zusehen konnte. „Und, was sehen Sie, Markowitz", fragte er seine die junge Frau, die just in diesem Moment an den Abgrund getreten war und auf ihn hinabschaute.

„Chef, wir haben noch eine Leiche gefunden."

„Zwei Leichen?" Feuerstein drehte den Kopf von Markowitz weg und schaute Jessica vorwurfsvoll an, die inzwischen mit Margot neben ihm stand.

„Und noch eine!", hörten sie den Polizisten.

„Chef, jetzt sind es drei Leichen."

Feuerstein durchbohrte jetzt Jessica mit seinem Blick.

„Du brauchst mich gar nicht so anzustarren, Feuerstein. Davon weiß ich nichts", sagte sie und ärgerte sich, dass er sie offenbar für die zusätzlichen Leichenfunde verantwortlich machte. „Und ich bin auch nicht die Mörderin, falls du das denkst." Jessica wandte sich zu Margot um und sah sie mit gequältem Lächeln an.

„Vier, nein, eben sind sie auf eine fünfte Leiche gestoßen, Chef. Die Leichen liegen dicht an dicht", meldete sich Markowitz wieder zu Wort.

Feuerstein fasste sich ans Kinn und schüttelte ungläubig den Kopf. „Kommen noch mehr oder ist das jetzt alles?", rief er zur Kanzel hoch.

„Das scheinen alle zu sein, Chef."

Die Menschen, die dicht gedrängt unterhalb der Kanzel fassungslos ausgeharrt hatten, waren jetzt nicht mehr zu halten. Ein

Tumult brach los, jeder redete aufgeregt mit jedem, und ein Name wurde immer wieder genannt: Der Permes.

Alfred ließ die Leute eine Weile gewähren, dann bahnte er sich einen Weg durch die Menge und stellte sich auf das Mäuerchen unterhalb der Kanzel. Er hob Einhalt gebietend die Arme und die Menge verstummte allmählich.

Und während oberhalb der Kanzel die Leichen in ihren Gräber vermessen, fotografiert und geborgen wurden, betete Alfred mit der Gemeinde zusammen das *Vaterunser*.

Jessica sah ihn erstaunt und ein bisschen bewundernd an. Die Aura, die in dem Augenblick von ihm ausging, als er die Hände faltete und Gott anrief, und die, wie sie annahm, von seinem starken Glauben kam, berührte auch ihre Atheistenseele.

Er betete mit schöner, kräftiger Stimme für die Lebenden und die Toten, die oberhalb der Kanzel so lange in ungeweihter Erde gelegen hatten. Und er betete für die Seele des Mörders, der diesen Menschen und ihren Angehörigen so viel Leid zugefügt hatte.

Frau Vatermann und Daniela Westphal stimmten *Großer Gott wir loben dich* an, und nach der ersten Zeile sangen alle, die den Text kannten, mit.

Der Morgen dämmerte schon herauf, als nach und nach die fünf dunkelgrauen Plastiksäcke mit den Leichen vorsichtig von der Kanzel heruntergereicht und anschließend zur Gerichtsmedizin nach Homburg gefahren wurden.

„Gucke mol do, de Permes!", rief Krause Angelika und deutete zur Kanzel hoch. Sie hatte die schwarze Gestalt zuerst gesehen.

Ein Raunen ging durch die Menge. Oberhalb der Kanzel stand Jens Lüders und schaute auf die Bierbacher herab.

Pirmin Bubel, Alfreds Vater, begann zu taumeln, fing sich aber schnell wieder und hob abwehrend die Hände.

„Runter! Kommen Sie sofort da runter!", befahl Feuerstein und wischte sich den Schweiß von der Stirn. „Markowitz! Wer ist das? Und wie ist der Kerl da hinaufgekommen?", rief er seiner Mitarbeiterin zu, die neben Lüders am Abhang erschienen war.

„Jens Lüders, der Gemeindereferent!", rief sie zurück.

„Bringen Sie ihn da runter, Markowitz! Ich habe mit ihm zu reden."

Torsten Ungerbühler, Feuersteins zweiter Mitarbeiter fuhr mit einem Suchscheinwerfer den Felsen hoch. Als er oben ankam, zogen sich die Schatten von Markowitz und Lüders langsam in die Länge und krochen die Bäume hoch.

XVIII

Bierbach, 15. August 2003

Margot hatte Alfred am Pfarrhaus abgesetzt und war anschlie-ßend mit Jessica nach Hause gefahren. Sie war erschöpft, aber an Schlaf war nicht zu denken.

Fünf Leichen hatte man oberhalb der Kanzel gefunden, und sie war noch immer wie betäubt von der unwirklichen Szenerie im Wald. Wie in einem Kriminalstück auf einer Freilichtbühne war es ihr vorgekommen, mit den vielen Scheinwerfern, den aufgeregten und staunenden Zuschauern, den Kriminaltechni-kern und Polizisten als Akteure und den Leichensäcken als Requisite.

Sie erschauderte und schloss den Reißverschluss ihres Sweat-Shirts bis zum Hals.

Da Jessica fest schlief, wäre sie gern zu Sylvia hinüber gegan-gen, um ein bisschen über alles zu reden, was in den letzten Tagen auf sie eingestürmt war, aber da es erst 6 Uhr morgens war, verwarf sie den Gedanken.

Sie hatte Sylvia in der Nacht ebenfalls an der Kanzel gesehen. Auch Birgit, die einen geistesabwesenden Eindruck auf sie gemacht und kaum gegrüßt hatte, und Hannelore mit ihrem Sohn Falk. Dass Sylvia und Hannelore nicht beieinandergestanden hatten, war kein gutes Zeichen.

Plötzlich fielen ihr wieder Günter und Wolfgang ein. Wo war Günter? Und war Wolfgang vielleicht wirklich umgebracht worden? Von Günter? Wegen zwanzigtausend Euro? Was hatte es mit diesem Schuldschein auf sich? War er echt? Auch diese Gedanken ließen sie seit gestern nicht mehr los.

Sie schaltete die Kaffeemaschine ein und setzte sich mit der Saarbrücker Zeitung an den Küchentisch. Sie schlug sie auf und wieder zu. Lesen konnte sie jetzt auch nicht.

Wieso lagen so viele Leichen im Wald, und alle an demselben Ort? Wer hatte sie umgebracht und wer waren sie?

Margot sah das Gesicht von Otto wieder vor sich, wie er heute Morgen den Leichensack umarmt hatte, in dem die Überreste von seiner Christa lagen. Man hatte sie sofort identifizieren können, da sie noch den Ehering am Knochen ihres Ringfingers trug. „Endlich bist du wieder daheim", hatte er unter Tränen gestammelt.

Es war allerhöchste Zeit, dass du mit der Wahrheit herausgerückt bist, Jessi, dachte Margot. Ottos Verzweiflung würde ein Ende haben. Alfred würde Christa beerdigen und Otto hätte einen Platz zum Trauern.

„Warum hast du mir nie etwas gesagt?", flüsterte sie und legte die Zeitung beiseite.

Sie stand auf und trat zur Küchentür. Angestrengt lauschte sie ins Treppenhaus. Die Tür zum Gästezimmer im ersten Stock stand offen, und sie konnte Jessicas gleichmäßiges Atmen hören. Wenn sie ehrlich war, musste sie zugeben, dass nicht die fünf Leichen sie um den Schlaf brachten, sondern Jessica.

Sie erinnerte sich an Jessicas Umarmung im Grohbachtal und ihren flüchtigen Kuss auf dem Kirchenvorplatz. Ein fatalistisches Lächeln umspielte ihre Lippen. Ich mache mir Gott weiß was für Gedanken und für Jessica ist das eine ganz normale Sache.

Was weiß ich, mit wem sie lebt? Mit wem sie ihre Nächte verbringt? Sie schläft selig wie ein Baby, während ich keine Ruhe finde. Das zeigt doch deutlich, dass es für sie nichts... Margot suchte nach dem passenden Wort ... Besonderes war.

Nichts Besonderes war für Margot ihre Ehe gewesen. Sie hatte ihren Mann gemocht, am Anfang hatte sie auch ein Gefühl von Verliebtsein gespürt. Aber eigentlich hatte von Anfang an immer etwas gefehlt, wenn sie auch lange nicht wusste, was es war.

Der Gedanke an ihn hatte sie nie umgetrieben. Er war da, und als sie sich getrennt hatten, war er eben nicht mehr da. Sie hatten sich in beiderseitigem Einverständnis getrennt, und es waren keine bösen Worte gefallen. Sie hatte das Haus in der Bühlstraße behalten, und er war nach Saarlouis gezogen, wo er kurz danach seine zweite Frau kennenlernte.

Ganz anders war es gewesen, als Jessica damals gegangen war, kaltschnäuzig einfach alles hinter sich gelassen und lapidar

Tschüß gesagt hatte. Da war für sie eine Welt zusammengebrochen.

Margot ging in die Küche zurück und schaltete die Kaffeemaschine aus. Dann stieg sie die Treppe hinauf. Leise betrat sie das Gästezimmer.

Jessica hatte die Decke zum Fußende gestrampelt. Durch die heruntergezogene Jalousie fiel das Sonnenlicht auf ihren nackten Körper. Margot setzte sich auf die Bettkante und betrachtete Jessicas Gesicht. Das Leben hat auch von dir seinen Tribut gefordert, dachte sie und fuhr mit dem Finger die kleinen Falten um Jessicas Augen und Mund nach. Zigaretten und Whisky und ein Lebenswandel, den ich mir gar nicht vorstellen mag.

Jessica bewegte sich leicht unter der Berührung und zog die Stirn kraus.

Margot legte sich neben sie und schloss die Augen. Sie genoss Jessicas Atem auf ihrem Gesicht. Woher sie den Mut nahm, war ihr selbst schleierhaft, aber sie streichelte Jessicas Bauch, fuhr sanft über ihren Busen. Noch immer die Augen geschlossen, spürte sie, wie Jessica sie küsste, wie sie fordernd ihre Zunge zwischen Margots Lippen schob.

Genau so habe ich es mir immer vorgestellt, dachte Margot während sie Jessicas Kuss erwiderte.

XIX

Pforzheim, 15. August 2003

„Danke für Ihren Anruf. Auf Wiedersehen. Wiedersehen."

Elvira Schmiedinger geborene Orloff legte wie in Zeitlupe den Telefonhörer auf die Gabel zurück. Wie von ganz weit weg, beobachtete sie ihre eigene Hand.

„De Bub", murmelte sie kraftlos, „de Bub."

„Wer war denn dran?", rief Konrad, ihr Mann vom Balkon herein.

Obwohl sie genau wusste, dass er sie nicht sehen konnte, schüttelte sie nur den Kopf.

Sie wagte nicht laut zu sprechen, als hätte sie Angst vor den ersten Worten nach der Nachricht, die sie eben erhalten hatte. Ihr war, als würde ein falsches Wort oder ein Wort falsch ausgesprochen zu viel zerstören, die Besonderheit dieses Augenblicks zunichtemachen. Achtundvierzig Jahre hatte Elvira auf diesen Augenblick gewartet. Davon fünfunddreißig Jahre mit ihren Eltern, bis der Tod die beiden kurz nacheinander erlöst hatte.

„Elvira!", rief Konrad. Seit er in Rente war, hing er an ihrem Rockzipfel wie ein kleines Kind. Den Ruhestand mit ihrem Mann hatte sie sich weiß Gott anderes vorgestellt.

Wenn er jetzt fragt, wann es Abendessen gibt, bringe ich ihn um, dachte sie und schrie laut auf.

Konrad kam ins Wohnzimmer. In seiner kurzen Hose sah er lächerlich aus, fand sie und wunderte sich, dass sie in so einem Moment etwas derartig Profanes bemerkte.

„Was ist denn los? Wer hat denn angerufen?"

„Die Polizei aus Saarbrücken."

„Die Polizei?"

„Sie haben den Bub gefunden."

„Hans-Peter?"

Elvira nickte noch schwach, dann sank sie langsam zu Boden.

Wie im Traum bekam sie mit, dass Konrad sie auffing und auf das Sofa legte. Der raue Sofaüberzug kratzte an ihren nackten Armen und Beinen. Sie hörte ihren Mann im Badezimmer hantieren. Er drehte den Wasserhahn auf und wieder zu. Sie spürte den feuchten, kühlen Lappen auf ihrer Stirn. „Es wird alles gut", hörte sie ihn sagen.

„Es wird alles gut", hatte ihr Vater auch zu ihrer Mutter gesagt, als Hans-Peter nicht nach Hause gekommen war. Als er auch noch nach Jahren verschwunden blieb, sagte er immer noch: „Es wird alles gut werden."

Und ihre Mutter hatte ihm den Gefallen getan, so zu tun, als würde sie ihm glauben. Aber nichts war gut geworden.

Zwei Jahre nachdem ihr kleiner Bruder im Wald verschwunden war, waren sie nach Pforzheim gezogen. Elviras Vater hatte diese Stadt bewusst gewählt. Sie hatte keine Vergangenheit. Pforzheim war im zweiten Weltkrieg restlos zerstört worden. Nach dem Wiederaufbau war jede Straße, jedes Gebäude ein Teil des Neubeginns. Doch dieser positive Geist der Stadt übertrug sich nicht auf die Familie Orloff.

Sie waren Fremde in Bierbach gewesen, nachdem sie von Dillingen dorthin gezogen waren. Und sie waren Fremde geblieben, bis sie wieder wegzogen, denn Trauer macht einsam.

Der Einzige, der sich um ihre Familie gekümmert hatte, war ein Mann. Ihr fiel sein Name nicht ein. Doch sie konnte sich noch gut an ihn erinnern. Er hatte sie oft auf den Arm genommen, wenn sie weinte, und ihr Geschichten vom Permes erzählt.

Permes. Diesen Namen, stellte sie mit Verwunderung fest, hatte sie bis heute vergessen gehabt, obwohl sie damals unzählige Bilder gemalt hatte, auf denen seine unheimliche, schwarze Gestalt zu sehen war. So, wie der Mann ihn immer beschrieben hatte. Permes, der Herrscher des Waldes, hatte er ihn genannt. Des Waldes, in dem der Bub damals verschwand.

Wie hieß er nur, dieser Mann? Sein Name wollte ihr partout nicht einfallen. Sie rechnete nach und kam zu dem Ergebnis, dass er wohl nicht mehr leben würde. Denn immerhin war es im Jahr 1955 gewesen, als der Bub verschwand.

Der Bub. Seit seinem Verschwinden hatten sie Hans-Peter nur noch *den Bub* genannt. Seinen Namen auszusprechen verursachte Qualen.

Die Polizistin am Telefon, die sich als Cornelia Markowitz vorgestellt hatte, hatte ihr berichtet, dass außer ihrem Bruder noch vier andere Leichen gefunden wurden.

Sie konnte sich das nicht erklären. Was ging in diesem Dorf vor?

Aber ihr Bruder war tot, das war eine Gewissheit, war die ganze Zeit tot gewesen. Tot. So, wie ihre Eltern tot waren. Und bald würde er bei ihnen im Grab seine letzte Ruhe finden.

Sie nahm den heiß gewordenen Lappen von ihrer Stirn und richtete sich auf.

„Elvira, willst du nicht noch ein bisschen liegen bleiben?", fragte Konrad, der neben ihr im Sessel saß und sie besorgt ansah.

Statt einer Antwort sagte sie nur: „Hans-Peter." Und im Aufstehen noch einmal: „Hans-Peter."

Nach achtundvierzig Jahren hatte sie den Namen ihres Bruders zum ersten Mal wieder ausgesprochen. Und es war ihr, als würden mit jedem Buchstaben die schweren Eisenketten, die die ganzen Jahre so eng um ihren Brustkorb gespannt waren, zerspringen.

Konrad war ebenfalls aufgestanden und hatte sich wie ein aufmerksamer Krankenpfleger hinter sie gestellt. Wenn sie wieder ohnmächtig werden sollte, war er bereit, sie aufzufangen.

Sie drehte sich zu ihm um. „Es gab da einen Mann in meiner Kindheit, der sich damals, als Hans-Peter verschwand, sehr um mich gekümmert hat. Ich habe seinen Namen vergessen und möchte herausfinden, wer das war."

„Vielleicht lebt er gar nicht mehr."

„Das ist sogar wahrscheinlich, Konrad. Aber er hat doch bestimmt Nachkommen. Ich möchte diese Menschen kennen lernen."

Konrad zuckte mit den Schultern. Sie würden sowieso ins Saarland fahren müssen, um die Leiche zu überführen. Warum nicht in diesem Ort Station machen?

„Wie hieß das Dorf gleich noch mal?"

„Bierbach."

XX

Bierbach, 16. August 2003

Es läutete an der Tür. Gerade als Frau Vatermann bis zu den Ellbogen im Hefeteig steckte. „Wer ist denn das jetzt?"
Ungnädig rieb sie ihre Hände an einem Geschirrtuch ab. Sie marschierte vor sich hin schimpfend den Gang entlang zur Haustür und öffnete.

„Guten Morgen. Der Herr Pfarrer hat mich angerufen, dass ich vorbeikommen soll." Jessica machte Anstalten an Frau Vatermann vorbei ins Haus zu gehen, was diese jedoch mit einer eindeutigen Bewegung ihres Körpers nicht zuließ.

„Der Herr Pfarrer ist in der Kirche und betet. Er ist schließlich ein Mann Gottes, und ich habe einen Kuchen im Ofen", schnaubte sie und schlug Jessica kurzer Hand die Tür vor der Nase zu.

„Schon mal was von christlicher Nächstenliebe gehört?", rief Jessica durch die geschlossene Tür und machte sich auf den Weg hinüber zur Kirche.

Sie zögerte einen Moment, bevor sie das schmiedeeiserne Tor des Kirchenturms betrat, durch den man zur Kirche ging. Rechter Hand lag der begrünte Innenhof, unverändert in all den Jahren. Am Ende des Innenhofes befand sich der Eingang zur Sakristei.

Sie erinnerte sich daran, dass Wolfgang, Alfred und Günter Messdiener waren und sie einmal mit in die Sakristei genommen hatten. Übermütig hatte sie eine der dort hängenden Alben übergezogen und gerade, als sie das Zingulum um ihre Taille festzurrte, war der damalige Pfarrer eingetreten und hatte sie alle vier zu einer Menge *Gegrüßet seist du Maria* verdonnert.

„Was machst du denn hier?", rief Alfred, als er aus der Kirche trat.

„Du hast doch heute Morgen bei Margot angerufen, weil du mich sehen wolltest. Und ich bin sofort gekommen, weil ich dachte, dass es wichtig sei. Aber deine Haushälterin hat mich nicht hereingelassen."

Er stutzte und sah auf seine Armbanduhr. „Du meine Güte! Dabei wollte ich doch nur ein kurzes Gebet sprechen."

„Und dann habt ihr euch wohl ein wenig verplaudert, dein Gott und du?"

Er lächelte. „So nett hat das noch keiner gesagt."

„Weshalb hast du mich überhaupt angerufen? Gibt es etwas Neues."

„Ja. Die Mutter vom Weber Karl hat mich angerufen. Ihr Sohn sei zum Verhör abgeholt worden. Er steht im Verdacht, etwas mit Wolfgangs Tod zu tun zu haben."

„Was? Der Karl Weber? Der Sohn von Herbert Weber, dessen Leiche auch im Grohbachtal gefunden wurde?"

„Genau der."

„Ich hätte ja auf Günter getippt."

„Ich eigentlich auch. Aber der Otto hat gestern auf dem Polizeipräsidium ausgesagt, dass er den Karl kurz nach zwei aus Wolfgangs Haus kommen sah. Davor hätte es eine lautstarke Auseinandersetzung gegeben."

„Ist der Otto überhaupt ein ernstzunehmender Zeuge?"

Alfreds Kopf pendelte bedächtig hin und her. „Ich weiß nicht... Eher nicht."

„Und deswegen hast du mich hier herbestellt? Warum hast du mir das nicht am Telefon gesagt? Dann hätte ich mit Margot zum Markt gehen können."

„Das ist ja auch nicht alles", sagte er ein wenig verlegen. „Aber komm, wir unterhalten uns im Haus weiter." Er nahm ihren Arm und ging mit ihr die paar Stufen hinauf ins Pfarrhaus.

Frau Vatermann hatte sie durch den Garten kommen gehört und die Haustür aufgemacht. Kuchenduft strömte ihnen entgegen und Alfred bemerkte, wie Jessica genüsslich einatmete.

„Ist einer der Kuchen schon fertig?", fragte er.

„Grad", antwortete Frau Vatermann ungnädig.

„Dann bringen sie uns ein Stück ins Wohnzimmer und machen sie uns eine Tasse Kaffee dazu."

Sie nickte, schenkte Jessica noch kurz einen missbilligenden Blick und verschwand in der Küche.

Kurz darauf saßen sich Alfred und Jessica bei einer Tasse Kaffee und einem Stück Nusskranz am Tisch gegenüber.

Nachdem sich Jessica eine Weile ausschließlich dem Kuchen gewidmet hatte, fragte sie ihn zwischen zwei Bissen: „Was hast du vorhin gemeint, als du sagtest, das sei noch nicht alles?"

Er sah sie an und überlegte, wie er beginnen sollte.

„Du kannst ruhig anfangen. Ich kann kauen und gleichzeitig zuhören. Hat es mit dem Grohbachtal zu tun?"

Das war das Stichwort. Alfred nickte dankbar und begann.

„Ich habe gestern an der Kanzel viele Gespräche mit meinen Gemeindemitgliedern geführt, und alle Gespräche hatten mit dem Verschwinden und dem gewaltsamen Tod dieser fünf Menschen zu tun." Alfred dachte einen Moment nach. „Ich muss gestehen, auch ich habe mir eigentlich erst jetzt ernsthaft Gedanken darüber gemacht, wie das alles geschehen konnte. In einem ganz normalen Dorf, mit ganz normalen Menschen."

„Hat sich denn in all den Jahren niemand hier gefragt, was dahintersteckt? Menschen verschwinden doch nicht einfach so."

„Doch schon. Geredet wurde viel. Bei Christa hat man damals angenommen, dass sie mit einem anderen auf und davon ist, weil Otto nie Zeit für sie hatte. Ständig war er mit der Freiwilligen Feuerwehr unterwegs, er war aktiv im Turnverein und dem Männergesangsverein. Außerdem war er ein richtiger Plotzer, wie man so schön sagt. Er hätte es beruflich weit gebracht. Aber er hat sie oft allein gelassen."

„Trotzdem, Alfred, kein Mensch läuft einfach so davon. Nur mit dem, was er auf dem Leib hat." Sie schob den leeren Kuchenteller von sich weg, zog den Aschenbecher näher heran und zündete sich eine Zigarette an. „Ich verstehe nicht, dass das keinem aufgefallen ist. Und was war mit dem kleinen Jungen?"

„Bei Hans-Peter Orloff hieß es, er habe sich im Wald verirrt und sei in eine Felsspalte gefallen."

„In eine Felsspalte? So ein Blödsinn. Wir sind doch hier nicht im Hochgebirge."

„Außerdem hat mir Lesche Irma erzählt, dass die Orloffs Zugezogene gewesen seien und so gut wie keinen Kontakt zu den Nachbarn hatten."

„Das ist typisch." Jessica zog die Augenbrauen hoch und schüttelte den Kopf. „Sag mal, ist nicht noch ein Schluck von meinem Scotch da?"

Alfred lächelte. Er stand auf, ging zum Schrank und holte die Flasche *Highland Park* und zwei Gläser heraus. „Eis kann ich heute leider nicht anbieten, meine Frau Vatermann hat den Kühlschrank abgetaut." Er schenkte zwei Finger breit in jedes Glas.

„Aber, dass der Weber Herbert auf und davon hätte sein können, wirst du nicht bestreiten wollen, Jessica", nahm er den Faden wieder auf. „Im Dorf hatte man einfach angenommen, dass er seine Frau mit den drei schrecklichen Söhnen hat sitzen lassen, weil er arbeitsscheu war und sich lieber in den Wirtschaften herumtrieb." Er nahm einen Schluck und stellte das Glas zurück auf den Tisch. „Asozial hat nicht nur mein Großvater ihn genannt."

„Bleibt noch der Michael Hanauer", bemerkte Jessica lakonisch.

Alfred kniff die Augen zusammen, sah aus dem Fenster und nickte ein paar Mal nachdenklich. „Für sein Verschwinden hatte niemand eine Erklärung parat. Aber wie ich vom Hörensagen weiß, war es allen auch ziemlich egal, weil er und seine Vespa nicht beliebt im Dorf waren. Ein Halbstarker, wie er im Buche steht."

„War der Michael nicht Hannelores Onkel?"

„Ja. Und Hannelores Mutter hat ihr Leben lang unter dem Verschwinden ihres Bruders leiden müssen. Von dem Zeitpunkt an hat ihr ihre Mutter immer vorgeworfen, dass sie noch da war und der Sohn nicht mehr."

Jessica nickte zustimmend. „Ein brutales Weib, die alte Hanauersch. Ich kann mich noch gut daran erinnern, wie sie hinter dem Haus immer die Hühner geschlachtet hat. Es hat ihr richtigen Spaß gemacht, den Viechern den Kopf abzuschlagen und sie kopflos auf uns losrennen zu lassen. Erinnerst du dich noch?"

„Oh ja. Ich werde nie vergessen, wie so ein kopfloses Huhn direkt vor meinen Füßen umfiel. Das Blut spritzte noch wie eine Fontäne aus seinem Hals auf meine Hose. Ich konnte meine Augen nicht von der pulsierenden Wunde nehmen und war vor

Entsetzen unfähig mich zu bewegen. Und die alte Hanauersch hat sich halbtot gelacht."

„Und Hannelore hat diesem Treiben wie ein verängstigtes Küken aus dem Fenster im ersten Stock zugeschaut", ergänzte Jessica. „Sag mal, Alfred, kannst du dich eigentlich daran erinnern, Hannelore je auf der Straße spielen gesehen zu haben? Wenn ich an sie zurückdenke, sehe ich sie immer nur hinter einem Fenster stehen."

Es klingelte an der Haustür, und aus der Küche hörten sie Frau Vatermanns Kommentare über diese erneute Störung.

„Ein wahrer Ausbund an Liebenswürdigkeit, deine Haushälterin."

Dann ging die Tür auf und Frau Vatermann schob Margot mit der spitzen Bemerkung ins Zimmer: „Noch einen Damenbesuch für Sie, Herr Pfarrer."

Alfred stand auf, komplimentierte Frau Vatermann hinaus und begrüßte Margot. „Komm, setzt dich zu uns."

Margot warf einen missbilligenden Blick auf die Gläser und legte eine lederne Dokumentenmappe, die sie mitgebracht hatte, auf den Tisch und nahm Platz. „Sylvia hat mich gebeten, euch einzuladen", sagte sie. „Sie grillt auf ihrer Terrasse. Sie möchte nicht allein sein. Also, was ist, kommt ihr mit?"

„Ja, gerne, da brauche ich Frau Vatermann schon nicht zu bemühen", sagte Alfred.

„Ich komme auch mit, dann sehe ich Sylvia noch mal, vor meiner Abreise."

„Aber vorher möchte ich dir noch etwas zeigen, Alfred", sagte Margot, öffnete die Dokumentenmappe, holte ein Blatt Zeichenpapier heraus und legte sie vor ihm auf den Tisch.

„Die Zeichnung hat Jessica heute Morgen angefertigt. Es ist das Portrait des Mannes, den sie dabei beobachtet hat, wie er Christas Leiche vergraben hat. Uns kommt er irgendwie bekannt vor."

Alfred nahm die Zeichnung in die Hand, betrachtete sie und erschrak. Seine Hände zitterten leicht, als er sie auf den Tisch zurücklegte.

„Weißt du, wer das sein könnte?" Margot war aufgestanden, hatte sich neben ihn gestellt und schaute ihm über die Schulter.

„Nein", sagte er leise und versuchte zu lächeln.

„Und warum bist du dann auf einmal so blass geworden?", wollte Jessica wissen.

Alfred antwortete nicht.

„Du lügst. Du hast den Mann auf meiner Zeichnung erkannt. Du weißt, wer es ist?"

Die beiden Frauen sahen ihn gespannt an.

„Wer ist es?", drang Jessica in ihn ein. „Und sage jetzt nicht, es sei der Permes, sonst…"

Alfred schüttelte nur den Kopf. „Du irrst dich, Jessica."

XXI

Bierbach, 16. August 2003

Hannelore stand in ihrem Schlafzimmer und betrachtete sich nackt vor dem Spiegel. Ihr schlaffes, weißes Fleisch hing an ihr herunter wie roher Brotteig.

Wie gut Sylvia selbst noch bei der Beerdigung ihres Mannes ausgesehen hat, dachte sie, und ich bin ein Nichts. Ein Garnichts. Nicht einmal zum Grillen auf Sylvias Terrasse war sie eingeladen worden.

Sie lachte bitter auf.

Heute Vormittag in der Metzgerei Fink hatte Sylvia vor ihr in der Reihe gestanden und Putenschnitzel, Bratwürste und Grillspieße verlangt.

„Grillen Sie heute, Frau Lenhard?", hatte die Verkäuferin neugierig gefragt und Sylvia hatte geantwortet: „Ja. Ein paar Freundinnen kommen und der Herr Pfarrer. Seit mein Wolfgang nicht mehr da ist, fühle ich mich so allein."

Ich bin auch allein, hatte Hannelore gedacht.

Sie legte sich aufs Bett. Auf dem Nachttisch daneben stand ein Glas mit einer trüben Flüssigkeit.

Günter würde nie mehr zu ihr zurückkommen. Sie wusste es. Und sie schämte sich entsetzlich. Vor ihrem Sohn, Günters Freunden (eigene hatte sie keine), vor dem ganzen Dorf.

Früher oder später würden sie es alle erfahren, dass Günter nicht auf mysteriöse Weise verschwunden war, sondern dass er sie verlassen hatte, dass sie die Verfasserin des Schuldscheins war, und dass sie das alles gemacht hatte, um nicht wieder als Versagerin dazustehen.

Als er aus dem Wald zurückgekommen war, mitten in der Nacht, hatte er gesagte, der Tod seines Freundes Wolfgang hätte ihm die Augen dafür geöffnet, dass es noch mehr im Leben geben musste, und alles wäre ihm recht, wenn er nur nicht mehr hierbleiben musste. Als Mechaniker auf einem Schiff arbeiten oder als Holzfäller in Kanada. Dann hatte er seine Reisetasche gepackt und war gegangen. Alles schien ihm verlockender als ein Leben an ihrer Seite. Und dafür würden sie alle verachten. Am meisten ihr Sohn Falk.

Günter hatte darauf bestanden, ihn so zu nennen, weil ihn der Name an Freiheit erinnerte. Die Freiheit, die er sich jetzt genommen hatte. Sie selbst hatte sich immer wegen des ungewöhnlichen Namens geschämt.

Wann hatte sie sich eigentlich einmal nicht geschämt?

Als Kind, weil ihre abgetragenen Kleidchen so schäbig ausgesehen hatten und sie die Spötteleien der anderen Kinder ertragen musste. „Das langt für dich", hatte ihre Mutter immer gesagt.

Beim Tanz in der Dorfdisko, in der jedes Mädchen einen Tanzpartner bekam, nur sie nicht. Von allen jungen Männern im heiratsfähigen Alter hatte nur Günter ein Auge auf sie geworfen. Günter, den sonst keine haben wollte. „Sei froh, dass du überhaupt einen abgekriegt hast", war die Bemerkung ihrer Mutter gewesen.

An ihrer Hochzeit hatte sie sich geschämt, eine unscheinbare Braut mit einem unscheinbaren Bräutigam zu sein. Alle anderen Paare auf dem Fest waren schöner und attraktiver als sie. Ihr weißes Hochzeitskleid war in dem Moment grau geworden, als sie es anzogen hatte. Und sie hatte sich geschämt, dass ihr erster Sohn Patrick behindert zur Welt kam.

Hannelore setzte sich auf und nahm das Glas vom Nachttisch. Sie trank es in einem Zug aus. Es fiel ihr nicht schwer, von einer Welt Abschied zu nehmen, in der sie sich nie wohl gefühlt hatte, und in der sie sich immer ungeliebt und wertlos vorgekommen war.

Der kalkige Geschmack der Mixtur ließ sie würgen, und ein Schwall Erbrochenes landete auf dem fadenscheinigen Bettvorleger.

Und jetzt musste sie sich schon wieder schämen, weil sie nicht einmal in der Lage war, sich ordentlich umzubringen.

Tränen liefen über ihre Wangen.

Vielleicht würde Günter wieder zurückkommen, wenn er erfuhr, dass sie tot war.

Sie stellte sich vor, wie er an ihrem offenen Grab stehen und....weinen würde? Nein. Erleichtert wäre er. Und wütend über den Schuldschein, und darüber, dass sie es vorzog, ihren verschwunden Mann des Mordes verdächtig zu machen, statt einfach zu sagen, dass er sie verlassen habe.

„De Günter hats Hannelore sitze geloss."

„Das kann ich gut verstehn. Dass er das ivverhaupt genomm hat." So würde es heißen in der Metzgerei Fink, in der Bäckerei Kiefer und der Bäckerei Schmidt. Und die gehässigen Stimmen würden verstummen, sobald sie in eines der Geschäfte käme. Die Verkäuferinnen würden freundlich weiter bedienen, als wäre nichts gewesen. Nur die Blicke würden mitleidig werden oder schadenfroh, und sie müsste sich wieder schämen.

Ihre Hand hielt das leere Glas immer noch umklammert. Sie schlug es gegen die Wand, wo es zerbrach.

Ein großer Splitter in der Form eines Eispickels bohrte sich in ihre Hand. Sie zog ihn mit Ruck heraus und rammte ihn ein paar Mal tief in ihre Halsschlagader. Wie eine rote Fontäne schoss das Blut aus ihrem Hals, spritzte an die Wand und durchtränkte die Bettlaken.

Sie hörte ihre Großmutter lachen. In der einen Hand hielt sie das blutige Beil und in der anderen das kopflose Huhn. An den Wänden waren Augen erschienen, die sie mitleidig ansahen und Münder, die spöttisch lachten.

Hannelore wusste, wer sich hinter den Wänden verbarg. Sie kannte die Münder. Die Schmallippigen und die Volllippigen. Die mit den Zahnlücken, den schiefen Zähnen und die mit den billigen AOK-Gebissen.

Die Münder lachten. „Schäm dich. Schäm dich." Sie lachten so sehr, dass die Augen zu tränen begannen. Dunkle Schlieren liefen die Wände hinab. „Schäm dich. Schäm dich", gellte es in ihren Ohren.

Um sie herum schäumte ihr eigenes Blut und sie hatte den Glassplitter immer noch in der Hand. Mit letzter Kraft durchtrennte sie noch ihre Pulsadern.

XXII

Bierbach, 16. August 2003

Sylvia freute sich, dass alle gekommen waren, und stellte die Schüssel mit dem gemischten Salat auf den Tisch.

Ihre Freundinnen saßen auf der Terrasse unter dem großen Sonnenschirm, nur zwei Meter von der Stelle entfernt, wo sie Wolfgang vor zehn Tagen schwer verletzt aufgefunden hatte.

Sylvia schluckte die aufkommenden Tränen herunter und griff dankbar nach dem Glas Prosecco, das Jessica ihr reichte.

Margot erzählte gerade, wie Wolfgang sein erstes Moped bekommen hatte.

Sylvia schloss für einen Moment die Augen und sah sich, fest an Wolfgang geklammert, auf dem Sozius sitzen, als sie zum ersten Mal von Blickweiler nach Bierbach zu seinen Eltern gefahren waren.

Es tat ihr gut, wenn sie von Wolfgang sprachen. Sie hatte dann das Gefühl, er wäre noch unter ihnen.

Sie trank einen Schluck und schaute wieder zu der Stelle, auf der ihr Mann gelegen hatte. Nichts war mehr zu sehen, so als wäre das alles gar nicht passiert.

„Da hast du ihn gefunden?", fragte Jessica, die ihrem Blick gefolgt war.

„Jessi!", flüsterte Margot vorwurfsvoll. Mit ihrer Hand, die die ganze Zeit auf Jessicas Oberschenkel lag, gab sie ihr einen leichten Klaps.

„Ist schon okay", sagte Sylvia und ging wieder in die Küche, um das Weißbrot zu holen.

„Habe ich etwas Falsches gesagt?"

„Muss ich dir das erklären, Jessi?", fragte Margot zurück.

„Also, ich hätte nicht so taktlos gefragt", sagte Birgit, die noch immer bei Sylvia logierte, mit spitzen Lippen.

Alfred, der sich am Holzkohlengrill nützlich machte und sich um die Steaks und Fleischspießchen kümmerte, fragte Sylvia, als sie aus der Küche kam: „Kommt Hannelore nicht, oder hast du vergessen, sie einzuladen?"

Sylvia machte ein verlegenes Gesicht. „Ehrlich gesagt, ich wollte sie nicht dabeihaben. Wenn Günter wirklich etwas mit Wolfgangs Tod zu tun hat..." Sie setzte sich, nahm eine Papierserviette in die Hand und drehte sie nervös zwischen ihren Fingern.

Birgit, die mit ihren Gedanken auch gerade bei Günter war, horchte bei der Erwähnung seines Namens auf. Sie hatte sich eben daran erinnert, dass sie sich immer, wenn sie mit Günter schlief, vorgestellt hatte, Wolfgang würde ihnen beim Liebesakt zusehen und vor Eifersucht den Verstand verlieren. Wie glücklich hätten Wolfgang und sie sein können, wenn es Sylvia nicht gegeben hätte. Was hatte diese Person, das Birgit nicht hatte? Sie betrachtete Sylvia mit zusammengekniffenen Augen.

Alfred kam mit einer Platte Grillfleisch zum Tisch, stellte sie zum Kartoffelsalat und setzte sich auf den freien Stuhl neben Jessica.

„Bitte bedient euch, und lasst es euch schmecken", sagte Sylvia und reichte Margot das Salatbesteck.

„Moment", sagte Alfred. „Haben wir nicht etwas vergessen?"

„Guten Appetit?", fragte Jessica mit einem ironischen Lächeln.

Er warf ihr einen tadelnden Blick zu, faltete die Hände und sprach ein Tischgebet.

Birgit betrachtete die gesenkten Köpfe und genoss das Gefühl, dass keiner der Anwesenden eine blasse Ahnung davon hatte, was sie dachte und wer sie wirklich war.

Sie hatten schon eine Weile gegessen, als sich Sylvia an Alfred wandte: „Alfred, ich muss dich etwas fragen. Ich habe heute Vormittag Wolfgangs Schreibtisch durchgesehen..."

„Dazu hattest du kein Recht", fiel ihr Birgit empört ins Wort, sprang auf und rannte ins Haus.

„Was war denn das?" Sylvia sah ihr verwundert nach.

„Frau Studienrätin erteilt uns heute Unterricht in gutem Benehmen", sagte Jessica.

Margot und Alfred lachten auf und sahen Sylvia deswegen um Entschuldigung bittend an.

„Du wolltest mich etwas fragen, Sylvia?", sagte Alfred nun wieder ernst.

„Ich habe Wolfgangs Schreibtisch durchgesehen, und da ist mir aufgefallen, dass die alten Aufzeichnungen nicht mehr da sind, die er sich von deinem Vater ausgeliehen hat. Du erinnerst dich vielleicht, Alfred, Wolfgang wollte eine Geschichte über den Permes schreiben."

„Aufzeichnungen von meinem Vater?"

„Ich selber habe sie nicht gesehen. Wolfgang sagte, sie seien von deinem Großvater, und dass er sie dir zeigen müsse. Es schien ihm sehr wichtig zu sein."

„Mir hat er nichts gezeigt."

„Ich möchte nicht, dass sie verloren gehen. Kannst du deinen Vater mal fragen, ob er sie zurückerhalten hat?"

Alfred nickte nachdenklich.

„Woran denkst du?", fragte Jessica kauend.

„An deine Zeichnung."

Das Telefon im Wohnzimmer klingelte. Sylvia ging hinein und kam gleich darauf mit dem Hörer in der Hand wieder auf die Terrasse zurück. „Es ist für dich Alfred. Gerlachs Roswitha."

„Wer?", fragte er überrascht.

„Gerlachs Roswitha. Sie hat von Frau Vatermann erfahren, dass du hier bist."

Er nahm den Hörer in die Hand. „Pfarrer Bubel", meldete er sich, dann hörte er aufmerksam zu. „Du hast genau das Richtige getan, Roswitha. Danke für deinen Anruf, ich komme sofort." Er unterbrach die Verbindung, legte den Hörer auf den Tisch und murmelte: „Gott sei ihrer Seele gnädig."

„Ist etwas passiert, Alfred? Von welcher Seele redest du? Roswithas?", wollte Jessica wissen.

„Hannelore?", fragte Margot, die wusste, dass Roswitha Hannelores Nachbarin war.

„Sie ist tot", antwortete Alfred.

„Was?", riefen Jessica und Margot wie aus einem Munde und sahen ihn fassungslos an.

Sylvia stand wortlos auf, nahm das Tablett von der Terrassenmauer und begann mechanisch den Tisch abzuräumen. Als sie die Salatschüssel in die Hand nahm, versagten ihr die Kräfte. Die Schüssel fiel zu Boden und zerbrach.

Sie setzte sich wieder auf ihren Stuhl, legte die Hände in den Schoß und fing an zu weinen.

XXIII

Saarbrücken, 16. August 2003

Hauptkommissar Feuerstein lief vor seinem Schreibtisch auf und ab. Immer wieder warf er einen wütenden Blick auf Daniela Westphal, die zusammengekauert auf dem Besucherstuhl saß und heulte.

Wieder ein Samstagnachmittag, den er nicht zu Hause sein konnte. Und da zerrissen sich alle das Maul über die faulen Beamten. Am meisten sein Großcousin. Und dann kam noch diese mörderische Hitze hinzu.

„Daniela! Je eher du deine Aussage machst, desto schneller bis du wieder zu Hause bei deinem Mann."

Bei den Worten ‚bei deinem Mann' heulte Daniela erst recht los.

Markowitz, die neben Daniela Westphal saß und für den Nachmittag eine Verabredung zum Segeln auf dem Bostalsee hatte, verdrehte ungeduldig die Augen.

Feuerstein unterbrach seine Wanderung und schlug energisch auf den Tisch.

„Jetzt reicht's mir, Daniela! War Jens Lüders am Nachmittag des 11. August bei dir zu Hause oder nicht? Was ihr getrieben habt, interessiert mich nicht. Ich will jetzt wissen: War er da? Ja oder nein?"

Daniela zuckte zusammen, nickte heulend und putzte sich die Nase.

„Na endlich! Warum nicht gleich so?", rief Feuerstein mit erhobenen Händen aus und setzte sich hinter seinen Schreibtisch.

Über Geschmack lässt sich bekanntlich streiten, dachte Cornelia Markowitz. Was Daniela an Lüders anziehend fand, konnte sie nicht nachvollziehen. Selten war ihr ein so unsympathischer Mensch begegnet.

„Mein Mann ist so oft weg auf Montage und da kommt der Jens halt öfters auf ein Stündchen oder so. Er ist so zärtlich und rücksichtsvoll."

143

Cornelia Markowitz stöhnte gelangweilt. Sie hätte sich als Ausgleich für den verpatzten Segelausflug wenigstens eine perverse Sado-Maso-Geschichte gewünscht.

„Ein Schäferstündchen also", bemerkte Feuerstein. „Zwischen der Pfarrsekretärin und dem Gemeindereferenten. Wie passend. Hab ich's mir doch gedacht. Pfui Teufel!"

Daniela Westphal brach bei dieser Bemerkung erneut in Tränen aus.

Sie konnte einfach nicht begreifen, wie es so weit hatte kommen können. Am Anfang hatte ihr Jens Lüders nur leidgetan, weil niemand in Bierbach ihn ausstehen konnte. Alle hielten ihn für arrogant, selbst Pfarrer Bubel, der sonst für jeden Verständnis hatte und die Großherzigkeit in Person war. In ihren Augen war Jens ein einsamer Mensch, und deshalb hatte sie ihn eines nachmittags zum Kaffee zu sich eingeladen. Schon bei ihrem zweiten Treffen waren sie sich nähergekommen. Und wie das so ist - wenn man erst einmal das Heilige Sakrament der Ehe gebrochen hat, ist ein zweites oder drittes Mal auch nicht viel schlimmer.

Feuerstein nahm die schriftliche Aussage von Jens Lüders zur Hand, lehnte sich in seinem Sessel zurück und begann vorzulesen: „‚Ich wollte nicht, dass Herr Günter Strobel, der mir vom Kirchenchor her bekannt ist, sieht, wie ich ins Schweitzertal abbiege, deswegen bin ich stehen geblieben und habe so getan, als wolle ich mich ausruhen. Er hat mit der alten Dame gesprochen, und ich bin dann weitergegangen. Wohin Herr Strobel gegangen ist, weiß ich nicht. Ich habe mich eine oder zwei Stunden bei Frau Westphal aufgehalten, mit der ich einiges zu besprechen hatte...', soweit die Aussage von Jens Lüders."

Daniela, die atemlos zugehört hatte, nickte erleichtert und fragte: „Kann ich jetzt gehen?"

„Bitte!" Feuerstein wies zur Tür.

Daniela verabschiedete sich hastig und stürzte beschämt hinaus.

„Also können wir Jens Lüders als Verdächtigen im Fall Günter Strobel ausschließen", stellte Cornelia Markowitz fest.

Kaum hatte sie die Tür hinter sich geschlossen, klingelte das Telefon auf Feuersteins Schreibtisch. „Wenn es irgend jemand aus Bierbach ist, ich bin nicht mehr da."

„Kommissariat I, Markowitz."

Sie hörte einen Moment zu, deckte die Muschel des Hörers mit der einen Hand zu und wandte sie sich Feuerstein. „Der Ortsvorsteher von Bierbach…"

„Wenn er was von mir will, soll er es schriftlich machen", knurrte Feuerstein.

Aus dem Telefonhörer dröhnte unüberhörbar die Stimme seines Großcousins: „Der soll sofort ans Telefon kommen, der Hornochse!"

Feuerstein riss ihr den Hörer aus der Hand.

„Was fällt dir ein, du Sauhund!", schrie er zurück.

Cornelia Markowitz ging kopfschüttelnd zu ihrem Schreibtisch und versuchte die Stimme ihres Chefs auszublenden. Sie nahm sich die Mappe mit den Obduktionsergebnissen der fünf Leichen aus dem Primannswald noch einmal gründlich vor.

Alle oberhalb der Kanzel gefunden Leichen wiesen die gleiche Verletzung auf: Ihnen wurde von hinten der Schädel mit einer Axt gespalten. Um wen es sich bei der ältesten Leiche gehandelt hat, war nicht herauszufinden gewesen. Offensichtlich war es niemand aus Bierbach. Die vier anderen konnten eindeutig identifiziert werden.

Serienmörder in Bierbach hatte die Schlagzeile in der Saarbrücker Zeitung geheißen. Falsch. Der Killer hatte rund fünfzig Jahre gewartet, bis er sein zweites Opfer tötete. Danach allerdings wurden die Abstände etwas kürzer.

Beim ersten Mord muss der Mörder noch sehr jung gewesen sein, bei Christa Bender schon hoch betagt. Und jetzt durfte er aller Wahrscheinlichkeit nach selber tot sein.

Wer war es?

Jemand aus dem Dorf?

Was war sein Motiv?

Sie schaute kurz zu ihrem Chef. Er und der Ortsvorsteher beschimpften sich immer noch. Scheinbar ging es jetzt um ein Grundstück in der Au, das Venn gehörte und Feuersteins Meinung nach ihm gehören sollte. Cornelia Markowitz war froh, nicht aus einem Dorf zu stammen, in dem jeder mit jedem verwandt war.

Plötzlich wurde Feuerstein still und hörte aufmerksam zu. „Wo? Warum sagst du das nicht gleich?", fragte er patzig und legte den Hörer auf. „Falls Sie heute eine Verabredung haben, Markowitz, sagen Sie sie ab. Wir müssen nach Bierbach."

„Schon wieder eine Leiche?"

„Ja."

„Wenn das so weitergeht, können wir in Bierbach eine Filiale eröffnen", sagte sie und wählte die Nummer der Kriminaltechnik. „Wo soll das Team hinkommen, Chef? Wieder zur Kanzel?"

„Nein. Zu Strobel, in die Heinzenstraße 43."

XXIV

Bierbach, 16. August 2003

Margot stand am Küchenfenster von Sylvias Haus und schaute Jessica und Alfred zu, wie sie ins Auto stiegen. Alfred schaffte es nur mit einiger Mühe, in dem Sportwagen Platz zu nehmen. Bevor Jessica einstieg, winkte sie ihr zu und Margots Herz machte einen Sprung. Ich liebe dich, dachte sie, ich habe dich immer geliebt und ich werde dich für immer lieben.

Jessica fuhr Alfred zu Hannelore. Margot wäre auch hingefahren, wäre es Sylvia nicht so schlecht gegangen. Sie lag auf der Couch im Wohnzimmer mit einem kalten Umschlag auf der Stirn und weinte immer noch still vor sich hin.

Birgit war seit ihrem merkwürdigen Abgang noch nicht wieder heruntergekommen. Es hörte sich an, als würde sie ständig etwas vom Schlafzimmer ins Gästezimmer tragen und umgekehrt. Was hatte sie alleine da oben zu suchen?

Als Margot das Wohnzimmer betrat, setzte Sylvia sich auf, nahm den kalten Umschlag von der Stirn und lauschte. „Was treibt sie da oben?" fragte sie und stand auf.

„Bleib du hier. Ich sehe nach."

„Nein", erwiderte Sylvia und horchte wieder nach oben. „Ich glaube, sie ist in unserem Schlafzimmer."

Sie ging mit energischen Schritten zur Treppe. Margot folgte ihr.

„Birgit!", rief sie vom Fuß der Treppe, „Birgit! Was treibst du da oben?" Sie schaute Margot ratlos an. „Ich weiß, dass sie mich hören kann", sagte sie leise, nachdem sie von Birgit keine Antwort bekam und machte Anstalten, die Treppe hinauf zu gehen.

Margot hielt sie am Arm fest. „Bleib hier, bitte."

„In meinem eigenen Haus kann ich doch wohl noch hingehen, wo ich will!"

„In deinem Haus?", schrie Birgit mit schriller, fast überkippender Stimme von oben herunter.

Margot und Sylvia zuckten zusammen.

Noch bevor Margot den Versuch machen konnte, Sylvia erneut festzuhalten, rannte diese wutentbrannt die Stufen hinauf.

„Jessica! Alfred! Hättet ihr nicht zehn Minuten später losfahren können?" Margot stöhnte auf und stieg mit laut klopfendem Herzen ebenfalls die Treppe hinauf.

XXV

Bierbach, 16. August 2003

Auf dem Weg zu Hannelore hielt Jessica auf Alfreds Wunsch noch kurz bei der Kirche an, damit er im Glockenturm das Glockenläuten für die Verstorbene einschalten und aus dem Pfarrhaus seine Versehgarnitur mitnehmen konnte. Wie er Jessica erklärt hatte, bestand eine Versehgarnitur aus einer Stola, einem Gefäß für Öl, einem Glasgefäß mit goldenem Verschluss für das Blut Christi, einem Löffel, einem Kreuz und einem runden Döschen für den Leib Christi.

„Was hat solange gedauert?", fragte Jessica ungehalten und fuhr los, kaum dass er wieder umständlich neben ihr Platz genommen hatte.

„Tut mir leid. Probleme. Probleme." Seufzend lehnte er sich im Sitz zurück. Daniela hatte ihm gerade unter Tränen mitgeteilt, dass sie kündigen wolle, und auf seinem Schreibtisch hatte ein Brief von Lüders gelegen, in dem er ihn wissen ließ, dass er den Bischof um Versetzung in eine andere Gemeinde bitten würde.

Über Letzteres freute er sich. Hatte Gott doch wenigstens eines seiner Gebete erhört. Aber um Daniela tat es ihm leid. Er hatte gerne mit ihr zusammengearbeitet. Vielleicht würde sie sich ja überreden lassen, bei ihm zu bleiben oder ihm zumindest den Grund für ihre Kündigung verraten.

„Was gibt es denn für Probleme?"

„Daniela hat mir gerade gekündigt und wollte mir den Grund nicht nennen. Warum hat sie kein Vertrauen zu mir?" Er seufzte. „Manchmal glaube ich, ich bin kein guter Seelsorger".

„Das ist jetzt nicht der Moment für Selbstzweifel", bemerkte Jessica und setzte den Blinker, um von der Pfalzstraße in die Eckstraße einzubiegen.

Als sie an ihrem ehemaligen Elternhaus vorbeifuhren, das sie nach dem Tod ihrer Eltern verkauft hatte, überkam sie eine leichte Wehmut. Sie schaute zu den beiden Fenstern im zweiten Stock hinauf, wo ihr Kinderzimmer gelegen hatte. Die Rollläden waren beide geschlossen. Es waren noch die gleichen wie zu ihrer Kindheit.

Gegenüber lag der Käsehof, der nach der Familie Käs benannt war, die im 18. Jahrhundert da gelebt hatte. Jetzt, wo die Kranken- und Leichenwagen wieder weggefahren waren, konnte man das Haus gut sehen, in dem vor dreißig Jahren Bewwelches Marie gewohnt und Sprudel und Eis verkauft hatte. Man war durch die stets offene Haustür den schmalen Gang entlang in die Küche gegangen, und in der kleinen Speisekammer hatte die Eistruhe gestanden.

„Ein Eis könnte ich jetzt essen. So ein richtig schönes großes", sagte sie.

„Wie kannst du jetzt an Eis denken!"

„Wir haben Sommer, und heiß genug dafür wäre es, oder meinst du, dieser bescheidene Wunsch ist angesichts des Todes pietätlos? Soll ich Trauer heucheln? Wenn ich mich recht erinnere, kommen Heuchler in der Bibel nicht gut weg."

„In Evangelium nach Lukas steht: 'Da fing er an und sagte zuerst zu seinen Jüngern: Hütet euch vor dem Sauerteig der Pharisäer, das ist die Heuchelei.'"

Jessica schaute kurz zu Alfred rüber. Typisch Pfaffe, wollen einen nur verwirren.

Bierbach, 16. August 2003

Das Schlafzimmer der Lenhards war verwüstet. Der Kleiderschrank war zur Hälfte ausgeräumt und Sylvias Kleider lagen wahllos auf dem Boden verstreut. Die Bettvorleger waren weggeschleift und absurderweise durch frische Bettüberzüge ersetzt worden, und das Bett war bis auf die Matratze abgezogen. Die Scheibe der Balkontür war eingeworfen, und die große Porzellanvase mit den kitschigen Heidemotiven, die normalerweise im Gästezimmer auf der Kommode stand, lag zerbrochen draußen auf dem Balkon.

Aber dafür haben wir ja unsere Versicherung - Birgit und Wolfgang Lenhard steht auf der Police, erzählte Birgit ihrem lächelnden Spiegelbild im Badezimmer. Sie drehte den Wasserhahn auf und wischte sich das Blut von den Händen. Das Lächeln auf ihrem Gesicht gefror, als Sylvia plötzlich hinter ihr stand.

Bierbach, 16. August 2003

Hauptkommissar Feuerstein hatte nur Alfred in Hannelores Haus gelassen. Und auch ihn nur höchst widerwillig. Jessica musste mit den anderen draußen warten. Aber Gerlachs Roswitha, ihr Mann Volker und Sonnbergers Oscar konnten ihr erzählen, was passiert war.

Roswitha hatte vom Garten aus beobachtet, wie Falk nach Hause gekommen war. Sie hatte ihn ins Haus gehen und Sekunden später wieder herausstürzen sehen, als sei der Leibhaftige persönlich hinter ihm her. Mitten auf der Straße war er dann plötzlich stehen geblieben, hatte sich umgedreht und war wie ein Schlafwandler ins Haus zurückgegangen. Die Haustür hatte er sperrangelweit hinter sich offenstehen lassen.

Das war ihr dermaßen merkwürdig vorgekommen, dass sie ihm ins Haus gefolgt war, um nachzusehen, was mit ihm los sei.

„Das hätte ich auch gemacht", sagte Jessica und zündete sich eine Zigarette an.

„Gibst du mir auch eine, Jessica?", fragte Volker.

Sie hielt ihm die Schachtel hin.

„Ich habe so etwas Grauenvolles noch nie gesehen. Überall Blut und Erbrochenes. Und Hannelore mittendrin. Und Falk saß auf dem Boden und starrte sie an", berichtete Roswitha weiter. „Ich kriege jetzt noch eine Gänsehaut, wenn ich daran denke."

„Roswitha hat mich dann gleich gerufen, und wir haben noch den Oscar mitgenommen, der vor dem Haus sein Auto gewaschen hat." Volker nahm einen tiefen Zug aus seiner Zigarette. „Es war ein furchtbarer Anblick. Hannelore saß da, ans Kopfende gelehnt, und war tot. Und splitterfasernackt war sie. Es war so viel Blut überall, dass kein Blut mehr in ihr drin gewesen sein kann. Kein Tropfen."

„Das Blut muss ihr aus dem Hals herausgeschossen sein wie eine Fontäne", sagte Oscar und starrte ins Leere.

Vom Mühlwiesenweg kam in dem Moment Otto angerannt, gejagt von den drei Weber-Brüdern.

„Bbleib sstehen, du Ddepp!", rief Karl außer Puste. „Ich schschlag ddir ddeinen Schschädel ein."

Otto rannte auf die Menschenmenge zu, die sich vor Hannelores Haus versammelt hatte und zusehends größer wurde.

Die Weber-Brüder blieben in einigem Abstand vor der Gruppe stehen. Nur Karl kam nach kurzem Zögern näher.

„Lasst doch den armen Otto in Ruhe", wies Volker ihn zurecht.

Karl blitzte ihn wütend an. „Wwas wweist ddenn du? Der arme Otto hhat dder Ppolizei ggesagt, ich hhätte dden Wolfgang umgebbracht."

„Hab ich gar net!", protestierte Otto.

„Ich kkrieg ddich schschon nnoch mal in ddie Ffinger", drohte ihm Karl und schwenkte seine Faust. Dann wandte er sich den anderen zu und fragte: „Wsas ist hhier überhhaupt los?"

„Hannelore ist tot", antwortete Roswitha.

„Mmein Vvater ist auch tot. Ddarum kkümmert sich kkeiner. Bbei der Kkanzel hhaben sie ihn vvorggestern gefunden. Und bbis hheute ist nnoch kkeiner vvon euch bbei mmeiner Mmutter vorbbeiggekommen und hhat sie ggefragt, wwie es ihr ggeht." Er schaute in die Runde. „Oder wwar schschon jjemand vvon euch bbei mmeiner Mmutter und hat ihr ddas Bbeileid aausggesprochen? Schscheinheilige Bbagage. Schscheinheilige!" Er spuckte auf den Boden und stapfte beleidigt davon. Seine beiden Brüder folgten ihm wie stumme Schatten.

Inzwischen war die Menschenansammlung vor Hannelores Haus noch weiter angewachsen.

Es ist schon erstaunlich, dachte Jessica. Wenn in einem Dorf etwas passiert, geht die Nachricht herum wie ein Lauffeuer, und in kürzester Zeit erscheinen alle am Ort des Geschehens. Ein bisschen kam sie sich vor wie eine Fremde.

Sie beschloss, ins Haus zu gehen, um zu sehen, wie weit Alfred mit seinen priesterlichen Pflichten gekommen war und um ihn zu fragen, ob sie ihn mit zurücknehmen solle. Für sie selbst gab es keinen Grund, hier länger zu verweilen.

Jessica wunderte sich, dass sie jetzt auf einmal so problemlos ins Haus gehen konnte. Aber scheinbar hatte Feuerstein den Posten an der Tür abgezogen, da sie sowieso mit ihrer Arbeit fertig waren.

Durch die offene Schlafzimmertür sah sie die Leute von der Spurensicherung in ihren weißen Schutzanzügen hantieren. Alfred war nirgends zu sehen.

Jessica schaute entsetzt auf das blutgetränkte Bettzeug. Hier hatte jemand wie im Blutrausch gewütet und der süße, metallene Geruch des Blutes stieg ihr in die Nase.

Roswithas Bericht zufolge hatte sie sich auf das Schlimmste vorbereitet, aber was sie jetzt sah, erschütterte sie bis ins Mark. Sie war froh, dass Hannelores Leichnam nicht in ihrem Blickfeld lag.

Feuersteins Mitarbeiterin fasste sie am Arm. „Was machen Sie denn hier?"

„Ich suche Pfarrer Bubel."

„Der spricht mit Falk. Da können Sie jetzt nicht stören. Der Junge ist fix und fertig."

Der arme Junge, dachte Jessica, während sie das Haus verließ. Der Vater immer noch wie vom Erdboden verschluckt und die Mutter tot. Sie war froh, dass wenigstens Alfred bei ihm war.

Bierbach, 16. August 2003

Es war später Nachmittag, als Jessica zu Sylvia und Margot von einem Ende des Dorfes zum anderen zurückfuhr. Auf der Hügelstraße hatte sie die Sonne im Rücken. Sie blitzte ab und zu in ihrem Rückspiegel auf und blendete sie trotz Sonnenbrille. Seit Wochen strahlte sie nun schon unentwegt von einem wolkenlosen Himmel, unbeeindruckt von dem düsteren Geschehen in diesem Dorf an der Blies.

In der Bühlstraße angekommen, parkte sie hinter Birgits Auto. Sie stieg aus und klingelte an Sylvias Haustür.

Margot öffnete. „Jessi! Du glaubst ja nicht, was hier los war, während ihr weg wart!" Sie lehnte sich erschöpft an den Türrahmen. „Birgit hat vollkommen den Verstand verloren. Ich bin froh, dass sie jetzt aus dem Haus ist."

„Und wo ist sie jetzt? Ihr Auto steht doch noch da."

„Wir haben sie abholen lassen müssen." Margot zog Jessica ins Haus und schloss die Tür. „Sie ist auf dem Weg nach Homburg in die Psychiatrie."

„Was für ein Tag! Birgit in der Psychiatrie, Hannelore tot. Was kommt noch?"

Margot bugsierte Jessica weiter in die Küche, wo Sylvia am Küchentisch saß und ihr gespannt entgegensah.

„Hannelore hat Selbstmord begangen", begann Jessica und schilderte die Einzelheiten.

„Als heute Mittag der Anruf kam, habe ich für einen Moment gedacht, sie sei ermordet worden", sagte Sylvia. „Bei Wolfgangs Unfalltod wurde darüber ja auch vorübergehend spekuliert. Wir sind wohl momentan alle ein bisschen hysterisch, weil fast zeitgleich die fünf ermordeten Leichen bei der Kanzel gefunden wurden."

Margot sah Jessica erschrocken an, „Weißt du, woran ich gerade denken muss? Du bist die Einzige, die den Mörder gesehen hat. Wo ist eigentlich deine Zeichnung?"

„Die Zeichnung? Wenn du sie nicht wieder eingesteckt hast, haben wir sie im Pfarrhaus liegenlassen."

XXIX

Bierbach, 16. August 2003

Pirmin Bubel verließ nicht mehr oft sein Haus in der Korngartenstraße. Sonntags ging er natürlich mit seiner Frau in die Kirche, um Alfred predigen zu hören. Ansonsten verbrachten seine Frau und er die Zeit mit Beten und Fernsehen. Und wenn seine Frau zum Einkaufen unterwegs war, setzte sich Pirmin an den runden Tisch im Wohnzimmer und schrieb seine geheimen Geschichten.

Die Jahre, die ihm noch blieben, gedachte er so unauffällig und so schnell wie nur irgend möglich hinter sich zu bringen.

Warum die meisten Menschen das Leben als großes Geschenk sahen und auf Gedeih und Verderb daran hingen, konnte er nicht verstehen. Wenn sein Leben ein Geschenk war, dann war es ein ungewolltes, ein zähneknirschend angenommenes. Wie die langen Unterhosen, die er jedes Jahr von seiner Frau zu Weihnachten bekam.

Seine Lieblingsstelle in der Bibel handelte von Hiob, der klagte: *„Warum bin ich nicht im Mutterschoß gestorben? Warum wurde ich geboren?*
Warum kamen mir Brüste entgegen, dass ich daran sog?
Dann läge ich jetzt still und hätte Ruhe und Frieden.
Wie eine verscharrte Fehlgeburt wäre ich, wie ein Kind, das nie das Licht der Welt geschaut."

Er ging zum Wohnzimmerschrank und öffnete die Tür, in der er seine Schätze aufbewahrte. Sie waren wieder vollzählig und das beruhigte ihn. Er nahm einen grauen Aktenordner heraus und trug ihn zum Tisch. Dann setzte er sich auf einen der Polsterstühle und schlug den Deckel auf. Er blätterte und las die eine und andere Stelle, die er schon auswendig kannte. Seine Augen mussten sich beim Lesen erst an das Dämmerlicht gewöhnen, denn die Rollläden waren wegen der Hitze ganz heruntergelassen.

Er hatte immer gewusst, was es bedeutete, wenn sein Vater Julius in den Keller hinunter schlurfte und die Axt von der Wand nahm.

Zur Wiedergutmachung für die Taten seines Vaters hatte er es als seine Aufgabe angesehen, jedem einzelnen Toten ein Leben zu erfinden, das so schön war, wie es in Wirklichkeit nie hätte sein können.

Jean-Pierre Grosser ließ er in seiner Geschichte bis nach Amerika wandern, wo der lothringische Wanderarbeiter auf einer Farm im Mittelwesten sein Glück fand.

Hans-Peter Orloff, das jüngste Opfer, das sein Vater im Namen es Permes erschlagen hatte, durfte in seiner Geschichte Medizin studieren und arbeitete nun als Chefarzt in der Homburger Uni-Klinik. Jede Woche erschien ein Artikel von Dr. Orloff in der Saarbrücker Zeitung, in dem er Tipps für die Gesundheit gab.

Den Michael Hanauer ließ er sein Mädchen heiraten und zwei Kinder kriegen. Außerdem besaß Michael eine gut gehende Autowerkstatt in Blieskastel.

Herbert Weber entsagte dem Alkohol, nahm eine Arbeit im Dingler-Werk an und erzog seine drei Söhne zu rechtschaffenen Leuten.

Christa Bender bekam von Otto einen Sohn, der später Berufsfeuerwehrmann wurde und viele Menschenleben rettete. Er war der ganze Stolz seiner Eltern.

Pirmin nahm seinen Füllfederhalter aus der Brusttasche und blätterte weiter, bis zu einer leeren Seite kam. Hier würde eine neue Geschichte beginnen, freute er sich.

Er würde auch Ruhe haben, sie zu schreiben, denn seine Frau Lisbeth war mit anderen Nachbarsfrauen in die Heinzenstraße gelaufen, wo es wieder einen Todesfall gegeben hat. Alfred würde bestimmt auch dort sein, um der Toten die letzte Ölung zu geben.

Bei dem Gedanken an seinen Sohn wurde es ihm warm ums Herz. Früher war er sehr streng mit Alfred gewesen, besonders nachdem er ihm eines Tages erzählt hatte, ihm sei der Permes mitten auf dem Felsenpfad begegnet.

„Geh nie alleen in de Wald", hatte er ihn immer gewarnt. Er hätte Alfred diese Warnung am liebsten in den Kopf hineingeprügelt. Das hört sich grausam an, doch viel grausamer war für ihn immer die Vorstellung gewesen, Julius könne eines Tages seinen eigenen Enkel töten.

Er darf nie etwas davon erfahren, schwor sich Pirmin. Alfred war ein guter Mensch und alles Dunkle war ihm fremd. Deswegen war er auch Priester geworden. Und vielleicht wurden durch Alfreds Nähe zu Gott die Sünden der Väter verziehen.

Es klingelte an der Haustür.

Pirmin hob den Kopf und lauschte argwöhnisch. Das Klingeln war ein ungewohnter Ton in seinem Haus, denn sie bekamen nie Besuch. Außer Alfred, der einen Schlüssel hatte, war seit Jahren kaum ein Mensch über ihre Schwelle getreten. Als es zum zweiten Mal klingelte, stand er auf, räumte seine Aufzeichnungen in den Schrank zurück und ging hinaus.

Durch das grüne Butzenglas der Haustür zeichneten sich schemenhaft zwei Gestalten ab.

Er öffnete.

„Guten Tag! Sind Sie Herr Bubel, der Sohn von Julius Bubel?", fragte die Frau, die draußen stand, höflich lächelnd.

Pirmin gab keine Antwort.

„Sie kennen uns nicht. Mein Name ist Elvira Schmiedinger und das", sie deutete auf den Mann neben sich, „ist mein Mann Konrad."

Primin sah sie verständnislos an.

„Vielleicht sagt Ihnen mein Mädchenname mehr", fuhr Elvira fort, als ihr Gegenüber immer noch nicht reagierte. „Mein Mädchenname ist Orloff. Hans-Peter Orloff war mein Bruder. Ich kann mich noch an die Zeit erinnern, als hier lauter Kornfelder standen." Elvira beschrieb mit dem Arm einen weiten Bogen.

„Kommen Sie herein", sagte Pirmin mit hohler Stimme. Er trat einen Schritt zur Seite und winkte die beiden herein, wie der Klabautermann die toten Seelen der Seemänner.

Tu es nicht! Tu es nicht!, warnte Elviras innere Stimme, während sie die drei Treppenstufen hochstieg und das dunkle Haus betrat.

XXX

Bierbach, 16. August 2003

Hannelores Leiche war vor einer Viertelstunde abtransportiert worden. Die Menschen vor dem Haus hatten ehrfürchtig eine Gasse gebildet, als der Überführungssarg herausgetragen worden war.

Alfred stand in der offenen Tür und schaute dem Krankenwagen nach, der Falk in die Klinik brachte, nachdem er eine Beruhigungsspritze erhalten hatte und sein Zustand einigermaßen stabil war.

Dass es Selbstmord gewesen war, hatte der Arzt noch vor Ort festgestellt. Hannelore hatte die blutige Scherbe noch in ihrer Hand gehalten. Warum sie es getan hatte, würde ein Geheimnis bleiben. Sie hatte nichts hinterlassen.

Die Menge verlief sich allmählich, und auch Alfred wollte nach Hause. Die Ereignisse der letzten Tage hatten ihn müde gemacht und er wünschte sich, in einem langen, traumlosen Schlaf alles für eine Weile vergessen zu können.

Ein Gedanke ließ ihn jedoch nicht los. Etwas in seinem Inneren suggerierte ihm, dass das ganze Unheil letztendlich auf eine einzige Tat zurückzuführen sei, und der Permes spielte eine wichtige Rolle dabei.

Jessicas Zeichnung kam ihm in den Sinn. Als er sie vor ein paar Stunden in den Händen gehalten hatte, hätte er sie am liebsten sofort verbrannt. Hatte er das Gesicht doch sofort erkannt.

War der Name des Bösen gar nicht Permes? War der Name, der für das Böse stand sein eigener? Der Name des Pfarrers von Bierbach?

Zu der Ahnung, die ihn peinigte, seit er Jessicas Zeichnung gesehen hatte, kam eine zweite hinzu, die ihm fast den Verstand raubte: Das Erbe der Väter, weitergegeben vom Vater auf den Sohn.

Seine Mutter stand als einzige noch auf der Straße und starrte ihn an. Ihre Arme hingen kraftlos an ihr herunter. Ihr Rosenkranz lag auf dem Asphalt und Alfred schien, als würde der Asphalt um die kleinen Perlen herum brodeln.

XXXI

Bierbach, 16. August 2003

Pirmin stand am Küchenfenster und starrte durch die Schlitze des heruntergelassenen Rollladens auf das Auto mit dem Pforzheimer Kennzeichen, das vor seinem Haus geparkt war.

Wie sollte er es loswerden? Er hatte keinen Führerschein. Wenn jemand fragte, könnte er ja einfach sagen, dass er nicht wisse, wem es gehöre. Aber was wäre, wenn jemand gesehen hätte, wie das Ehepaar aus diesem Auto ausgestiegen und in sein Haus gegangen war?

Er würde es dieses Mal mit der Axt tun, so wie sein Vater es immer getan hatte. Das wäre dann für ihn Mord Nr. Zwei und Drei. Bald hätte er ihn eingeholt.

Und wie sein Vater tat er es auch nicht aus freiem Willen. Beide wurden gezwungen von einer höheren Macht, die nicht die Macht Gottes war, sondern die des Permes, des Herrschers des Waldes.

Wenn sein Vater es zum Wohle des Dorfes getan hatte, so tat er es, um das Andenken seines Vaters rein zu halten und seinen Sohn zu schützen.

Er würde die beiden unter einem Vorwand in die Waschküche locken. Dort könnte er hinterher mit dem Schlauch alle Spuren beseitigen. Von der Waschküche aus führte eine Tür direkt zum Garten, wo er die beiden Eindringlinge im Blumenbeet vergraben könnte.

„Herr Bubel? Wenn Sie jetzt keine Zeit für uns haben, dann gehen wir wieder!", rief der fremde Mann aus dem Wohnzimmer.

Pirmin erstarrte. Langsam ging er aus der Küche. Im Flur blieb er einen Moment stehen, weil er an der Eingangstür ein kratzendes Geräusch hörte.

„Hallo!", rief er leise.

„Hallo!", rief die Frau aus dem Wohnzimmer zurück.

Pirmin machte eine abwehrende Handbewegung und starrte auf die Eingangstür, die langsam geöffnet wurde.

„Ich dachte schon, ich hätte den falschen Schlüssel. Guten Abend, Vater."

„Alfred! Du?"

„Ich muss mit dir reden, Vater." Alfred schloss die Tür hinter sich.

Einen Moment standen sich die beiden Männer in der bedrückenden Dunkelheit des Flurs gegenüber. Dann ging die Wohnzimmertür ging auf und ein Mann und eine Frau kamen heraus, die Alfred noch nie zuvor gesehen hatte.

„Wir gehen jetzt besser wieder, Herr Bubel", sagte die Frau. „Ich wollte Sie ja auch eigentlich nur einmal kennen lernen und Ihnen sagen, wie dankbar ich Ihrem Vater immer noch bin, dass er mich damals oft so nett in den Arm genommen und getröstet hat, als mein kleiner Bruder verschwunden war."

Alfred hörte der Frau überrascht zu.

„Ich bin eine geborene Orloff", erklärte sie. „Hans-Peter Orloff war mein Bruder."

Alfred sah seinen Vater an und erschrak. Er schaute in die Augen seines Vaters und sah die seines Großvaters.

„Vielen Dank für Ihren Besuch. Aber meinem Vater geht es nicht gut. Ich muss Sie leider bitten, jetzt zu gehen", sagte Alfred und brachte den Überraschungsbesuch zur Tür.

„Sag mir die Wahrheit", drängte er seinen Vater, als sie wieder allein im Haus waren.

Pirmin ging wortlos ins Wohnzimmer und Alfred folgte ihm.

„Setzt dich, mein Sohn."

Alfred setzte sich an den Wohnzimmertisch, an dem in seiner Kindheit sonntags immer zu Mittag gegessen wurde. Mit Wehmut dachte er an diese Zeit zurück.

Pirmin ging zum Schrank und öffnete eine Tür. Er nahm einen Aktenordner heraus und einen großen braunen Umschlag. Alfred entging keine seiner sparsamen Bewegungen. „Was hast du da?", fragte er.

„Die Wahrheit", antwortete sein Vater schlicht. „Es scheint, du sollst sie jetzt erfahren." Er gab Alfred den Umschlag. „Hier, lies. Es sind Aufzeichnungen deines Großvaters. Hier drin hat er alles aufgeschrieben."

Alfred nahm den Umschlag von seinem Vater entgegen und zögerte einen Moment, bevor er ihn öffnete. Er nahm die dicht beschriebenen Seiten heraus und begann zu lesen:

Bierbach, 14. März 1978 – Aufzeichnung von Julius Bubel

…und jetzt, da ich ein alter Mann bin und bald meinem Herrgott gegenüberstehe, lege ich Beichte ab und hoffe, dass mir der Allmächtige verzeihen möge. Habe ich doch alles in seinem Sinne tun wollen.

Was ich getan habe, habe ich für meine Heimat getan. Warum ausgerechnet ich auserwählt wurde, weiß nur der Allmächtige. Aber ich habe die schwere Bürde klaglos getragen. Und es war eine Bürde und viele Tränen habe ich geweint.

Der Kampf gegen das Böse hat mich nie losgelassen. Denn dass das Böse in unserer Welt lebt und gedeiht, weiß ich seit jenem Tag, als meine Freunde und ich dem abscheulichen Treiben des Permes mit der Bas Stollebett zusehen mussten. Die Vereinigung von Teufel und Weib.

Und wie er aus der Hütte der Bas verschwunden war, der Permes, ist es geflohen, das vermaledeite Weib. Zur Kanzel, von der aus uns einst der Heilige Pirminius das Wort Gottes verkündigte. Und um ihn und uns zu verhöhnen, stieg sie die Kanzel hinauf und entweihte den Ort unseres Heiligen durch obszönes Gebaren.

Als dann noch der Permes zu ihr herabstieg und an dem schändlichen Treiben teilnahm, wussten wir, was wir zu tun hatten.

Der Bas wuchsen Flügel und sie flog von der Kanzel herab zu unseren Füßen. Und der Permes lachte.

Es war unsere Pflicht als Christenmenschen, dem Treiben der Ungläubigen ein Ende zu setzen, und so nahmen wir unsere Äxte und erschlugen die alte Bas. Und oben auf der Kanzel stand noch immer der Permes, mit blitzenden schwarzen Augen, und lachte.

„Das ist mein Revier! Ich bin der Herrscher des Waldes!"
schrie er wie von Sinnen. „Wenn ihr nicht verschwindet, dann
hause ich in eurem Dorf!"

Wir liefen zurück ins Dorf. Angst hatten wir alle drei, doch nur
ich wusste, wie ernst es der Permes meinte. Wir gelobten uns,
nie einer Menschenseele zu verraten, was wir mit ansehen mussten, noch was wir getan hatten.

Ist Gott nicht stark genug, den Permes zu besiegen? Warum
musste ich als Werkzeug dienen und Schuld auf mich laden? Du
sollst nicht töten, spricht der Herr.

Ich opferte dem Permes eine Seele, so wie er es jedes Mal im
Traum von mir verlangt hat, wenn die Bierbacher wieder ein
Stück seines Waldes in Besitz nahm.

Zuerst war es der Grosser, der für die Jagdhütte sein Leben
geben musste, dann Hans-Peter Orloff für den Spielplatz, Michael Hanauer für die asphaltierte Straße, Herbert Weber für
den zweiten Fischteich und Christa Bender für die Kneippanlage.

Ohne Wissen meiner beiden Kameraden, die der Herr schon zu
sich gerufen hat, versuchte ich mein ganzes Leben lang das
Unheil von meinem Dorf fernzuhalten...

Alfred steckte die Aufzeichnungen seines Großvaters wie in
Trance zurück in den Umschlag, legte ihn vor sich auf den Tisch
und sah seinen Vater mit einem langen, durchdringenden Blick
an. „Du hast Wolfgang umgebracht."

Sein Vater zuckte mit den Schultern. „Er stand schon auf der
Leiter. Ich brauchte sie nur anzustoßen."

„Warum?", fragte Alfred.

„Ich werde dir alles beichten, mein Junge."

„Nein das wirst du nicht! Ich verweigere dir das Sakrament der
Beichte!" Alfred stand auf, ging zum Telefon und wählte Feuersteins Nummer.

XXXII

Bierbach, 17. August 2003

Jessica und Margot saßen auf den Treppenstufen, die von der Terrasse zum Garten führten und warteten auf den Morgen.

Sie saßen nebeneinander, Schulter an Schulter und wussten, dass sie sich vielleicht nie mehr so nahe sein würden. Bald würde es hell werden. Und der neue Tag würde ein Tag des Abschieds sein. Margot spürte, wie eine kalte Hand ihr Herz zusammendrückte.

„Weißt du, was mich auch beschäftigt, Margot?"

„Ich kann es mir denken. Dein Großvater hat auch einen Mord auf dem Gewissen. Den Mord an der Bas Stollebett."

„Ja. Ein schrecklicher Gedanke für mich. Und hätte Wolfgang nicht eine Geschichte über diesen verdammten Permes schreiben wollen, wäre er noch am Leben."

„Ja, wenn und hätte. Hätten Johann, Julius und Max Holz geschlagen, statt zur Bas Stollebett in die Hütte zu kriechen, wären die Bas Stollebett, der Grosser, der kleine Orloff, der Hanauer Michael, der Weber Herbert, Christa und Wolfgang nicht ermordet worden."

Jessica begann zu frösteln und Margot nahm sie in die Arme.

Im Haus schräg gegenüber lag Sylvia wach im Bett. Sie hätte Alfreds Vater gerne gehasst, für das, was er ihr und Wolfgang angetan hatte. Aber das Einzige, was sie in dieser Nacht empfand, war eine irrationale Wut auf Wolfgang, weil er sie allein zurückgelassen hatte.

Sie konnte es nicht fassen. Wolfgang könnte noch am Leben sein. Hätte er Alfreds Vater die Aufzeichnungen einfach zurückgegeben, anstatt ihm zu sagen, er wolle sie Alfred und Feuerstein zeigen.

„Verzeih mir, Wolfgang. Ich denke Unsinn. Ich denke lauter Unsinn. Es tut mir leid, dass ich so wütend auf dich bin, aber ich vermisse dich so", flüsterte Sylvia unter Tränen.

Im Pfarrhaus brannte noch Licht.

In der Küche saß Frau Vatermann vor einem Becher Kaffee. Wie ein Lauffeuer hatte sich am Abend die Nachricht im Dorf verbreitet, dass der Vater ihres Herrn Pfarrers verhaftet worden war und seine Mutter nach einem Nervenzusammenbruch im Krankenhaus lag.

Das Herz wurde ihr schwer, wenn sie an ihren Herrn Pfarrer dachte. Sie hatte sich vorgenommen, die Nacht zu wachen. Wenn nicht mit ihm, so doch einen Raum weiter, um da zu sein, wenn er sie brauchte. Sie hörte seine Schritte und hoffte, dass er bald Frieden finden würde.

Alfred lief im Wohnzimmer auf und ab. Er sehnte sich nach einem tröstenden Gebet, doch er wagte es nicht, seinen Gott anzurufen, als befürchte er, der Allmächtige könne seine Hand von ihm genommen haben.

Er bedauerte, sich nicht von Jessica, Margot und Silvia verabschiedet zu haben, hoffte aber, sie würden es verstehen, dass er niemanden mehr sehen wollte.

Er erinnerte sich daran, dass Wolfgang und er einmal über den Permes gesprochen hatten und er die Geschichte vom Permes aufschreiben wollte.

„Vielleicht hat dein Großvater etwas hinterlassen", hatte Wolfgang gemeint, „meiner hat nichts hinterlassen und Jessica will ich deswegen nicht extra in Stuttgart anrufen."

„Keine Ahnung, da musst du meinen Vater selbst fragen", hatte Alfred geantwortet.

Wolfgang war tatsächlich zu seinem Vater in die Korngartenstraße gegangen, doch der war, Ironie des Schicksals, an diesem Tag nicht zu Hause gewesen. Also gab seine Mutter Wolfgang den Umschlag aus dem Wohnzimmerschrank, ohne zu wissen, was er beinhaltete.

Alfred blieb vor dem Couchtisch stehen, nahm Jessicas Zeichnung in die Hand und betrachtete noch einmal das Gesicht seines Großvaters. Dann rollte er sie zusammen. Er würde sie mitnehmen, wo immer er hingeschickt werden würde.

Sein Bischof, mit dem er am gestrigen Abend noch telefoniert hatte, würde ihn heute abholen lassen, und Bierbach würde von einer anderen Pfarrei mit betreut werden, bis ein neuer Pfarrer gefunden war.

Alfred hörte Frau Vatermann in der Küche. Er ging zu ihr hinüber.

Frau Vatermann stand auf. „Kann ich etwas für Sie tun, Herr Pfarrer? Möchten Sie vielleicht eine Tasse Kaffee?"

„Nein, danke, Frau Vatermann. Aber wenn Sie so freundlich wären, meine Sachen zu packen."

„Muss es wirklich sein, Herr Pfarrer?"

„Ein Pfarrer, dessen Vater und Großvater Mörder sind, ist nicht mehr haltbar in der Gemeinde. Ich werde heute Morgen noch eine Messe halten, und dann muss ich gehen."

„Für immer?"

Alfred nickte und der Schmerz schnürte ihm die Kehle zu.

Ein paar Minuten später öffnete er die Kirchentür, tauchte seine Hand in das Weihwasserbecken und bekreuzigte sich, und ging den Mittelgang entlang bis zum Altar.

Vor den Stufen zum Altar blieb er stehen und kniete nieder. Er nahm allen Mut zusammen und betete um Vergebung. Dankbar für die Liebe Gottes und die Geborgenheit, die er immer bei ihm gefunden hatte, nahm er allein für sich Abschied von seiner Kirche und seinem Heimatort.

Es war schon hell, als Margot Jessica auf die Straße begleitete.

„Ist dir aufgefallen, dass wir nie über uns geredet haben?", fragte Margot.

„Weil zwischen uns immer alles klar war. Wir haben es nur oft nicht sehen wollen", antwortete Jessica und warf ihre Reisetasche auf den Beifahrersitz. „Ich fahre jetzt. Kommst du mit?"

Margot wich Jessicas Blick aus.

„Ich kann nicht, Jessi. Ich bin hier zu Hause."

Jessica nickte. Sie öffnete die Autotür.

„Wann kommst du wieder?", fragte Margot.

„Ich weiß es nicht, aber ich verspreche dir, ich komme bald wieder."

Sie nahmen sich noch einmal in die Arme und küssten sich.

Nachdem sie Abschied genommen hatten, stand Margot noch lange auf der Straße. Erst sah sie Jessica nach, bis sie nicht mehr zu sehen war. Dann hörte sie auf das Motorengeräusch, bis es nicht mehr zu hören war. Und dann hatte sie Angst, in das leere Haus zurückzugehen.

XXXIII

Bierbach, 17. August 2003

Es war kurz vor zehn, und die Kirchenglocken läuteten die Gläubigen zur Messe, als Margot zur Kirchenpforte hereinkam.

Die Kirche war bis auf den letzten Platz besetzt. Diejenigen, die, wie Margot, ein paar Minuten später kamen, mussten sich mit Stehplätzen begnügen.

Margot sah Sylvia neben der Statue der Heiligen Barbara stehen. Sie nickten sich zu und Sylvia deutete mit ihrem Blick ins Kirchenschiff.

Margot folgte ihrem Blick und bemerkte, dass die zwölf Apostelleuchten brannten, die normalerweise nur bei besonderen Anlässen oder hohen Feiertagen angezündet wurden. Dass Alfred heute seinen letzten Gottesdienst hielt, war solch ein besonderer Tag. Obwohl sie wusste, dass einige der Anwesenden nur aus Neugierde hier war, freute es sie, dass die Kirche zu Alfreds Abschied so voll war, wie noch nie zuvor.

Die Glocken hörten auf zu läuten, und es war für kurze Zeit still. Nur vereinzeltes Husten oder Scharren mit den Füßen war zu hören.

Margot fragte sich, wie es Alfred wohl gehen mochte.

Sie erinnerte sich daran, wie er vor vielen Jahren, als er noch ganz neu im Amt war, mit ihr und Sylvia durch die Kirche gegangen war und ihnen mit stolzer Miene alles gezeigt und erklärt hatte. Zum Beispiel, dass das Lesepult Ambo hieß und das ewige Licht ein Zeichen dafür ist, dass sich in dem danebenstehenden Tabernakel geweihte Hostien befinden.

In der Sakristei hatten sich Alfred und die Messdiener für den Gottesdienst vorbereitet.

Die Messdiener standen im Gang zwischen Seitenschiff und Sakristei. Sie trugen ihre weißen Alben mit den grünen Kordeln um die Taille. Die Farbe der Kordel war immer identisch mit dem Messgewand des Pfarrers. Grün bei einer normalen Messe, rot bei hohen Feiertagen und violett während der Advents- und Fastenzeit und bei Trauer.

Alfred kam aus der Sakristei. Er spürte gar nichts mehr. Eine schreckliche Leere hatte sich in ihm ausgebreitet. Sein einziger Wunsch in diesem Moment war, den Gottesdienst, seinen letzten, so gut wie möglich hinter sich zu bringen.

Er trat zu den Messdienern und sprach, wie so viele Male zuvor: „Unsere Hilfe ist im Namen des Herrn", und die Messdiener antworteten „der Himmel und Erde erschaffen hat."

Drei Gongschläge ertönten, die Gemeinde erhob sich, und Alfred und die Messdiener betraten das Kirchenschiff.

Er begrüßte die Gemeinde, dann sangen sie das erste Lied. Eine Lesung aus der heiligen Schrift folgte, dann das Evangelium. Danach kam der Höhepunkt, die Wandlung von Brot und Wein in den Leib und das Blut Christi.

„ ...das ist das Brot, mein Leib, der für euch und für alle geopfert wurde....das ist mein Blut, das für euch und für alle vergossen wurde... "

Jessica saß auf einer der mittleren Bänke, zwischen Theo, von dem sie immer angenommen hatte, dass er evangelisch wäre, und einer Journalistin von der Saarbrücker Zeitung, die ein kleines Aufnahmegerät auf ihrem Schoß liegen hatte.

Sie war schon auf der Heilbronner Autobahn gewesen, als sie sich dazu entschlossen hatte, umzudrehen und zurückzufahren. Sie wollte plötzlich unbedingt bei Alfreds letztem Gottesdienst dabei sein. Das war sie ihm einfach schuldig.

Die Gemeinde stand auf und das Vaterunser wurde gebetet.

Jessica nutzte die Gelegenheit, sich nach Margot umzusehen. Sie entdeckte sie, machte aber keine Anstalten sich bemerkbar zu machen. Der Abschied von Margot war ihr schwer gefallen, sie wollte ihn um nichts in der Welt noch einmal wiederholen.

Als die Kommunion gespendet wurde, blieben sie, die Journalistin und Theo als einzige in der Bank sitzen. Alle anderen gingen zum Altar, um aus Alfreds Hand die Hostie zu empfangen.

Sie betrachtete Margot, wie sie in der Schlange stand, verlor sich im Anblick ihrer blonden Haare, verfolgte sie mit ihren Augen weiter bis sie an den Stufen zum Altar angekommen war.

„Der Leib Christi", sprach Alfred.

„In Ewigkeit Amen", antwortete Margot, nachdem sie die Hostie in Empfang genommen hatte.

Jessica erhob sich und schob sich seitwärts aus der Bank zum Mittelgang. Sie wollte nicht, dass Margot sie entdeckte.

Dafür entdeckte Alfred Jessica, und lächelte ihr zu.

Mit einem Gefühl, das Richtige getan zu haben, verließ sie die Herz-Jesu-Kirche zu Bierbach und drehte sich nicht mehr um.

XXXIV

Bierbach, 17. August 2003

„Irgendwann ist Schluss!", brummte Theo.

Erst war er seiner Frau zuliebe in die Kirche gegangen und jetzt sollte er auch noch das Bild vom Permes von der Wand nehmen. Und das, obwohl es dort schon seit Jahrzehnten hing. Es hatte schon dort gehangen, als noch Theos Vater die Wirtschaft führte.

„Der wird dich schon nicht beißen", hatte er zu Ruth gesagt, aber sie blieb unerbittlich. Seine Frau wollte die schwarze Gestalt mit den stechenden Kohleaugen nicht mehr sehen und drohte die Wirtschaft erst wieder zu betreten, wenn das Bild mit dem Permes verschwunden war.

Also was sollte er tun? In einer Viertelstunde würden die ersten Gäste zum Frühschoppen kommen, und da brauchte er Ruth hinter der Theke und in der Küche.

„Als ob das Bild was dafürkann", brummte er, nahm es von der Wand und trug es in den Hof hinter dem Haus. Da es mit dem Rahmen, den Ruth auch nicht mehr sehen wollte, nicht in die Mülltonne passte, stellte er es erst einmal daneben.

Dann ging wieder hinein und genehmigte sich ein kühles Bier, bevor er den Hammer aus dem Werkzeugkasten unter der Theke herausholte.

Als er ein paar Minuten später mit dem Hammer in den Hof zurückkam, war der Permes verschwunden.

Im Schatten des Permes

Teil 2

I

Bierbach, 15. Juli 2004

Leise drang das Te deum aus dem Chorraum in der Unterkirche ins Innere der Herz-Jesu Kirche zu Bierbach. Dann schloss sich die Pforte und es herrschte einen Augenblick Stille. Der Augenblick wurde zur Vergangenheit und Schritte hallten durch die leere Kirche. Je mehr er sich bemühte leise zu gehen, umso lauter schlugen die Absätze seiner Schuhe auf die Steinplatten.

Er ging das Längsschiff entlang. Auf den Altar zu.

Durch die bunten Scheiben der Betonglaswand fiel Sonnenlicht und narrte seine Sinne. Auf der weißen Wand hinter dem Altar, in deren Mitte allein ein eiserner Jesus an einem eisernen Kreuz hing, glitten Schatten in einem wässrigen, kränklichen Rot hin und her.

Wie Blutschmiere, dachte er.

Doch außer Jesus blutete niemand in einer Kirche, am aller wenigsten die Toten, deren Körper auf dem Friedhof lagen, eingesperrt in einen Sarg, um für alle Zeiten Ruhe zu geben. Das war wichtig. Es musste Ruhe sein. Schluss sein.

Er war vor den Stufen zum Altar angekommen. Auf ihnen lag ein Läufer in roter Farbe. Dunkelroter Farbe.

Er bekreuzigte sich. Seine rechte Hand schmerzte, als er das Zeichen machte. Es schien ihm, als wollten sich beide Hände zu Klauen krümmen.

Er wandte sich nach rechts und ging weiter ins Seitenschiff hinein. Seine Absätze klackten noch immer, doch wirkten sie nun gedämpft unter der niedrigen Decke der Empore.

Jetzt konzentrierte er sich nur noch auf seine Schritte. Hörte auf das Geräusch, das ihm jetzt nicht mehr zu laut war. Nahm Abstand von dem Gedanken an das, was jetzt bevorstand und was ihm unangenehm war.

Seine Schritte, die man überall hören könnte.

Überall.

Hier.

Auch hier.

Seine Füße hielten kurz inne. Ließen auch diesen Augenblick, wie den vorhin an der Pforte, vergehen.

Ein leises Scharren war zu hören, dann öffnete er geräuschlos die Tür zum Beichtstuhl.

Als er den Mann hereinkommen hörte, stützte der Priester seinen Kopf auf die Hand und beugte sich zu dem kleinen Gitterfenster.

Routine, bei jedem Priester, überall auf der Welt.

Überall.

Hier.

Auch hier.

„Im Namen des Vaters, des Sohnes und des heiligen Geistes", sagte der Mann und bekreuzigte sich.

„Gott, der unser Herz erleuchtet, schenke dir wahre Erkenntnis deiner Sünden und seiner Barmherzigkeit."

„Amen", sagte der Mann und: „Ich bekenne vor Gott meine Sünden! Ich bereue, dass ich Böses getan habe und Gutes unterlassen. Erbarme dich meiner, o Herr."

„Was hast du getan, mein Sohn?", fragte der Priester.

„Ich habe getötet."

Schweigen.

„Wen hast du getötet?"

„Die, die du heute Morgen beerdigt hast."

„Bereust du, was du getan hast?"

„Sprich mich los von meiner Sünde, denn ich bereue von ganzem Herzen, was ich getan habe."

Und wieder drang das Te deum aus dem Chorraum in der Unterkirche ins Innere der Herz-Jesu Kirche zu Bierbach. Wieder schloss sich die Pforte. Das gleichmäßige Atmen des Priesters und des Mannes waren zu hören.

Schritte, kurz, schnell kamen durch das Längsschiff. Hielten inne. Jemand wartete, dort vor dem Altar. Wartete auf den Mann im Beichtstuhl.

„...denn ich bereue, was ich getan habe."

Lüge und dafür würde er zahlen müssen, trippelten jetzt die Schritte Morsezeichen, die nur er und der eiserne Jesus vor der weißen Wand verstanden.

Ein Auflachen stieß wie ein hungriger Geier von den Stufen vor dem Altar herüber zu den Beichtstühlen.

Er hörte das Lachen und zuckte zusammen. Er wusste von wem das Lachen kam und er wusste, was später zu tun war. Und auch das würde er dann bereuen.

Hinterher.

Nie, niemals hätte er für möglich gehalten, dass ausgerechnet er einmal solche Sünden auf sich laden würde.

„Culpa, mea culpa", murmelte er.

"Was hast du gesagt, mein Sohn?"

„Culpa, mea culpa", wiederholte er etwas lauter. Dehnte die Worte. Und plötzlich beschlich ihn eine Lust, die ihm bis dato unbekannt war. Sie bildete sich in der Mitte seines Körpers, zog kribbelnd seinen Rücken hinauf, kroch über seine Schulter und erfasste sein Gesicht, wo sie als sichtbares Zeichen ein Grinsen hinterließ.

Er horchte auf. Die kurzen, schnellen Schritte entfernten sich wieder.

Sie hatte also doch nicht auf ihn gewartet. Sie wollte, dass er ihr folgte.

Als der Priester ihm seine Buße auferlegte, hörte er kaum mehr hin. Was können alle Gebete dieser Welt schon ändern, an dem was war und an dem was sein wird.

Er spürte eine Hand auf der Schulter.

Er spürte, dass die Hand ihm mit einem festen Druck der Finger Mut zusprach.

Das konnte doch eigentlich nicht wahr sein, denn der einzige Mensch in seiner Nähe war der Priester und der saß ihm gegenüber, getrennt durch eine dünne Wand mit einem Gitterfenster.

Der Priester bot ihm an, zusammen zur Polizei zu gehen, damit er sich der weltlichen Ordnung stellen sollte.

Er brummte nichts sagend, bekreuzigte sich und verließ den Beichtstuhl. Hier hatte er nichts mehr verloren.

Seine Hände hatten aufgehört zu schmerzen. Sie strebten nicht mehr danach zu Klauen zu werden.

Als er auf Höhe des Altars ankam, hörte er die Pforte zufallen. Sie hatte also im Längsschiff gewartet, bis sie sicher sein konnte, dass er ihr folgte.

Er nahm die Verfolgung auf.

Wer immer ihm im Beichtstuhl die Hand auf die Schulter gelegt hatte, zeigte ihm jetzt, dass er hilfreich sein wollte.

Die Fußspuren, denen er folgte, leuchteten wie Phosphor auf den Steinplatten.

Er verließ die Kirche. Folgte der Spur durch den überdachten Verbindungsgang, der das Gotteshaus mit dem Glockenturm verband. Er trat durch das Portal im Glockenturm nach draußen.

Als er auf dem Kirchenvorplatz ankam, sah er, wie sie mit dem Auto die Hügelstraße hinab fuhr.

Bestimmt fährt sie jetzt nach Hause, dachte er.

Dort würde er sie aufsuchen. Er würde vom Wald herkommen, so dass ihn niemand sehen konnte und er würde durch den Garten, über die Terrasse in ihr Haus gelangen, denn die Terrassentür stand, wegen ihrer Katze, immer einen Spalt offen.

Bald würde er sie töten. Und danach würde er nicht mehr zur Beichte gehen.

Der Kirchenchor begann ein weiteres Lied zu proben. Wie eine Woge rollte das Ave Maria aus der Unterkirche auf den Kirchenvorplatz und gab seinen Gedanken einen pompösen Rahmen.

Als stünde er auf einer Opernbühne, schritt er über den Platz zu seinem Auto. Er fühlte sich in diesem Augenblick allmächtig und allwissend. Ein König in seinem Reich, das er zu kontrollieren glaubte; ein Narr, der nicht wissen konnte, in welche Gefahr er die Bewohner seines Dorfes gebracht hatte, welche Kreatur durch seine Tat nun frei war. Frei war, um ihrerseits zu töten.

II

Bierbach, 22. Juli 2004

Der Werwolf kauerte auf seiner Decke. Hier im Keller, in seinem Keller war es kühl und friedlich. Nur ein paar Ratten und Mäuse tippelten nervös und hungrig in den dunklen Ecken umher. Er spürte ihre vor Fresslust glühenden Augen auf seinem Rücken. Sie rochen das frische Aas und warteten auf eine Gelegenheit unbemerkt näher kommen zu können. Doch er würde sein Fleisch nicht teilen. Schon gar nicht mit Ratten und Mäusen. Zu oft schon hatten diese Bestien an ihm geknabbert, wenn er sich auf seiner Decke zusammengerollt hatte und eingeschlafen war.

Als er noch kleiner war, hatte er oft deswegen geweint. Hatte vor Schmerz geschrien und auch vor Angst, dass sie ihn eines Tages ganz auffressen würden.

Er sprang in die Hocke und stieß einen dumpfen Schrei aus. Die kahlen Kellerwände schienen zu vibrieren. Er brüllte und lachte und schlug mit den flachen Händen auf den festgetretenen Lehmboden.

Die Ratten und Mäuse hatten Angst vor ihm und tippelten hinüber in den Kohlenkeller. Das war einer der Vorteile, wenn man kein Kind mehr sein musste und stark war.

Grinsend beobachtete er die Nager. Nachher würde er eine der Ratten fangen. Dann würde er mit ihren kleinen Pfoten spielen, die kleinen Zehen spreizen und an den winzigen Nägeln zupfen. Er würde seine Finger in ihr Maul bohren und ihnen die Zähne brechen. Und vieles, vieles mehr würde er machen, bis sie zu quieken begännen. Doch jetzt hatte er etwas Anderes zu tun.

Vor ihm auf dem Boden lag ein Stück Fleisch. Ein namenloses Stück Fleisch. Wenn er fest seine Hände darauf presste, konnte er noch einen Rest von Wärme spüren.

Er legte sich bäuchlings und roch an dem Kadaver. Er roch nach Heu und nach Gras. Es roch wie früher, wenn seine Mutter die Wiese hinter dem Haus mit der Sense gemäht hatte.

Er setzte sich auf, nahm den Kadaver in die Hand.

Hoch konzentriert, seine Zungenspitze schob sich zwischen den wulstigen Lippen heraus, zog er ein Lid zurück und starrte in das trübe Auge.

Es sah aus wie die eingelegten Soleier, die seine Mutter immer im vorderen Teil des Kellers gelagert hatte. Nichts mehr von den Nahrungsmitteln war übriggeblieben. Er warf seinen Kopf in den Nacken und heulte. Dann besann er sich und schluckte die Tränen hinunter. Nie mehr würde er heulen, nie mehr. Er nahm stattdessen den Kadaver in die Hand und schlug ihn mehrmals gegen die Wand.

Die Kellerwände waren solide gebaut. Nur ein dumpfer Aufprall war zu hören.

Als er sich dermaßen erleichtert hatte, widmete er sich wieder dem Auge. Er tippte auf den Augapfel. Zu seiner Verwunderung fühlte er sich hart und unnachgiebig an.

Er ließ das Lid los und hielt seine Beute am Hinterlauf hoch. Er wusste, innen würde sie rot und saftig sein. Er würde in frisches, rotes Fleisch beißen. Wie ein Wolf, wie ein Werwolf.

Er zog das Rasiermesser seines Großvaters unter seiner Decke hervor. Er hatte seinen Großvater nie kennen gelernt, auch nicht seine Großmutter.

Sie gehörten zu der Sorte Menschen, die er im Wald oft heimlich beobachtet hatte, wenn er in seiner Felsspalte gekauert hatte. Manchmal hatte ihn ein Kind bemerkt. Dann musste er sich schnell verstecken.

„Der böse Wolf", hatten sie ihm laut nachgerufen. Ihre hellen Stimmen drangen an seine Ohren. Dann hatte oft eine Erwachsenenstimme lachend gerufen: „Und wo ist das Rotkäppchen?"

Es waren Menschen gewesen, die Namen hatten und sich gegenseitig mit diesen Namen riefen. Sie hießen Ralf, Dieter, Hilde, Otto, Kevin.

Er überlegte, ob er auch einen Namen hatte.

Wie war das?

Wie hatte ihn seine Mutter immer gerufen?

Bastard?

Werwolf?

Und davor?

Früher?

Er wusste es nicht mehr.

Hätte er auch andere Menschen gekannt, hätte er auch einen Namen haben müssen, damit sie ihn hätten rufen können.

Aber er kannte nur seine Mutter.

Als er noch klein war, ließ sie ihn ihre Wärme spüren, wenn sie zu ihm auf den Felsenpfad kam, ihm zu essen brachte und ihn in den Arm nahm.

Sie ließ ihn ihre schöne Stimme hören, die ihm Geschichten von seinem Vater erzählte, dem Permes, der in der Nacht auf ihn aufpassen würde, damit er ohne Angst einschlafen konnte. Als er größer wurde, blieben ihm nur noch ihr Klagen, ihr Hass und ihre Schläge, die noch schlimmer wurden, nachdem sie ihm das Bild seines Vaters gezeigt hatte.

Er berührte das Messer mit seinen Lippen. Er mochte es. Es strahlte, wenn das Licht, das durch die Kellerluke fiel, auf die Klinge traf. Der Griff war blau.

Blau wie die Augen der einen Frau, die sich mit den anderen beiden im Haus der Mutter herumgetrieben und ihm alles genommen hatten.

Er hatte sie beobachtet, nur einen Spalt breit hatte er die Falltür angehoben.

Eine der Frauen stand einen Moment genau über dem Spalt. Sie trug einen weiten Rock. Er konnte ihre Beine sehen, weit hinauf, bis ein Stück weißer Stoff den Rest verbarg. Er hatte ein eigentümliches Gefühl zwischen seinen Beinen gespürt, das erst nachließ, nachdem seine Hose feucht geworden war.

Die drei Frauen waren von Zimmer zu Zimmer gegangen. „Müll, alles nur Müll!", hatte er sie sagen hören, während die klebrige Flüssigkeit an seinem Oberschenkel langsam trocknete.

Das Rasiermesser, das seit vielen Jahren unbenutzt im Küchenschrank gelegen hatte, war das Einzige, was er vor den drei Einbrecherinnen hatte retten können.

Als er sie hatte kommen hören, war er in letzter Minute die Leiter hinaufgeklettert, um das Messer zu holen und schnell wieder in seinem Keller zu verschwinden.

Um auch das Bild seines Vaters zu nehmen, das über dem Bett seiner Mutter gehangen hatte, war ihm keine Zeit mehr geblieben.

Als seine Mutter noch lebte, war es ihm streng verboten, den Keller zu verlassen. Doch seit seine Mutter fort war, hatte er sich öfter getraut ihr Verbot zu missachten.

Er war allein und er hatte das Messer geholt, um bewaffnet zu sein, wenn sie ihn finden, angreifen, schlagen würden. Um bewaffnet zu sein, wenn sie Steine nach ihm werfen, wenn sie ihn anspucken würden.

Er feuchtete das Rasiermesser mit seiner Zunge an, kratzte das Fell am Hals des Hasen ab und setzte einen kleinen Schnitt. Dann schlug er seine Zähne in die Wunde und biss die Kehle durch. Er schlürfte und schmatzte.

So würde es den drei Einbrecherinnen ergehen, die ihm das angetan hatten.

Er brauchte kein Messer, sein Kiefer war kräftig und seine Zähne stark.

Er würde durch das Dorf streifen, bis er sie finden würde. Er wusste wie sie hießen, und er würde die Namen auf den Klingelschildern lesen.

Lesen hatte ihm seine Mutter beigebracht. Geschichten von frommen Lämmern hatten sie gemeinsam gelesen.

Damals, erinnerte er sich und lachte traurig, damals, als er allein im Wald hausen musste und auch noch zu Anfang im Keller, der obwohl feucht und kalt immer noch besser war als der vermooste Spalt beim Felsenpfad.

Sie hatte Wort für Wort vorgelesen und er hatte es wiederholt. Geschichten, die ein Mann aufgeschrieben hatte, den seine Mutter Vater genannt hatte.

Hatte sie seinen Vater gemeint?

Seinen Vater, den Permes?

Er legte den Kadaver zur Seite und dachte nach.

„Verflucht bis in die siebte Generation…", hörte er die Stimme seiner Mutter wie dünner Nebel über den Boden kriechen.

Er klatschte mit den flachen Händen nach der Stimme, so als wolle er Schaben auf dem Boden erschlagen. Er erwischte sie jedoch nicht. Die Stimme wurde leiser, verkroch sich feige in einen Winkel des Kellers und erstarb.

Er würde die Frauen finden…und dann…eine nach der anderen…Und er würde sich das Bild seines Vaters zurückholen. Sie hatten es ihm gestohlen.

III

Bierbach, 30. Juli 2004

Der Ventilator schwang seine klapprigen Plastikärmchen wild im Kreis herum. Er stand an der Wand im hinteren Teil der Wirtschaft Bei Theo und scheuchte die abgestandene Luft gegen einen hellen rechteckigen Fleck an der Wand, wo bis vor einem Jahr noch eine alte Bleistiftzeichnung gehangen hatte. Der Fleck hob sich hell, klar und unschuldig von der vergilbten Wand ab.

Wer immer die Wirtschaft betrat, schaute wie magisch angezogen zu dem Rechteck hin, verharrte einige Sekunden in grübelnder Erinnerung an einen längst vergessenen Albtraum und wandte sich dann Stirn runzelnd ab.

„Meinem Christa han ich Geranie uffs Grab gemacht", erzählte der Bender Otto, als Ruth ein Glas Bier vor ihm auf den Tisch stellte. „Hoffentlich gedeihe die gut. Brauche die viel Wasser?" Er schaute Hilfe suchend zu ihr hoch.

Ruth nickte zerstreut und klopfte ihm beruhigend auf die Schulter. Seit einem Jahr war das Grab seiner Frau Christa das einzige Thema, das ihn interessierte. Und normalerweise hörte sie ihm auch zu und gab ihm den einen oder anderen Rat. Sie war, was Gärtnerei anging, zwar nicht so versiert wie Margot, aber wie viel Wasser Geranien oder Vergissmeinnicht bekommen mussten, wusste sie schon. Der Bender Otto hatte nicht viel Geld, und Ruth nahm an, dass es für ihn eine Katastrophe wäre, wenn die Blumen aufgrund falscher Behandlung eingehen würden.

Doch heute Abend hatte sie keine Nerven, mit Otto über Grabschmuck zu reden. Ruths Gedanken waren bei ihrem Mann Theo, der fahrig und nervös hinter der Theke stand und einen Fehler nach dem anderen machte.

Er verwechselte Fanta mit Apfelsaft, legte Kartoffelchips auf die Theke, wenn jemand Salzstangen verlangte und schien auch jedes Mal überlegen zu müssen, wie man die Zapfanlage bediente. Bei dem Trubel im Gastraum fiel das kaum auf, so zumindest hoffte Ruth und korrigierte seine Fehler so unauffällig wie möglich. Wenn sich ihre Blicke trafen, lachte er unsicher und schaute weg. Sie kannte ihn zu gut, um nicht zu wissen, dass er irgendetwas vor ihr zu verbergen suchte.

Er wirkte ängstlich, erschrak bei jedem unerwartet lauten Geräusch und ging bei Dunkelheit nicht mehr gerne allein nach draußen. Seit fast einer Woche ging das nun schon so und zum Glück hatte es sonst noch niemand in Bierbach bemerkt.

Er konnte es noch verbergen, vor den anderen, jedoch nicht vor ihr, seiner Frau, die seit achtzehn Jahren mit ihm verheiratet war. Aber trotz der achtzehn Ehejahre konnte sie sich sein jetziges Verhalten beim besten Willen nicht erklären. So hatte er sich noch nie benommen. Die Ungewissheit nagte an ihr, und auch die Sorge um seine geistige Gesundheit wuchs von Stunde zu Stunde.

„Vier Pils, ein Apfelschorle und drei Gespritzte!", rief Ruth ihm durch den Kneipenlärm zu, als sie an der Theke ankam und polternd das Tablett mit den leeren Gläsern abstellte.

„Hoppla", lallte Webers Gerd und hob langsam justierend seinen Arm vor die Augen, wo ein Bierspritzer von Ruths Tablett seinen Hemdärmel getroffen hatte. „Das Hemd bezahlst du mir. Oder denkst du, mit mir kannst du alles machen."

Ruth winkte genervt ab.

„Vier Pils, ein Apfelschorle und drei Gespritze! Theo! Und du, Weber, geh mir aus dem Weg."

Theo zuckte zusammen und sie nahm aus den Augenwinkeln wahr, wie zwei Gäste, die vor der Theke standen, anfingen zu feixen.

„Vier Pils, ein Apfelschorle und was noch?", rief Theo zurück.

„Drei Gespritzte!"

„Das ist Bier mit einem Schuss Cola, falls du's vergessen hast", mischte sich der eine ein und lachte. „Bier ist das gelbe Zeug aus dem Zapfhahn und Cola ist das klebrige braune aus der Flasche."

Theo nickte zerstreut und hielt ein geriffeltes Colaglas unter den Zapfhahn.

„Doch nicht im Colaglas, Theo. Nimm ein Bierglas", seufzte Ruth.

„Alzheimer", hörte sie Bachmanns Rita neben sich kichern. Normalerweise wäre sie ihr über den Mund gefahren, aber was wäre, wenn Rita Recht hatte, dachte Ruth und Tränen schossen ihr in die Augen.

Sie tat so, als sei der Zigarettenqualm an ihren Tränen schuld. Sie rieb sich die Augen und schaute sich um.

Der Gastraum war, wie jeden Freitagabend, bis auf den letzten Platz gefüllt, und auch an der Theke standen die Gäste dicht beieinander. Aber was soll's, dachte sie, ich muss das klären.

Sie packte Rita am Arm. „Bedien du für mich weiter. Nur für eine Viertelstunde. Der Tisch am Fenster kriegt die vier Pils, der daneben die Apfelschorle und die drei Gespritzten kriegt der Tisch neben der Tür. Ich bin gleich wieder da. Und wenn die Weber-Brüder frech werden, setzt du sie an die Luft."

„Kann ich machen, das ist überhaupt kein Problem", sagte Rita, die schon öfters ausgeholfen hatte. Sie schien erleichtert, dass Ruth wegen ihrer vorlauten Bemerkung nicht böse war. „Ist dir nicht gut?", fragte sie noch besorgt.

Ruth schüttelte den Kopf und klopfte Rita aufmunternd auf die Schulter.

Nachdem sie ihren Bruder Mike mit sanfter Gewalt vom Kartenspielen weggeholt und hinter die Theke geschickt hatte, ging sie mit dem verdutzten Theo an der Hand hinaus in den Flur und die Treppe hoch, die zu ihrer Wohnung im ersten Stock führte.

„Viel Spaß!", hörte sie noch Mike von unten rufen und mehrstimmiges Gelächter begleitete sie die Treppe hinauf bis in die Wohnung hinein.

„Jetzt habe ich aber die Schnauze voll! Ich will wissen, was mit dir los ist", sagte Ruth, als die Wohnungstür hinter ihnen zufiel. In der Stille der Wohnung erschien ihr ihre Stimme, die gerade noch durch den Lärm der Gaststätte durchdringen musste, unnatürlich laut.

Er wich ihrem Blick aus und starrte über sie hinweg zu der klobigen Wandleuchte aus vergoldetem Plastik, die ihnen Ruths Mutter zum letzten Weihnachtsfest geschenkt hatte und die selbst durch gröbste Behandlung nicht kaputt zu kriegen war.

„Du hast eine andere, stimmt's?"

Er schaute sie verblüfft an.

Ruth wusste, dass die Überraschung echt war. Zum Fremdgehen hätte er, selbst wenn er gewollt hätte, überhaupt keine Zeit. Er stand jeden Tag hinter der Theke und am Ruhetag fand er auch alles andere als Ruhe, da wurde eingekauft und die Wohnung auf Vordermann gebracht. Und sie war immer in seiner Nähe. Nicht aus Misstrauen, sondern weil die gemeinsame Arbeit es nötig machte.

„Ich weiß nicht, was du willst. Ich bin halt in letzter Zeit so müde." Er hielt die Hand vor den Mund und gähnte herzhaft.

„Du bist nicht müde, du bist zerstreut wie ein Professor und ängstlich wie eine Maus."

Theo zuckte bei dem Wort Maus zusammen und blähte, um das Gegenteil zu beweisen, seinen massigen Brustkorb auf.

Ruth sah an ihrem einsfünfundachtzig großen und zwei Zentner schweren Mann hoch. Der Vergleich mit der Maus schien ihm nicht zu passen, aber das war ihr gerade recht. „Wenn es sein muss, bleiben wir die ganze Nacht hier stehen." Sie stellte sich demonstrativ gemütlich hin und verschränkte die Arme vor der üppigen Brust.

„Ich…" Er rang seine großen Hände und suchte nach dem passenden Anfang. „Ich habe in meinem ganzen Leben noch nie so eine Angst gehabt", begann er und seiner Stimme war anzumerken, wie sehr ihn seine eigenen Worte überraschten. Er vergrub seine Hände in den Hosentaschen und ballte sie zu Fäusten.

Wie ein Schuljunge, der auf eine Standpauke wartet, stand er da. Als diese ausblieb, murmelte er: „Es ist zum Verrücktwerden, Ruth. Es ist einfach zum Verrücktwerden diese Angst."

„Angst? Du? Wovor denn, um Gotteswillen?" Er tat ihr leid, aber sie mussten das zu Ende bringen. Sie musste wissen, was mit ihm los war. Wie sonst würde sie ihm helfen können?

„Ich habe dich doch immer ausgelacht, weil du das Geschwätz vom Bösen in der Welt und so…ernst nimmst."

Ruth nickte.

„Und das mit der Angst. Angst habe ich wegen diesem Bild, du weißt schon welches."

„Nee. Wie soll ich das wissen? Wenn ich Hellseherin wäre, würde ich mich Madame Fatima nennen und einen Haufen Geld verdienen."

„Fatima?", wiederholte er verärgert. „Ich kann nicht verstehen, wieso du jetzt Witze machen musst, Ruth."

Sie war sich nicht sicher, aber befürchtete, dass er sich ärgerte, weil er durch den Namen Fatima an den Faschingsball im Februar erinnert wurde, an dem sie als orientalische Bauchtänzerin verkleidet durch die Pirminiushalle getanzt war und ihr Bauch, der zugegebener Maßen nicht mehr der einer Siebzehnjährigen war, zwischen den bunten Tüchern herausgehangen hatte. Das war ihm sehr peinlich gewesen, und er hatte den ganzen Abend deswegen kein Wort mit ihr geredet, geschweige denn mit ihr getanzt oder an der Sektbar ein Glas Sekt mit ihr getrunken.

„Das Bild, das in der Wirtschaft hing, seit ewigen Zeiten schon. Du weißt schon, das der Lück Johann gemalt hat", entgegnete er heftiger als nötig.

„Ach so, das Bild vom…"

„Permes."

„Was ist denn damit?", fragte Ruth und starrte ihn an. „Das Bild hast du doch weggeworfen, so wie ich es dir gesagt habe?" Sie musste heftig schlucken, wenn sie an das Bild vom Permes dachte.

Der Großvater von Jessica Lück hatte es gemalt und irgendwie, irgendwann war es in den Besitz von Theos Großvater gekommen, der es seiner Zeit in der Wirtschaft aufgehängt hatte. Ruth schluckte heftig. Der Permes hatte viel Unglück über das Dorf gebracht.

„Ich wollte es wegwerfen. Ich hatte es schon in den Hof getragen und bei der Mülltonne abgestellt. Kurze Zeit später war es dann verschwunden."

„Verschwunden?" Ruth sah den Bilderrahmen vor sich, wie er plötzlich kleine Füße bekommen hatte und mit zackigen Bewegungen vom Hof geeilt war.

Bei dieser Vorstellung musste sie lächeln, obwohl ihr ansonsten gar nicht danach zu Mute war.

„Es hat nicht in die Mülltonne gepasst. Zu groß", berichtete Theo weiter und deutete mit den Händen an, wie groß das Bild gewesen war, „da bin ich zurück in die Wirtschaft, um einen Hammer zu holen, habe noch schnell ein Bier getrunken, weil es so heiß war, und als ich wieder zur Mülltonne kam, war das Bild verschwunden. Ich habe mir damals nichts dabei gedacht. Ich habe noch gedacht, auch gut, muss ich schon keinen Lärm machen am Sonntag. Vor allem, weil es der Sonntag war, an dem der Pfarrer Bubel seine letzte Messe gehalten hat."

„Ja und?", fragte Ruth. Bei der letzten Messe, die Pfarrer Alfred Bubel gehalten hatte, war Theo ihr zu Liebe mit in die katholische Kirche gegangen. Bei den Liedern hatte er so laut und so falsch gesungen, dass sie ihre Aufforderung am liebsten rückgängig gemacht und ihn nach draußen geschickt hätte. Auch wenn ihr Mann evangelisch war, erwartete sie, dass er die katholischen Kirchenlieder richtig sang oder, wenn er dazu nicht in der Lage war, wenigstens den Mund hielt.

„Jetzt weiß ich, er hat es sich geholt!" Theo deutete mit Nachdruck aus dem Fenster.

Ruth schaute hinaus. Von ihrer Position aus, konnte sie nur das gegenüberliegende Haus sehen, in dem die Familie Schetting seit acht Jahren wohnte. „Wer hat es sich geholt? Schettings Franz?"

Mit Franz stritt sich Theo oft, besonders am Wochenende, wenn es zu laut in der Wirtschaft zuging.

„Nein, Ruth. Nicht Franz. Was soll der mit so einem Bild anfangen? Der Permes war es. Der Permes hat es sich geholt."

Sie erschrak, aber nur ganz kurz. Sie wollte es nicht zulassen, dass die Angst vor dem Waldgeist erneut von ihr Besitz ergriff. Das Gerede vom Permes war Kinderkram, sonst gar nichts.

Sie lachte. Ihr Lachen hörte sich zwar etwas schrill an, aber Theo schien das nicht zu bemerken. „Und deswegen das ganze Theater?" Sie lachte noch einmal, wieder viel zu schrill. „Das ganze Theater wegen einem Bild, das jemand vor fast einem Jahr aus unserem Hof geklaut hat, während du dir ein Bier genehmigt hast? Wer immer es jetzt hat, soll selig damit werden. Obwohl es mir lieber gewesen wäre, du hättest es kurz und klein geschlagen, das muss ich schon zugeben." Ruth stemmte die Hände in die Hüften. „Die Leute denken bald, du hättest nicht mehr alle Tassen im Schrank. Und ich denke das auch."

Sie lachte noch einmal, jetzt hatte sie die richtige Tonlage getroffen. „Der Permes haust im Wald und nicht bei uns im Hof. Und, dass er unter die Kunstsammler gegangen sein soll, ist mir auch neu."

„Und warum sollte ich dann das Bild von ihm wegwerfen? Kannst du mir vielleicht verraten, warum du letztes Jahr so ein Theater gemacht hast?"

„Weil ich so eine grauenhafte Gestalt nicht in meiner Nähe haben wollte. So etwas vergiftet die Atmosphäre. Ich will auch kein Bild von Dracula oder Frankenstein in unserer Wirtschaft hängen haben."

„Ruth! Das ist noch nicht alles. Bild ist Bild."

Sie legte den Kopf schief und schaute ihn herausfordernd an. „Was noch?"

Theo suchte wieder nach den passenden Worten. Als er glaubte, sie gefunden zu haben, ballte er seine Fäuste und sagte: „Ich habe immer geglaubt, dass die Legende vom Permes dummes Geschwätz ist, aber das ist es nicht. Es gibt ihn wirklich. Ich habe ihn jetzt mit meinen eigenen Augen gesehen."

„Wann? Wo?" Ruth hatte plötzlich das Gefühl, als hätten sich die Knochen in ihren Beinen in Gummi verwandelt. Sie wollte doch keine Angst mehr wegen diesem Kinderkram haben. Sie bewegte sich federnd wie ein 2CV ins Wohnzimmer und setzte sich auf die nächstbeste Sessellehne und bedeckte ihre Augen mit der Hand.

Sie war in Bierbach geboren und aufgewachsen, genau wie Theo. Und wie zu allen Kindern im Dorf hatten die Alten auch zu ihnen gesagt: „Gehn nie alleen in de Wald!" Im Wald sollte der Permes hausen und es nicht gut mit den Menschen meinen.

Warum die Erwachsenen Kindern immer solche Angst machen mussten!

Sie konnte sich erinnern, dass ihre Mutter auch immer vor dem schwarzen Mann gewarnt hatte und als dann eines Tages Schwarze Helmut vor der Tür stand, um den Jahresbeitrag für den Männergesangsverein Harmonie einzusammeln, hatte sie vor

Angst geschrieen und sich tagelang geweigert das Haus zu verlassen. Dabei hatte der arme Helmut nur gesagt: „Tag, Rutche, kennst du mich nicht. Ich bin der Schwarze …"

Die Angst vor dem schwarzen Mann, vor Hexen, Kobolden und Vampiren verging im Laufe der Jahre. Doch die Angst vor dem Permes blieb und hatte sie ein Leben lang begleitet. Und sie würde diese Angst auch nicht loswerden, das merkte sie in diesem Moment so deutlich wie nie zuvor.

„Freitag letzter Woche habe ich ihn gesehen, Ruth."

Sie nahm die Hand von den Augen.

Theo war ihr gefolgt und hatte sich ihr gegenübergesetzt. „Nachdem wir unten zugeschlossen hatten. Du bist schon hoch gegangen, weil du die Spätnachrichten anschauen wolltest. Und ich habe noch den Müll in den Hof getragen. Und dort hat er gestanden."

„Es gibt keinen Permes!", schrie sie Theo so unvermittelt ins Gesicht, dass dieser zurückzuckte. „Das ist nur eine Legende! Das hat sich irgendjemand mal ausgedacht, um kleine Kinder zu erschrecken! Es kann ihn nicht geben, und es darf ihn nicht geben! Wo kommen wir denn da hin, frage ich dich!"

Sie atmete tief durch. Jetzt nur nicht die Nerven verlieren.

„Ruth, glaub mir doch. Er war es, er war ganz schwarz. Und nicht nur schwarz, sein Gesicht und die Hände waren voller schwarzer Haare und er hatte glühend rote Augen. Er hat die Zähne gefletscht. Und sie standen weit auseinander und waren ganz spitz. Und er war klein und bucklig. Und er hat gestunken wie ein nasser Hund. Bevor ich ihn gesehen habe, habe ich ihn gerochen. Er hat mich mit seinen roten Augen angestarrt, als ob er mich fressen wollte. Aber bevor er mich anspringen konnte, bin ich ins Haus zurück gerannt. Ich habe noch nie so eine schreckliche Gestalt gesehen. Und er hat mir mit schrecklicher Stimme nachgerufen: ‚Bild! Bild!'. Und er hat bestimmt das Bild von sich gemeint, das dort neben der Mülltonne gestanden hat."

Er schüttelt sich. Die Schweißperlen auf seiner Stirn stoben in alle Richtungen.

„Hol dir ein Handtuch aus dem Bad", sagte Ruth mit mechanischer Stimme. Sie weigerte sich, an die Existenz des Permes zu glauben, schließlich lebten sie im 21. Jahrhundert.

Dennoch hatte sie das Gefühl, als würde ein heißer Knödel den Weg von ihrem Magen, die Speiseröhre hoch zu ihrem Hals nehmen und sie ersticken.

IV

Bierbach, 30.07.2004

Rita traute ihren Ohren nicht. Eigentlich wollte sie Ruth nur fragen, wo sich der Schlüssel zum Keller befindet. Sie hatte die beiden nicht stören wollen und erst einmal ein Ohr an die Wohnungstür gelegt. Und dann hatte sie zuhören müssen, ob sie wollte oder nicht.

Eines wusste sie, in den Keller würde sie bestimmt nicht mehr gehen, auch wenn kein einziger Tropfen Cola oder Sprudel mehr oben sein sollte.

Wenn der Permes jetzt schon seinen sicheren Wald verlassen hatte, ins Dorf gekommen war, um bei Theo und Ruth im Hof herumgeisterte, könnte er auch im Keller lauern.

Vielleicht war er auch schon gar nicht mehr in diesem Keller, sondern in irgendeinem anderen.

Vielleicht bei ihr zu Hause? Sie wohnte mit ihrem Mann nur ein paar Häuser weiter. Oder bei ihren Eltern? Die hatten noch einen alten Kohlenkeller, der seit Jahren leer stand.

„Der Permes ist zurück und es wird wieder Tote geben", flüsterte sie mit einer Grabesstimme und schlug die Hand vor den Mund. Gänsehaut kroch über ihren Körper, die sich – und das hätte sie niemals zugeben wollen – wohlig-gruselig anfühlte. Gerade so, als schmökere man in einem Gruselroman.

Der Permes, so wusste sie aus Erzählungen, trat in vielerlei Gestalt auf. Meistens sah man ihn mit schwarzem Umhang und Hut, manchmal aber auch im grünen Wams oder als Narr mit einer Narrenkappe oder mit schweren Eisenketten. Aber dass er auch wie ein Werwolf aussehen konnte, war Rita neu.

Sie stieg ein paar Treppenstufen hinab und setzte sich auf eine der Stufen.

Von unten hörte sie lautes Lachen und Schwatzen. Jemand sang das Lied vom alten Holzmichel, und Rita dachte, wenn ihr da unten wüsstet …

Mit fahrigen Fingern zog sie ihr Handy aus der Hosentasche.

Ein Glück, dass ich es dabeihabe, dachte sie und wählte die Nummer ihrer besten Freundin Jutta. Denn jeder Schrecken ist nur halb so groß, wenn man ihn mit jemandem teilen kann.

Und innerhalb von zwölf Stunden verbreitete sich das Gerücht vom Bierbacher Werwolf im ganzen Dorf.

Wie ein Grippebazillus sprang es in der Nacht vom 30. zum 31. Juli von Rita in der Pfalzstraße, zu ihrer Freundin Jutta in die Lindenstraße.

Von dort, noch in derselben Nacht, in die Eckstraße, wo Juttas Eltern gerade die Spätnachrichten ansahen.

Am nächsten Morgen nahm es seinen Siegeszug von Juttas Mutter aus, die Hussongs Anna und Rebmanns Christine im Globus in Einöd getroffen hatte, in die Heinzenstraße, zum Mühlwiesenacker, zum Serrstrang und in die Alois-Matheis-Straße.

Um halb neun erzählte es Deßlochs Mariechen in der Bäckerei Kiefer und um viertel vor neun war es gleichzeitig in der Korngartenstraße, im Schweitzertal, am Webenheimer Bösch und in der Petersdell angekommen.

Gegen halb zehn nahm es den Weg zur Pirminiusschule, zum Forsthaus, den Bruchberg hinauf und in die Blumenstraße.

In der Hechlertalstraße kam es um zehn nach zehn an und sprang hinüber zum Hechlerberg, wo die Familie Scheuer gerade zu einem Waldspaziergang aufbrechen wollte, es aber dann auf Grund der beunruhigenden Neuigkeiten doch lieber sein ließ.

Um halb elf marschierte es im Mund von Linne Ilse die Hügelstraße hinauf, bei Frau Vatermann im Pfarrhaus vorbei und in die Bühlstraße, wo es bei Sylvia Lenhard ankam, die aber, weil sie an diesem Morgen die Handwerker im Haus hatte, vergaß, Margot Klaus davon zu erzählen.

V

Bierbach, 31. Juli 2004

Margot Klaus besaß ein Grundstück mit Obstbäumen und Beerensträuchern direkt neben dem Pirmannswald. Sie besaß Apfel- Birnen-, Mirabellen-, Zwetschgen- und Kirschbäume. Die Kirschen und Mirabellen waren schon abgeerntet. Die Zwetschgen bekamen schon etwas blaue Farbe. In drei Wochen, so schätzte sie, würde sie ernten können.

Das Grundstück hatte sie vor vielen Jahren, kurz nach ihrer Scheidung, von ihrer Tante geerbt und es damals mehr als Last denn als Lust empfunden. Aber im Laufe der Jahre hatte Margot Gefallen daran gefunden, den Lauf der Jahreszeiten an diesem Stück Natur beobachten zu können.

Sie setzte sich in das frisch gemähte Gras, doch ein unangenehmer Geruch stieg ihr in die Nase. Sie stand auf und sah sich flüchtig um, aber sie konnte die Ursache nicht erkennen. Sie ging ein paar Schritte von den Himbeerhecken, die ihr Grundstück zum Wald hin begrenzten, weg, und setzte sich wieder ins Gras. Bevor sie ins Dorf zurückfuhr, wollte sie noch ein wenig die Einsamkeit genießen und ihren Gedanken nachhängen.

Margot dachte an den Sommer im letzten Jahr. Seit der Zeit hatte sich so vieles verändert.

Vor einem Jahr waren ihre beiden Freunde Wolfgang und Alfred noch da. Hatten damals ganz selbstverständlich zu ihrem Leben gehört.

Wolfgang hatte, sie bevor er starb, hier auf der Wiese zum letzten Mal gesehen.

Alfred, der beliebte Pfarrer von Bierbach, lebte seit letztem Sommer in einem Trappistenkloster in der Eifel.

Gerne hätten ihn seine Pfarrkinder einmal besucht, aber er wollte es nicht. Der einzige Mensch aus Bierbach, mit dem er noch Kontakt hatte, war seine treue Haushälterin Frau Vatermann. Sie glaubte fest daran, dass er eines Tages zu seiner Gemeinde zurückkehren würde. Sie wohnte noch immer im Pfarrhaus und führte den Haushalt so, als wäre Alfred nur für ein paar

Wochen in Urlaub. Niemand, nicht einmal der Papst persönlich, hätte sie dazu bewegen können, das Pfarrhaus neben der Herz-Jesu-Kirche zu verlassen.

Seit Alfreds Weggang betreute der Pfarrer von Lautzkirchen die Gemeinde Bierbach kommissarisch neben seiner eigenen. Der sonntägliche Gottesdienst fand daher in Bierbach nur noch alle zwei Wochen statt. Dem überfordert wirkenden Pfarrer Kolbe reichte das auch voll und ganz, denn Frau Vatermann ließ an seiner Art zu predigen kein gutes Haar. Auch sonst schien er sich in Bierbach nicht wohl zu fühlen. Sobald er seine Pflichten erledigt hatte, floh er regelrecht aus dem Dorf hinaus.

Margot vermisste ihre beiden Freunde Wolfgang und Alfred sehr. Seit ihrer Kinderzeit waren sie zusammen gewesen und nun war der eine tot und der andere fort.

Die einzige gute Freundin, die ihr noch geblieben war, war Sylvia, Wolfgangs Witwe. Sie sahen sich jeden Tag, denn sie wohnten beide in der Bühlstraße im oberen Teil des Dorfes.

Margots Gedanken begannen sich im Kreis zu drehen, immer schneller, wie ein Strudel zogen sie sie nach unten.

Sylvia, Wolfgang, Alfred, dachte sie. Vor einem Jahr. Im letzten Sommer. Da war noch etwas. Da war noch jemand.

Obwohl es ein warmer Sommertag war, fror sie.

Sie stand auf und klopfte sich das trockene Gras von ihren Jeans.

Ihr Blick fiel auf den ältesten Baum auf dem Grundstück, dessen Äpfel von Jahr zu Jahr schrumpeliger wurden. Den ließ sie nur aus sentimentalen Gründen stehen. Der Vater ihrer Tante hatte ihn noch gepflanzt. Und in seiner Rinde eingraviert, standen die Buchstaben J und M.

Jetzt war es passiert. Der Strudel, der sie hinab zog, hatte sie ihr Ziel erreichen lassen.

Jessica. Sie dachte an sie und die Sehnsucht nach ihr überkam sie so unvermittelt, dass sie mit aufsteigenden Tränen kämpfen musste. Auch Jessica gehörte zu dem letzten Sommer, der so unglaublich war, dass sie manchmal dachte, sie hätte alles nur geträumt.

Doch er war vorbei. Vergangenheit. Vorbei. Vergangenheit. Am liebsten hätte sie diese Worte laut gerufen.

Sie nahm ihre Jacke, die über einem Ast hing.

Es raschelte hinter ihr in den Himbeerhecken. Das Rascheln war anders als üblich. Kein aufgeregtes, wuseliges Rascheln. Es konnte keine Feldmaus und auch kein Vogel sein.

Margot blieb einen Moment ruhig stehen.

Sie erinnerte sich an den unangenehmen Geruch, vorhin, als sie vor den Hecken gestanden hatte. Eigentlich hatte sie nachsehen wollen, es aber vergessen. Und jetzt machte sich wohl ein Tier über den Kadaver - denn was sollte sonst so stinken? - her. Es musste ein großes Tier sein.

Auch gut, dachte sie. Die Natur regelt alles von alleine.

Es raschelte wieder.

Sie drehte sich langsam um. Ihr Herz begann heftig zu schlagen.

Mit zusammen gekniffenen Augen fixierte sie die Stelle, doch nichts bewegte sich.

Ohne die Augen von den Hecken zu nehmen, zog sie ihre Jacke über und ging ein paar Schritte rückwärts. Ihr Fuß blieb in einer Bodenvertiefung hängen. Sie stolperte und konnte sich gerade noch mit der Hand an einem der Bäume abstützen.

Bis zur Straße konnte sie unmöglich rückwärts gehen, ohne sich der Gefahr auszusetzen, einen Fuß zu brechen. Und dann wäre sie hilflos. Sie fühlte ihr Handy in der Tasche und es beruhigte sie. Sie konnte Hilfe rufen.

Hilfe wofür und warum?

Sie kam sich kindisch vor, wegen eines Tieres, das sich an einem Kadaver zu schaffen machte, Angst zu haben.

Sie lauschte wieder.

Es war still. Margot schien es, als hielten die Vögel um sie herum, selbst die Bäume, den Atem an. Und warteten.

Sie wollte, sie musste weg von hier. Jetzt.

Sie drehte sich um und lief. Die letzten Meter bis zur Pirminiushalle, wo ihr Auto geparkt war, rannte sie.

Als sie an der Halle ankam, trat gerade Georg Venn, der Ortsvorsteher, aus der Tür.

„Hallo Margot, du hast es aber eilig." Er schien Lust auf ein Schwätzchen zu haben.

„Ja. Es ist schon spät. Ich bin heute Abend bei Rippergers Isolde zum Geburtstag eingeladen", antwortete sie, völlig außer Puste. Die Erklärung war albern und sie kam sich auch albern vor.

Doch Venn schien das nicht so zu sehen. Er fragte: „Wie alt wird sie denn?"

„Siebenundzwanzig."

„Siebenundzwanzig", schwärmte er und fuhr dann gleich erbost fort: „Ich weiß noch bei meinem siebenundzwanzigsten Geburtstag, lang, lang ist's her, musste ich meinen Großcousin Feuerstein einladen. Meine Frau hat darauf bestanden und dieser Sauhund bringt mir doch ..."

Margot hörte nicht mehr hin. Sie hatte, wie die anderen Bierbacher auch, die Geschichte von dem unmöglichen Geburtstagsgeschenk, eine Plastikente, die quietschte, wenn man ihr auf den Bauch drückte, schon mehr als hundert Mal gehört. Sie nahm die Stimme des Ortsvorstehers nur noch wie ein fernes Rauschen wahr.

Das nächste Mal, dachte sie, wenn ich aufs Grundstück gehe, nehme ich meine Arbeitshandschuhe mit und sehe nach, ob tatsächlich ein verwestes Tier in den Himbeersträuchern liegt, an dem sich Aasfresser satt essen. Dieser Geruch, den ich vorhin in der Nase hatte, war sehr unangenehm. Ich habe ihn vor gar nicht so langer Zeit schon einmal gerochen. Aber wo?

„... Werwolf."

Margot sah Georg verblüfft an. Sie wusste überhaupt nicht, wovon er gerade gesprochen hatte, aber irgendwie schien es zu ihren Gedanken zu passen. Es hatte bei den Himbeerhecken wie nach einem nassen Fell gerochen.

„Werwolf?"

„Da musst du dich auch wundern, stimmt's Margot? Ich lasse mir doch nicht erzählen, dass ein Werwolf in Bierbach haust", er lacht laut auf. „Wer glaubt denn schon an Werwölfe, außerdem verwandeln die sich nur bei Vollmond. Das weiß doch jeder Depp."

Margot schmunzelte. Die Logik des Bierbacher Ortsvorstehers war einfach beispiellos.

„Also ich wusste das nicht. Gut, dass du es mir sagst. Hoffentlich ist heute Nacht nicht Vollmond. Denn bestimmt wird es sehr spät, wenn Sylvia und ich von Isoldes Geburtstag heimgehen.“

„Im Auto ist man sicher. Das ist wie bei einem Gewitter. Man muss nur die Fenster zu lassen.“

„Ich fahre doch nicht von der Korngartenstraße in die Bühlstraße. Da läuft man ja schneller.“

„Also ich nicht, Margot.“ Er unterstrich das Gesagte mit einer energischen Handbewegung.

Margot schaute ihm amüsiert in sein rundes Gesicht. Seine Augen waren blau, wie die ihren. Wenn man ein wenig stöbern würde, käme man bestimmt auf gemeinsame Verwandte in der nicht allzu fernen Vergangenheit. In Bierbach waren eigentlich alle miteinander mehr oder weniger verwandt. Margot wusste, ebenso wie alle anderen Bierbacher, dass hinter Venns schrulligem Gehabe und seinen komischen Äußerungen ein hellwacher Geist wohnte und dass ihn keiner über den Tisch ziehen konnte. Er mochte es, eine Show abzuziehen und den Spaßvogel zu spielen, aber wehe dem, der sich mit ihm anlegte. Mit ihm persönlich oder seinem Heimatdorf, dem er seit zwanzig Jahren vorstand.

„Hast du ihn auch schon gesehen?“, fragte er und erwiderte ihren Blick.

„Wen?“

„Den Werwolf natürlich, Margot, oder besser gesagt…, na ja, …es ist ja keiner.“ Er lachte wieder laut auf. „Lesche Irma hat ihn angeblich auch gesehen, als er letzte Woche durch ihren Garten geschlichen sein soll. Sie hat zuerst gedacht, es wäre ein Hund. Und bei Bechthold am Hechlerberg hat er in derselben Nacht einen Hasen gerissen. Ausgerechnet Ottmars preisgekrönten Rammler. Vielleicht ist es auch ein ausgesetzter Hund. Hört man doch immer wieder, dass die Leute ihre Hunde aussetzten, wenn sie nicht mehr mit ihnen fertig werden oder wenn die Urlaubszeit beginnt. Darum sollte sich die Polizei mal kümmern, statt Falschparker aufzuschreiben. Wenn das so weiter geht, sieht mich keiner mehr in Saarbrücken oder Homburg. Aber wie soll es ein Hund schaffen, eine Stalltür auf und wieder zuzumachen?"

„Da hast du Recht, Georg", stimmte Margot ihm zu, obwohl sie nicht mehr genau wusste, wovon er sprach. Innerhalb weniger Minute kam er von seinem siebenundzwanzigsten Geburtstag, über einen Werwolf, den er wahrscheinlich in einem Film gesehen hat, zu den Parkgebühren und dressierten Hunden.

„Also bei der nächsten Sitzung vom Ortsrat bringe ich das einmal zur Sprache." Er deutete zur Pirminiushalle, die als Mehrzweckhalle gebaut und von sämtlichen Bierbacher Vereinen genutzt wurde. „Und da hat irgendjemand versucht einzubrechen. Aber das Schloss hat gehalten. Das wird ja kaum der Hund gewesen sein, obwohl ich schwarze Haare an der Tür gefunden habe."

„Tja, ein Ortsvorsteher muss sich halt um alles kümmern. Sei froh, dass Bierbach nicht noch mehr Einwohner hat."

„Wem sagst du das, Margot. Stell dir vor, die Halle wäre demoliert worden, ausgerechnet dieses Jahr, wo wir den fünfzigsten Jahrestag unseres Dorfwappens begehen."

„Das Fest am 11. August findet doch auf dem Bahnhofsvorplatz statt und nicht in der Halle."

„Trotzdem will ich, dass alles ordentlich aussieht. Die zweihundert Euro, die der Gemeinderat zur Verfügung stellt, habe ich dir schon überwiesen."

„Ja, ich habe es auf den Kontoauszügen gesehen."

1954 wurde der damals noch selbstständigen Gemeinde Bierbach ein Ortswappen verliehen. „Möge es die Gemeinde in eine glückliche Zukunft begleiten", hatte der damalige Innenminister des Saarlandes bei der Übergabe an den damaligen Bürgermeister Alois Matheis gesagt. Und mit ein paar Abstrichen konnte man Bierbach in der Tat als glückliche Gemeinde bezeichnen.

Venn hatte die Idee gehabt, das Wappen, auf dem der heilige Pirminius abgebildet war, als Blumenteppich nachzubilden. Und Margot hatte sich gerne bereiterklärt, die Aufgabe zu übernehmen. Sylvia und Frau Vatermann würden ihr dabei helfen, die dreitausend Blüten zu einem ansehnlichen Teppich zu arrangieren. Sie wusste noch nicht genau, wie sie das Werk angehen sollte, aber irgendwie würde sie es schon schaffen.

Sie fuhr sich mit der Hand durch ihre blonden Haare, um die Sonnenbrille, die sie sich in die Haare geschoben hatte, vor die Augen zu ziehen.

„Mist, jetzt muss ich noch einmal zurück, ich habe meine Sonnenbrille irgendwo auf der Wiese verloren."

„Aber pass auf, man ist heutzutage nirgendwo in Bierbach mehr sicher."

„Ja, ja. Es ist ja noch nicht Vollmond. Tschüß Georg."

Margot drehte sich um und ließ ihn stehen. Wenn sie sich nicht beeilen würde, bliebe ihr kaum noch Zeit zu duschen und ihre Haare zu waschen.

Eigentlich wollte sie nicht noch einmal zurückgehen. Ihre Angst von vorhin, die durch Georgs Geschwätz noch verstärkt worden war, ließ sie trotz der sommerlichen Hitze frösteln.

Auf der Wiese stach ihr, je näher sie den Himbeerhecken kam, wieder dieser Gestank in die Nase. Er war jetzt stärker als zuvor.

Sie beschloss später nach ihrer Sonnenbrille zu suchen und hob einen abgebrochenen Ast auf, der neben dem uralten Apfelbaum auf der Wiese lag. Um seine Tauglichkeit als Waffe zu prüfen, schlug sie ihn ein paar Mal in ihre hohle Hand.

So bewaffnet, folgte sie dem Gestank. Bei den Sträuchern angekommen, ging sie in die Hocke und beugte sich vor. Mit dem Ast teilte sie die Hecke, um besser sehen zu können.

Der Gestank war jetzt so stark, dass sie würgen musste. Sie wollte sich wegdrehen und wieder aufstehen, doch es war zu spät.

Ein schwarzes Gesicht schoss ihr entgegen. Ein böses Grollen, das wie Gewitterdonner klang, drang aus dem Rachen des Angreifers. Und blitzartig war Margot klar, wo sie diesen Gestank schon einmal bemerkt hatte.

Die spitzen Zähne des Angreifers konnte sie nicht mehr sehen, doch sie spürte, wie sie ihr die Kehle aufrissen. Sie wurde nach vorne gezerrt, in die Hecke hinein. Die Dornen bohrten sich in ihre Augen, zerkratzten ihr Gesicht und die Haut ihrer nackten Arme.

„Margot! Margot!" hörte sie die Stimme von Venne Georg panisch rufen. Sie schien so unendlich weit entfernt und Margot hoffte, dass sie bald näherkäme. Doch die Stimme verstummte und alles, was sie nun noch hörte war das Rauschen ihres eigenen Blutes und das Ekel erregende Schmatzen aus dem Mund ihres... Panik ergriff sie, Todesangst...ihres Mörders.

VI

Bierbach, 31. Juli 2004

Sylvia stand vor ihrem Kleiderschrank und überlegte, was sie heute Abend zu Isoldes Geburtstag anziehen sollte. Isolde war Margots Großcousine und die Frau von Wolfgangs Cousin Torsten Ungerbühler.

Es sollte etwas sommerlich Leichtes sein, aber nicht zu fröhlich, denn die Trauer um Wolfgang war immer noch präsent.

Sie schob die Kleiderbügel mit den Sommerkleidern hin und her. Schließlich wählte sie ein hellgrünes Baumwollkleid mit orangefarbenen Blüten aus. Sie zog es an und zog den Reißverschluss auf dem Rücken bis zu den Schulterblättern hoch. Weiter kam sie nicht.

Tränen stiegen ihr in die Augen. Sie kniff sie zusammen und öffnete sie wieder. Ihr Blick war nun klar, bis auf den Rand, der verschwommen blieb.

Jemand kam. Sie schaute zur Schlafzimmertür. Sie hörte Schritte. Nackte Füße tappten auf dem Parkett. Ganz deutlich hörte sie, wie er aus dem Badezimmer kam. Die Tür wurde geöffnet und Wolfgang kam herein. Um seine Hüften hatte er ein Badetuch geschlungen. Seine Haare waren nass und strubbelig.

„Mach mir mal bitte den Reißverschluss zu", sagte sie zu ihm.

„Was machst du denn, wenn ich mal nicht mehr da bin?"

„Dann muss ich wohl die Reißverschlüsse vorne tragen."

Er kam zu ihr und berührte mit seinen Händen ihre Schultern. Während er den Reißverschluss hochzog, küsste er ihren Nacken.

Sie erschauderte und schloss die Augen. Als sie sie wieder öffnete, war der Tagtraum vorüber. Wie benommen starrte sie einen Moment vor sich hin. Sie konnte noch seine Lippen auf ihrem Nacken spüren und seine Hände auf ihren Schultern.

Sie atmete ein paar Mal tief ein und aus – der Duft seines Aftershave hing noch in der Luft - dann raffte sie mit der einen Hand das Kleid und versuchte mit der anderen Hand über die Schultern den Reißverschluss zu erreichen und bis nach oben zu ziehen. Sie war noch immer gelenkig und schaffte es trotz einiger Mühe.

„Gott sei Dank gehe ich einmal die Woche zur Gymnastik", sagte sie. „Ja, Wolfgang. Ich versuche auch immer noch gut auszusehen. Aber nicht, dass du denkst, es wäre für einen anderen Mann. Ich will einfach meine Figur halten und nicht auseinander gehen wie ein Hefeteig."

Sie schloss die Schranktür und betrachtete sich im Spiegel. Von auseinander gehen konnte überhaupt nicht die Rede sein, im Gegenteil, das Kleid saß lockerer, als im letzten Jahr. Sie hatte einige Pfund abgenommen, und in ihren Haaren entdeckte sie die ersten grauen Strähnen.

Dieses Kleid hatte sie vergangen Sommer das letzte Mal getragen, als sie mit Wolfgang zum Sportfest des FC Bierbach gegangen war. Drei Wochen später war er tot.

Gab es denn nichts, gar nichts, was sie nicht an ihn denken ließ? Heute Mittag, als der Klempner kam, musste sie daran denken, wie ungern Wolfgang handwerklich tätig gewesen war, und dass er den Handwerker nur ihr zu Liebe gespielt hatte.

Ihr zu Liebe? Dieser Gedanke war neu. Sie musste sich aufs Bett setzen, so ungeheuerlich erschien er ihr. War sie mit schuld an seinem Tod? Hätte sie ihm gesagt, er solle das Handwerkern sein lassen, wäre er nie auf die Leiter gestiegen und Pirmin Bubel hätte ihn nie heruntergestoßen und töten können.

Sie musste darüber unbedingt mit Margot reden. Margot war während der vergangenen Monate ihre bevorzugte Gesprächspartnerin gewesen. Gut befreundet waren sie schon zuvor gewesen, aber jetzt waren sie die besten Freundinnen. Und so, wie sie ihren Kummer und ihre Gedanken Margot anvertraute, sprach Margot mit ihr über ihre Liebe zu Jessica.

Heute Abend wollten sie zusammen zu Isoldes Geburtstag gehen. Sylvia schaute auf die Uhr. Kurz vor sechs. Eigentlich wollte Margot um halb sechs hier sein. Es war gar nicht ihre Art, sich zu verspäten oder nicht wenigstens anzurufen, wenn es später werden würde.

206

Sie schaute aus dem Fenster zu Margots Haus auf der gegenüberliegenden Straßenseite. Das Garagentor stand offen, doch Margots Peugeot war weit und breit nicht zu sehen.

„Wo bleibt sie denn bloß? Sie muss doch noch duschen und sich umziehen", murmelte Sylvia.

Sie zog ihre Schuhe an und stieg die Treppe hinunter ins Erdgeschoß, lief über die Straße und klingelte an Margots Haustür. Wie sie erwartete hatte, blieb die Tür verschlossen. Sie ging zurück ins Haus und wählte Margots Handy-Nummer. Wenn Margot auf ihrem Grundstück war, hatte sie immer das Handy dabei.

Sylvia ließ es so lange klingeln, bis sie fest daran glaubte, dass Margot etwas passiert sein müsse. Ihr Herz klopfte in wilder Panik.

„Lieber Gott, lass ihr nichts passiert sein. Ich könnte nicht ertragen, sie auch noch zu verlieren!" Sie schickte das Stoßgebet zum Himmel, während sie das Telefon ausschaltete. Es kam ihr vor, als würde sie damit die letzte Verbindung zu Margot kappen. Sie griff nach den Autoschlüsseln, die auf der Kommode neben der Eingangstür lagen.

Sie rannte aus dem Haus und warf die Tür hinter sich zu.

„Warum hast du es denn so eilig, Sylvia?", fragte der Lehrer Mauß, der nach der Pensionierung mit seiner Frau in die Bühlstraße gezogen war.

Sylvia blieb einen Augenblick verwundert stehen. Es schien ihr, als würde Wolfgangs alter Lehrer gerade in seinem Vorgarten Essensreste verteilen. Von seiner Stimme angelockt erschien im Kellerfenster der Kopf seiner Frau Dorothea. Ihr hingen Spinnweben vor den Augen, als hätte sie in einer Kellerecke gekauert.

Die beiden scheinen langsam senil zu werden, dachte Sylvia, hoffentlich lockt er mit den Essensresten keine Ratten an. Hatten die beiden nicht heute Morgen auch noch erzählt, im Hof von Ruth und Theo würde ein Werwolf hausen? Sie hatte nur mit halbem Ohr zugehört.

„Wo gehst du denn hin?", fragte Dorothea.

„Machst du Großputz im Keller?", fragte Sylvia zurück, um irgendetwas zu sagen und nicht unhöflich zu erscheinen. Sie stieg schnell in ihren Wagen, schlug die Autotür zu und startete.

„Weiß du denn noch nicht, was ...", hörte sie noch den Lehrer Mauß sagen, bevor der Rest des Satzes unter dem Motorgeräusch verloren ging.

Sylvia fuhr die Hügelstraße hinunter, so schnell sie konnte.

An der Kreuzung hielt sie an, weil sie aus Richtung Homburg kommend das durchdringende Geheul eines Martinhorns hörte, das auch damals, als sie Wolfgang verloren hatte, wie ein Bote des Unheils durch das Dorf geheult hatte und die Katastrophe schon ahnen ließ, bevor sie bekannt geworden war.

Der Krankenwagen vom Roten Kreuz raste mit Blaulicht an ihr vorbei. Die Sirene auf dem Dach war jetzt so laut, dass sie sich die Ohren zuhalten musste.

Ein lärmempfindliches Storchenpaar, das auf der Plattform einer hinter der Hirtenstraße aufgestellten Nisthilfe einen Horst gebaut hatte, flog mit kräftigen Flügelschlägen über das Bliestal davon.

Hoffentlich ist das kein böses Omen, dachte Sylvia. Waren Vögel, die aufflogen, nicht ein Symbol für Seelen, die zum Himmel auffuhren?

Die Verkäuferinnen in der Bäckerei Kiefer, die gerade die letzten nicht verkauften Brötchen aus der Vitrine nahmen, ließen alles stehen und liegen und rannten auf die Straße, um zu sehen, wohin der Rot-Kreuz-Wagen fuhr. Ihr Gekreische und Gestikulieren holten Sylvia wieder in die Wirklichkeit zurück.

Sie legte den Gang ein und drückte das Gaspedal durch. Sie ahnte es bis zur Gewissheit, dass die Sanitäter und der Notarzt dasselbe Ziel haben würden wie sie.

Der Rot-Kreuz-Wagen raste dorfauswärts, an der Pirminiushalle und dem daneben liegenden Friedhof vorbei.

Sylvia folgte ihm, wenn auch nicht mit ganz so hohem Tempo.

Als sie in Höhe des Friedhofs ankam, sah sie, wie der Wagen in Margots Grundstück abbog.

Jetzt wusste sie Bescheid.

Sie bremste und hielt an. Mitten auf der Straße. Obwohl sie damit gerechnet hatte, dass Margot etwas passiert sein musste, war sie nun starr vor Schreck.

Rechts von ihr führte ein Fußweg zum Friedhof hinauf. Der Friedhof war von der Straße aus nicht einzusehen, da er höher als die Straße lag und ihn eine braungrüne Eibe als Schichtschutz umfriedete.

Sylvia schloss die Augen und atmete tief durch. Es wird sicher nur ein kleiner Unfall sein, sagte sie sich. Vielleicht ist Margot vom Baum gefallen und hat sich einen Arm gebrochen oder ein paar Rippen.

Das Tor zum Friedhof quietschte in den Angeln.

Sie öffnete die Augen.

Wie ein Geschoss aus Fell und Lumpen sprang etwas von oben auf sie herab.

Sie sah das Vieh und hörte den Aufschlag auf die Motorhaube. Schwarze Augen starrten durch die Windschutzscheibe. Sie schrie auf und das Vieh verschwand so schnell wie es gekommen war. Noch während ihres letzten Schreis schaute sie sich zögernd um.

Was war das gewesen? Ein Hund? Und wohin war er so schnell verschwunden? Sie hatte ihn nicht den Weg zum Friedhof hoch rennen sehen, ebenso wenig wie ins Bliestal hinunter oder auf der Straße. Es gab also nur eine einzige Stelle, an der er jetzt sein konnte. Ihr Herz begann zu rasen. Sie hatte das Gefühl, dass der Boden unter ihr zu brennen anfing. Sie löste ihren Gurt, der sie schier zu erdrosseln schien und drehte den Schlüssel um. Der Wagen sprang nicht an. Sie probierte es noch einmal und noch einmal. Die Batterie war leer. Schon vor Tagen wollte sie sie auswechseln lassen. Jetzt war es zu spät.

Warum kam ihr niemand zu Hilfe? Keine hundert Meter hinter ihr lag das Dorf. Fast in Rufnähe vor ihr stand der Rot-Kreuz-Wagen. Vielleicht waren auch ein paar Bierbacher auf dem Friedhof. Wieso hatten sie nichts gesehen oder gehört? Hatte dieses Tier ihnen etwas angetan? Und warum kam ausgerechnet jetzt kein einziges Auto die Straße entlang? Es war doch Samstag und Einkaufstag.

Sie holte ein paar Mal tief Luft, als wollte sie tauchen. Dann öffnete sie langsam die Fahrertür. Sie lehnte den Oberkörper leicht zurück, umklammerte mit der einen Hand das Lenkrad und mit der anderen Hand den Gurt, der neben ihrem Sitz baumelte. Vorsichtig schob sie ein Bein aus dem Wagen. Es schien endlos zu dauern, bis ihr Fuß den Asphalt berührte. Sie holte wieder tief Luft und ohne noch einmal nachzudenken, sprang sie aus dem Auto. Sie schrie auf, als ihr gewahr wurde, dass keine Klaue sie an den Fesseln festhielt und unter das Auto ziehen würde. Sie rannte ein paar Meter weg, bis sie sich in sicherer Entfernung wähnte. Dann drehte sie sich um und ging in die Knie. Doch kein Tier kauerte unter ihrem Wagen.

„Was um alles in der Welt war das?", fragte sie laut und wunderte sich, wie schrill ihre Stimme klang.

VII

Abtei Mariawald, 31. Juli 2004

Die Abtei Mariawald, ein Trappistenkloster der Zisterzienser strenger Observanz, wurde im Jahr 1480 gegründet und lag oberhalb der Stadt Heimbach.

Die Trappisten, die nach den Regeln des heiligen Benedikt von Nursia leben, waren eine Reformbewegung, die aus dem Zisterzienserorden hervorgegangen war. Das Leben der Mönche in Mariawald unterlag einem strengen Tagesablauf, der aus Stundengebeten, Lesungen und Arbeit bestand.

Sieben Mal am Tag sangen die Mönche das Gotteslob. Um vier Uhr in der Frühe begann das Gebet der Vigilien, um sieben Uhr fünfzehn versammelte man sich wieder in der Kirche, um in den Laudes Gott als Schöpfer und Erlöser zu preisen. Direkt anschließend erfolgte der Höhepunkt des Tages, die heilige Messe. Die Terz wurde gegen neun Uhr fünfundvierzig gebetet und um zwölf Uhr die Sext und um vierzehn Uhr die Non. Im Abendgebet der Komplet empfahlen die Mönche sich in die Hand Gottes. Der Tag wurde schließlich durch das Salve Regina an die Mutter Gottes beendet. Die Zeiten dazwischen waren angefüllt mit Arbeit in der Landwirtschaft, in der Gaststätte oder der berühmten Likörfabrik.

„Freund, wozu bist du gekommen?", hatte ihn der Abt der Tradition gemäß gefragt, und Pfarrer Alfred Bubel hatte geantwortet: „Um meinen Frieden in Gott wiederzufinden."

Alfred gefiel das Leben in der Abtei Mariawald. Es war einfach gegenüber dem Leben als Gemeindepfarrer, besonders für ihn, denn Alfred hatte nicht Mönch werden müssen, er hatte in der Abtei den Status eines Besuchers, der aber an allen Exerzitien der Brüder teilnehmen konnte. Dieses Arrangement war auf den ausdrücklichen Wunsch des Bischofs zustande gekommen, der die Hoffnung hatte, dass Pfarrer Bubel bald wieder seine Tätigkeit in der Gemeinde Bierbach aufnehmen würde.

Hier in Mariawald bestand Alfreds Leben aus Beten und dem Studium alten Schriften, die er in der Bibliothek fand. Hier musste er keine zwischenmenschlichen Probleme mehr lösen, keinen Trauernden Zuspruch erteilen, sich nicht um eingeschlagene Kirchenfenster kümmern oder um Jugendliche, die die Statue der heiligen Muttergottes mit Ketchup beschmierten.

Hier in Mariawald hatte er Ruhe und Frieden gesucht und gefunden.

Die Stille und Zurückgezogenheit hatte er schon in dem Augenblick als wohltuend empfunden, als er zum ersten Mal durch das Portal den Innenhof betreten hatte. Und wie gut konnte er sich beim Wandeln im Kreuzgang auf seine Gedanken konzentrieren. Die Schönheit der gotischen Architektur trug dazu bei, dass er frei atmen konnte.

Es wäre ihm bestimmt gelungen, Bierbach und die Vergangenheit hinter sich zu lassen, wäre seine Haushälterin, Frau Vatermann, nicht regelmäßig einmal im Monat zu Besuch gekommen, obwohl er ausdrücklich darum gebeten hatte, nicht behelligt zu werden. Der Pfarrgemeinderat und der Kirchenchor, alle Gemeindemitglieder respektierten seinen Wunsch, außer Frau Vatermann. Jetzt, nachdem seine Eltern tot waren, schien sie bei ihm eine Art Mutterstelle einnehmen zu wollen. Sie kam stets am ersten Werktag des Monats und brachte ihm Selbstgebackenes und Selbstgekochtes und vor allem Neuigkeiten aus dem Dorf mit.

Alfred schaute auf die Datumsanzeige seiner Armbanduhr. Ihr nächster Besuch würde übermorgen sein. Er trat von dem Lesepult und ging ans Fenster der Bibliothek. Draußen im Garten erntete Bruder Jonas die ersten Kirschen.

Die Ernte ist hier in der Eifel später als bei uns im Saarland, dachte er. Kein Wunder, es ist ja auch kälter. Was wird Margot jetzt gerade machen? Heute war Samstag. Kann sein, überlegte er, dass sie ihre Kirschen zum Brennen zum Obst und Gartenbau-Verein bringt. Wann ist eigentlich das Feuerwehrfest? Dieses Wochenende oder nächstes? Auf alle Fälle wird es ein Jubiläum zu feiern geben, denn vor genau fünfzig Jahren bekam die Feuerwehr ihr erstes Löschfahrzeug. Und das Wappen mit dem heiligen Pirminius bekam die Gemeinde ebenfalls vor fünfzig Jahren verliehen.

Das wird ein Jahr voller Feste, freute sich Alfred und fügte gleich ein wenig traurig hinzu: an denen ich nicht teilnehmen werde.

Auf dem alten Schulhof gab es mittlerweile ein Beachvolleyball- Feld. Alfred hätte interessiert, ob es von der Jugend angenommen worden war und was die Anwohner dazu gesagt haben. Ob der FC dieses Jahr Meister in der Bezirksliga B werden würde? Die meisten Fragen würde Frau Vatermann beantworten können.

Alfred atmete tief durch und ging wieder zurück zum Lesepult, um sich dem Studium des Marienbildes im Mittelalter zu widmen, als Maria immer mehr die Rolle der Fürsprecherin der Menschen in Not einnahm. Durch die an Maria gerichteten Gebete hofften die Menschen, mit ihr als Vermittlerin, Gottes Strenge etwas zu mildern.

Die Heilige Mutter Gottes war, was viele Christen nicht wussten, eine sehr junge Heilige. Erst auf dem Konzil von Ephesos im Jahre 431 war sie auf Betreiben des Bischofs Kyrill von Alexandria als Muttergottes anerkannt worden. Jessica hatte dieses Ereignis in einem ihrer Dispute mit ihm als politisches Kalkül der Kirche bezeichnet. Da das göttlich-weibliche ein elementarer Bestandteil der heidnischen Religionen war, so hatte sie behauptet, musste die Kirche etwas Adäquates anbieten, um unerlaubte Huldigungen an die alten Göttinnen zu verhindern. Er wusste, dass es der Wahrheit entsprach, hätte es aber nie vor ihr zugegeben.

Jessica hatte sich oft über die Jungfräulichkeit der Muttergottes lustig gemacht. Er hatte gekontert, dass die Vorstellung der Jungfrauengeburt sehr viel älter war als das Christentum, dass Hera und Aphrodite ihre Jungfräulichkeit jedes Jahr durch ein Bad in einer heiligen Quelle erneuerten, und die Jungfräulichkeit als Unabhängigkeit von den Männern interpretiert werden könne.

„Unabhängigkeit? Und weshalb nennt man Maria dann die Magd des Herrn?", hatte sie wiederum gefragt und ihn herausfordernd angesehen.

„Ich bin ja auch ein Diener des Herrn."

„Das ist ja auch dein Job. Meines Wissens bist du kein Blutsverwandter von Jesus, und heilig gesprochen hat dich außer deiner Haushälterin auch noch keiner."

Jessica. Er lächelte, als er in Gedanken ihr Gesicht vor sich sah.

Sandro Botticelli hatte vor über fünfhundert Jahren das Bild Madonna del Magnificat gemalt. Und die Madonna auf dem Bild war für Alfred nie eine andere als Jessica gewesen.

Alfred schlug das Buch zu, auf dem in goldenen Lettern stand: in gremio matris residet sapientia patris.

Er konnte sich nicht mehr konzentrieren. Seine Gedanken schweiften immer wieder nach Bierbach. Er wurde immer unruhiger.

Ich muss zu Hause anrufen, dachte er und hatte es plötzlich eilig, den Folianten an seinen Platz zurückzustellen und aus der Bibliothek zu flüchten. Er hatte das Gefühl ersticken zu müssen, wenn er noch länger in diesem Raum bliebe. Er hatte wieder diese unheimliche Vorahnung, die ihn immer überfiel, wenn ein Unglück drohte.

Als er den Gang entlang ging, begannen die Glocken zu läuten. Sie riefen die Brüder zur Komplet zusammen.

Mit dem allabendlichen Salve Regina würde der Tag um neunzehn Uhr dreißig zu Ende gehen, und morgen früh um vier Uhr fünfzehn mit der ersten Messe wieder beginnen.

Was für eine Zeit zum Schlafengehen. War nicht gerade im Sommer der Abend die schönste Tageszeit?

Alfred schämte sich für seine weltlichen Gedanken. Es war auch undankbar von ihm, denn die Brüder in Mariawald hatten ihn ohne wenn und aber aufgenommen und ihm die Ruhe und den Frieden gegeben, die er so sehr gebraucht hatte. Wie konnte er dann ihre Regeln kritisieren?

Aber dennoch kam eine Erinnerung wie ein warmer Regenschauer über ihn. Er sah sich mit Wolfgang und Sylvia auf deren Terrasse sitzen und den Sonnenuntergang genießen. Sie hatten Elsässer Riesling getrunken und ins Bliestal hinuntergeschaut. Im Garten nebenan hatten noch die Nachbarskinder gespielt, die alle von ihm getauft worden waren. Eileen, Viktoria, und Luka.

Als er Bierbach vor einem Jahr verlassen hatte, wurden die drei gerade eingeschult.

Jede Generation hat ihre eigenen Namen. Als er ein Kind gewesen war, hieß man Alfred, Margot, Sylvia oder Wolfgang. Jessica war schon sehr ungewöhnlich. Aber war sie nicht auch ein ungewöhnliches Kind gewesen und jetzt eine ungewöhnliche Frau?

Alfred blieb unschlüssig stehen, wieder überkam ihn diese Unruhe. Er überlegte, ob er den Glocken folgen und zum Chor gehen sollte oder in das Büro des Abtes, um mit Margot oder Sylvia in Bierbach zu telefonieren.

Auf dem Weg zum Verwaltungstrakt des Klosters fing ihn Bruder Ignazius ab und bedeutete ihm, ins Büro des Abtes zu kommen. Ein dringender Anruf aus Bierbach erwarte ihn.

VIII

Breslau, 31. Juli 2004

Auf dem Ring wetteiferten ein Saxophonist und ein Geiger um die Gunst der Flaneure.

In the mood gegen die Mondscheinserenade.

Und die Mondscheinserenade lag knapp in Führung. Doch der Abend war noch lang.

Eine Gruppe Schülerinnen, dem befreiten, aufgekratzten Kreischen nach zu Urteilen, waren es Schülerinnen aus einem streng katholischen Mädcheninternat, fiel über eines der vielen Straßencafés her und bestellten lautstark Piwo, Bier, das hier in Breslau gebraut wurde.

Das Fenster stand offen.

Jessica Lück, gebürtige Bierbacherin und Mitinhaberin des Stuttgarter Architekturbüros Lück + Scheufele, saß an ihrem Schreibtisch und ordnete ihre Unterlagen.

Sie summte einen alten Neil Diamond-Song zu dem Klang der quirligen Stadt.

Hier in Breslau würde sie im kommenden Semester Vorlesungen in Entwurfsarchitektur geben und das Leben im Osten Europas kennen lernen.

Sie freute sich auf die neue Herausforderung, auf den Umgang mit jungen, lernbegierigen Menschen.

In nächtelangen Diskussionen hatte sie ihren Partner Moritz Scheufele davon überzeugen können, dass sie diese neue Herausforderung annehmen und als Gastdozentin an der Breslauer Universität unterrichten musste. Davon abgesehen, war sie ja nicht aus der Welt. Es gab keinen eisernen Vorhang mehr und man konnte mit dem Flugzeug von Breslau aus in eineinhalb Stunden in Frankfurt und einer weiteren Stunde in Stuttgart sein.

Ihr gemeinsames Projekt, das zehnstöckige Verwaltungsgebäude der Chase Manhattan Bank am Stuttgarter Hauptbahnhof war inzwischen so weit gediehen, dass Moritz sie entbehren konnte und mit Hilfe der beiden Praktikanten gut zurechtkommen würde.

„Glasfassade, dekorativer Stahl, automatische Drehtüren..." Sie las die Beschreibung der Chace Manhatten Bank. Dieses Projekt, auf das sie sehr stolz war, wollte sie in ihrer ersten Vorlesung präsentieren. „Ein Gebrauchsfähiges, Nützliches, Zweckmäßiges schön zu machen, ist die Aufgabe der Architektur...", zitierte sie Karl-Friedrich Schinkel.

Wie recht der alte Schinkel hatte, dachte sie, nicht umsonst hat es die Architektur ins Feuilleton gebracht und wird dort gleichberechtigt mit Theater und Literatur bedacht.

Und wenn man von Schönheit spricht, darf man Breslau nicht vergessen. Jessica machte im Geiste einen Sprung von ihren Unterlagen hinaus auf den prachtvollen Ring.

Breslau war vor dem Zweiten Weltkrieg eine der schönsten Städte Europas gewesen, man nannte sie die Perle des Ostens, und jetzt schien sie wieder auf dem besten Wege dorthin zu sein.

Seit drei Wochen wohnte sie jetzt in einem der vor zwei Jahren renovierten Bürgerhäuser am Ring, mitten im Herzen von Breslau.

Sie teilte die Wohnung mit Leslie White, einer amerikanischen Journalistin, die für verschiedene amerikanische Zeitungen, wie den Boston Globe aus Europa berichtete und für drei Monate in der Hauptstadt von Niederschlesien lebte.

Kennen gelernt hatten sie sich im Schweidnizer Keller im alten Rathaus, der gerne von Ausländern besucht wurde.

Leslie hatte schulterlange blonde Haare und allein aus diesem Grund war sie Jessica aufgefallen. Leslie hatte sie an Margot erinnert.

„Ich bleibe nur ein paar Monate", hatte Leslie gesagt.

Und Jessica hatte das gefallen. Eine begrenzte Zeit, keine ernsthafte Bindung. So wollte sie es. Und in Leslie hatte sie ein Pendant gefunden.

Leslie und sie waren beide ungebunden, frei und bestrebt, das auch zu bleiben. Zusammen hatten sie dann diese Wohnung am Ring bezogen und schon bald nach ihrem Einzug teilten sie nicht nur Tisch, sondern auch Bett.

Der Ring, der ein Jahr nach dem Mongolensturm 1241 entstanden war, war Marktplatz und Mittelpunkt der Stadt. Der

Platz war rechteckig und Jessica gefiel es besonders am Abend mit Leslie zusammen über das Kopfsteinpflaster zu flanieren.

Am Abend brodelte es am Ring. In den Terrassencafés und Restaurants saßen Einheimische und Besucher im Freien und genossen das warme Sommerwetter. Feuerschlucker, Tänzer, Clowns und Straßenmusikanten sorgten für Unterhaltung.

Wie sehr sie das Stadtleben liebte!

Wie gerne sie lebte, jetzt und hier!

Breslau war eine junge Stadt, die mit ihrem Elan jeden mitziehen konnte. Da war Musik drin. Nicht zuletzt war das der Universität von Breslau zu verdanken, die wie ein Magnet Studenten, Dozenten und Professoren aus dem neuen und alten Europa anzog. Auch sie war ja der Einladung des Universitätspräsidenten gefolgt und vielleicht würde sie nicht nur im kommenden Semester Vorlesungen in Entwurfsarchitektur halten, sondern noch eins oder zwei dranhängen.

Eigentlich hatte sie Margot versprochen, diesen Sommer für ein paar Tage nach Bierbach zu kommen.

Richtig versprochen habe ich es eigentlich nicht, dachte sie, als ein paar Schuldgefühle begannen an ihrem Gewissen zu nagen. Ich habe gesagt, ich komme vielleicht.

Jessica ging zum Fenster, zündete sich eine Zigarette an und nahm einen tiefen Zug. Sie setzte sich auf die Fensterbank und lehnte sich mit dem Rücken an den Fensterrahmen. Sie winkelte die Beine an und balancierte den Aschenbecher auf einem ihrer Knie. Sie nahm noch einen Zug und betrachtete einmal mehr die Häuser auf der Westseite des Rings.

Das Palais Zur blauen Sonne aus dem 15. Jahrhundert, das zuletzt der Familie Thyssen gehörte, wurde im Stil des Art Nouveau renoviert. Zwischen den Fenstern tanzten Frauen mit wehenden Haaren. Daneben stand das Haus der Kurfürsten. Ein ockerfarbenes Gebäude, auf dem die sieben Kurfürsten abgebildet waren, deren Namen ihr entfallen waren. Die Fresken, das wusste sie noch aus ihrer eigenen Studienzeit, hatte Giacomo Scianzi 1672 geschaffen und über dem mächtigen Eingangsportal prangte der Habsburger Doppeladler.

Im Erdgeschoss dieses berühmten Hauses, das auf vielen Postkarten und Stadtführern abgedruckt war, lag eine Buchhandlung, in der man auch deutsch- und englisch-sprachige Bücher bestellen konnte.

Sie stellte den Aschenbecher auf die Fensterbank, beugte sich ein wenig nach draußen und winkte Henryk zu, dem Besitzer der Buchhandlung, der gerade vor seinem Laden stand und ebenfalls eine Zigarette rauchte.

Er deutete zum Dwór Polski, tippte auf seine Armbanduhr und deutete mit den Fingern die Zahl sieben an. Jessica nickte ihm zu.

Sie drehte sich um und schaute ins Zimmer mit der reich verzierten Stuckdecke, das mit einem schwarzen Ledersofa, zwei verchromten Thonet-Stühlen, einem Glastisch, einem Schreibtisch und einer Wand mit Bücherregalen eingerichtet war.

„Henryk closes his shop at seven and wants to meet us for a drink", sagte sie zu Leslie, die auf dem Sofa lag und die Tagebuchaufzeichnungen von Paul Peikert las, einem katholischen Pfarrer, der über die letzten Kriegstage in Breslau berichtet hatte. Das Taschenbuch hatte sich Jessica in Henryks Buchhandlung gekauft und Leslie zum Lesen gegeben.

Für Leslie, die im kommenden Herbst nach Berlin weiterziehen würde, war das Buch neben seinem historischen Wert auch eine gute Möglichkeit ihre Deutschkenntnisse zu erweitern.

„Seven is okay", sagte Leslie ohne die Augen von der Buchseite zu nehmen.

Wenn Leslie jetzt noch ein paar Seiten lesen wollte, würde sie an ihrem Unterrichtsmaterial weiterarbeiten. Je schneller sie damit fertig sein würde, umso besser.

Sie stand auf und drückte ihre Zigarette im Aschenbecher aus.

Leslie hüstelte vorwurfsvoll. Nicht zu rauchen war für eine Amerikanerin fast ein patriotischer Akt.

Jessica setzte sich an den Schreibtisch, schaltete ihr Notebook an und wartete darauf, dass es hochfuhr. Dann schaute sie nach, ob eine e-mail angekommen war.

Sie hatte Post.

Der Absender der Nachricht war Falk.Strobel@t-online.de.

Falk war der Sohn von Hannelore und Günter Strobel aus Bierbach. Er hatte nach dem seine Mutter gestorben war und sein Vater das Weite gesucht hatte, in Sylvia eine Art mütterliche Freundin gefunden. So hatte es ihr zumindest Margot bei einem ihrer Telefonate erzählt.

Jessica wunderte sich, was er ihr wohl mitteilen wollte, denn Falk und sie hatten normalerweise keinen Kontakt miteinander.

Sie öffnete die mail.

Es war nur ein kurzer Text, ohne Anrede, ohne Einleitung.

Margot von einem Werwolf angefallen. Ruf Sylvia an.

„Wenn das ein Scherz sein soll, schlage ich ihn bei nächster Gelegenheit grün und blau."

„Grün und blau…? What does that mean?", fragte Leslie und schaute zu ihr hinüber.

„Nichts, das sagt halt man so", antwortete sie automatisch, ohne sich umzudrehen.

„Okay, darling", sagte Leslie und vertiefte sich wieder in ihr Buch.

„Von einem Werwolf angefallen? Das gibt es doch nicht!" Sie starrte auf den Text und wusste nicht, wusste absolut nicht was los war. Sie war verärgert. War es vielleicht ein dummer Scherz von Falk?

Falk, war schließlich der Sohn der bekloppten Hannelore, die sich mit einer Glasscherbe die Schlagader aufgeschnitten hatte und wie ein geschächtetes Schaf verblutet war. Und er war der Sohn von Günter, der auf seine alten Tage noch etwas erleben und die Welt kennen lernen wollte und jetzt bestimmt in Saarbrücken oder Kaiserslautern als Penner lebte.

„Scheiße, Scheiße, Scheiße!", fluchte sie.

Leslie gab einen missbilligenden Ton von sich.

Sie griff zum Telefonhörer und wählte die Vorwahl von Deutschland, denn die Vorwahl von Blieskastel, und als sie die erste Ziffer der Rufnummer eintippte, zitterte ihre Hand so sehr, dass sie den Hörer auf den Schreibtisch legen musste.

Sie wollte es nicht zulassen, nicht zulassen, dass sie Margot so verdammt liebte.

220

Wie kann man jemand lieben und dennoch nicht bei ihm sein wollen? Darüber hatte sie oft nachgedacht und nur eine Antwort gefunden. Ihre Liebe konnte nur auf Distanz bestehen. Wären Margot und sie zu nahe beieinander, würde die Liebe sterben wie eine gebrochene Blume und sie hätte sie für immer verloren.

Leslie war aufgestanden und zu ihr hinüber gegangen.

„Is something wrong?"

Jessica fühlte Leslies Arm auf ihrer Schulter und war dankbar für die Berührung.

Sie nahm den Hörer wieder auf und tippte die restlichen Ziffern ein.

„Sylvia? Ich bin es, Jessica…"

Als sie am anderen Ende Sylvias Stimme hörte, wusste sie, dass Falk nicht gescherzt hatte.

Sie hörte zuerst nur zu, dann stellte sie die Fragen, die man in solch einer Situation stellt. „Wie geht es ihr…ist sie bei Bewusstsein…was meint die Polizei…bearbeitet Feuerstein den Fall? … Ich habe noch ein paar Tage frei, Sylvia. Ich komme mit der nächsten Maschine. Spätestens morgen bin ich da!"

IX

Saarbrücken, 01. August 2004

Es war halb sechs in der Frühe und die neu gebildete Sonderkommission Bierbacher Werwolf war im Büro von Kriminalhauptkommissar Andreas Feuerstein versammelt.

Über der Stadt ging gerade die Sonne auf. Die Skyline von Saarbrücken schimmerte rosafarben und die Saar schimmerte dank der Öllachen in goldenem Glanz. Doch keine der drei Personen im Zimmer hatte einen Blick für die Schönheiten des sommerlichen Sonnenaufgangs und seiner Farbspielereien.

Kriminaloberkommissarin Cornelia Markowitz hielt den Bericht der Spurensicherung vor ihr Gesicht und gähnte. Neben ihr saß Kriminaloberkommissar Torsten Ungerbühler, der wie Feuerstein aus Bierbach kam. Ungerbühler konnte sich kaum mehr auf dem Stuhl halten. Er hatte gerade mit einigen Gästen begonnen den Geburtstag seiner Frau zu feiern, als er zum Tatort gerufen wurde. Zehn Stunden waren seitdem vergangen und sie standen dem Fall noch genauso ratlos gegenüber wie zu Beginn.

Feuerstein starrte aus dem Fenster.

Markowitz wusste, dass ihm dieser Fall sehr zu Herzen ging. Vielleicht mehr noch als der Mord an Wolfgang Lenhard im letzten Jahr. Sie konnte es nicht genau sagen, aber sie hatte den Verdacht, dass Feuersteins Gefühle Margot Klaus gegenüber mehr als freundschaftlich waren. Ob sie von Frau Klaus erwidert wurden oder ob die beiden gar ein Verhältnis hatten, wusste sie nicht, denn Feuerstein sprach nicht über sein Privatleben. Und seit ihn seine Frau vor ein paar Jahren verlassen hatte, äußerte er sich was Gefühlsdinge anging nur noch in einem äußerst ruppigen Ton.

Sie gähnte noch einmal herzhaft und legte den Bericht auf den Tisch. Sie streckte sich und ließ ihre Fingergelenke knacken.

Als hätte ihn das Knacken daran erinnert, warum sie um diese Zeit im Polizeipräsidium waren, drehte Feuerstein sich um. „Und? Höre ich bald einen Ton von euch?", bellte er seine beiden Mitarbeiter an.

Ungerbühler schreckte hoch und nahm die Zeugenaussage von Georg Venn zur Hand. Er schluckte trocken und räusperte sich.

„Chef!", kam ihm Markowitz zuvor, „Sie lebt und wird bald wieder bei Bewusstsein sein." Feuerstein fühlte sich ertappt und funkelte seine Assistentin wütend an. „Was ich meine", schickte sie beschwichtigend hinterher, „ist, dass sie vielleicht den Täter genau gesehen haben könnte und wir ein Phantombild anfertigen können."

„Das ist aber kein Grund für euch, sich auf die faule Haut zu legen. Vielleicht! Gesehen haben könnte! Könnte! Könnte! Markowitz, wenn Sie so weitermachen, werden sie bis zu Ihrer Pensionierung bei jeder Beförderung übergangen!" Er ließ Dampf ab und Markowitz ließ es über sich ergehen. Als er sich mit einem lauten Stöhnen auf seinen Drehstuhl fallen ließ, unternahm Ungerbühler einen zweiten Anlauf.

„Die Zeugenaussage von Georg Venn, Ortsvorsteher und wohnhaft in Bierbach", las er mit derselben Betonung und demselben Ernst in der Stimme vor, mit der er sicherlich früher im Kindergottesdienst das Weihnachtsevangelium nach Mathäus vorgelesen hatte. „Ich habe von der Pirminiushalle aus gesehen, wie Margot Klaus kopfüber in die Himbeersträucher gefallen ist. Eigentlich ist sie nicht gefallen, es sah eher aus, als hätte sie jemand hineingezogen. Ich bin dann sofort hingerannt und habe laut ihren Namen gerufen. Eine gedrungene, dunkle Gestalt ist von Himbeersträuchern weg Richtung Pirmannswald gelaufen. Als ich bei den Sträuchern ankam, habe ich Margot blutüberströmt in den Hecken liegen gesehen. Ich habe sie rausgezogen und auf die Wiese gelegt. Gott sei Dank war sie noch am Leben. Mit ihrem Handy habe ich dann den Notarzt gerufen. Das Handy hat danach noch mal geklingelt, aber da ich mich um Margot kümmern musste, bin ich nicht rangegangen."

„Telefoniert mit dem Handy! Und hat vielleicht wertvolle Fingerabdrücke verwischt! Dieser Idiot!", schimpfte Feuerstein.

Ungerbühler legte langsam die Papiere auf den Schreibtisch zurück.

Der Angreifer hatte keine Zeit mit Margots Handy zu telefonieren, dachte Markowitz, hielt die Aussage aber zurück und sagte stattdessen: „Er konnte die Gestalt nicht konkret beschreiben. Außer, dass sie klein, ungefähr ein Meter fünfzig, und schwarz war. Auch im Gesicht." Markowitz überlegte. „Venn meinte, dass sie vielleicht einen Vollbart hatte oder eine schwarze Maske über dem Gesicht."

„Und die gefundenen Fingerabdrücke konnten wir auch nicht zuordnen", meldete sich Ungerbühler wieder zu Wort, obwohl er das alles Feuerstein schon einmal berichtet hatte. „Wer immer der Kerl war, wir haben ihn nicht in der Datei. Der Täter ging nicht sehr vorsichtig zu Werke. Möglich, dass es ihm egal war, ob man ihn identifiziert oder nicht. Sonst hätte er ja wohl Handschuhe getragen." Er nahm das Polaroidfoto in die Hand, auf dem ein blutiger Fingerabdruck zu sehen war, der sich direkt unter Margots Jochbein befunden hatte.

„Venn sagte, dass das Handy geklingelt hätte. Weiß man schon, wer das war?", fragte Markowitz.

„Ja, das war Sylvia Lenhard. Sie und Margot wollten zusammen zu uns auf den Geburtstag kommen", antworte Ungerbühler und überlegte weiter: „Wir haben zwar nicht viel, aber trotzdem den einen oder anderen Anhaltspunkt."

Die Spurensicherung hatte den Wald bis zum Grohbachtal systematisch abgesucht. Ein schwerer Gewitterregen am Abend hatte die Arbeit nicht gerade erleichtert. Bis auf ein paar Haare nahe dem Tatort hatte das Team nichts weiter gefunden. Es waren schwarze Haare und es waren eindeutig Menschenhaare gewesen. Dieselben Haare, die man auch bei der Pirminiushalle gefunden hatte. Laut Aussage des behandelnden Arztes waren auch die Bisswunden von einem Menschen, wenn auch von einem Menschen mit ungewöhnlich spitzen Zähnen.

Die drei Beamten waren sich einig darüber, dass jemand mit so einem Gebiss auffallen musste. Nicht nur in Bierbach, sondern überall.

Jetzt blieb ihnen noch, auf die DNA-Analyse zu warten. Wie sie aber schon wussten, waren in einigen der Haare verwertbare biologische Rückstände entdeckt worden. Leider war von dem Speichel, den der Täter beim Biss hinterlassen haben musste, nichts mehr aufzufinden. Für den am Tatort eintreffenden Notarzt hatte natürlich die Behandlung des Opfers Vorrang. Aber Markowitz befürchtete sowieso, dass auch die DNA-Analyse keine weiterführenden Erkenntnisse bringen würde. Er war nirgendwo erfasst. Er existierte nicht. In keiner Datei würde er auftauchen. Er war aus dem Wald gekommen, hatte versucht Margot Klaus mit seinen spitzen Zähnen die Kehle durchzubeißen und war wieder im Wald verschwunden.

„Warum tut jemand so etwas? So bringt man doch niemanden um. So erlegt ein Raubtier seine Beute." Ungerbühlers Stimme klang verzweifelt.

Markowitz vermutete, dass er auch das Bild des Menschenfressers aus Rotenburg vor Augen hatte, der Anfang des Jahres wegen Totschlags zu acht Jahren und sechs Monaten verurteilt worden war. Am Tag zuvor hatten sie sich in der Kantine über diesen Fall unterhalten, als sie gerade Rinderleber mit Zwiebelringen und Kartoffelpüree vor sich auf ihren Tellern liegen hatten.

Kam so etwas vielleicht öfter vor, als man dachte? Vielleicht sogar in Bierbach, überlegte sie und sah ihren jungen Kollegen an. Ihm schien es schlecht zu werden und sie konnte zusehen, wie die Farbe aus seinem Gesicht wich.

„Ungerbühler, wenn dir schlecht wird, dann geh auf die Toilette!", forderte Feuerstein seinen Assistenten auf.

Dieser schluckte schwer und schüttelte den Kopf. „Es geht schon wieder, Chef. Ich bin nur müde."

„Ich auch!", polterte Feuerstein und schoss von seinem Stuhl hoch, „aber ich lasse mich nicht so gehen. Wie es aussieht, treibt sich ein Irrer in Bierbach herum. Da wird nicht geschlafen, bis wir ihn gefunden haben! Verstanden?"

Markowitz und Ungerbühler nickten.

Feuerstein kratzte sich nachdenklich am Kinn, dann warf er den Kopf zurück und klatschte laut in die Hände. „Markowitz! Ungerbühler! Ihr werdet umgehen bei allen Zahnärzten nachfragen, ob sich ein Irrer die Zähne hat spitz abschleifen lassen! Auf geht's!"

X

Pirmannswald, 12. Oktober 1953

Der Permes, der Herrscher des Waldes, begegnete Eva Grützler im Wald zwischen dem Webenheimer Bösch und dem Grohbachtal, wohin sie, wie so oft im Herbst, zum Pilze suchen gegangen war.

Und sie? Was tat sie, als sie ihn sah?

Sie lief nicht davon. Im Gegenteil, sie sah ihm erwartungsvoll entgegen, denn sie hatte immer gewusst, dass sie ihm irgendwann einmal begegnen würde.

Es roch nach Moder und Tod an diesem diesigen Herbsttag. Es war ein Tag zum Töten oder zum Sterben und Eva ahnte nicht, wie nahe sie der zweiten Möglichkeit war, als sich die dunkle Gestalt aus dem Schutz der Bäume löste und mit schweren Schritten auf sie zukam.

In der rechten Hand hielt er das Messer, mit der linken Hand öffnete er langsam den Gürtel seiner Hose.

Sie lächelte ihm zu, stellte den Korb mit den Pilzen auf einen Baumstumpf und öffnete den Knoten, der ihre Schürze hielt.

Er zog die linke Augenbraue hoch, als käme ihm ihre Reaktion, dieses Lächeln, das bereitwillige Ablegen der Schürze, wunderlich vor. Wusste er denn nicht, dass sie seit Jahr und Tag auf diesen Augenblick gewartet hatte?

Oft hatte sie geträumt, wenn sie sich einsam fühlte und die einzige Unterbrechung in ihrem Alltag das Stundengebet war, der Permes käme zu ihr und nähme sie mit in sein herrliches Reich. Und sie würden Späße treiben und lachen. Und die Goldgluten und der Butterhut, alle Kobolde und Wesen des Pirmannswaldes würden zu ihren Freunden werden. Und dieser Traum lebte fort. Hielt sie am Leben, ließ sie ihr Leben in der elterlichen Einsiedelei abseits des Dorfes ertragen.

Viele Geschichten rankten sich um ihn. Die meisten waren lustige Geschichten, bestimmt für die Kinder des Dorfes. In denen trat der Permes als Harlekin und Spaßmacher auf, der die Leute erschreckte und Schabernack mit ihnen trieb. Doch manchmal, wenn die Erwachsenen glaubten, dass keine Kinder-ohren zuhörten, wenn die Stimmen leiser wurden, entstand das Bild eines gemeinen, gierigen Teufels, der nicht zu bändigen war und der sich von der Furcht der Menschen nährte.

Früher, als Eva noch ab und zu mit ihrer Mutter nach Bierbach hinein in Tilches Laden in der Eckstraße oder in die Metzgerei von Gustche und Luitpold Ripperger zum Einkaufen gekommen war, hatte sie oft eine Geschichte gehört. Jene nämlich, dass die Bierbacher Mädchen beim Himbeeren sammeln am Waldrand vom Permes beobachtet worden waren. Er hatte die Angewohn-heit ein paar Meter hinter ihnen zu stehen und blitzschnell zu verschwinden, wenn sie sich umdrehten. Diese Geschichte wur-de von ihr mit verhaltenem Atem aufgenommen und mit ihren sich ins Erwachsenenleben vortastenden Träumereien verwoben. In ihrer Phantasie schrie sie nicht auf und lief weg, wie es die anderen taten. Sie blieb stehen, drehte sich nicht einmal um und spürte, wie er immer näherkam und seine Hände auf ihre Hüften legte, und sich ihr Rock wie von selbst nach oben schob.

Dass der Permes der wahrhaftige Teufel sein sollte, wollte sie nicht glauben. Und wenn er es doch wäre, so würde ihre Liebe ihn von allem Bösen befreien.

„Ich liebe dich", flüsterte sie in sein Ohr, als er in Mitten der Pfifferlinge und Steinpilze auf ihr lag und in sie eindrang.

Er hielt kurz inne, sah ihr ins Gesicht und lachte schallend. Sein Atem roch nach Tabak und Bier.

Nachdem er fertig war mit ihr, stand er auf, knöpfte seine Hose zu und ging seines Weges.

Eva lief ihm noch bis zum Schwarzen Weg hinterher. Blut lief an den Innenseiten ihren Oberschenkel hinab und tropfte in Abständen auf den mulchigen Waldboden.

„Warte auf mich, Permes! Ich komme mit dir!", rief sie ihm hinterher, doch er drehte sich weder um, noch verlangsamte er sein Tempo. Er ging einfach weiter.

Eva ließ ihn schweren Herzens ziehen, aber sie wusste, dass er eines Tages zu ihr zurückkommen würde.

Nach diesem Tag saß sie jede Nacht am Fenster ihrer Kammer, um durch die Scheibe in den rabenschwarzen Wald zu schauen.

Sie dachte an ihn und an das Kind, welches sein Kind sein würde.

Der Sohn des Permes.

XI

Am Webenheimer Bösch, 22. Juli 1954

„Wenn ich zurück bin, ist der Sohn des Satans tot. Du kannst ihn im Wald verscharren", sagte ihr Vater mit ruhiger, gefährlich ruhiger Stimme zu ihr, in der ein rauer, unbarmherziger Unterton mitschwang. Nur Menschen, die mit ihm leben mussten, wie seine Tochter Eva, wussten diese Stimme einzuschätzen. Sie war auch nicht zu täuschen von seinem weichen, fast weibischen Aussehen, den hängenden Wangen und den schwülstigen Lippen. Alles Ruhige und Weiche an ihm war nur Fassade. Dahinter brodelte und kochte es.

„De Anner", nannten ihn die Bierbacher, wenn sie von ihm sprachen. Und dass er mit seiner Frau aus der fernen Bodenseeregion stammte, schien den Spitznamen zusätzlich zu rechtfertigen.

Seit fünf Jahren lebten die Grützlers nun schon im Wald nahe Bierbach. Sie waren nicht freiwillig hierhergekommen. Der oberste Priester der Frommen Lämmer Gottes hatte sie in diesen Winkel des Landes geschickt, um für den neuen Glauben zu missionieren.

Im Wald am Webenheimer Bösch oberhalb des Schweitzertals sollte eine große Kirche entstehen, aus der die Konvertierten der Gegend pilgern und zur neuen, alleinigen Wahrheit finden sollten. Rupert Grützler sollte hier das wahre Wort Gottes, wie es sein oberster Priester verstand, verbreiten. Sein Pech war nur, dass ihm keiner zuhören wollte.

Als Grützler einmal bei Klause Heinrich, den alle im Dorf, weil er von Beruf Malermeister war, de Moler nannten, vor dem Küchenfenster gestanden hatte und um Gehör bat, jagte dieser ihn mit dem Gartenschlauch vom Hof.

Jeder in Bierbach und den umliegenden Gemeinden hatte schon seine Religion und lebte gut damit. Es gab Katholiken, Protestanten und seit dem Jahre 1908 auch eine kleine Gruppe Adventisten. Da war für die Frommen Lämmer Gottes kein Platz mehr. Zumal sie auch nicht viel Neues zu bieten hatten, außer

Gehorsamkeit, Keuschheit und so wenig Freude am Leben wie nur möglich - und einem Führerkult, an dessen Spitze Rupert Grützler, stellvertretend für das Oberste Lamm, hätte stehen sollen.

Nach und nach hatte Grützlers Missionseifer nachgelassen, bis er auf Drängen seines Oberpriesters einen letzten Versuch wagen wollte, um die Bierbacher vor der Verdammnis zu bewahren.

„Halt's Maul, du dummer Schwätzer!", hatte der Blees August laut und unter großem Beifall gerufen, als Grützler 1952 anlässlich der Bierbacher Kerb auf dem Bahnhofsvorplatz eine letzte verzweifelte Predigt zu halten gedachte.

Das reichte Grützler. Er spuckte vor den Bierbachern aus, verwünschte sie bis in die siebte Generation und zog sich in sein Haus im Wald zurück. Von dem Tag an hatte er als zu befehligende Gemeinde ausschließlich seine Frau und seine Tochter angesehen.

Keine Menschenseele in Bierbach wollte sich von ihm retten lassen und ihm Gehorsam schwören schon gar nicht. Man war froh, dass er sich endlich aus dem Dorfleben zurückgezogen hatte und seine Frau und seine Tochter, die wie Schatten umhergeschlichen waren, vermisste man ebenfalls nicht.

Die Grützlers lebten im Wald am Webenheimer Bösch und versorgten sich selbst mit den Früchten des Waldes, ihres Gartens, der Milch einer Kuh und den Eiern ihrer Hühner. Gerne wären sie ins Mutterhaus an den Bodensee zurückgekehrt, doch die Sekte ging nach und nach in anderen Vereinigungen auf, und ließ sie zurück wie gestrandete Schiffbrüchige.

„...Sohn des Satans tot", wiederholte Eva leise die Worte ihres Vaters. Und während sie sie wiederholte, fiel ihr auf, mit welcher Furcht ihr Vater sie gesprochen hatte.

Sie saß mit fiebrigen Augen im Wochenbett und hielt ihr Neugeborenes im Arm. Ihre untere Körperhälfte fühlte sich an, als hätte jemand mit heißen Eisenstangen in ihrem Inneren gewühlt. Auf dem Holzboden, den sie einen Tag zuvor noch gewienert hatte, lagen bläulich und verschleimt die Nabelschnur und die Nachgeburt.

Sie hatte Angst, dass ihr Vater es ernst damit meinen könnte, dass das Kind tot sein solle. Wenn sie es nicht selber täte, würde er es vielleicht tun. Und dann würde er nicht zimperlich sein. Seine Angst und seine Abscheu würden ihn zur wilden Bestie machen, wenn er mit dem Neugeborenen alleine in den Wald gehen würde.

Rupert Grützler warf seiner Tochter und seinem Enkelsohn einen letzten angewiderten Blick zu und schloss die Tür der Schlafkammer, in der es metallen roch und in der die feucht-heiße Luft das Atmen zur Tortur machte. Die Scheiben des Fensters waren beschlagen, und das Wasser lief in Schlieren daran herunter und sammelte sich auf der Fensterbank.

Sie wusste, dass er jetzt seinen Hut fest in die Stirn ziehen würde, und Sekunden danach hörte sie die Haustür ins Schloss fallen. Er würde durch den Wald gehen, immer bemüht, keinem zu begegnen, und er würde bestimmt nicht vor Einbruch der Dunkelheit zurück sein.

„Ich tue dir nichts, mein Kleiner. Ich beschütz dich." Eva drückte das Neugeborene an sich, das sie vor einer halben Stunde alleine zur Welt gebracht hatte.

Niemand wusste von ihrer Schwangerschaft. Sie hatte von dem Tag an, als sie ihren Eltern die Schwangerschaft gebeichtet hatte, das Haus nicht mehr verlassen dürfen. Keinem in Bierbach war das weiter aufgefallen, denn sie lebten ja wie Einsiedler abseits des Dorfes. Nicht einmal auf den nahen Steinberg oder zum Peterskreuz durfte sie gehen, denn auch dort hätte ihr jemand begegnen und ihren Zustand bemerken können.

Jeden Tag hatte Eva Prügel vom alten Grützler bekommen, der wohl gehofft hatte, das Problem damit aus der Welt schaffen zu können.

„Von wem ist das Balg?" Diese Frage, bei der seine Stimme weder laut wurde noch in der Höhe modulierte, begleitete jeden Hieb seiner fleischigen Hand. Danach knieten alle drei auf dem harten Dielenboden nieder und beteten.

Trotz aller Schläge wollte Eva den Namen des Kindsvaters nicht nennen. Es wäre ihr wie ein Verrat an ihm, dem Herrscher des Waldes, vorgekommen.

Der Tag der Niederkunft kam und ihr Vater hatte sie in ihre Kammer geschickt, als die ersten Wehen einsetzten. Nur ihre Mutter Johanna war bei ihr geblieben. Doch als der Kopf des Kindes zu sehen war, lief die Alte schreiend aus der Kammer.

„Das Kind von einem Vieh!" Das Schreien ihrer Mutter vibrierte noch in Evas Ohren.

Kurz darauf war ihr Vater eingetreten und hatte das Neugeborene Sohn des Satans genannt. Nur auf diesem verfluchten Boden könne eine solche Kreatur geboren werden. Und diese verfluchte Gemeinde wollte dieses Ereignis noch damit krönen, dass sie sich ein Wappen verleihen ließ, auf dem ein Vertreter des falschen Glaubens abgebildet war.

„Doch der Sohn des Satans wird ihnen kein Glück bringen!", schloss er seine wirre Rede, von der Eva kein Wort verstanden hatte.

Sie wusste nur, dass sie ihr Kind nicht umbringen könnte. Sie würde es an einem sicheren Ort verstecken.

Sie blickte sich Hilfe suchend in der engen Kammer um, in der außer ihrem Bett nur noch ein zweitüriger Kleiderschrank und eine Wäschekommode Platz fanden.

Im Haus würde sie es nicht verstecken können, aber im Wald würde sie vielleicht einen Platz für ihr Kind finden. Irgendeine Höhle beim Webenheimer Bösch oder auf dem Felsenpfad, wo es niemand finden würde und wohin sie jeden Tag gehen könnte, um es zu füttern und wo sein Vater, der Permes, auf es Acht geben könnte.

Eva hoffte zwar, dass ihre Eltern zu gottesfürchtig waren, um einen Mord auf ihr Gewissen zu laden – im Zimmer nebenan betete ihre Mutter mit leiernder Stimme - aber ganz sicher war sie sich nicht. Deswegen durften ihre Eltern von dem Versteck niemals erfahren.

War das Töten eines ungetauften Kindes auch schon Mord, überlegte sie. Sie wusste es nicht und einen der beiden Pfarrer fragen, konnte sie auch nicht, denn ihre Eltern und sie gehörten ja zu den Frommen Lämmern Gottes. Das Einzige, was sie wusste, war, dass ungetaufte Säuglinge nicht in geweihter Erde begraben werden durften und deswegen auf dem Friedhofweg verscharrt wurden. Das bedeutete, Ungetaufte hatten weniger Rechte als Getaufte.

Und die zweite Frage, die sie sich stellte, lautete: „Ist das überhaupt ein Mensch, dieses Wesen, das ich in meinen Armen halte?" Sie betrachtete die kleine Klaue mit den vier Fingern und streichelte dem Kleinen sanft über das weiche Fell. „Ich werde dich Karl-Heinz nennen. Karl-Heinz, Sohn des Permes."

XII

Am Webenheimer Bösch, 05. Februar 1970

Der Permes würde nicht mehr kommen. Das wusste Eva schon seit einiger Zeit. Sie würde für den Rest ihres Lebens alleine bleiben müssen.

Ihre Eltern waren seit vielen Jahren tot und nichts hätte mehr einer Ehe mit dem Permes im Wege gestanden.

Nichts, bis auf diese Missgeburt.

Wurde sie bestraft? Wenn ja, wofür? Sie war sich keiner Verfehlung bewusst.

Aber der Permes würde nicht mehr kommen.

Warum auch?

Welcher Mann will schon so einen hässlichen Sohn haben?

Keiner!

Und der Permes, dieser stolze Herrscher des Waldes, schon gar nicht.

Würde er zu ihr zurückkommen, wenn sie die Missgeburt erschlagen würde?

Der Hass auf ihren Sohn wuchs von Tag zu Tag.

Sie hasste ihn mittlerweile so sehr, wie sie ihn zu Beginn seines Lebens geliebt hatte.

Und wenn der Hass besonders groß war, ging sie hinunter in den Keller, wo er im hintersten Raum hausen musste. Dann brachte sie ihm nichts zu essen, nein, sie brachte ihm Prügel. Sie prügelte ihn so sehr mit dem Holzstock, bis sein Fell mit Blut vollgesogen war.

Hätte sie ihn doch nur im Wald verhungern lassen.

Jahrelang hatte er in der Höhle beim Felsenpfand gelebt und niemand hatte ihn entdeckt. Mit den Jahren wurde ein Teil des Waldes und lernte sich vor den Menschen zu verstecken.

Doch als ihre Eltern starben, holte sie ihn ins Haus zurück und versteckte ihn im Keller. Sie fütterte ihn, weil auch er eine Kreatur Gottes war. Aber sie verzieh ihm nicht, dass seinetwegen der Permes nicht zu ihr zurückkam.

Heute bekam er wieder Prügel. Er hatte sich ins Dorf geschlichen und zwei Kinder hatten ihn bis nach Hause verfolgt. Hatte er wirklich geglaubt, er könne während der Fasenachtszeit unbemerkt im Dorf umhergehen?

Was hatte er da gewollt? Freunde finden? Vielleicht diese beiden, die ihn durch das Dorf gejagt hatten? Ausgerechnet mit einem rothaarigen Mädchen mit unverschämt frechen Augen, das man am besten auf dem Scheiterhaufen verbrennen sollte, und einem dicken Jungen, der sich offensichtlich den beiden Todsünden Völlerei und Trägheit hingab, wollte er sich anfreunden?

Zur Strafe würde sie ihm nichts mehr vorlesen.

Sie würde ihm keine Geschichten aus ihrer Jugend mehr erzählen. Von der Fasenacht und der Kirmes, die sie auch nur von Ferne beobachtet hatte und bei denen sie als junges Mädchen so gerne einmal dabei gewesen wäre.

Wie dumm sie gewesen war!

Heute war sie ihrem Vater dankbar, dass er sie nicht zu den verfluchten Bierbachern mit ihrer Musik, ihren gottlosen Gesängen und ihren heidnischen Festen gelassen hatte.

Sie würde ihm nichts mehr erzählen.

Sie würde gar nicht mehr mit ihm reden.

XIII

Bierbach, 01. August 2004

Die Beichte hatte ihm nichts gebracht. Er hatte gemordet, er war ein Mörder, und das konnte er nicht mehr rückgängig machen.

Er war verwirrt.

Er fühlte sich einsam.

Das Lustgefühl, das ihn vor ein paar Tagen so unerwartet überkommen und stark gemacht hatte, war verschwunden. An seine Stelle trat eine Leere, die nicht nur in ihm war, sondern ihn auch umhüllte. Er fühlte sich zu niemandem mehr zugehörig. Er gehörte nicht mehr zu den Guten, aber auch nicht zu den Bösen.

Er verstand die Welt nicht mehr.

Wenn ein Mann wie er zum Mörder werden konnte, wie weit war es da mit der Welt schon gekommen!

Und jetzt schlich auch noch ein Werwolf durch die Bierbacher Straßen. War das eine Ausgeburt seiner Fantasie oder war dieser Werwolf ein Teil von ihm selbst? In dieser verrückten Welt war alles möglich.

Die Bierbacher hatten kein anderes Thema mehr als den Werwolf, aber keiner hat ihn bisher mit ihm in Verbindung gebracht.

Warum auch? Wurde er jetzt langsam verrückt? Es gab keine Verbindung zwischen ihm und dieser Kreatur, wo immer sie auch herkam. Auch wenn sie aus der Hölle kam. Die Hölle, der Ort, der für ihn bestimmt war.

„Ein Kornbrot", hörte er die Stimme seiner Frau neben sich.

Er war mit ihr zum Einkaufen gegangen. Sie hatte sich darüber gewundert, aber er wollte einfach nicht allein zu Haus bleiben.

Eines Tages würden sie kommen und ihn holen.

„Und wie geht's?", fragte ihn die Verkäuferin.

„Gut", antwortete er und lächelte.

Ich bin ein Mörder.

„Aber noch besser geht es mir, wenn dieser Werwolf eingefangen ist."

Die Verkäuferin nickte ihm zu. „Es traut sich bald keiner mehr auf die Straße. Ob das ein tollwütiger Hund ist?"

„Alles möglich", antwortete er.

Ich bin ein Mörder, du blöde Kuh! Merkst du das denn nicht?

Er redete noch weiter. Viele Worte, die für sein Gegenüber eine Bedeutung zu haben schienen, denn die Verkäuferin nickte oft und lächelte beifällig.

Ich bin ein Mörder.

Wie eine Signallampe gingen die vier Worte in seinem Kopf an und aus. Sah denn niemand das Licht in seinem Kopf? An und aus!

Er nahm seiner Frau das Brot ab, das ihr die Verkäuferin über die Theke gereicht hatte und steckte es in den Einkaufskorb.

„So einen netten Mann hast du ", sagte die Verkäuferin jetzt zu seiner Frau, „geht mit dir einkaufen, um den Korb zu tragen."

Er sah die beiden Frauen an.

Wie leicht es ist, den Schädel einer Frau einzuschlagen. Kinderleicht. Ha! So was von kinderleicht. Einmal hat er noch vor sich.

Wollt ihr zugucken?

Er lachte. Die Verkäuferin und seine Frau stimmten in sein Lachen ein.

Ich bin ein Mörder.

Die Signallampe blinkte.

XIV

Homburg, 01. August 2004

Rund um Margot herum standen die Gräser der Wiese hüft-hoch. Sie drehte den Kopf, ohne ihn anzuheben. Der Platz, auf dem sie lag, war der einzige Fleck, der gemäht worden war. Gerade so groß, dass sie hineinpasste.

Jetzt sah sie die Wiese von oben, doch sie kannte die Gegend nicht. War sie in Pommern oder Ostpreußen oder Niederschlesien? Und wie war sie dahin gekommen - auf eine Wiese in Polen, die noch nicht gemäht worden war?

Langsam flog sie auf die Gestalt zu, die sich dunkel auf dem Grün abzeichnete.

Sie lag da!

Sie war die Gestalt, die mit geschlossenen Augen in der Wiese lag. Aber wer flog dann auf sie zu? Sie konnte doch nicht gleichzeitig oben und unten sein.

Die Fluggeschwindigkeit nahm zu. Ihr wurde schwindelig, und sie schloss die Augen. Aber waren ihre Augen denn nicht schon geschlossen?

Lippen berührten ihre Lippen.

Küsste sie oder wurde sie geküsst?

Sie wurde geküsst. Aber wer in Polen, einem Land, in dem sie noch nie war, würde sich die Freiheit nehmen, sie ungefragt zu küssen?

Als sie Jessicas Kuss spürte, erwachte sie und schlug die Augen auf.

„Da bist du ja wieder, Jessi", flüsterte sie.

Sie hätte den Satz gerne mit fester Stimme gesprochen, eventuell mit einem Schuss Gleichgültigkeit darin. Das Flüstern hörte sich für ihren Geschmack zu sehnsuchtsvoll an, gerade weil es der Wahrheit entsprach. Denn so ein Willkommen hatte Jessica ganz und gar nicht verdient.

Aber das mit ihrer Stimme war nun mal nicht zu ändern. Wenn man bedachte, dass gestern Nachmittag jemand ihre Kehle durchbeißen wollte, grenzte es fast an ein Wunder, dass sie überhaupt sprechen konnte.

„Als ich gehört habe, was passiert ist, bin ich gleich losgefahren. Ich bin so froh, dass du noch lebst", flüsterte Jessica zurück und küsste sie erneut.

Margots Hals war nicht verbunden. Menschenbisse waren gefährlicher als Tierbisse, hatte ihr der behandelnde Arzt erklärt. Die Wunden mussten offenbleiben, weil bei Menschenbissen die Gefahr einer Kontamination bestand, auch wenn die Wunden schon am Unglücksort mit einer Povidone-Jodlösung ausgespült worden waren. In der menschlichen Mundflora können etwa vierzig verschiedene Bakterien kultiviert werden, hatte ihr der Arzt weiter erklärt.

Sie konnte den Kopf kaum bewegen, aber der Rest ihres Körpers funktionierte noch immer schmerzlos. Sie schlang ihre Arme um Jessica und erwiderte den Kuss.

Wie war es nur möglich gewesen, so lange ohne sie auszuhalten. Wieso hatte sie es zugelassen, dass Jessica ihr bisheriges Leben, das frei von privaten Bindungen war, einfach wieder aufnahm. So, als wäre nichts zwischen ihnen gewesen.

„Wie hast du erfahren, dass ich im Krankenhaus liege?"

„Falk hat mir eine E-Mail geschrieben, und Sylvia hat mir dann erzählt, was passiert ist. Ich war geschockt und hatte wahnsinnige Angst um dich. Sylvia wusste zu dem Zeitpunkt noch nicht, wie schlimm deine Verletzungen waren, und ich hatte Angst, dass ich hier ankomme und du bist…"

„Ich hatte auch Angst, dass er mich töten würde. Das erste Mal in meinem Leben hatte ich Todesangst. Das Gefühl werde ich nie mehr vergessen. Ich habe Angst vor den Albträumen, die kommen werden, in den Nächten, in den ich allein sein werde."

Margot spürte, wie Jessica zusammenzuckte.

„Ich habe alles stehen und liegen lassen und den nächsten Flieger nach Frankfurt genommen und mir dort einen Mietwagen besorgt. Und hier bin ich. Und lasse dich nicht allein." Und leise fügte sie hinzu: „Wie konnte ich nur so lange ohne dich sein?"

Eine Weile schwiegen sie und hielten sich fest umschlugen. Dann fragte Margot: „Gefällt es dir in Breslau?"

„Ja, sehr." Jessica ließ sie los und setzte sich auf. „Vielleicht hänge ich sogar noch ein weiteres Semester an. Du solltest mich einmal besuchen. Wir könnten dann über den Ring bummeln und eine Bootsfahrt auf der Oder machen."

„Gern. Aber wirst du nicht zu viel zu tun haben?"

„Ab nächsten Monat habe ich Vorlesungen in Entwurfsarchitektur. Aber trotzdem habe ich noch ein Privatleben." Bei dem Wort Privatleben verfinsterte sich Jessicas Miene für einen Augenblick. Wie sollte sie Margot erklären, dass sie mit einer anderen Frau zusammenlebte?

Es klopfte an der Tür.

Jessica nutzte die letzten Sekunden der Zweisamkeit und küsste Margot noch einmal.

Mit einem fatalistischen Schulterzucken erklärte sie: „Das müssen Sylvia und Alfred sein. Ich habe sie gebeten, mich eine Stunde mit dir allein zu lassen."

„Eine Stunde?", fragte Margot zurück. Auch wenn man sagt, dass die Liebe einen Raum und Zeit vergessen lässt, hatte das Zusammensein mit Jessica doch bestimmt keine Stunde gedauert.

„Bevor du aufgewacht bist, habe ich schon eine Weile an deinem Bett gesessen und dich angesehen."

Margot lächelte und verdrehte die Augen. Sie musste furchtbar aussehen, aber wenn Jessica, die Ästhetin, den Anblick eine Stunde lang ausgehalten hatte, durfte es nicht allzu hoffnungslos sein.

„Du siehst aus wie direkt aus einem Horrorroman entsprungen", sagte Jessica in Margots Gedanken hinein.

„Danke Jessi," gab Margot zurück.

Es klopfte erneut und Jessica rief: „Jetzt kommt schon rein, ihr zwei."

Die Tür ging auf. Sylvia und Alfred kamen herein.

Die beiden stockte der Atem, als sie ihre Freundin mit der offenen Wunde im Krankenhausbett liegen sahen.

„Keine Panik, sie ist nur schlecht geschminkt", sagte Jessica.

„Tatsächlich? Ich würde den Maskenbildner verklagen, wenn ich du wäre. Wie geht es dir?"

„Gut", hauchte Margot, „schön, dass du wieder da bist, Alfred. Es ist das erste Mal seit vielen Jahren, dass ich dich in Zivilkleidung sehe."

Das sommerliche Polo-Shirt stand ihm gut, fand sie. Er schien auch ein paar Kilogramm leichter geworden zu sein.

„Ich bin ja eigentlich noch auf Urlaub." Er kam auf sie zu. Als er sich über sie beugte, schien er nach einer unverletzten Stelle in ihrem Gesicht zu suchen. Er fand sie über der linken Augenbraue und gab ihr einen freundschaftlichen Kuss. „Sylvia hat mich angerufen. Ich danke Gott, dafür, dass wir dich bei uns behalten dürfen und dass es dir den Umständen entsprechend gut geht." Er trat zur Seite und ließ Sylvia vor.

Es ging Margot tatsächlich gut, nicht nur den Umständen entsprechend. Sie spürte ihre Hand in Jessicas Hand, und sie wusste, dass die Angst vor dem grauenhaften Gesicht mit den spitzen Zähnen fernbleiben würde, solange Jessica bei ihr war. Aber wie lange würde das sein? Sie konnte doch Jessica schlecht bitten auf ihre Karriere zu verzichten, damit sie die Nächte ohne Albträume verbringen könnte. Wieso ging sie eigentlich immer davon aus, dass ihr gemeinsames, privates Glück und Jessicas Karriere unüberbrückbare Gegensätze seien?

Der Geruch fiel ihr plötzlich wieder ein. So unvermittelt und unpassend, dass sie zusammenzuckte.

„Hast du Schmerzen?", fragte Jessica besorgt.

„Nein. Es geht schon."

Dieser seltsame Geruch. In dem Moment, als dieses Ungeheuer sie anfiel, hatte sie gewusst, wo dieser Geruch ihr schon einmal begegnet war. Doch jetzt war die Erinnerung wie weggewischt.

Sie hatte an Feuersteins Reaktion heute Morgen gemerkt, wie wichtig er diese Aussage genommen hatte. Sie musste ihm versprechen, so lange nachzudenken, bis es ihr wieder einfiel, egal wie schmerzhaft die Erinnerung sein würde. Je mehr sie darüber nachdachte, umso ferner schien ihr die Lösung.

„Als ich dich nicht über dein Handy erreichen konnte, bin ich zu deinem Grundstück gefahren. Was heißt gefahren, gerast bin ich. Ich kam genau mit der Ambulanz und dem Notarzt an. Georg, der zum Glück noch in der Nähe war, hat sie gerufen." Sylvia zog einen Stuhl heran und setzte sich neben Margots Bett.

Margot erinnerte sich schemenhaft daran, dass sie, nachdem sie aus der Bewusstlosigkeit erwacht war, Sylvia und Georg neben sich knien gesehen hatte. Sylvia hatte geweint und auch Georg war völlig außer sich gewesen.

„Was ist mit ihrem Gesicht? Was ist mit ihren Augen?", hatte Georg den Notarzt mit panischer Stimme gefragt. Und er hatte sich auch nicht beruhigen lassen, als der Arzt ihm versicherte, dass die Gesichts- und Augenverletzungen nur Kratzer seien.

„Kannst du den Kerl beschreiben?", fragte Jessica.

„Ja, das heißt, nein. Er sah so unwirklich aus."

„Unwirklich?"

„Er hatte ein völlig haariges Gesicht. Nicht nur einen Bart. Auf der Stirn, auf der Nase, überall hatte er schwarze Haare. Er sah aus wie ein Werwolf." Sie stöhnte leicht und schloss die Augen. Das Reden machte jetzt noch größere Mühe und es tat weh.

„Genau so ein Wesen ist auf mein Auto gesprungen", sagte Sylvia.

Als hätte sie einen siebten Sinn für die Erschöpfung ihrer Patienten, betrat die Oberschwester das Zimmer und forderte die drei Besucher resolut auf, die Patientin für heute in Ruhe zu lassen.

„Heute Morgen war schon der Hauptkommissar Feuerstein mit seinen Leuten hier und die haben Frau Klaus befragt. Und mir kam es vor, als hätten sie jede Frage doppelt und dreifach gestellt. Die wollten gar nicht mehr gehen. Wie sie sich denken können, war das ganz schön anstrengend. Und dann kam noch ein Reporter von der Zeitung, aber dem habe ich Beine gemacht. Alles hat seine Grenzen, und hier auf der Station habe ich das Sagen, denn ich bin für die Gesundheit meiner Patienten verantwortlich. Also, ich darf dann wohl bitten." Sie stand in der Tür und unterstrich ihre Worte mit einer scheuchenden Handbewegung.

„Wir gehen ja schon, Schwester." Alfred ging als erster zur Tür. Jessica ließ Margots Hand los und stand auf. „Bis morgen." Margot suchte ihren Blick.

„Ich reise nicht gleich wieder ab. Das verspreche ich dir, Margot. Ich werde in Bierbach sein, wenn du aus dem Krankenhaus entlassen wirst."

Margot lächelte, denn das konnte sie nun glauben oder auch nicht.

Bei der Tür drehte sich Jessica noch einmal um. „Und noch etwas kann ich dir versprechen. Ich werde die Kreatur finden, die dir das angetan hat."

„Danke, Jessi, aber überlass das besser der Polizei."

„Feuerstein?" Jessica verdrehte die Augen. „Ich werde ihn finden."

Margot bewegte leicht den Kopf, um ein Nein anzudeuten. Das Sprechen verursachte ihr jetzt erhebliche Schmerzen und den Kopf schütteln konnte sie erst recht nicht.

Jessica hatte offensichtlich ein schlechtes Gewissen und wollte wieder gut machen, dass sie immer wieder ihre Versprechen zu kommen, gebrochen hatte. Unter normalen Umständen hätte es Margot gefallen, aber, es waren keine normalen Umstände. Sie hatte Angst, dass Jessica sich in Gefahr bringen könnte.

Doch zum Glück war Alfred wieder da.

XV

Bierbach, 01. August 2004

Sylvia, Jessica und Alfred waren die einzigen Gäste bei Ruth und Theo. Keiner von den dreien wollte nach Hause gehen. Der Anblick von Margots Gesicht hatte bei allen einen Schock ausgelöst. Bei der Rückfahrt nach Bierbach hatten sie sich die ganze Zeit gegenseitig versichert, dass die Wunden wieder verheilen und Narben kaum zu sehen sein würden. Außerdem hatten sie Theos Geschichte von dem Permes-Bild und dem Werwolf im Hof aus seinem Mund hören wollen.

Jessica zündete sich eine Zigarette an und sah sich um. Das letzte Mal war sie als Teenager hier gewesen. Damals hatte noch Theos Vater die Wirtschaft geführt.

Bis auf eine Pizzeria und der Waldschenke im Grohbachtal war Bei Theo die letzte der vielen Bierbacher Wirtschaften.

Obwohl sich die Einwohnerzahl, die um die zweitausend lag, nicht dramatisch geändert hatte, hatte eine nach der anderen schließen müssen.

Früher gab es die Eckwirtschaft, ganz in der Nähe von Jessicas Elternhaus und neben dem Bahnhof stand die Bahnhofswirtschaft. In der Hauptstraße gab es die Metzgerei und Gastwirtschaft Ludwig Klaus, das Gasthaus Regitz, de Knorze, das Café Adams, die Gaststätte Zum Lindenhof, wo die Arbeiter vom Dingler-Werk jeden Tag zu Mittag gegessen hatten.

Auch viele Geschäfte und Handwerker gab es zu der Zeit als Jessica noch ein Kind gewesen war. Geschäfte und Handwerker, die heute allesamt Teil der Bierbacher Geschichte waren.

An einen erinnerte sie sich besonders. Klause Hermann war der Schuhmacher im Dorf gewesen, der nach seiner Pensionierung seine Werkstatt in der Eckstraße weiterbetrieben hatte.

War er nicht ein Großonkel von Margot gewesen?

Irgendwie war sie mit ihm verwandt. Ich werde sie das nächste Mal danach fragen, nahm sich Jessica vor.

Sie erinnerte sich an den speziellen Geruch so deutlich, als würde sie wieder in Hermanns Werkstatt stehen. Dieses Gemisch aus Leder und Leim, das sie immer so gerne gerochen hatte, wenn sie Schuhe, die besohlt oder genäht werden mussten, zu ihm gebracht oder abgeholt hatte.

Sie hatte ihm, wie die anderen Kinder auch, gerne bei der Arbeit zugesehen. Oft waren sie lieber bei ihm in der Werkstatt als draußen auf der Straße beim Spielen.

Sie sah den alten Hermann unter dem Kegel der Arbeitslampe an seinem Arbeitstisch sitzen. Zuerst bearbeitete er die Sohlen mit einem Hammer, dann strich er Leim darauf.

Neben dem Tisch stand eine alte Dopplermaschine. Sie kannte die Bezeichnung, weil sie Jahre später eine ähnliche Maschine in einem Museum für altes Handwerk gesehen hatte. Der Faden lief zuerst durch ein Ölbad und ein beheizbares Fach mit flüssigem Pech, dann wurde damit die Ledersohle mit dem Schaft vernäht.

An den Wänden der Werkstatt hingen unterschiedliche Eisen mit Holzgriffen, ein Brenneisen für die Sohlenkanten, ein spitzes Eisen zum Kerben der Brandsohle und eine Uhr, damit Hermann wusste, wann es Zeit fürs Mittagessen war.

Seine Tochter, in deren Haushalt er seit dem Tod seiner Frau lebte, rief ihn zwar immer pünktlich zu Tisch, aber Hermann ging gerne auf Nummer sicher.

War es nicht in seiner Werkstatt gewesen, als sie glaubte, das Monster gesehen zu haben?

Jessica trank einen Schluck Bier und dachte nach. Wie viel von dem, an das sie sich zu erinnern glaubte, war wirklich so passiert und wie hoch war der Anteil, den man später hinzudichtete?

Sicher war, sie hatte ein Paar Sandalen ihrer Mutter vorbeigebracht, an denen die Riemchen festzunähen waren. Sie hatte wartend am Fenster gestanden und über den Garten hinweg in den alten Schulhof geschaut.

Während des zweiten Weltkrieges waren im Keller des Schulhauses Kriegsgefangene eingesperrt gewesen und im Dachgeschoss hatte der Bruder von Jessicas Großvater mit Frau und Kindern gelebt, nachdem ihr Haus von Bomben zerstört worden war.

Zwischen dem alten Schulhof und dem in den fünfziger Jahren neu erbauten Feuerwehrhaus stand das Toilettenhäuschen für die Schulkinder, die in den dreißiger und vierziger Jahren in diesem Schulhaus zur Schule gegangen waren. Eine Hälfte war den Mädchen zugedacht, die andere Hälfte den Jungs.

Und dort in dem zerfallenen Toilettenhäuschen hatte sie dieses Monster gesehen, das auf den Hinterbeinen stand.

Sie hatte gewollt, dass Hermann sich das Monster auch ansah, doch er hatte sich nicht von seiner Arbeit ablenken lassen und gemurmelt: „Das ist bestimmt der Hund von Louise und Ernst aus dem Käsehof. Die habe doch so eine braune Dogge. Mir fällt der Name nicht ein."

„Anka."

„Nicht Angelika?"

„Nein Hermann, kein Hund heißt Angelika."

Hermann hatte leise vor sich hin gelacht, angesichts der Ernsthaftigkeit ihrer Antwort.

Als sie sich wieder zum Fenster gedreht hatte und nachsehen wollte, ob es tatsächlich Anka, sein könnte, war das Monster verschwunden.

Über dreißig Jahre musste das nun schon her sein. Wenn sie sich Mühe gäbe, würde ihr bestimmt noch mehr dazu einfallen.

„Wie geht es denn Margot?", fragte Ruth, während sie für Sylvia einen Kaffee aufbrühte.

Jessica schaute auf.

„Es geht ihr den Umständen entsprechend gut. Aber die Wunden im Gesicht sehen übel aus", antwortete Sylvia und legte Jessica eine Hand auf den Arm.

Ruth kam mit der Tasse Kaffee zum Tisch. „Morgen werde ich sie besuchen."

Sie schauten aus dem Fenster. Auf der Straße fuhr nun schon zum zweiten Mal ein Streifenwagen vorbei. Auf Feuersteins Anweisung hin wurden die Bierbacher Straßen Tag und Nacht kontrolliert.

„Ein Polizeiwagen patrouilliert, bis der ganze Spuk vorbei ist", erklärte Ruth. „Feuerstein hat Wind davon bekommen, dass ein paar Bierbacher Männer unter Venns Führung einen Schutztrupp bilden wollten. So etwas kann leicht ins Auge gehen."

„Du lieber Himmel!" Alfred war sichtlich erschrocken. „Allein der Gedanke, dass sie da draußen mit Jagdgewehren herumlaufen und sich vielleicht in der Dunkelheit noch gegenseitig erschießen!"

„Wenn das noch ein paar Tage so weitergeht, kann ich den Laden dicht machen.", knurrte Theo, als er die nächste Runde Bier an den Tisch brachte. „Seit der Werwolf Margot angefallen hat, traut sich keiner mehr abends auf die Straße. Und die Weibsleut spinnen auch rum."

„Er meint, meine und seine Mutter", erklärte Ruth und setzte sich, „die beiden sind doch Witwen und fürchten sich jetzt allein in ihren Häusern. Deswegen wohnen sie vorübergehend bei uns oben in der Wohnung."

„Sag mal Ruth, habt ihr überhaupt genug Platz?", fragte Sylvia.

„Na ja, es ist ja nur vorübergehend. Ich schlafe auf der Couch im Wohnzimmer und Theo auf einer Luftmatratze."

„Und Klapproths Rosina will auch noch kommen." Theo ließ sich erschöpft auf einen Stuhl fallen. „Weiß Gott, wo wir die unterbringen sollen. In der Badewanne vielleicht?"

„Klapproths Rosina ist die Cousine meiner Mutter", erklärte Ruth wieder. „Der Vater meiner Mutter und Klapproths Rosinas Mutter, die war übrigens auch eine geborene Lück, waren Geschwister."

„Das ist aber kein Grund, bei uns mit Sack und Pack einzuziehen! Wir können doch nicht die ganze weibliche, verwitwete Verwandtschaft bei uns aufnehmen", protestierte Theo.

Ruth winkte ab. „Wäre es dir lieber, sie würden mitten in der Nacht anrufen, weil sie ein Geräusch im Keller gehört haben und wir müssten dann hinfahren und nachschauen?"

Alfred lachte: „Ich bin froh, dass meine Frau Vatermann eine solch patente Frau ist. Die würde es mit dem Leibhaftigen persönlich aufnehmen."

„Ich habe auch keine Angst. Seit Wolfgang tot ist, habe ich vor nichts mehr Angst." Sylvia versuchte aufkommende Tränen zurückhalten. „Das Schlimmste, was mir passieren konnte, ist schon passiert."

Alfred schaute tief betroffen zur Seite.

Jessica drückte ihre Zigarette im Aschenbecher aus. Das Schweigen, das nach Sylvias Worten eingesetzt hatte, wirkte bedrückend. Sie hätte jetzt gerne etwas gesagt, aber sie wusste nicht was.

„Wer kann denn das bloß sein, Herr Pfarrer? Wer macht denn so etwas?", unterbrach Ruth die Stille und die anderen am Tisch atmeten erleichtert auf. „Das muss doch ein krankes Hirn sein. Und gerade Margot, die keiner Seele je was zu Leide getan hat. Im Gegenteil. Sie ist sogar beim Cäcilienverein dabei und kümmert sich um Alte und Kranke."

Eine Spur von Geringschätzung stieg in Jessica auf, die sie mit einem großen Schluck Bier wieder hinunterzuspülen versuchte.

„Ich sage euch, es war der Permes. Nur in anderer Gestalt." Theo zeigte zu dem Fleck an der Wand, wo bis vor einem Jahr die Zeichnung des Permes gehangen hatte.

„Ich habe den Herrn Pfarrer gefragt, Theo!"

Alfred überlegte. Es war ihm anzumerken, dass er die Angst im Dorf nicht noch anheizen wollte. Aber die Geschichte, die Theo und Ruth ihnen vorhin erzählt hatten, ließen ihn Theos Vermutungen sehr ernst nehmen. Natürlich gab es keinen Permes. Aber vielleicht verharrte wieder jemand in dem Wahn, er würde im Namen des Permes handeln.

Und wenn es nicht so war, wenn das alles nichts mit der Legende vom Permes zu tun hatte, so war doch die Tatsache unbestreitbar, dass irgendein Wesen Margot angefallen und versucht hatte, ihr die Kehle durchzubeißen.

„Egal wie dieser Scheißkerl sich nennt, Permes oder Butterhut oder was sonst noch in diesem verdammten Pirmannswald herumgeistert. Ich schlage ihm den Schädel ein, wenn ich ihn in die Finger kriege!" Jessica schlug so fest mit der flachen Hand auf den Tisch, dass die Gläser hüpften.

„Der Butterhut soll ja auch ein hässlicher Kerl sein, aber bestimmt nicht so hässlich wie der, den ich in unserem Hof gesehen habe", sagte Theo.

„Der Butterhut spukt meines Wissens am liebsten an der Straße zwischen Bierbach und Lautzkirchen herum. In der Nähe eines Kreuzes, das sich immer wieder von selbst aufstellt", sagte Sylvia. Sie hatte sich wieder gefangen. „Auf der Straße, in der Höhe des Friedhofs, ist mir der Werwolf aufs Auto gesprungen."

„So ein Schwachsinn", stöhnte Jessica und verdrehte die Augen.

„Da hast du recht", stimmte Alfred Sylvia zu, „der Sage nach ist der Butterhut ein hässlicher Gnom, der den Leuten am Kreuz zwischen Bierbach und Lautzkirchen auflauert, auf den Rücken springt und sich von ihnen tragen lässt."

„Ein fauler Sack ist das, wenn du mich fragst", warf Jessica ein. Ihr ging das ganze Gerede von Sagengestalten langsam auf die Nerven. Warum sich die Menschen nie an Tatsachen halten konnten. Immer musste etwas Übersinnliches hinter allem stecken. Wenn nicht Gott, dann doch wenigstens eine alte Sagengestalt. Und hier in Bierbach schienen die Menschen ganz besonders an ihren unheimlichen Gestalten des Waldes zu hängen.

Wenn ich aber ehrlich sein soll, dachte sie, ist der Pirmannswald tatsächlich unheimlicher als alle anderen Wälder, durch die ich je gewandert bin, und der Felsenpfad mit diesen dämonisch aussehenden Buntsandsteinfelsen eignet sich auch hervorragend um Kinder erschrecken.

„Ich bin der Butterhut, der Butterhut! Hoppla hopp, jetzt trag mich gut!", intonierte Alfred.

Jessica schaute ihn an, als hätte er den Verstand verloren.

Doch das schien er nicht zu bemerken, denn er fuhr fort: „Der soll schmierig sein, ein krötenähnliches Gesicht haben und nach Fett riechen…"

„Der in meinem Hof roch nach altem Hund. Nach einem nassen, alten Hund."

„Deswegen kann es nicht der Butterhut gewesen sein, Theo", sagte Alfred. Er trank gerade sein zweites Glas. Ein Jahr hatte er keinen Alkohol angerührt und das Bier verfehlte seine Wirkung nicht. „Außerdem hat der Butterhut blöde Augen, eine triefende Nase und eine borstige Haut voller Rinnsale, in denen das Fett abläuft."

„Blöde Augen hatte der in meinem Hof auch. Aber ansonst war er haarig. Ein Werwolf eben."

„Aber kann mir mal jemand verraten, was er mit dem Bild vom Permes wollte. Und wo ist der Zusammenhang mit dem Angriff auf Margot?", fragte Jessica, „Sie hatte das Bild doch nicht. Oder vielleicht doch?"

„Nein, das wüsste ich, ich bin doch fast jeden Tag bei ihr. Da hängt kein Bild vom Permes. Ich glaube, das würde sie auch gar nicht wollen, auch wenn es dein Großvater gezeichnet hat", sagte Sylvia.

„Was hat es damit zu tun, dass es mein oder sonst irgendein Großvater gezeichnet hat?" fragte Jessica und schaute Sylvia so ahnungslos wie möglich an.

Sylvia lächelte und zog die Augenbrauen hoch. „Ach Jessica, glaubst du ich bin von vorgestern?"

„Ich bin froh, dass das Bild weg ist", sagte Ruth in die Runde. Dann beugte sie sich vor und fügte mit leiser Stimme hinzu: „Seit einem Jahr hängt es nicht mehr da. Und ich habe gehofft, dass man den weißen Fleck irgendwann einmal nicht mehr sieht. Gequalmt wird ja genug hier drinnen. Die Wände vergilben. Dort, wo zwei Jahre lang die Ansichtskarte hing, die uns Rita aus Berchtesgaden geschickt hat, ist nichts mehr zu sehen. Kein Fleck, nichts mehr. Aber..." Ihre Stimme wurde noch ein bisschen leiser, „die Wände vergilben, so wie es sich gehört bei dem vielen Zigarettenqualm, nur dieser Fleck, dieser eine Fleck bleibt."

Die Gruppe drehte sich zu dem leeren, weißen Fleck an der Wand um. Keiner am Tisch wusste darauf etwas zu sagen. Zumindest nicht etwas, das zu einem modernen Menschen des einundzwanzigsten Jahrhunderts passen würde.

„Das erinnert mich an das Turiner Grabtuch, auf dem ist das Gesicht..."

„Theo! Bitte! Keine Witze über unseren Herrn", unterbrach ihn Alfred mit fester Stimme.

„...und das geht auch nicht weg, oder?"

„Vielleicht sollte man das Grabtuch einfach mal gründlich waschen", schlug Jessica vor.

Alfred schüttelte resigniert den Kopf.

„Es gibt viel mehr zwischen Himmel und Erde…", zitierte Ruth, ließ den Satz aber unvollendet. Wie die meisten wusste sie von diesem Shakespeare-Zitat nur den Anfang und Horatio blieb wieder einmal unerwähnt.

Auf der Straße fuhr wieder der Streifenwagen vorbei. Das Motorgeräusch war das einzige, das man in den Straßen von Bierbach hörte. Ansonsten war es ruhig. Doch diese Ruhe war trügerisch. Die Nacht mit ihren realen und erdachten Schatten würde erst noch kommen.

Und was wäre morgen? Selbst am helllichten Tag schien es in Bierbach keine Sicherheit mehr zu geben.

„Könnt ihr euch noch daran erinnern, wie einmal mitten in der Nacht die Kirchenglocken angefangen haben zu läuten?" fragte Ruth flüsternd.

„Das war 1993. Genau am 30. März", erinnerte sich Alfred.

„Genau. Damals ahnten wir es noch nicht, aber das hatte bestimmt eine Bedeutung. Ich bin mir sicher…"

„Ruth!", unterbrach sie Alfred, „das war ein simpler Programmierungsfehler bei der Umstellung von der Winter- auf die Sommerzeit."

„So hat man damals gesagt, das war die offizielle Version, aber ich habe ganz andere Sachen gehört." Ruth ließ nicht locker.

Alfred schüttelte wieder resigniert den Kopf.

„In diesem Dorf geht nichts mit rechten Dingen zu. Vielleicht sollte der Bischof die Bierbacher Straßen alle einmal mit Weihwasser abspritzen lassen. Und damit es schneller geht, würde ich die Feuerwehr bitten, das zu übernehmen", schlug Jessica vor.

„Das könnte bestimmt nichts schaden, Jessica", stimmte ihr Theo lachend zu und stand auf. „So, und jetzt gebe ich eine Runde aus."

„Es ist überliefert, dass am Todestag der Bas Stollebett die Kirchenglocken auch von selbst angefangen haben zu läuten", schob Ruth nach.

„Das ist wahr. Das habe ich auch gehört", sagte Sylvia.

„Und zur selben Zeit, als Margot vom Werwolf angefallen wurde, habe ich zu Theo gesagt, ich glaube die Glocken läuten."

Theo, der hinter der Theke stand, warf seiner Frau einen erstaunten Blick zu. „Was hast du zu mir gesagt?"

„Dass die Kirchenglocken geläutet haben, habe ich zu dir gesagt."

„Quatsch!"

„Na ja, vielleicht haben sie nicht direkt geläutet, aber jedenfalls war mir so, als hätten sie…" Ruth schaute herausfordernd in die Runde.

„Von mir aus können die Kirchenglocken alle zehn Minuten läuten. Ich werde morgen mit Feuerstein reden", sagte Jessica. „Ich will wissen, was er und seine Leute bislang herausgefunden haben."

„Ob er dir das so einfach sagt. Ihr habt euch schon als Kinder nicht ausstehen können", zweifelte Alfred.

„Weil es um Margot geht, lässt er bestimmt nichts unversucht. Ich glaube, er hat ein Auge auf sie geworfen", sagte Sylvia.

„Ich halte nicht viel von Feuersteins kriminalistischen Fähigkeiten", entgegnete Jessica leicht ungehalten. „Aber ich will wissen, was Sache ist. Und ich bin sicher, dass dieser Werwolf noch einmal zubeißen wird. Das ist ein Irrer, der kein Motiv hat, sondern einfach aus Mordlust Leute anfällt."

„Mordlust, das ist es, Jessica", stimmte Ruth ihr zu. „Und das bedeutet, dass wir alle in Gefahr sind." Bevor Alfred etwas Beschwichtigendes einwerfen konnte, fuhr sie fort: „Und fällt euch etwas auf?" Ruth hatte die Stimme gesengt und sich vorgebeugt. „Wenn eine Gestalt aus einer anderen Welt in Bierbach ihr Unwesen treibt, kommt immer eine Person zurück?"

„Wer?", fragte Sylvia.

Ruth schaute Jessica an und nickte zu ihr hin.

„Ach Ruth." Sylvia lachte. Ruth und Jessica stimmten ein. „Du spinnst ja! Bei der Theatergruppe wollten sie dich schon nicht mitmachen lassen, weil du zu theatralisch bist. Du hast immer alles übertrieben."

„Wer ist es?", fragte Alfred mit lauter Stimme und alle zuckten zusammen. „Wer in Bierbach ist so verrückt und hält sich für einen Werwolf?"

Jessicas Gedanken kreisten.

In ihrem Kopf waren zu viele Gedanken, die gleichzeitig gedacht werden wollten. Zu viele. Sie war plötzlich todmüde. Es wurde ihr alles zu viel. Und doch spürte sie, dass die Lösung nahe war. Sie musste sich nur erinnern. Erinnern, bevor ein neues Unglück geschah. Aber woran erinnern?

XVI

Bierbach, 17. August 2003

Was für ein Schatz! Eva Grützler konnte ihr Glück kaum fassen. Überwältigt hielt sie das Bild vom Permes in ihren Händen und weinte vor Dankbarkeit.

Wenn ich heute Morgen nicht ins Dorf gegangen wäre und es gefunden hätte, hätte dieser Strohkopf, der Besitzer der Wirtschaft, das einzige Bild, das es vom Permes gab, zerstört.

Da waren die Leute, die in der Nähe ihres Grundstücks gebaut hatten, doch einmal für etwas gut. Ihre nächsten Nachbarn, die fast zweihundert Meter von ihr entfernt wohnten, waren sehr schwatzhafte Leute. Gestern Abend hatten sie die halbe Nacht auf ihrer Terrasse gesessen, hatten Feuer brennen gehabt und sich betrunken. Und sie hatten so laut gesprochen und gelacht, dass Eva es unweigerlich mit anhören musste.

Sie sprachen und lachten über den Permes. Er sollte schuld sein an allem Unglück, das über das Dorf gekommen war.

Daran war nicht der Permes schuld. Nein. Ihr eigener Vater hatte die Bierbacher bis in die siebte Generation verflucht. Das war das Kreuz, welches das Dorf zu tragen hatte. Jetzt und in Zukunft.

Heute Morgen schlich sie nun durch Bierbach, immer an den Häuserwänden entlang. Sie wollte lauschen und Näheres erfahren.

Und dann im Hof der Wirtschaft hatte sie das Bild entdeckt und sie hatte ihn sofort darauf erkannt.

Sie würde das Bild ihrem Sohn zeigen, damit er sehen konnte, wie großartig sein Vater war.

Als der Wirt ins Haus zurückgegangen war, huschte sie in den Hof, versteckte es unter ihrem Rock und lief so schnell sie konnte wieder Richtung Webenheimer Bösch, wo ihr Haus stand.

Die Bierbacher waren wohl alle anderweitig beschäftigt, denn auf der Straße begegnete ihr keine der verfluchten Seelen, was auch gut so war. Sie wollte mit diesen Leuten nichts zu tun.

Wenn sie ehrlich sein sollte, hatte sie auch Angst von irgendjemandem angesprochen zu werden. Sie hatte keine Übung im Umgang mit anderen Menschen. Sie lebte allein und versorgte sich selbst mit dem, was das Reich des Permes für sie hervorbrachte. Gerade so wie sie es von ihren Eltern gelernt hatten.

Sie dachte an ihren Vater, der so bewundernswert und gut war. Wie dumm war sie als junge Frau gewesen. Sie hatte ihn nicht verstehen wollen und hatte seine guten Taten für böse gehalten. Sie konnte sich kaum mehr daran erinnern, aber sie befürchtete, dass sie ihn sogar gehasst hatte. Ihren lieben Vater, der die verfluchten Bierbacher zu besseren Menschen bekehren wollte und nur Hohn und Spott geerntet hatte.

Es gab nur eine Kreatur, die hassenswert war, und die kauerte im Keller ihres Hauses. Hätte sie doch nur auf ihren Vater gehört.

„Wenn ich zurück bin, ist der Sohn des Satans tot!", wiederholte sie und ihr zahnloser Mund spuckte die Worte in den heißen Sommerwind.

„Sohn des Satans tot", brabbelte sie vor sich hin, bis sie in die obere Eckstraße kam. Die Abbiegung ins Schweitzertal hatte sie schon vor Augen. Und dann war es nicht mehr weit. Den Webenheimer Bösch hinauf und sie wäre zu Hause.

„Bischt du net es Eva? Kennscht du mich net? Ich bin doch, es Lesche Irma", hörte sie plötzlich die Stimme einer alten Frau, die mit einem Kissen unter den Armen am Fenster lag „ich han dich vor fuffzich Johr es letschte Mol gesiehn."

Eva tat so, als würde sie nichts hören und ging ohne hinzusehen am Haus vorbei. Ihre einzige Sorge war, dass die Alte das Bild nicht bemerkt hatte.

„De Permes richt nur Unheil an", hörte sie jetzt die Stimme der Alten in ihrem Rücken.

Eva blieb wie angewurzelt stehen und drehte sich ruckartig um. Dabei rutschte das Bild aus seinem Versteck und fiel auf den Boden. Glas zersplitterte.

„Gott steh mir bei!", rief die alte Frau, die sich Lesche Irma genannt hatte.

Eva wusste nicht, was sie tun oder sagen sollte. Ihr Vater fiel ihr wieder ein. Was hätte er getan?

Sie streckte den Arm aus und deutete mit ausgestrecktem Finger auf die alte Frau, die die Hände vor den Mund geschlagen hatte, und rief: „Verflucht seid ihr bis in die siebte Generation!"

Sie bückte sich hastig, hob das Bild auf, ließ es wieder unter ihrem Rock verschwinden und machte sich eilig davon.

XVII

Am Webenheimer Bösch, 11. Juli 2004

Eva Grützler stand am Fußende ihres Bettes und betrachtete das Bild vom Permes, das seit einem Jahr an der Wand darüber hing. Sie stand oft so da, betrachtete sein Bild und stellte sich vor, wie es wohl wäre, wenn er mit ihr leben würde.

Schade, dass das Glas an einer Ecke zersplittert war. Letzte Nacht mussten ein paar Glassplitter auf ihr Kopfkissen gefallen sein, denn am Morgen war ihre linke Wange zerkratzt gewesen und der Kopfkissenbezug mit Blut verschmiert.

Sie ging zum Kopfende des Bettes und nahm das Bild von der Wand. Sie war geschickt, konnte alles selbst reparieren. Warum nicht auch einen Bilderrahmen und das Glas austauschen?

Aus dem Keller hörte sie die Rufe ihres Sohnes. Er hatte Hunger, doch er musste warten. Das Bild war wichtiger.

Sie ging hinüber in die Küche und legte es auf den Tisch, setzte sich auf einen Hocker und entfernte fein säuberlich die kleinen Nägel, die die Rückwand mit dem Holzrahmen verbanden. Dann drehte sie es wieder um und nahm die kaputte Glasplatte ab. Als sie kurz darauf das vergilbte Bild herausnahm, spürte sie unter ihren Fingern eine kleine Verdickung in der Mitte des Blattes. Sie drehte es um und begann zu fluchen.

Jemand hatte einen Briefumschlag auf die Rückseite ihres geliebten Permes geklebt.

Sie riss ihn ab und wollte ihn schon in den Ofen werfen. Doch im letzten Moment besann sie sich und öffnete ihn.

Über dem Schreiben stand in geschwungenen Lettern das Wort Besitzurkunde. Unter dem Schreiben war das Datum vermerkt. Es war der 15. Juni 1942. Daneben standen Namen.

Der Text, der sich auf den erwähnten Besitz bezog, ließ Eva Grützler laut auflachen.

„Danke, Permes", keuchte sie. „Danke!". Sie streichelte die schwarze Gestalt auf dem vergilbten Papier und lachte aus vollem Hals.

Das Bild hängte sie ohne Glas wieder über das Bett.

„Keine Zeit verlieren!" Sie steckte die Urkunde in ihre Schürzentasche, verließ das Haus und machte sich auf den Weg ins Dorf.

XVIII

Bierbach, 01. August 2004

Das Singen hatte sie ein wenig auf andere Gedanken gebracht. Es war ungewöhnlich, dass an einem Sonntagabend Chorprobe war.

Bachmanns Rita konnte sich überhaupt nicht daran erinnern, dass das jemals der Fall gewesen war, doch da die Probe nächste und übernächste Woche ausfallen würde, hatte man sich schon vor längerer Zeit auf diesen Tag geeinigt. Werwolf hin oder her, es musste sein.

Auch wenn der Chorleiter den ganzen restlichen August in Urlaub gehen möchte, kann man als katholischer Kirchenchor die Feier zum fünfzigsten Jubiläum der Wappenverleihung nicht ignorieren oder singen, wie ein zusammengewürfelter Haufen.

„O Maria, sei gegrüßt, die du voller Gnade bist; sei gegrüßt, du höchste Zier; Gott der Herr ist selbst mit dir...", sang sie leise vor sich hin, als sie die Treppe von der Unterkirche hochstieg.

Sie ging mit den anderen Mitgliedern vom Cäcilienchor am Innenhof vorbei, unter dem Torbogen des Kirchturms hindurch auf den leeren Kirchenvorplatz.

Als sie draußen stand und das Gefühl der Spiritualität, das sie jedes Mal überkam, wenn sie in der Kirche war und Kirchenlieder sang, langsam nachließ, fiel ihr wieder das Kellerfenster ein.

Hatte sie es nun geschlossen oder nicht?

Sie konnte sich beim besten Willen nicht daran erinnern. Der Gedanke hatte sie gequält, seit sie ihr Haus in der Hügelstraße verlassen hatte. Und jetzt quälte er sie wieder.

Wäre sie doch nur gleich noch einmal zurückgegangen. Es war ja nicht weit von der Kirche zu ihrem Haus. Aber nein, sie wollte pünktlich bei der Probe erscheinen. So war sie nun einmal.

Die Sängerinnen und Sänger gingen in kleinen Gruppen nach Hause. Schweigend oder flüsternd, als wolle keiner von ihnen die glühenden Blicke des Werwolfs auf sich ziehen.

„Helmut und ich gehen noch ein Stück mit dir", sagte Hunsickers Bettina „damit du sicher zu Hause ankommst. Man weiß ja nie, wo dieser Werwolf sich überall herumtreibt."

„Ach Gott, sei ruhig. Ich darf gar nicht daran denken. Und ausgerechnet jetzt ist Stefan für zwei Wochen auf Fortbildung in Mainz."

„Wenn du ihm erzählst, dass wir ausgerechnet heute Abend Chorprobe hatten, wird er uns für verrückt erklären und recht hätte er", sagte Bettina. „Kein normaler Mensch geht an so einem Abend aus dem Haus."

Während die drei die Hügelstraße hinunter gingen, spähte Helmut wie ein Scout umher, wenn auch nicht ganz so theatralisch wie in den Wild-West-Filmen, aber er schien sich seiner männlichen Beschützerrolle voll und ganz bewusst zu sein.

Besonders den Hang rechts von der Straße behielt er im Auge, denn in dem wilden Gestrüpp, von dem er überwuchert war, könnte sich eine Bestie leicht verstecken und ahnungslose Fußgänger anfallen.

Als sie vor Bachmanns Haus ankamen, inspizierte Helmut noch den Garten und die Garage, während die Frauen auf der Straße warteten.

Rita fand, dass er das sehr gut machte. Stefan, ihr Mann, hätte sich längst nicht so ritterlich benommen. Wäre er nur halb so aufmerksam wie Helmut gewesen, wäre er sofort nach Hause gekommen, als sie ihm am Telefon von dem Werwolf erzählt hatte.

„Sollen wir noch mit dir ins Haus gehen?", fragte Bettina.

„Ach was", antwortete Rita tapfer, dabei wäre sie am liebsten mit den beiden nach Hause gegangen und hätte in ihrem Gästezimmer geschlafen.

Die Hunsickers verabschiedeten sich und machten sich schleunigst auf den Nachhauseweg.

Rita ging über den Hof und stellte erleichtert fest, dass sie das Kellerfenster doch geschlossen hatte.

„Aber irgendwie war mir, als hätte ich es aufgelassen", murmelte sie, als sie die Haustür aufschloss.

Sie betrat das Haus. Ihre Hand fuhr an der Wand entlang, bis sie den Lichtschalter aus Bakelit fand und knipste ihn an. Das Deckenlicht im Flur flammte kurz auf und erlosch mit einem lauten Knall.

„Ach nein! Ausgerechnet heute!"

Mit dem Schein der Straßenlaterne im Rücken, tappte sie zur Küche und machte dort das Licht an. Ein schwacher Lichtstrahl fiel in den Flur.

Sie ging in den Flur zurück, schloss die Haustür, lehnte sich einen Moment dagegen und atmete tief durch. Plötzlich hatte sie einen unangenehmen Geruch in der Nase.

Diese alten Häuser. Hätten wir doch nur das Haus von Stefans Oma nicht übernommen. Für das Geld, das wir hier schon reingesteckt haben und noch reinstecken müssen, hätten wir neu bauen können, dachte sie.

Dieser Geruch, wie eine alte Wolldecke oder ein nasser Hund, kam bestimmt von feuchten Wänden. Sie hatte ihn erst vor kurzem schon einmal in der Nase. In einem anderen alten Haus. Dort war es so schlimm, dass sie sich ein Taschentuch vor Mund und Nase gehalten hatte.

„Wenn das hier auch so schlimm wird wie dort, wo immer das auch war, ziehe ich aus."

Sie schüttelte sich, es war wirklich zu eklig, aber ein Fenster würde sie nicht öffnen, besser mal eine Nacht im Gestank geschlafen, als von einem Werwolf in tausend Stücke zerrissen werden.

Sie ging ins Badezimmer und zog sich aus.

Obwohl das Badezimmer hell und freundlich ausgestattet war, fühlte sie sich an diesem Abend nicht wohl darin.

Es schien ihr, als käme die Dunkelheit aus dem Flur unter dem Türspalt hindurchgekrochen.

Sie nahm eine frische Flasche Duschdas, betrat die Duschkabine und zog die Plexiglastür zu.

Als sie unter dem Wasserstrahl stand, erinnerte sie sich an die Zeit, als sie noch keine Duschkabine hatten, sondern nur einen Duschvorhang, der, sobald man das heiße Wasser aufgedreht hatte, an einen heranschlüpfte und festklebte, als wolle er einen ersticken.

Als sie fertig war, drehte sie das Wasser ab, öffnete die Duschkabine und trat heraus.

Die Dusche hatte ihr gut getan. Sie hatte ihre Nerven beruhigt und sie schläfrig gemacht.

Sie hatte so ausgiebig geduscht, dass das Badezimmer einem römischen Dampfbad glich und der Spiegel über dem Waschbecken beschlagen war. Wenn Stefan das sehen würde...!

Sie rubbelte sich trocken und fuhr danach mit dem Handtuch über den Spiegel. Jetzt konnte sie sich zwar sehen, aber der Spiegel blieb klitschnass.

Ich sollte das Bad gleich trockenreiben, damit nicht noch mehr Feuchtigkeit in die Wände zieht, dachte sie. Doch eigentlich war sie dazu jetzt viel zu erschöpft.

Sie zog ihr Nachthemd an und ging in die Küche, um noch ein Glas Sprudel zu trinken.

„Und dann gehe ich am besten ins Bett", murmelte sie.

Zum Lesen war sie zu müde und fernsehen wollte sie auch nicht mehr. Vorgestern war sie im Sessel vor dem Fernseher eingeschlafen und davon tat ihr der Nacken heute noch weh.

„Wie es wohl der armen Margot geht", fragte sie sich. Sie hatte mit Hunsickers Bettina vorhin auf der Straße verabredet, dass sie am nächsten Tag einen Besuch im Krankenhaus machen würden. „Wenn mir so etwas passieren würde, ich glaube, ich würde meinen Verstand verlieren."

Sie ging zu Bett, löschte das Licht und schlief wenige Minuten später ein.

Als sie wieder aufwachte, dämmerte sie einige Sekunden in einem Zustand zwischen Wachen und Schlafen vor sich hin. Es musste mitten in der Nacht sein. Sie wollte nicht wach werden, sie war so müde, aber dieser Gestank war jetzt unerträglich geworden.

Merkwürdig, normalerweise gewöhnt sich die Nase doch an jeden Geruch, man wird nicht wach davon. Mit geschlossenen Augen fasste sie hinüber zur anderen Bettseite, um ihren Mann wachzurütteln.

„Stefan, du musst nachsehen, was hier so stinkt. Das wird ja immer schlimmer. Ich muss mich gleich übergeben."

Sie spürte unter ihrer Hand, wie er sich langsam zu ihr umdrehte.

Stefan? Aber der war doch gar nicht....

Rita riss entsetzt die Augen auf.

XIX

Bierbach, 02. August 2004

„Das Blaulicht bleibt aus, und ihr verhaltet euch unauffällig", hatte ihnen Feuerstein eingeschärft. „Fahrt einfach nur die Straßen auf und ab und haltet die Augen offen".

Polizeimeister Kevin Ecker aus Schwarzenacker und sein Kollege Dariusz Kresic aus Lautzkirchen fuhren, wie ihnen aufgetragen, mit einer konstanten Geschwindigkeit von zwanzig Stundenkilometern eine Straße nach der anderen ab.

Um die Monotonie noch zu unterstreichen, trommelte der Regen jetzt ununterbrochen auf das Autodach.

„Scheißjob!", motzte Ecker, als er zum vierten Mal in dieser Nacht am Schulhaus ankam. Jedes Mal ging in der Hausmeisterwohnung das Licht an und ein Kopf schaute heraus. „Willst du nicht mal fahren?"

„Nee, Mann. Um drei löse ich dich ab. Keine Minute früher."

Ecker schaute auf die Uhr. Die halbe Stunde würde er auch noch rumkriegen und dann würde er sich, genauso wie jetzt Kresic, auf den Beifahrersitz lümmeln und blöde vor sich hin glotzen. Um sieben Uhr würden sie von einem anderen Team abgelöst werden. Das war wirklich der langweiligste Job, den er in seiner bisherigen Laufbahn erledigen musste.

Er drehte auf dem Schulhof eine Runde und fuhr wieder auf die Straße zurück. „Du sag mal, Dariusz, ist das nicht genau ein Jahr her, als wir hier im Wald die Straße absperren mussten. Als sie die vielen Leichen gefunden haben."

Kresic schob sich einen Kaugummistreifen in den Mund und verschränkte die Hände hinter dem Kopf. „Stimmt. Ein Jahr ist das her. Da war mehr los als heute. Das Kaff ist wie ausgestorben. Wären da nicht vor ein paar Stunden die Leute auf dem Kirchenvorplatz gewesen, könnte man denken, das ist ein Geisterdorf."

„Es ist jetzt ja auch mitten in der Nacht. Da ist in Lautzkirchen auch nicht mehr los."

„Hast du ne Ahnung, Mann!"

„Ich habe mal einen Film mit so einem Werwolf gesehen. Das Fell hing ihm in Fetzen vom Körper. Scheußlich. Und diese Bestie konnte man nur mit einer silbernen Kugel töten. Und die Kugel musste auch noch genau ins Herz treffen. Genau in die Mitte, sonst konntest du es vergessen."

„Ja und? Ich würde das schaffen. Ich bin ein guter Schütze." Kresic schaute grinsend zu Ecker hinüber. „Hast du etwa Angst?"

„Arschloch."

„Bei unserem Einsatz Anfang April im Stadion sahst du aus, als hättest du die Hosen gestrichen voll."

„Arschloch."

„Keine Angst, das bleibt unter uns." Kresic' Grinsen wurde breiter.

„Ich hatte keine Angst. Glaubst du etwa, ich mache mir wegen ein paar besoffenen Hooligans in die Hose? Sag mir lieber, wo ich jetzt hinfahren soll? Hoch in die Bühlstraße oder die Hügelstraße runter."

„Runter. Da hängt nämlich ein Zigarettenautomat. Ich habe keine Kippen mehr. Hast du Kleingeld?"

„Rauchen ist ungesund und außerdem stinkt's." Ecker ließ den Wagen langsam die Hügelstraße hinunterrollen.

„Hast du jetzt Kleingeld oder nicht?"

„Du schuldest mir sowieso noch vierzig Euro."

„Dann kommt es auf die vier Euro auch nicht mehr an."

Ein Kreischen füllte plötzlich die ganze Umgebung aus. Schien überall gleichzeitig zu sein. Im Auto. Auf der Straße. Im ganzen Ort.

Ecker stieg auf die Bremse und sprang hinaus. Kresic folgte ihm.

Sie rannten auf das Haus zu, aus dem das fürchterliche Schreien kam. Es war jetzt auch das einzige Haus, das in völliger Dunkelheit lag. In allen anderen Häusern gingen wie auf ein Kommando die Lichter an.

Ecker und Kresic hielten sich nicht lange mit Klingeln und Klopfen auf. Ecker zog seine Waffe, entsicherte und schoss das

Türschloss auf. Gefahr in Verzug, nannte man das. In dem gekachelten Treppenhaus hörte es sich an wie Kanonendonner.

Eine gedrungene Gestalt, die in dem Gemisch aus Pulverdampf und Holzspänen plötzlich wie der Leibhaftige persönlich vor ihm auftauchte, sprang auf ihn zu und stieß ihm mit dem Kopf in den Bauch. Ecker fiel rückwärts die Treppe hinunter und riss den hinter ihm stehenden Kresic mit.

Das Kreischen im Haus hatte aufgehört, doch das Schreien der Menschenmenge, die sich inzwischen in der unteren Hügelstraße versammelt hatte, machte den beiden auf dem Boden liegenden Polizisten klar, dass der Werwolf gerade an den Bierbachern vorbei in die Dunkelheit rannte.

-XX-

Bierbach, 02. August 2004

Der Regen prasselte seit einer Stunde aufs Dach. Und Jessica war froh, dass er die Stille um sie herum vertrieb.

Sie war allein, lag in Margots Wohnzimmer auf der Couch, beobachtete die Schatten der Nacht und rauchte eine Zigarette nach der andern.

Einige Male hatte sie versucht Leslie in Breslau zu erreichen. Sie hätte gerne ihre Stimme gehört, aber Leslie schien nicht zu Hause zu sein und auf dem Handy meldete sich nur die Mailbox.

Die Straßenbeleuchtung in der Bühlstraße spendete genug Licht, dass sie im Haus keine Lampe einzuschalten brauchte.

Margot hatte sie aufgefordert in ihrem Haus zu wohnen und Jessica hatte angenommen. Doch in diesem Haus ohne Margot zu sein, machte sie sentimental. Sie würde es nicht über sich bringen, in dem Bett zu schlafen, in dem sie vor einem Jahr zusammen geschlafen und sich leidenschaftlich geliebt hatten. Sie würde die Nächte auf der Couch verbringen, auch wenn sie damit riskieren sollte, ihre lädierte Bandscheibe völlig zu ruinieren.

Sie stand auf, knipste das Licht an und ging in die Küche.

Auf der Nirostaspüle stand noch das Geschirr von Margots letztem Frühstück.

In einer Obstschale lagen überreife Pfirsiche und Aprikosen, die in ein paar Stunden in den Stand der Fäulnis übergehen würden. Jessica nahm sich vor, frisches Obst zu besorgen, bevor Margot nach Hause kommen würde. Und frische Blumen sollten auf dem Tisch stehen.

Ihr fiel auf, dass sie überhaupt nicht wusste, was Margots Lieblingsblumen waren. Leslies Lieblingsblumen waren Gerbera.

Sie öffnete den Vorratsschrank und nahm ihre mitgebrachte Flasche Highland Park heraus.

Der Whisky würde ihr guttun und vielleicht würde er sie auch schläfrig machen und die vielen Gedanken, die sich gegenseitig behinderten, in ruhige Bahnen lenken.

Sie brauchte ein paar Stunden Schlaf, denn wer wusste schon, was der morgige Tag an Aufregungen bringen würde.

Sie holte sich noch ein Glas aus dem Geschirrschrank und ging wieder ins Wohnzimmer zurück.

Sie setzte sich auf einen Sessel und legte die Füße auf den Couchtisch.

Das passt so gar nicht zu Margots gepflegtem Landhaus-Stil und ihren geblümten Kissen, dachte sie und schenkte sich großzügig ein.

In genau einem Monat musste sie wieder in Breslau sein und ihre erste Vorlesung halten. Und bis dahin hatte sie noch jede Menge Arbeit.

„Und außerdem", sagte sie laut, „ich hasse es, wenn jemand so kitschig eingerichtet ist. Wir passen nicht zusammen!"

Und bevor sie sich selbst widersprechen konnte, sagte sie sich noch, dass sie auch nicht in einem Dorf leben wollte, in dem Waldgeister ihr Unwesen trieben und Werwölfe mit spitzen Zähnen die Leute anfielen. Und das am helllichten Tag.

„Margot." Sie sprach den Namen leise aus, und ihr Herz krampfte sich zusammen. Sie sah sie vor sich stehen. Sah ihr Gesicht, die blonden Haare.

Sie schloss für einen Moment die Augen und berührte mit der Zunge den Backenzahn, der vor ein paar Wochen plombiert worden war. Die Zeit im Wartezimmer ihres Zahnarztes war ihr so lang geworden, dass sie eine der zerfledderten Zeitschriften, die auf einem Tischchen lagen, durchgeblättert hatte. Der Zahn hatte geschmerzt, aber trotzdem hatte sie die Geduld aufgebracht, einen Artikel genau gelesen. Bevor sie sich an den Inhalt erinnern konnte, schalt sie sich, dass ihre lächerlichen Zahnschmerzen nicht vergleichbar waren mit Margots Schmerzen.

Sie musste an die hufeisenförmigen Wunden an Margots Hals denken. Durch die Quetschungen hatten sich die Ränder dunkelblau verfärbt und waren angeschwollen.

Wenn der Kerl geschnappt wird, bekommt er wegen verminderter Zurechnungsfähigkeit ein paar Jahre auf Bewährung.

Sie lachte bitter und trank das Glas Whisky in einem Zug aus. Mit den Füßen auf dem Tisch kam sie sich vor wie ein Cowboy. Es fehlten nur noch die Stiefel.

Wieso dachte sie jetzt an einen Cowboy?

In ihrem Kopf schien das pure Chaos zu herrschen.

Cowboy?

Sie war jedes Jahr an Fasching als Cowboy verkleidet gewesen. Genauso wie Wolfgang. Und immer bevor sie um eine Ecke gebogen oder durch eine Tür gegangen waren, hatten sie ihre Revolver gezückt.

„Cowboy." Jessica sprach das Wort laut aus. Sie nahm die Füße vom Tisch und setzte sich ruckartig auf, und dann erinnerte sie sich.

Ein Cowboy jagte mit seinem Revolver einen Indianer durch die Parkstraße. Vom Bahnhof zum Edeka-Laden und zurück. So wie sie sich damals das Cowboy und Indianerleben vorgestellt hatten.

Sie stellte ihr Glas ab, sprang auf und machte Licht. Dann nahm sie das Telefon und wählte die Nummer vom Pfarrhaus.

„Hoffentlich nimmt Frau Vatermann nicht ab", murmelte sie, während sie auf das Freizeichen hörte.

Alfred war sofort am Apparat. Scheinbar konnte er auch nicht schlafen.

„Jessica! Es ist gleich halb drei", sagte er, nachdem sie sich gemeldet hatte.

„Das ist doch wohl ziemlich egal, Alfred, du bist doch sowieso noch wach."

„Ich war bis eben in der Kirche und habe gebetet. Du glaubst gar nicht, wie gut es mir tut, wieder zu Hause zu sein. Die frischen Blumen neben dem Altar dufteten, als hätten sie nur auf mich gewartet."

„Was redest du für einen Unsinn, Alfred. Wir haben doch wohl andere Sorgen."

„Natürlich", gab er zerknirscht zu, „du rufst an, damit ich dir Trost spende…"

„Hör jetzt endlich auf mit deinem Pfarrergetue. Ich rufe aus einem ganz anderen Grund an. Dieses Monster mit den spitzen Zähnen und den Haaren überall, dieser Werwolf…"

„Es ist eine Kreatur Gottes, für die ich heute Nacht auch ein Gebet gesprochen habe. Ich glaube, es gibt keine Seele hier in Bierbach, die es nötiger hätte."

„Ja. Ja. Das interessiert mich jetzt nicht. Ich wollte dir etwas anders sagen."

„Ich höre."

„Wir haben ihn schon einmal gesehen."

„Wen?"

„Den Werwolf. Von wem rede ich denn sonst!"

„Was? Wer?!"

„Du und ich, Alfred. Wir haben dem Werwolf schon einmal gegenübergestanden. Sozusagen von Angesicht zu Angesicht."

„Aber das hätte ich doch nicht vergessen, Jessica."

„Scheinbar doch, Alfred. An dem Tag waren wir alle verkleidet."

„Verkleidet? Was meinst du damit?"

„Verkleidet, maskiert. Erinnerst du dich an unsere Kindermaskenbälle, die jedes Jahr am Faschingsdienstag in der Bahnhofswirtschaft stattfanden?"

„Meinst du einen bestimmten?"

„Ja, aber ich weiß das Jahr nicht mehr. Irgendwann in den Siebzigern. Ich erinnere mich noch daran, dass wir draußen auf der Straße gewesen waren, und ich jagte mit meiner Pistole hinter dir her. Ich war als Cowboy verkleidet und du als Indianer. Du bist dann hingefallen und hast geheult."

„Ja, ich erinnere mich", gab Alfred zu. „Meine Knie waren aufgeschlagen."

„Als Wiedergutmachung bin ich mit dir hinter das Bahnhofsgebäude gegangen und habe meine erste Zigarette mit dir geteilt."

„Auch daran erinnere ich mich jetzt. Das war die zweite Gemeinheit von dir an diesem Tag. Aber das Gute daran war, dass ich danach keine Zigarette mehr angerührt habe. Bis heute nicht."

Jessica lachte. „Glückwunsch. Ich hatte sie damals extra für diesen Tag bei meinem Vater geklaut. Wie hätte ich auch wissen können, dass dir so schlecht wird. Nachdem du dich übergeben hattest, wollten wir wieder zurück zum Fest. Und als wir um die Ecke bogen, ich hatte meinen Revolver im Anschlag…"

„Jessica!", Alfreds Stimme klang jetzt aufgeregt. „Du hast recht! Wie hatte ich das nur vergessen können! Er sprang auf uns zu. Ich weiß gar nicht, wo er so schnell herkam. Er fletschte sein Gebiss, er hatte ganz spitze Zähne. Wir haben gedacht, er wäre kostümiert und hätte ein Plastikgebiss im Mund!"

„Das haben wir später gedacht, weil es unwahrscheinlich gewesen wäre, dass jemand so aussieht. Zu diesem Zeitpunkt, als er uns gegenüberstand, fanden wir beide, dass seine Beißer gottverdammt echt aussah und seine Behaarung auch."

„Ja. Das stimmt. Die Zähne sahen nicht aus wie Plastikzähne."

„Ich habe auf ihn geschossen. Und da hat er Angst bekommen." Jessica zündete sich noch eine Zigarette an.

„Stimmt. Er hat nicht gewusst, dass es nur Platzpatronen waren. Er hat aufgeheult und ist davongerannt. Und wir, Jessica, dafür muss ich mich heute noch schämen, sind ihm mit unseren Fahrrädern hinterhergefahren und haben Steine nach ihm geworfen."

„Ein paar kleine Kieselsteine."

„Vielleicht waren es nur kleine Steine, weil wir keine großen fanden."

„So blutrünstig waren wir doch nun wirklich nicht, Alfred. Erinnerst du dich, er ist die Eckstraße hoch gerannt und dann ins Schweitzertal abgebogen. Und dann den Webenheimer Bösch hoch. Da stand dann plötzlich diese merkwürdige Frau vor uns. Ihre Haare sahen aus wie abgefressen, und sie trug eine dreckige Schürze. Der Werwolf hatte sich hinter ihr versteckt, und sie hat uns einen Eimer dreckiges Wasser übergeschüttet."

„Das war eine gerechte Strafe."

„Ja, ja, Herr Pfarrer. Weißt du, wer diese Frau war?"

„Da muss ich nachdenken."

„Kannst du das bitte sofort tun?"

„Ja sicher. Glaubst du, dass es wichtig ist?"

„Ja, Alfred. Es wäre doch möglich, dass genau dieser Mensch sich heute wieder als Werwolf verkleidet und so echt aussieht, dass man ihn tatsächlich für einen hält."

„Warum? Damit man ihn nicht erkennt?"

„Quatsch, das kann nicht der Grund sein. Wenn er einfach nur nicht erkannt werden wollte, würde er doch nicht eine so auffällige Verkleidung wählen."

„Ja, aber…"

„Da ich nicht an die Existenz von Werwölfen glaube, nehme ich an, dass dieser Mensch an Lykantrophie leidet."

„Lykantrophie?"

„Ich habe vor ein paar Wochen bei meinem Zahnarzt in einer Zeitschrift einen Artikel darüber gelesen. Es ist eine seltene Geisteskrankheit. Lykantrophen sind Menschen, die glauben ein Wolf zu sein und sich auch so verhalten. Vielleicht hat er sich die schwarzen Haare aufgeklebt und die Zähne spitz gefeilt."

„Aber er muss doch damals noch ein Kind gewesen sein! Wie heißt diese Krankheit?"

„Lykantrohie. Der Begriff geht zurück auf Lykaon, der König der Arkadier, der von Zeus zur Strafe in einen Wolf verwandelt wurde."

„Ja, ich kenne die Geschichte. Lykaon tötete seinen eigenen Sohn, kochte ihn und setzte ihn Zeus als Mahl vor…"

„Wenn der Kerl damals geisteskrank war, ich meine den Bierbacher Werwolf, nicht Lykaon, wird er es wohl immer noch sein."

„Jessica", widersprach Alfred, „so ein Mensch würde doch auffallen in einem Dorf."

„Nicht wenn er versteckt gehalten würde. Denk an diese merkwürdige Frau. Wir sollten gleich morgen früh dort hingehen und uns ein bisschen umsehen."

„Da oben ist jetzt eine der schönsten Wohngebiete von Bierbach. Es ist nicht mehr so einsam dort oben wie in den Siebzigern. Damals stand da oben nur ein Haus. Ganz abseits vom Dorf. Wir nannten es immer…", er machte eine kurze Pause, Jessica konnte ihn fast denken hören, „…das Hexenhaus."

„Hexenhaus und Werwolf. Das passt doch prima zusammen. Mich interessiert, ob das Hexenhaus noch immer dort oben

272

steht." Sie wartete ein paar Sekunden auf seine Antwort, als diese ausblieb, hakte sie nach: „Was meinst du?"

„Ich denke schon, dass es noch steht. Mir ist jedenfalls nicht bekannt, dass es abgerissen wurde. Aber ist das nicht zu einfach gedacht, dass der Werwolf im Hexenhaus wohnt?"

„Meistens ist der einfachste Gedanke der richtige."

„Du könntest recht haben, Jessica. Sobald es hell wird, gehen wir hoch zum Webenheimer Bösch."

„Und vielleicht finden wir ihn, bevor er ein neues Opfer findet."

Die Schreie einer Frau gellten durch die Straßen, nahmen ihr eigenes Echo auf und schwollen an zu einem Kanon.

Ein Schuss peitschte durch die Nacht. Dann war Stille.

„Hast du das gehört?", fragten Jessica und Alfred gleichzeitig. Und beide wussten, dass der Werwolf in dieser Nacht ein weiteres Opfer gefunden hatte.

XXI

Bierbach, 02. August 2004

Der Werwolf hatte neben ihr im Bett gelegen, und sie hatte es überlebt.

Wäre sie nicht aufgewacht, hätte er sie wahrscheinlich tot gebissen, hatte der nette junge Polizist gesagt.

Diese Vorstellung fand sie so schrecklich komisch, dass sie lachen musste. Sie lachte und lachte, bis sie fast keine Luft mehr bekam und ihr die Tränen in den Augen schossen.

Der Notarzt gab ihr eine Spritze und ließ sie mit der Ambulanz ins Krankenhaus bringen. Das fand sie auch unglaublich komisch, und sie fing wieder an zu lachen. Rita stand unter Schock.

Eine Viertelstunde vorher hatte sie Feuerstein noch so klar und deutlich Auskunft geben können, als hätte sie das Geschehene nur via Fernsehen und nicht selbst erlebt. Ihre Beschreibung des Täters deckte sich mit den Aussagen von Margot, Venn, den beiden Polizisten und den Bierbachern, die vor ihrem Haus gestanden hatten.

Eine Polizeistaffel, die Feuerstein zur Verfügung gestellt wurde, war gerade dabei, den ganzen Wald vom Schucht aus, der höchsten Erhebung in Bierbach, zu durchkämmen. Denn den Schucht hinauf war der Werwolf angeblich geflüchtet.

Sollte er an einem anderen Ort den Wald wieder verlassen, standen weitere Polizisten bereit, ihn abzufangen. Sie waren in den umliegenden Dörfern Kirkel, Wörschweiler, Lautzkirchen und Beeden postiert. Sollte der Gesuchte den Wald allerdings wieder in Bierbach verlassen, würde Feuerstein jedes Haus auf den Kopf stellen, bis er ihn gefunden hätte.

Vorsorglich hatte er schon zwei seiner Leute ins Grohbachtal geschickt, damit sie oberhalb der Waldschenke den Weg ins Dorf im Auge behalten sollten. Sobald sie hier fertig waren, würde er zwei weitere Polizisten ins Hechlertal in die Nähe des Sportplatzes schicken.

Leider hatte er zu wenig Personal zu Verfügung. Liebend gerne hätte er den Pirmannswald mit mehreren Hundertschaften umstellt und den Flüchtigen langsam eingekreist.

Ein Hubschrauber stieg über dem Bliestal auf und flog hinauf zum Schucht. Als er über dem Dorf ankam, schaltete er seine Suchscheinwerfer ein.

„Nur ein Hubschrauber? Unser Hauptkommissar Feuerstein wird bescheiden", sagte Jessica.

Alfred und sie standen bei Feuerstein, der, nachdem der Hubschrauberlärm leiser geworden war, den beiden Streifenpolizisten Ecker und Kresic ein Lob für ihr schnelles Eingreifen aussprach. Sie hatten Rita das Leben gerettet, wenn ihnen auch der Werwolf durch die Lappen gegangen war.

Er wandte sich Alfred zu. „Das hier geht alles nicht mit rechten Dingen zu. Ich bin froh, dass du wieder da bist. Vielleicht hilft ein wenig göttlicher Beistand."

„Es gibt keine Werwölfe, Feuerstein. Und Gott leistet immer Beistand, auch wenn gerade mal kein Priester anwesend ist."

Alfred hatte sein sportliches Polo-Shirt gegen sein schwarzes Kollarhemd ausgetaucht. Er war nun auch äußerlich wieder der katholische Seelsorger seiner Gemeinde.

„Wenn nicht mehr genug Raum in der Hölle sein wird, werden die Toten auf der Erde wandeln", unkte Polizeimeister Ecker mit düsterer Stimme.

„Das ist aus Dawn of the dead, und das waren Zombies, keine Werwölfe, Blödmann", meinte Kollege Kresic und boxte seinem Partner kameradschaftlich in die Rippen.

„Schluss jetzt, ihr beiden. Helft lieber eueren Kollegen, die Zeugenaussagen aufzunehmen."

Ecker und Kresic zogen ihre Notizblöcke aus den Brusttaschen und gingen auf eine Gruppe Bierbacher zu, die ihnen misstrauisch entgegenblickten.

„Wenn man die Burschen einmal lobt, werden sie gleich übermütig", knurrte Feuerstein.

„Sei doch nicht so streng. Sie sind doch noch so jung", wandte Alfred ein.

„Sie sind Polizisten! Und sollen sich auch so benehmen, egal ob alt oder jung!"

„Vielleicht sollten sie sich ein Beispiel an dir nehmen, Feuerstein." Jessica grinste. „Dein Auftritt im letzten Jahr war ja filmreif! Vor allem, als du mit der Knarre unter dem Arm vor der Kanzel gesessen und dich nicht getraut hast hinaufzuklettern."

Feuerstein funkelte sie böse an.

Ein paar Meter weiter kniete Markowitz vor dem Kellerfenster, vom dem Rita nicht gewusst hatte, ob sie es beim Weggehen geschlossen hatte oder nicht.

Neben ihr kniete ein Mitarbeiter der Spurensicherung. Hunsickers Helmut und Theo der Wirt standen so dicht dabei, wie Markowitz es gerade noch zuließ und schauten fasziniert zu, wie der Kriminaltechniker mit einem Feinhaarpinsel das Pulver auf den Fensterrahmen auftrug und anschließend die Fingerabdrücke sicherte.

„Wie kommen die Fingerabdrücke überhaupt auf den Rahmen?", fragte Helmut.

„Er ist durch das Kellerfenster eingestiegen", antwortete Markowitz, ohne sich umzudrehen, „vielleicht hätten wir auch noch ein paar Fußabdrücke gefunden, wenn nicht wieder das ganze Dorf hier versammelt wäre."

„Das meine ich nicht. Ich meine, wie die Fingerabdrücke festkleben oder wie man das nennt. Ich kenne mich in diesen Dingen nicht aus."

„Fingerabdrücke entstehen durch Schweißabsonderungen aus den Poren. Die Spuren bestehen zu achtundneunzig Prozent aus Wasser und zu zwei Prozent aus anorganischen Salzen, hauptsächlich Chloride, und organischen Verbindungen wie Fette, Harnstoffe und so weiter", antwortete der Kriminaltechniker, der sich offensichtlich freute, dass man seine Arbeit auch einmal wieder Beachtung schenkte. Seit der Möglichkeit der DNA-Typisierung und der Einführung des Begriffs genetischer Fingerabdruck führte die Daktyloskopie ein Schattendasein in der Kriminalistik.

„Das ist ja Wahnsinn, Cornelia. Sieh dir das an", sagte er zu Markowitz, nachdem er die Abdrücke mit einer Klebefolie gesichert hatte und ihr das Ergebnis seiner Arbeit zeigte.

Helmut und Theo kamen ein paar Schritte näher. Theo pfiff anerkennend durch die Zähne.

„Unglaublich." Markowitz stand auf. „So etwas habe ich ja noch nie gesehen. Du? Das muss ich gleich dem Chef zeigen."
Sie ging zu Feuerstein und Helmut und Max nahmen ihre Position neben dem Kriminaltechniker ein.

„Wir haben einen Handabdruck gefunden. Unglaublich. Am Kellerfenster war ein ganzer Handabdruck abgebildet."

„Und was ist daran so unglaublich, Markowitz?"

„Chef, er hat nur vier Finger."

„Was ist daran so besonders? Jede Hand hat vier Finger und einen Daumen."

„So meine ich das nicht. Einschließlich Daumen sind es nur vier!"

„Zeig mal her!"

Georg Venn, der direkt hinter Feuerstein stand und mit offenem Mund zugehört hatte, gab die Sensation sofort an seine Mitbürger weiter. Ein Raunen ging durch die Menge und ein Reporter von der Saarbrücker Zeitung machte eifrig Notizen. Dieser Fall war das Beste, was ihm in seiner gesamten beruflichen Laufbahn untergekommen war. Es stellte sogar die mysteriöse Mordserie aus dem vergangenen Jahr in den Schatten.

„Vier Finger? Kein Mensch hat nur vier Finger", sagte Jessica zweifelnd zu Alfred.

„Nein, kein Mensch hat vier Finger."

„Aber es muss doch ein Mensch sein, Alfred. Ein geisteskranker zwar, aber doch ein Mensch. Oder?"

Alfred zuckte mit den Schultern.

„Schaffen Sie den Abdruck auf dem schnellsten Weg in die Kriminaltechnik und vergleichen Sie ihn mit den anderen Fingerabdrücken", rief Feuerstein. Auf seiner Stirn standen Schweißtropfen.
Markowitz nickte und machte sich auf den Weg.

„Waren Margot und Rita Zufallsopfer? Was meinst du, Feuerstein?", fragte Alfred.

„Ich sehe zwischen den beiden keine Gemeinsamkeit. Sie sehen sich nicht einmal ähnlich. Margot ist blond und Rita hat rote Haare."

„Rita ist gefärbt."

Ehrmantrauts Lisa bahnte sich einen Weg durch die Menge auf Feuerstein zu, begleitet von einem Gemisch von Haarfestiger und Bleichmittel. „Ich sage euch, sie ist gefärbt!"

Die Gasse, die sie sich gebahnt hatte, füllte sich wieder mit Bierbachern, die unerbittlich ausharrten und nun den Kreis um Feuerstein noch enger zogen, in der Hoffnung, noch weitere Sensationen im Stil der vierfingrigen Hand zu erfahren.

„Wer sind Sie denn?", fragte Feuerstein.

„Lisa, Elisabeth Ehrmantraut. Ich arbeite dort drüben." Sie zeigte an dem kleinen Laden mit Elektroartikeln vorbei zum Friseurladen hin. „Ich will einen sachdienlichen Hinweis geben."

Sachdienliche Hinweise nehmen unsere Aufnahmestudios in München, Wien und Zürich entgegen, schoss es Alfred durch den Kopf, obwohl er die Sendung XY Aktenzeichen... ungelöst seit Jahren nicht mehr gesehen hatte.

Feuerstein nickte Lisa kurz zu.

„Rita ist gefärbt. Sie war ursprünglich auch blond, genau wie Margot. Also nicht genau so blond wie Margot, eher grau als blond. Vielleicht..."

„Was vielleicht?", hakte Feuerstein ungeduldig nach.

„Vielleicht hat er es auf Blondinen abgesehen." Ihre Stimme war zu einem vertraulichen Flüstern geschrumpft. Alfred konnte eine Spur freudiger Erregung heraushören. Er schaute sie missbilligend an.

Obwohl sie Ehrmantraut hieß, war sie keine Bierbacherin. Sie wohnte in der Nachbargemeinde Wörschweiler. Doch einer ihrer Vorfahren stammte aus Bierbach. Johann Adam Ehrmantraut hieß der Urahn von Lisa und er musste seinerzeit aus Bierbach fliehen, weil er einen Kosaken erschlagen hatte.

Alfred stöhnte innerlich. Egal wo man hier grub, man stieß auf Tote, deren Ableben nicht als natürlich bezeichnet werden konnte.

Ohne es zu wollen, lachte er auf und blickte gleich danach erschrocken in die Runde, ob es jemand bemerkt hatte. Außer Jessica, die ihm einen erstaunten Blick zuwarf, schien es aber Gott sei Dank niemand gehört zu haben.

Lisas Redeschwall über Haare und Färben rauschte immer noch an seinen Ohren vorbei. Er betrachtete sie eingehender. Sie hatte rotblonde Haare wie Jessica. Doch Jessicas Haut war trotz ihrer hellen Haare sonnengebräunt, wo hingegen Lisas Haut so hell und durchsichtig war, dass man die Adern blau hindurch schimmern sah.

„Danke, das reicht jetzt wirklich!" Feuerstein beendete Lisas Redeschwall und hob abwehrend die Hand.

Beleidigt, dass man ihrer wichtigen Aussage so wenig Beachtung schenkte, selbst der Reporter hatte aufgehört mitzuschreiben, zog sie sich immer weiter in die Menschenmenge zurück, bis sie fast nicht mehr zu sehen war. Sie schien regelrecht zu schrumpfen. Nur der Geruch des Friseursalons blieb noch eine Weile an der Stelle hängen, an der sie gestanden hatte.

Dann stand sie plötzlich wieder wie aus dem Boden geschossen da, und Alfred musste unwillkürlich an die indischen Fakire denken, die sich angeblich unsichtbar machen können und im nächsten Moment wieder sichtbar.

„Ich weiß noch viel mehr. Wenn ich sagen würde, was ich weiß, wäre in Bierbach die Hölle los!", sagte sie laut und starrte geradeaus.

Alfred schaute in dieselbe Richtung, konnte aber nicht feststellen, wem Lisas starrer Blick gegolten hatte.

„Wenn Sie etwas wissen, sagen Sie es oder lassen Sie mich meine Arbeit machen", herrschte Feuerstein sie an.

Lisa warf den Kopf nach hinten und verschwand, diesmal endgültig.

Friedhelm Winkler, der Pastor der evangelischen Kirche in Bierbach, trat zu Alfred. „Schön, dass Sie wieder da sind, Kollege."

Die beiden schüttelten sich die Hände.

„Eine Gemeinsamkeit fällt mir jetzt auch ein. Margot und Rita sind beide katholisch", sagte Alfred nachdenklich.

„Soll das heißen, der Werwolf ist evangelisch?", mischte sich Deckarms Willibald empört ein.

Pastor Winkler lächelte Alfred zu. Die beiden Männer Gottes verstanden sich gut und begegneten den katholisch-evangelisch Plänkeleien mit Humor.

„Nein, nein. Um Gottes Willen. Willibald, so gut solltest du mich doch kennen. Ich habe doch nur nach Gemeinsamkeiten gesucht, die eventuell wichtig sein könnten." Er klopfte Willibald, der seit vielen Jahren Mitglied des Presbyteriums war, versöhnlich auf die Schulter.

„Nichts für ungut, Herr Pfarrer", sagte dieser und bot Alfred eine Zigarette an.

„Danke, aber ich rauche nicht."

„Aber mir kannst du eine geben, Willibald. Ich habe meine daheim vergessen." Ottmar Bechthold streckte die Hand aus.

„Aber klar doch", Willibald hielt ihm das Päckchen hin. „Hat man Rita bis an den Hechlerberg schreien hören, oder warum bist du in aller Herrgottsfrühe da?"

„Rita nicht, aber die Polizeisirenen und alles." Er nahm einen tiefen Zug, zog die linke Augenbraue hoch und fuhr fort: „Wenn man es genau nimmt, bin ich eigentlich das erste Opfer vom Werwolf. Der hat nämlich meinen besten Hasen aus dem Stall geklaut."

„Ach, sag nur", meinte Willibald, „Hättest mehr davon gehabt, wenn du ihn bei Zeiten geschlachtet hättest. Ein schöner Hasenbraten in Burgundersoße." Er leckte sich die Lippen und schmatzte genüsslich.

Ottmar zog wieder die linke Augenbraue hoch.

Genau das hat sein Vater auch immer gemacht, fiel es Alfred auf, der noch neben den beiden stand. Immer wenn den alten Bechthold etwas erstaunte oder wenn er etwas missbilligte, hatte er die linke Augenbraue hochgezogen. Viel geredet hatte er nie.

Jessica zog Alfred zur Seite. „Es ist schon eine Weile hell. Komm, Alfred, wir wollen uns jetzt das Hexenhaus auf dem

Webenheimer Bösch ansehen. Hier können wir sowieso nichts mehr tun."

„Sollen wir Feuerstein davon erzählen?"

„Warten wir erst einmal ab, was wir dort finden werden. Wir schauen uns vorher erst einmal alleine um."

„Ihr sucht doch nach Gemeinsamkeiten. Mir ist gerade auch noch etwas eingefallen", rief Bäcker Kiefer, der gerade mit einem Korb frischer Brötchen aus seiner Backstube kam, über die Menge hinweg: „Rita und Margot sind beide im Cäcilienverein." Und dann schwenkte er seinen Korb der Menge entgegen und schrie: „Es gibt frische Brötchen! Direkt aus dem Backofen! Noch ganz warm! Drei für den Preis von zwei!"

„Ich bin auch im Cäcilienverein", erwiderte Sylvia, „und Marlies, Bettina, Sonja, Veronika, Frau Vatermann und noch ein Duzend Frauen."

„Und wir tun nur Gutes", stellte Frau Vatermann klar und fügte leiser hinzu: „Auch wenn das manchmal schwerfällt."

Außer Ruth, die neben ihr stand, hatte es keiner gehört.

„Was meinen Sie denn damit, Frau Vatermann?", fragte sie.

„Zum Beispiel das Ausräumen des Hauses, in dem die alte Grützler gehaust hatte. Solange sie lebte, hatte man sie nicht ein einziges Mal in der Kirche gesehen. Weder in der einen noch in der anderen. Das Hexenhaus hatten es früher die Kinder immer genannt."

„Stimmt. Das Hexenhaus. Jesus-Maria, das gibt es ja auch noch."

„Frau Lenhard hat mir erzählt, wie heruntergekommen das Haus war. Sie hatte mit zwei anderen Frauen vom Cäcilienverein nach dem Tod der alten Grützler den Haushalt aufgelöst, oder besser gesagt, ausgemistet. Es gab keine Angehörigen, die das hätten erledigen können. Ob die beiden anderen Frauen Margot Klaus und Rita Bachmann waren?"

Ruth schaute Frau Vatermann verblüfft an. War das ein Motiv? Wenn ja, war es das merkwürdigste Motiv, von dem sie, die keine Tatort-Folge ausließ, je gehört hatte.

„Ich muss mit dem Herrn Pfarrer darüber reden", sagte Frau Vatermann mit gedämpfter Stimme. Sie schaute sich in der Menge nach ihm um, konnte ihn aber nirgendwo entdecken.

Und Ruth, die glaubte, Frau Vatermanns Gedanken wie in einem offenen Buch, lesen zu können, ergänzte: Und diese Jessica Lück ist auch verschwunden.

Frau Vatermann schaute sich weiter um und entdeckte Sylvia, die jetzt etwas abseits mit Feuerstein zusammenstand. So, wie es aussah, schien sie ihm etwas außerordentlich Wichtiges mitzuteilen zu haben.

Mit energischen Schritten ging Frau Vatermann auf die kleine Gruppe zu.

Und Ruth, die auch wissen wollte, wie die Geschichte weiterging, folgte ihr.

XXII

Saarbrücken, 02. August 2004

Markowitz war nach Saarbrücken zurückgefahren und saß an ihrem Schreibtisch.

Natürlich waren die Fingerabdrücke, die man am und im Haus von Rita Bachmann gefunden hatte, dieselben, die bei Margot Klaus gefunden worden waren. Der Bericht der Spurensicherung barg keine Überraschung, im Gegensatz zu dem Laborbericht, der vor ihr auf dem Schreibtisch lag und den sie viel interessanter fand.

Aufgrund der gefundenen Haare des Täters war es möglich gewesen, die DNA-Typisierung durchzuführen. Die DNA ist von Mensch zu Mensch verschieden, wie der Fingerabdruck. Außer bei eineiigen Zwillingen, die dieselbe Erbinformation haben. Je näher zwei Personen miteinander verwandt sind, desto ähnlicher werden die Merkmalkombinationen.

Sie fragte sich, wie früher eine effektive Polizeiarbeit überhaupt machbar gewesen war, als es die Möglichkeit der DNA-Typisierung noch nicht gab.

Die Buchstaben- und Zahlenkombination hatte sie als erstes an den Zentralrechner des BKA in Wiesbaden geschickt, damit ein Abgleich mit dem dortigen Datenbestand durchgeführt werden konnte. Von dem Ergebnis versprach sie sich allerdings nicht viel. Er war bestimmt noch nicht erfasst. Doch sie wollte nichts unversucht lassen.

Das wichtigste Ergebnis der Untersuchung, und vor allem das interessanteste, war jedoch die in der DNA enthaltene Information über eine außerordentlich seltene Krankheit, unter der der Täter litt.

So etwas kam einem nun wirklich nicht alle Tage auf den Tisch, dachte Markowitz, und sie war erleichtert, dass es sich um einen Menschen handelte und nicht um einen Werwolf, Vampir, Zombie oder ein anderes Monster. Nicht, dass sie auch nur einen Moment daran geglaubt hätte, dass es sich bei dem Täter um etwas anderes als einen Menschen gehandelt haben könnte. Aber weiß man's?

Sie nahm das Telefon und wählte Feuersteins Handynummer, der noch in Bierbach war und mit Ungerbühler zusammen die große Suchaktion überwachte.

„Hallo Chef. Habt ihr ihn? Nein? Aber ich habe eine Neuigkeit. Die Ergebnisse der DNA-Analyse sind da. Haben Sie schon einmal vom Cornelia-de-Lange-Syndrom gehört? Das hat unser Freund nämlich. Er ist kein Werwolf oder sonst etwas. Er leidet unter CdLS! Das ist ein Dysmorphiesyndrom."

Markowitz machte eine Pause, um Feuerstein Gelegenheit zu geben, nachzufragen, was zum Teufel das denn sei. Als er ihr jedoch den Gefallen nicht tat, fuhr sie fort: „Also ein Dysmorphiesyndrom, das durch multiple angeborene Fehlbildungen und durch schwere geistige Behinderung gekennzeichnet ist. Eine holländische Ärztin, eben diese Cornelia de Lange, hatte diese Krankheit 1933 als erste beschrieben. Und jetzt passen Sie auf, jetzt kommt die Beschreibung: Minderwuchs, zusammengewachsene Augenbrauen, niederer Haaransatz, kurze, breite Nase, kleine Augen, tief angesetzte, nach hinten verdrehte Ohrmuscheln, vermehrte Körperbehaarung und ein unangenehmer Geruch. Die Stimme ist tief, rau und ausdruckslos und die Zähne stehen weit auseinander und laufen spitz zu. Und jetzt wird es noch mal interessant. Der Mittelhandknochen ist verkürzt, was eine krallenartige Deformierung der Hand bedeutet, die oft nur vier Finger aufweist."

Sie wusste, was jetzt kommen würde: Nachfragen in Krankenhäusern und Unikliniken, ob in der Vergangenheit jemals jemand mit diesem Krankheitsbild behandelt worden war. Und das würde voraussichtlich ebenso unergiebig sein, wie die Anfrage bei den Zahnärzten.

Dieser Mensch hatte im Verborgenen gelebt. Eine Art Kaspar Hauser. Aber wie war das heutzutage möglich und dazu in einem Land, in dem die Bürokratie alles überwucherte und von jedem Menschen von Geburt an jeder Furz, den er ließ, gespeichert wurde? Es konnte nur so gewesen sein, dass selbst seine Geburt verheimlicht worden war.

In der Kriminalgeschichte, auch der jüngeren, gab es immer wieder Fälle, in denen Eltern sich ihrer meist geistig behinderten Kinder geschämt und sie wie Tiere im Keller gehalten hatten. Und das über Jahre hinweg, unbemerkt von der gesamten Nachbarschaft.

„Markowitz!"

„Ja, Chef?" Sie zuckte zusammen. Obwohl sie den Hörer in der Hand hielt, hatte sie Feuerstein am anderen Ende der Leitung völlig vergessen.

„Sind Sie eingeschlafen?"

„Nein. Ich habe nur gerade nachgedacht. Sie wollen bestimmt, dass ich in den Krankenhäusern nachfrage."

„Quatsch. Was soll das bringen? In einer halben Stunde will ich Sie wieder hier in Bierbach sehen."

XXIII

Bierbach, 02. August 2004

Jessica und Alfred stiegen langsam den Webenheimer Bösch hinauf. Alfred keuchte unter seinem Gewicht, obwohl er einige Kilo abgenommen hatte, und Jessica keuchte wegen ihres hohen Zigarettenkonsums, obwohl sie seit einem halben Jahr eine leichtere Zigarettenmarke bevorzugte.

„Hier hat sich aber viel verändert", sagte sie völlig außer Atem und blieb stehen. „Früher stand hier oben nur das Hexenhaus. Und jetzt reiht sich ein Haus an das andere."

Sie wischte sich mit dem Ärmel den Schweiß von der Stirn, zog ihre Jacke aus und band sie um ihre Taille. Die wenigen Stunden, die es in der Nacht geregnet hatte, konnten nicht für Abkühlung sorgen.

„Stimmt. Ich war auch schon lange nicht mehr am Webenheimer Bösch." Er setzte sich auf eine Gartenmauer und schaute hinunter ins Dorf. „Wie sehr habe ich das vermisst", seufzte er und fuhr mit der Hand in seinen Kragen. „Du nicht auch?"

„Nein. Komm jetzt weiter. Ich will heute Vormittag noch zu Margot ins Krankenhaus."

„Du kannst ihn nicht leiden, stimmt's?"

„Wen?"

„Feuerstein."

„Der aufgeblasene Kerl ist mir ziemlich egal."

„Das dachte ich auch immer."

„Was dachtest du auch immer?"

„Dass er dir egal ist. Aber ich glaube, seit Sylvia diese merkwürdigen Andeutungen gemacht hat, dass Feuerstein in letzter Zeit ein Auge auf Margot…"

„Unsinn! Ich kann mich an keine Andeutung erinnern."

„Margot und du…"

„Ach, lass mich doch in Ruhe, Alfred!"

Alfred blinzelte zu ihr hoch. „Es muss dir doch nicht unangenehm sein, darüber zu reden. Das ist doch mittlerweile das Normalste der Welt."

„Das weiß ich auch", herrschte sie ihn an. „Es ist mir auch nicht unangenehm darüber zu reden". Sie machte eine Pause und dachte nach. „Es ist nur so, dass ich nicht weiß, wie es weitergehen wird. Was ich will und was sie will. Alles ist so kompliziert. Und deswegen will ich nicht darüber reden."

„Warum empfindest du es als kompliziert?"

„Weil ich so bin wie ich bin."

Sie stand in der Sonne und sah mit ihrem trotzigen Gesicht und ihren rotblonden Locken wie ein Engel aus. Nicht wie ein Engel im klassischen Sinn, sondern nur ganz allein für ihn. Und er wusste mit einem Mal, wenn er je mit einer Frau hätte zusammen sein wollen, dann mit ihr. Er beneidete Margot, der diese Chance gegeben war. Hoffentlich nehmen die beiden dieses Geschenk der Liebe an, dachte er. Er würde es ihnen von Herzen gönnen.

„Komm! Los!" Sie drehte sich um und ging die Straße weiter hoch.

„Eine Minute noch", bat er.

Sie kam die paar Schritte wieder zurück und setzte sich neben ihn. „Okay. Eine halbe Minute."

Bevor er noch etwas sagen konnte, nahm sie seine Hand und zog ihn hoch. Mit schweren Schritten nahmen sie ihren Weg den Bösch hinauf wieder auf.

„Warum heißt diese Straße hier eigentlich Petersdell?", fragte Jessica.

„Das weiß ich auch nicht. Aber wenn wir noch ein paar hundert Meter weitergehen, kommen wir zum Peterskreuz."

„Peterskreuz? Da seid ihr eurem Pirminius aber ganz schön untreu geworden. Es müsste doch eigentlich Pirminiuskreuz heißen."

„Die Spötter ..."

„Ja, ja, Herr Pfarrer."

„Sag mal, warum hast du vorhin so aufgelacht?"

„Einer von Lisas Vorfahren…"

„Meinst du diese nervige Friseurin?"

„Ja. Einer ihrer Vorfahren, ein gewisser Johann Adam Ehrmantraut…"

„Johann Adam? Kenne ich nicht."

„Kannst du auch nicht kennen. Er lebte um 1813."

„Woher weißt du das?"

„Das habe ich gelesen. 1813 Jahr hatte dieser Johann Adam Ehrmantraut in der Nähe der alten Mühle einen Mann erschlagen."

„Und deswegen hast du gelacht? Was ist daran so komisch?"

„Ich dachte: Egal wo man hier gräbt, man stößt auf Tote, deren Ableben nicht als natürlich bezeichnet werden kann."

„Das ist aber ganz schön übertrieben."

„Jetzt, wo ich darüber nachdenke, finde ich das auch. Aber die Geschichte kennst du wohl nicht?"

„Nein."

„Nach der Völkerschlacht bei Leipzig 1813... Wenn du dich noch an den Geschichtsunterricht erinnerst, weißt du sicher, dass Napoleon entscheidend geschlagen wurde."

„Ja, natürlich weiß ich das", antwortete sie und Alfred, der schon sich schon so Manches im Beichtstuhl hatte anhören müssen und gelernt hatte auf Nuancen zu achten, merke sofort, dass sie schwindelte.

„Napoleon und seine Truppen befanden sich auf dem Rückzug, verfolgt von russischen Kosaken. In Bierbach machten sie Station und blieben eine Weile."

„Wer? Die Russen oder die Franzosen?"

„Die Russen. Sie soffen viel und waren ziemlich raue Gesellen. Die Alten erzählten, dass sie im Winter trotz Schnee und Frost im Freien schliefen, nur in ihre Mäntel eingehüllt. In der alten Mühle lebte nun dieser Johann Adam Ehrmantraut."

„Hat diese Geschichte auch eine Pointe?"

„Also gut, ich mache es kurz. Ehrmantraut kam hinzu wie sich einer der Kosaken an einer Bierbacher Frau vergreifen wollte. Er schlug den Kosaken tot und vergrub ihn bei der Mühle. Keiner weiß genau wo."

„Wahrscheinlich steht jetzt ein Wohnhaus darauf."

„Ja, das ist wahrscheinlich. Er flüchtete aus Bierbach nach Wörschweiler und lebte dort bis zu seinem Tod."

„Da kann man mal wieder sehen, was für unternehmungslustige Leute die Bierbacher sind. Schaffen es bis ins drei Kilometer entfernte Wörschweiler", lachte Jessica.

„Na hör mal. Eine große Anzahl Bierbacher ist im neunzehnten und zu Beginn des zwanzigsten Jahrhunderts nach Amerika ausgewandert. Da gehört ziemlich viel Mut dazu, einfach alles hinter sich zu lassen und ins Ungewisse zu ziehen."

„Das hört sich schon viel weiter an." Sie lachte wieder.

Er stimmte in ihr Lachen ein und dachte, ich bin drauf und dran mich zu verlieben. Nach all den Jahren, die wir uns kennen. War das eine Prüfung Gottes oder warum passierte ihm das jetzt und ausgerechnet mit seiner besten Freundin?

Seine Knie waren plötzlich wie aus Pudding.

Nach einigen Schritten endete die asphaltierte Straße. An ihrer Stelle führte ein ebenso breiter Schotterweg weiter hinauf in den Wald.

„Da rechts steht es."

„Wo?" Jessica schaute in die angegebene Richtung. Nur mit Mühe konnte man hinter den wilden Hecken ein Haus erkennen. Vor den Hecken verlief ein Graben. Wer immer sich im Dunkeln hier her verirrte, lief Gefahr, sich alle Knochen zu brechen.

Sie blieben einen Moment stehen, wie um sich auf etwas Unbekanntes vorzubereiten und gingen dann langsam und vorsichtig auf das Grundstück zu.

„Grützler hieß die Familie, die hier lebte. Jetzt fällt es mir wieder ein. Vater, Mutter und eine Tochter. Sie lebten ganz für sich. Sie gehörten einer Sekte an, die sich die frommen Lämmer nannte. So weiß ich es aus Erzählungen."

„Fromme Lämmer? Seid ihr das nicht auch?", flachste Jessica.

„Wie ich schon sagte, die Spötter…"

Jessica zündete sich eine Zigarette an.

„Ja, ja, ich komme in die Hölle. Außer natürlich, du legst bei deinem Chef ein gutes Wort für mich ein."

„Das muss ich mir noch überlegen. Und wenn ich es tue, wie willst du wissen, dass er auf mich hören würde."

„Weil du der gute, brave Alfred bist."

Das saß. Alfred schluckte. Welcher Mann lässt sich gerne als gut und brav bezeichnen.

„Ende der sechziger Jahre sind, glaube ich, die Alten gestorben", führte er weiter aus, als er sicher war, seine Stimme wieder im Griff zu haben.

„Dann könnte ihre Tochter ja noch leben."

„Die ist vor ein paar Wochen gestorben."

Jessica und Alfred drehten sich überrascht um. Sie kannten die Stimme.

Georg Venn stand hinter ihnen.

„Am 13. Juli", fügte er noch hinzu, „und wenn mich nicht alles täuscht, war das ein Sonntag."

„Der 13. Juli war ein Dienstag, Georg", bemerkte Jessica.

Venn nickte kurz in ihre Richtung und sprach weiter: „Ottmar Bechthold fand sie, als er auf einem seiner Waldspaziergänge hier vorbeikam." Er deutete auf den Graben vor dem Grundstück. „Die alte Grützler ist dann noch ins Krankenhaus gebracht worden, aber lange hat sie es nicht mehr gemacht. Das Herz hatte einfach aufgehört zu schlagen."

„Das ist so üblich, wenn man stirbt", konnte sich Jessica nicht verkneifen zu sagen.

„Was machst du denn hier, Georg?", fragte Alfred.

Venn sah ihn abweisend an.

„Was macht ihr hier?"

„Wir wollten nachsehen, ob der Werwolf sich im Hexenhaus versteckt, weil Alfred und ich ihn als Kinder einmal bis hierher verfolgt haben", antwortete Jessica.

„Das wusste ich gar nicht."

„Wir haben uns auch erst vor ein paar Stunden daran erinnert", sagte Alfred.

„Also drei Menschen, ein Gedanke! Als Ortsvorsteher ist es meine Pflicht, mich um die Belange des Dorfes zu kümmern. Darum dachte ich, schau dir das Haus erst einmal an, bevor du was zu Feuerstein sagst, dem eingebildeten Affen."

„Also los, worauf warten wir noch?", forderte Jessica die beiden auf und übernahm die Führung. Nach einigem Zögern folgten ihr die beiden Männer.

XXIV

Bierbach, 02. August 2004

Sie gingen hintereinander über den wackeligen Holzsteg, der über den Graben führte.

„Den hat der alte Grützler noch ausgehoben. Er wollte das Haus wohl zur Burg machen mit einem Burggraben davor, der Spinner", erklärte Venn, der den Schluss bildete. „Da muss sich die Gemeinde mal drum kümmern. Bei der nächsten Ortsratssitzung kommt das mit auf die Tagesordnung."

Je näher sie dem Haus kamen, desto stärker wurde der Gestank nach Kot, Urin und Fäulnis.

„Dieses Haus ist, glaube ich, das einzige in Bierbach, das ich noch nie betreten habe", sagte Alfred.

„Genau wie ich", entgegnete Venn.

„Was für ein scheußlicher Ort." Jessica erkannte auf den ersten Blick, dass dieses Gemäuer nur noch abgerissen werden konnte.

Es war ein einstöckiger, unverputzter Rohbau. Die Scheiben waren zum Teil durch Pappkartons ersetzt, die an verschimmelte Holzrahmen genagelt waren. Die Haustür hing schief in den Angeln.

„Wenn man das Haus auswringen könnte, würde das Wasser in Strömen herauslaufen. Soviel Schwamm ist in den Wänden", bemerkte sie und warf ihre Zigarette angewidert ins feuchte Gras. „Und wie es aussieht, ist dieses Haus nicht einmal an die Stromversorgung angeschlossen. Wie kann man in unserem Jahrhundert nur so leben."

„Selbst ich als Ortsvorsitzender kann niemanden zwingen, Strom legen zu lassen."

„Hast du es denn wenigstens probiert?"

„Ja, das habe ich, Jessica", verteidigte sich Venn. „Ich habe die alte Grützler einmal darauf angesprochen, als ich sie im Wald getroffen habe. Da hat sie mich und alle meine Nachkommen in die Hölle gewünscht. Ich kann nur die Hand ausstrecken, aber wenn sie abgelehnt wird, kann ich auch nichts machen." Er wischte sich erschöpft mit einem Taschentuch über die Stirn. Sein Kopf war knallrot, als würde er jeden Moment platzen.

„Du brauchst dich nicht so wild zu verteidigen, Georg. Sei doch nicht so empfindlich."

Alfred zog ein paar Mal geräuschvoll die Luft durch die Nase ein. „Da ist auch noch dieser komische Geruch, den Margot, Rita und Theo schon beschrieben haben. Wie nasser Hund. Riecht ihr das nicht?"

Jessica und Venn zogen ebenfalls ein paar Mal schnüffelnd die Luft ein.

„Das bedeutet, dass er hier war oder noch in der Nähe ist."

Die drei überkam ein mulmiges Gefühl und sie sahen sich gleichzeitig in alle Richtungen um.

„Gehen wir rein und sehen nach oder rufen wir Feuerstein an?", meldete sich Jessica als erste wieder zu Wort und zog ihr Handy aus der Jackentasche.

„Wir sollten erst einmal nachsehen." Alfred machte einen entschlossenen Schritt auf das Hexenhaus zu, zog die windschiefe Tür auf und ging hinein.

Jessica drückte ihren Ärmel auf Mund und Nase, Venn hielt sich das Taschentuch davor. Dann folgten sie Alfred in das Innere des Hexenhauses.

Zu dritt standen sie einen Moment zusammen in dem dunklen, winzigkleinen Vorraum. Unter ihren Füßen befand sich eine Falltür, über deren Griff Alfred beinahe gestolpert wäre.

Vom Vorraum aus konnte man in eine kleine Kammer sehen, in der ein Bettgestell mit Lattenrost stand sowie ein Kleiderschrank, dessen Türen offenstanden. Auf der gegenüberliegenden Seite lag eine größere Kammer, in der allerlei getrocknete Kräuter von der Decke hingen. Ansonsten standen nur eine wurmstichige Kommode und ein durchgesessenes Sofa darin.

„Durch diese Kammer kommt man in die Küche", erklärte Venn.

„Es sieht alles so aufgeräumt aus", sagte Jessica, als sie die Küche betraten.

Direkt neben der Tür befand sich ein alter Holzherd mit Ringen über der Feuerstelle. Daneben stand ein Schaukelstuhl mit kariertem Sitzkissen, der noch ein wenig zu schaukeln schien.

Unter dem Fenster, das auf den Garten hinter dem Haus hinausging, stand ein Tisch mit drei einfachen Hockern.

„Da ist groß ausgemistet worden. Die Frauen vom Cäcilienverein haben einen Container kommen lassen und alles rausgeschmissen. Da war nicht einmal mehr was für den Kirchenbasar zu gebrauchen", erklärte Venn.

„Cäcilienverein?", fragte Alfred, während sie in den Vorraum zurückgingen.

„Ja, sonst hätte sich ja niemand darum gekümmert." Venn öffnete die Falltür im Boden.

„Wäre das nicht die Aufgabe der Gemeinde gewesen?"

„Also Alfred…! Ich habe wirklich genug zu tun."

Alfred sah ihn missbilligend an, enthielt sich aber einer Antwort.

„Ist der Cäcilienverein nicht auch ein Kirchenchor?", fragte Jessica.

„Der katholische Kirchenchor ist auch nach der heiligen Cäcilia benannt, genauso wie der…", begann Venn.

„Erspar es mir, Georg. Bierbach und seine Vereine sind ein Kapitel für sich. Alles weibliche heißt hier Cäcilia und alles männliche Pirminius", fiel ihm Jessica ins Wort. „Gehen wir runter?"

Sie starrte in das schwarze Loch, das die Falltür aufgetan hatte. Ihre Augen konnten die Dunkelheit so wenig durchdringen, wie sich ihre Nase an den Gestank gewöhnen wollte.

„In meinem Auto liegt eine Taschenlampe. Ich hole sie", schlug Venn vor.

„In Ordnung. Wir warten hier auf dich", sagte Jessica.

Venn schloss die Falltür.

„Wird aber einen Moment dauern. Ich habe unten im Schweitzertal geparkt."

Nachdem er gegangen war, faltete Alfred die Hände.

„Was tust du da? Beten?"

Er nickte.

„Aber mach schnell."

„Ein Gebet dauert so lange, wie es nun mal dauert."

„Aber bete bitte nicht den Rosenkranz, der dauert mehrere Stunden. Gegrüßet seist du Maria und so weiter…"

Alfred ging nicht darauf ein und betete still, während Jessica sich weiter umsah.

Nachdem er geendet hatte, sagte er: „In diesen Räumen hat es viel Elend und Verzweiflung gegeben. Ich spüre das. Hier wurden viele Tränen vergossen. Ich habe dafür gebetet, dass die, die hier so leiden mussten, Gottes Barmherzigkeit erleben werden."

„Das hoffe ich nicht. Es kann nicht sein, dass jemand einen anderen fast tötet und dann wird alles vergessen und verziehen", entgegnete Jessica und ging in die kleine Kammer.

Am Kopfende des Bettes war ein Nagel eingeschlagen. Offensichtlich hatte hier ein Bild gehangen. Dort, wo der Rahmen die Wand berührt hatte, war deutlich ein dunkler Umriss zu erkennen.

So groß wie der Fleck bei Theo und Ruth, dachte sie. Hatte hier das verschwundene Bild vom Permes ein Jahr lang gehangen? In dieses Haus würde es passen.

Alfred war ihr gefolgt.

„Schau mal, Alfred. Erinnert dich der Fleck an der Wand nicht an einen anderen Fleck an einer Wand?"

„Du meinst das Bild vom Permes?"

Jessica nickte.

„Und wo ist es jetzt?"

„Da müssen wir die Frauen vom Cäcilienverein fragen."

„Wenn es das Bild vom Permes gewesen wäre, hätte es doch keine mit nach Hause genommen, oder?"

„Bestimmt nicht", antwortete Alfred.

„Aber es ist es nicht mehr hier. Wer hat es mitgenommen? Und wer würde es bei sich aufhängen? Wertvoll ist das Bild nun wirklich nicht."

„Vielleicht wertvoll im ideellen Sinn. Vielleicht bedeutet es jemandem etwas."

„Wer sollte das sein und warum hat derjenige das Bild nicht schon vor Jahren aus Theos Kneipe gestohlen? Kannst du mir das sagen, Alfred?"

Alfred schüttelte den Kopf. Zum einen als Verneinung auf Jessicas Frage und zum anderen, weil sie sich schon wieder eine Zigarette anzündete. „Rauch doch nicht so viel!"

„Alfred. Ich rauche, weil es diesen ekelhaften Gestank vertreibt. Und außerdem geht dich das überhaupt nichts an. Schließlich sind wir nicht verheiratet."

Eine Weile standen sie schweigend nebeneinander.

Jessica spürte plötzlich eine ungewohnte Unsicherheit von Alfred ausgehen, die sie nicht einordnen konnte. Sie wandte sich ihm zu und sah ihn forschend an. Alfred errötete, senkte den Blick und sie glaubte zu wissen, was in ihm vorging.

„Du hast dir gerade vorgestellt, wie das wäre, mit mir verheiratet zu sein? Oder hast du mich dir nackt vorgestellt? Ich habe ins Schwarze getroffen, stimmt's?", fragte sie, warf die Zigarette auf den Boden und trat sie aus.

Er lächelte verlegen. „Der Teufel hält manche Versuchung für uns bereit. Aber ein Mann wie ich, ein Mann Gottes kann ihr widerstehen."

„Es wird dich überraschen, Alfred, aber ich bin froh, dass du das sagst. Schieb es auf Gott oder den Teufel oder meinetwegen auf die Verderbtheit des Weibes an sich. Wenn es dir hilft, soll es mir recht sein. Aber ich will meinen besten Freund nicht verlieren."

„Du verlierst deinen besten Freund nicht, sonst würde ich ja meine beste Freundin verlieren."

„Das freut mich", sagte Jessica und wechselte das Thema. „Wo bleibt denn nur Georg!" Sie ging zum Fenster und schaute hinaus. Peinlichst achtete sie darauf, das Fensterbrett nicht zu berühren, auf dem eine leere Flasche stand, um die herum Käfer und Schaben das aufgeweichte Holz zerkauten.

„Lass uns doch draußen auf ihn warten", schlug Alfred vor.

„Gute Idee."

Ein dumpfer Schlag war zu hören, dann ein Schmerzensschrei.

„Hast du dir den Kopf angestoßen, Alfred?" Sie drehte sich um und im selben Augenblick schrie sie auf.

Alfred sackte mit einem lauten Stöhnen in die Knie. Jessica kam es vor, als passierte das in Zeitlupe.

Sie schaute zu der Gestalt, die hinter Alfred stand und einen dicken Ast in der Hand hielt.

Das ist also der Werwolf, dachte sie. Und er ist nicht verkleidet. Er sieht tatsächlich so aus.

Sie blickte sich schnell in der Kammer um, doch sie fand nichts, was ihr als Waffe hätte dienen können. Es blieb ihr nur, sich auf ihre Geschicklichkeit und Schnelligkeit zu verlassen.

Der Werwolf stieß einen wütenden Schrei aus und sprang über den benommen am Boden liegenden Alfred hinweg auf sie zu.

Er war klein. Jessica schätze ihn auf höchstens einsfünfzig. Doch er war muskulös, unter seinem braunen Pullover zeichneten sich deutlich seine Muskeln ab. Seine Augen blitzten wild, wie die eines Tieres.

Sie ließ ihn nicht aus den Augen. Rückwärts ging sie an der Wand entlang bis zu dem Bettgestell. Vielleicht könnte sie eines der Lattenroste herausziehen.

Er machte wieder einen Satz nach vorne.

Jessica sprang zur Seite.

Er schlug zu. Nur um Haaresbreite entging sie dem schweren Hieb mit dem Ast.

Dumm gelaufen, dachte sie, jetzt bin ich zwischen Wand und Bett eingekeilt.

Ihr Blick sprang zur Wand, zum Bett und dann wieder zurück zu ihrem Gegner. Lebenswichtige, überlebenswichtige Sekunden hatte sie ihn aus den Augen gelassen.

Der zweite Schlag traf sie an der Schulter. Für Sekunden wurde ihr schwarz vor Augen. Es war ein Schmerz, als würden tausend Nadeln auf einmal in ihren Schulterknochen getrieben. Der dritte Schlag traf sie am Kopf. Sie hörte den Aufschlag mehr als sie ihn spürte. Blut floss in ihre Augen und brannte wie Feuer. Sie taumelte und fiel gegen die Wand.

Sie schaffte es noch, sich an dem Fensterrahmen festzuhalten. Das morsche Holz gab nach und brach aus der Verankerung. Ihre Hand landete auf dem Fensterbrett und bekam die Flasche zu fassen. Jetzt hatte sie eine Waffe, um sich zu wehren.

Der Werwolf holte wieder aus.

Jessica schlug mit der Flasche nach ihm und traf ihn hart an der Schläfe.

Er fiel rücklings gegen das Bettgestell.

Jessica holte noch einmal zum Schlag aus, hielt aber mitten in der Bewegung inne, da sie merkte, dass er regungslos liegen blieb.

„Jessica!", rief Alfred. „Er ist es!"

Sie schaute zu Alfred hin, der jetzt am Boden saß und mühsam versuchte aufzustehen.

„Ja, ich weiß. Keine Angst, ich bringe ihn nicht um."

Sie wandte sich wieder dem Werwolf zu.

Er war wieder aufgewacht und hielt sich ängstlich an seinen Ast geklammert. Auf einmal sah er aus wie ein Hundewelpe, den man zu früh von seiner Mutter getrennt hatte. Er zitterte und seine Augen waren voller Angst, alle Wildheit war aus ihnen verschwunden. Ob sie wollte oder nicht, sie hatte Mitleid mit ihm.

Er ist es. Auf ihn habe ich damals mit meinem Spielzeugrevolver geschossen. Er hatte Angst vor mir gehabt, genau wie jetzt, dachte sie.

„Es tut mir leid, ich wollte dich nicht erschrecken", sagte sie leise zu ihm. „Und wir wollten auch nicht in dein Haus einbrechen."

Alfred hatte es inzwischen geschafft aufzustehen und war neben sie getreten.

„Er ist nicht verkleidet. Er sieht tatsächlich so aus", raunte sie ihm zu. „Und sieh dir seine Hände an. Vier Finger."

„Ich sehe es", raunte er zurück. „Wie heißt du, mein Sohn?" fragte er die noch immer auf dem Boden kauernde Gestalt und beugte sich ein wenig vor.

Der Werwolf wich zurück und sah ihn misstrauisch an.

„Wie ist dein Name?", fragte Alfred noch einmal.

„Ich heiße Jessica und das ist Alfred", sagte Jessica betont langsam. „Du heißt bestimmt Grützler mit Nachnamen. Ein schöner Name."

Sie wusste, dass sie in ein paar Tagen über diese Sätze lachen würde, aber jetzt war es ihr bitterernst.

Sie schaute Alfred an, der beifällig nickte. „Aber wie heißt du mit Vornamen?"

Vergiss jetzt nicht, dass er Margot vor ein paar Tagen beinahe getötet hätte, schoss ihr durch den Kopf. Sobald du ihn aus den Augen lässt, fällt er dich an.

Von der Eingangstür her, hörte man lautes Gepolter. Venn war mit seiner Taschenlampe zurück. In der anderen Hand hielt er einen toten Hasen.

„Einer von Ottmars Karnickeln. Der stinkt tot genauso wie lebendig."

„Georg, leise und um Gottes Willen erschreck ihn nicht", bereitete Alfred den Ortsvorsteher vor, als dieser in der Tür der Kammer auftauchte.

Doch es war schon zu spät.

Venn schrie auf und riss die Arme hoch. Die Taschenlampe schlug mit lautem Poltern auf den Holzboden, der tote Hase fiel mit einem satten Klatschen hinterher.

Der Werwolf sprang auf, blieb kurz vor dem toten Hasen stehen, als würde er überlegen, ob er ihn mitnehmen solle oder nicht.

Er entschied sich dagegen und rannte hinaus in den Wald.

XXV

Homburg, 02. August 2004

Margot war müde.

Feuerstein war bei ihr gewesen. Sie hatte viele Fragen beantwortet und immer wieder wurden neue gestellt.

Als er das Hexenhaus der alten Grützler, von dem er von Sylvia erfahren hatte, erwähnte, war ihr eingefallen, dass sie dort diesen abscheulichen Geruch das erste Mal wahrgenommen hatte.

Lebte dort der Werwolf?

Sie wusste es nicht, doch so musste es wohl sein.

Dort oben am Webenheimer Bösch, jenseits der Gemeinschaft hauste der Werwolf von Bierbach?

Diese Vorstellung war abstrus, doch sie war die einzig denkbare.

Aber er war kein Fabelwesen. Er war ein Mensch, der sie angefallen und beinahe getötet hatte. Ein Mensch aus Fleisch und Blut, wenn auch mit einem scheußlichen Aussehen, weil er, wie sie von Feuerstein wusste, mit einer seltenen, genetisch bedingten Krankheit geschlagen war.

Margot schloss die Augen und ging in Gedanken noch einmal im Hexenhaus von Raum zu Raum. Rita und Sylvia waren damals bei ihr gewesen. Zu dritt hatten sie die Aufgabe übernommen, das Haus zu entrümpeln.

Sie betrat noch einmal den kleinen Vorraum, die Küche, das etwas größere Zimmer, die Kammer, ging wieder zurück in den Vorraum mit der Falltür. Rita hatte sie ein wenig angehoben und gleich wieder fallen lassen. Der Gestank, der in jedem Zimmer waberte, hatte sein Epizentrum im Keller unter der Falltür.

Sie erinnerte sich, dass Rita und sie Sylvia beglückwünscht hatten, dass sie wegen ihres Schnupfens nichts riechen konnte.

Keine von ihnen dreien wollte hinunter in den Keller gehen.

Hatte ihnen das damals das Leben gerettet?

Hatte er dort gelauert?

Mit Gummihandschuhen hatten sie den Hausrat in Müllsäcke verpackt und nach draußen geschafft. Eigentlich wollten sie nach Dingen für den Kirchenbasar suchen. Aber mit diesen alten verkrusteten Töpfen und Schüsseln hätten sie jeden Kirchenbasar gesprengt. Es hingen zwar noch ein paar Kreuze an den Wänden, aber aufgrund des Ekels wollte keine sie mitnehmen und so landeten sie ebenfalls in einem der Müllsäcke.

Sie waren gar nicht für das Entrümpeln des Hauses zuständig gewesen und es hatte sie auch nicht der cäcilische Geist angetrieben, sondern viel mehr praktische Erwägungen. Sie dachten, es wäre besser, Ordnung zu schaffen, bevor noch mehr Ungeziefer angelockt werden würde. Denn über kurz oder lang würden neugierige Kinder auf das verwahrloste Grundstück gehen und sich womöglich infizieren. Bis von städtischer Seite etwas unternommen worden wäre, wären Monate vergangen.

Doch das gehörte nicht zur Sache.

Sie hatte Feuerstein versprochen, über den Fall nachzudenken, aber was sie wirklich interessierte, hatte nichts mit dem Fall zu tun. Sie musste ständig an Jessica denken. Wo war sie? Warum kam sie nicht?

Es klopfe an der Tür.

Endlich! Jessica!

Margot lächelte.

„Herein!"

Die Tür ging auf und Margot hoffte, dass die Enttäuschung ihr nicht allzu deutlich ins Gesicht geschrieben war.

Es ist doch immer schön, wenn man Besuch bekommt, redete sie sich ein. Ruth und Theo waren schon da gewesen und auch Hunsickers Bettina. Frau Vatermann hatte ausrichten lassen, sie käme am nächsten Tag. Sie würde für Margot erst noch einen Kuchen backen.

Doch, doch, sie freute sich über jede Abwechslung, auch wenn sie sich ein wenig wunderte, wieso ausgerechnet Ottmar Bechthold sie besuchte.

Sie wusste von ihm nur, dass er am Hechlerberg wohnte und dass er Hasen züchtete.

Und hatte ihr nicht Venn, an dem Tag, an dem sie angefallen wurde, erzählt, dass der Werwolf einen von Bechtholds Hasen gerissen hatte?

XXVI

Bierbach, 02.August 2004

Nachdem Ungerbühler den Wagen vor dem Haus der alten Grützler geparkt hatte, sprang Feuerstein heraus und schlug wütend die Beifahrertür zu.

Markowitz wunderte sich. Sie waren doch dicht an dem Täter dran, hatten höchstwahrscheinlich seinen Unterschlupf gefunden, wieso war er denn da so wütend. Vielleicht hatte es etwas mit Margot Klaus zu tun. Denn obwohl er eigentlich hier in Bierbach nicht abkömmlich war, war er zu ihr nach Homburg ins Krankenhaus gefahren. Vielleicht hatte er versucht bei ihr zu landen und war abgeblitzt?

„Als wir hier hochgefahren sind, habe ich das Auto von Georg gesehen. Wenn ich diesen Sauhund im Haus der alten Grützler antreffe, sperre ich ihn ein. Und zwar wegen Behinderung der Polizeiarbeit."

„Wenn Georg da drinnen ist, könnte er auch als Geisel festgehalten werden und ist in Gefahr. Wie sollen wir vorgehen, Chef?", fragte Ungerbühler, der hoffte, mit Venns Unterstützung in den nächsten Ortsrat gewählt zu werden.

„Würde ihm recht geschehen", knurrte Feuerstein. Er winkte seine Leute heran. „Ecker, Kresic, ihr geht um das Grundstück herum und kommt von hinten. Markowitz, Sie gehen mit mir von vorne auf das Haus zu."

„Und ich? Was soll ich tun?", fragte Ungerbühler enttäuscht.

„Mir die hier vom Hals schaffen!" Feuerstein deutete wütend auf die Bierbacher Bürger, die wie zufällig den Webenheimer Bösch heraufspaziert kamen. Es waren dieselben Gesichter, die schon in der Hügelstraße vor Ritas Haus zu sehen gewesen waren.

Als sie das Grundstück betraten, musste Markowitz würgen.

„Kotzen Sie jetzt bloß nicht", ermahnte Feuerstein sie.

„Es geht schon wieder."

Sie entsicherten ihre Walther P99, die seit drei Wochen die neuen Dienstwaffen waren und gingen auf das Haus zu.

„Georg! Du blöder Ochse! Bist du da drin? Dann komm raus!"
Feuerstein öffnete die Eingangstür, und sie gingen in das Haus.

„Haben Sie jemals so eine stinkende Bruchbude gesehen, Chef?"

„Nein. Und ich hoffe, dass ich nie mehr so etwas sehen muss. Eine Schande für das Dorf. Da hätte die Gemeinde längst einmal etwas tun müssen."

Sie schauten in die einzelnen Räume. In der Kammer deutete Markowitz auf die Stelle über dem Bett. „Da hing einmal ein Bild. Frau Klaus hatte ihnen doch nichts von einem Bild gesagt."

„Nein. Merkwürdig. Das wäre ihr doch aufgefallen."

„Dann muss es schon jemand weggenommen haben, bevor die drei Frauen hier waren. Das heißt, es war noch jemand vor ihnen hier drinnen."

„Um ein wertloses Bild mitzunehmen?"

„Vielleicht war es gar nicht so wertlos."

„Markowitz! Sehen Sie sich doch mal um. Vermuten Sie in einer solchen Umgebung einen verschollenen Rembrandt oder was?" Er machte einen Schritt nach vorne. Etwas knirschte unter seiner Schuhsohle. Er zog den Fuß wieder zurück und bückte sich.

„Ein goldenes Kreuz. Eine Anstecknadel." Er richtete sich wieder auf. „Das gehört Alfred, dem Pfarrer. Was hat der sich hier herumzutreiben? Markowitz, geben Sie den Leuten von der Spurensicherung Bescheid. Sie sollen sich diese Bruchbude vornehmen, bevor ganz Bierbach hier einmal durchgetrampelt ist."

Vor der Haustür standen Ecker und Kresic, die offensichtlich hofften, das Gemäuer nicht betreten zu müssen.

Feuerstein und Markowitz gingen in den Vorraum zurück.

„Wir gehen in den Keller. Ihr zwei kommt rein." Feuerstein hob die Falltür an.

„Wer muss zuerst?", fragte Kresic.

„Ich gehe schon", sagte Ecker, setzte einen Fuß auf die Leiter und stieg Sprosse für Sprosse hinunter. Mit jedem Schritt nach unten wurde seine Gesichtsfarbe fahler.

Markowitz ging nach draußen. Sie musste das Team von der Spurensicherung anfordern und das konnte sie genauso gut an der frischen Luft tun.

„Hier hat der Werwolf gelebt! Hier unten im Keller!", hörte sie ihren Chef rufen. Seine Stimme klang wie aus einer Gruft.

Ja, hier hatte der Werwolf gelebt, aber wo war er jetzt? Offensichtlich ist er nicht hierher zurückgekommen, dachte Markowitz, vielleicht ist er noch unten im Dorf und versteckt sich in irgendeinem Keller. Es würde ihnen wohl nichts anderes übrigbleiben, als jedes Haus in Bierbach vom Keller bis zum Dachboden zu durchsuchen.

„Hallo, Frau Markowitz."

Markowitz drehte sich um. Vor ihr standen Jessica Lück, über deren linkem Auge eine von Blut verkrustete Wunde nicht zu übersehen war, der Pfarrer und der Ortsvorsteher.

„Was haben Sie hier zu suchen? Ist Ihnen klar, dass Sie hier vielleicht wichtige Spuren vernichten."

„Er ist uns durch die Lappen gegangen."

„Wer?"

„Der Werwolf. Da drinnen im Haus hatten wir ihn schon fast dingfest gemacht. Aber dann ist er auf und davon. Er ist schnell wie ein Wiesel."

„Tatsächlich?", entgegnete Markowitz mit gekräuselten Lippen. „Ich wüsste nicht, dass wir Sie als Hilfspolizistin engagiert hätten, Frau Lück. Und auch nicht den Herrn Pfarrer oder den Herrn Ortsvorsteher."

„Wir haben ihn noch bis in den Wald verfolgt, aber seine Spur irgendwo beim Felsenpfad verloren", verteidigte sich Venn, „und sagen Sie meinem Großcousin, dass wir ihm die Arbeit abgenommen haben, während er in Saarbrücken sitzt und es sich gut gehen lässt. Er braucht jetzt nur noch mit seinen Leuten den Felsenpfad abzusuchen und den haarigen Kerl zu verhaften. Ende der Geschichte."

„Der Herr Hauptkommissar wir sich freuen, das zu hören. Sie können es ihm gleich selber sagen." Markowitz schaute zur Tür, durch die Feuerstein gerade aus dem Haus trat.

Der Blick, den Feuerstein Venn zuwarf, sprach Bände und Markowitz hoffte, dass er seine Waffe stecken lassen würde.

Ihr Blick traf sich mit Jessicas und beide lächelten.

„Bis zum Felsenpfad haben Sie ihn verfolgt?", fragte Markowitz.

„Ja", antworte Jessica. „Kennen Sie den Felsenpfad? Eine unwirkliche Gegend, selbst bei Tag. Eine Felsformation mitten im Wald. Die Kanzel im Pirmannswald kennen Sie ja schon. Der Felsenpfad ist noch eindrucksvoller."

„Wenn dieser Fall vorbei ist, habe ich hundert Prozent wieder Zeit für unwirkliche Gegenden. Und vielleicht begleitet mich jemand Ortskundiges dorthin. Aber jetzt ist es leider nur ein Ort, an dem wir nach dem Täter und nach möglichen Spuren suchen", entgegnete Markowitz und ließ ihren Blick ins Grün des Waldes eintauchen.

Es war nicht verwunderlich, dass einen in Bierbach, einem Ort mit vielen Sagengestalten und mystischen Plätzen, die Romantik eher einholte als anderswo.

Bierbach, 02.August 2004

Er stieg langsam den Webenheimer Bösch hinunter.

Er hatte sich nur noch einmal im Haus umsehen wollen, aber dafür war es zu spät. Andere hatten die gleiche Idee gehabt, dass der Werwolf dort leben könnte. Der Werwolf, der vielleicht auch ein Zeuge seiner Tat gewesen war.

Er war zu spät gekommen.

Ich bin ein Mörder.

Die Signallampe in seinem Kopf ging wieder an und aus.

„'Morgen, gehst du schon heim?", fragte ihn Theo, der gerade die steile Straße heraufkeuchte.

„Ich muss jetzt mal etwas essen", antwortete er.

Ich bin ein Mörder.

An! Aus! An! Aus!, blinkte die Lampe.

Theo legte den Kopf schief und kniff die Augen zusammen. Es kam ihm vor, als fixiere er ihn.

„Ich habe schon gefrühstückt. Jetzt gehe ich mal nachsehen, was da oben los ist. Bestimmt finde ich dort auch meine Frau", sagte Theo, „wo was los ist, ist auch Ruth zu finden."

Aber ich bin ein Mörder.

An! Aus! An! Aus!

Beinahe hätte er noch ätsch dahinter gesetzt.

Wurde er langsam hysterisch? Verlor er nun endgültig den Verstand?

Bierbach, 03. August 2004

Nirgendwo waren die Nächte so schön wie auf dem Schucht.

Er saß auf der Wiese, den Rücken gegen den gemauerten Sockel des Gipfelkreuzes gelehnt und schaute auf Bierbach hinunter. Die Straßen waren verwaist und die Häuser dunkel. Nur hin und wieder sah man die Scheinwerfer der Streifenwagen suchend durch die Nacht fahren.

Er schaute zum Himmel. Die Nacht war sternenklar. Er hatte schon viele solcher Nächte erlebt, und er liebte sie. Er liebte die Nacht und er liebte die Sterne, die nur für ihn da zu sein schienen.

Die Menschen hatten ihn den ganzen Tag im Wald gesucht, weil sie annahmen, dass er sich dort verstecken würde. Aber er wollte sich nicht mehr verstecken.

Seit Stunden schon saß er hier auf der Höhe unter dem Kreuz und hatte, solange es hell war, dem hektischen Treiben im Dorf zugesehen.

Autos waren hin und her gefahren, Fenster und Türen der Häuser waren verrammelt worden, die Frauen hatten die Kinder von den Straßen geholt und die Männer hatten aufgerüstet. Da war so manche Tomatenstange zum Prügel geworden.

Sie wollten ihn alle lieber tot als lebendig sehen. Trotzdem wurde ihm von Sekunde zu Sekunde klarer, dass er nicht mehr allein sein wollte. Er wollte endlich Teil dieser Dorfgemeinschaft sein. Er wollte Freunde haben, so wie das rothaarige Mädchen und den dicken Jungen, die er jetzt wieder gesehen hatte. Jessica und Alfred hießen die beiden. Sie waren freundlich zu ihm gewesen, obwohl das rothaarige Mädchen ihn geschlagen hatte. Aber das konnte er verstehen, er hatte sie ja auch geschlagen.

Vielleicht hätte er die drei Frauen, die damals das Haus seiner Mutter ausgeräumt hatten, auch nach ihrem Namen fragen sollen. Aber er war wütend gewesen, weil sie ihm das Bild von seinem Vater, dem Permes, gestohlen hatten.

Deswegen hatte er sie töten wollen.

Hatte ihnen mit seinen scharfen Zähnen die Kehle durchbeißen wollen.

Danach war er Nacht für Nacht durch das Dorf gestreift, hatte das Bild gesucht. Er war sogar im Hof der Gaststätte gewesen, wo seine Mutter vor einem Jahr das Bild entdeckt hatte. Er hatte gehofft, dass das Bild vielleicht dorthin zurückgebracht worden war.

Er hatte auch die drei Frauen, die es ihm gestohlen hatten, gesucht.

Als sie das Haus seiner Mutter verließen, hatte er ihnen durch das ein Kellerfenster nachgeschaut. Sie hatten sich die Hände an weißen Taschentüchern abgewischt.

Ihre Hände, die…Er stockte und setzte sich mit einem Ruck aufrecht hin. Sie trugen nichts in ihren Händen. Nichts, außer den weißen Taschentüchern. Sie trugen kein Bild weg.

Sie hatten das Bild seines Vaters gar nicht gestohlen!

Und er hatte zwei von ihnen beinahe getötet.

Er warf den Kopf zurück und heulte auf.

Erschrocken schlug er sich die Hand vor den Mund. Sein Heulen war so laut, dass man es bestimmt unten im Dorf gehört hatte.

Fehlte ihm etwas, seit das Bild nicht mehr da war?

Nein.

Fehlte ihm etwas, seit seine Mutter nicht mehr da war?

Nein.

Vom Kellerfenster aus hatte er gesehen, wie der Knüppel sie auf den Hinterkopf traf. Viele Tage bevor die drei Frauen, in dem Haus seiner Mutter waren.

Er hatte sich schnell weggeduckt, denn als seine Mutter fiel, hatte sie ihr Gesicht zu ihm hingedreht und ihn angestarrt.

Er hatte schützend die Hände über seinen Kopf gehalten und sich in seine Ecke gekauert. Bestimmt würde er wieder Schläge bekommen, obwohl er doch nichts getan hatte.

Dann hatte er die Hände vom Kopf genommen und war wieder aufgestanden. Seine Mutter war nicht mehr zu sehen gewesen, nur der Mann, der auf sie niederschaute und lachte.

Hoffentlich hörte seine Mutter das Lachen nicht, hatte er damals gehofft, denn ihre Wut würde grenzenlos sein und sie würde ihn wieder blutig schlagen. Dabei hatte er doch gar nichts getan.

Nichts?

Stimmte das?

Er hatte sich gewünscht, dass die Hand, die zugeschlagen hatte, seine gewesen wäre, und der Mann, der dort gestanden und ihr beim Sterben zugesehen hatte, er gewesen wäre.

Als aus dem Wald näherkommende Schritte zu hören gewesen waren, war er verschwunden.

Ein anderer Mann, den er schon öfters im Wald gesehen hatte, war gekommen und kurz darauf der Krankenwagen, der seine Mutter mitgenommen hatte. Und so war sie für immer aus seinem Leben verschwunden.

Es war ihm damals wie ein Traum vorgekommen. Und heute hatte er den Mann, der seine Mutter erschlagen hatte, wieder gesehen.

Er zog die Beine eng an seinen Körper und legte die Arme auf seine Knie. Sein Kinn ruhte auf seinen wolligen Unterarmen.

Wollte der Mann nun auch ihn erschlagen?

Er schürzte die Lippen und rieb sie nachdenklich auf dem Pelz seiner Unterarme hin und her.

Seine Aufmerksamkeit wurde plötzlich auf ein Haus in der Bühlstraße gelenkt. Es war das Haus der dritten Frau.

Ein Polizeiauto fuhr vor und ein Polizist stieg aus. Er sah, wie in dem Haus das Licht anging. Die Frau erschien an der Tür und sprach mit dem Polizisten. Sie schüttelte den Kopf, der Polizist redete auf sie ein, sie schüttelte wieder den Kopf. Dann ging der Polizist zu seinem Auto zurück und fuhr davon.

Die Frau schloss die Tür. Wenige Sekunden später verlosch das Licht im Haus und die Straße lag so dunkel da wie zuvor.

Er lächelte, stand auf und machte sich auf den Weg.

Bierbach, 03. August 2004

Sylvia schloss die Haustür zu.

„War das einer der Polizisten?", fragte Falk, der auf dem Sofa saß und mit einem Schlagring spielte.

Sylvia war ins Wohnzimmer gekommen und hatte sich ihm gegenübergesetzt.

„Das war der junge Polizist, der Rita gerettet hat."

„Ecker?"

„Ja. Er wollte wissen, ob alles in Ordnung ist. Ich habe ihm gesagt, dass du heute Nacht bei mir bleiben wirst." Sie schaute auf die Uhr. Es war weit nach Mitternacht.

„Wenn der Werwolf dir an die Gurgel will, bekommt er den hier in die Fresse!" Er hielt den Schlagring in seiner Faust und reckte sie ruckartig in die Luft.

„Falk, nimm dieses schreckliche Ding weg!"

„Irgendetwas brauche ich doch zum Schutz."

„Aber keinen Schlagring. Ich glaube, diese Dinger sind sogar verboten."

Falk zuckte nur mit den Schultern und grinste sie an.

„Ich glaube sowieso nicht, dass ich in Gefahr bin. Rita, Margot und ich waren in dem Haus der alten Grützler, aber wir haben dort nichts Unrechtes getan. Wir haben nichts zerstört, nichts gestohlen…"

„Sag das doch dem haarigen Idioten."

„Ach, Falk."

Sie schaute kurz zu ihm hin und wünschte sich, er wäre nicht hier.

Er wollte sie auf der einen Seite beschützen. Für Falk war dies eine gute Möglichkeit sich dafür zu revanchieren, dass sie sich nach dem Tod seiner Mutter ein wenig um ihn gekümmert hatte.

Auf der anderen Seite war sie sich sicher, dass er die Gelegenheit auch nutzen wollte, um seinen Schlagring zum Einsatz zu bringen.

Falk war schon immer aggressiv gewesen, doch nachdem er vor einem Jahr seine Mutter nackt in ihrem eigenen Blut und Erbrochenen gefunden hatte, war eine Veränderung in ihm vorgegangen. Er schien einen mit seinen Blicken durchbohren zu wollen. Er hatte etwas Lauerndes in seinen Augen.

„Sicher ist sicher. Wenn nichts passiert, umso besser. Aber wenn der Kerl hier auftaucht, ist es gut, wenn ich hier bin."

Seine rechte Hand hielt den Schlagring fest umklammert. Die Adern zeichneten sich dick und blau auf dem Handrücken ab. Sie pulsierten und Sylvia konnte das Tempo seines Herzschlages daran ablesen.

„Willst du nicht wenigstens im Gästezimmer schlafen?", fragte sie.

„Nein. Ich bleibe hier." Er streckte sich und verschränkte die Hände hinter dem Kopf.

An seinem Gürtel sah sie ein Messer stecken.

„Wie du willst." Sie stand auf. „Ich gehe jetzt schlafen. Gute Nacht, Falk."

Falk hob grüßend die Faust mit dem Schlagring. „Schlaf gut, Sylvia."

Sie ging die Treppe in den ersten Stock hinauf.

Sie duschte, zog ihren Schlafanzug an und ging hinüber ins Schlafzimmer.

Sie hätte nicht geglaubt, dass sie nach all der Aufregung überhaupt schlafen konnte, aber kaum hatte sie ihren Kopf auf das Kissen gebettet, schlief sie ein.

Wie lange hatte sie geschlafen?

Und warum wachte sie jetzt auf?

Da war ein Geräusch.

Sie öffnete die Augen.

Jemand kam, nein, jemand schlich die Treppe herauf.

Jemand drückte langsam die Türklinke herunter.

Die Tür ging auf.

Sie wollte schreien. Doch sie kam nicht mehr dazu.

Falk hatte sich auf sie gestürzt. Der Junge, den sie schon seit er ein Baby war, gekannt hatte, kniete auf ihrem Bett und hielt ihr den Mund zu.

Seine Hand umfasste ihren Kiefer wie ein Schraubstock.
Sie konnte nicht mehr schreien und die Luft blieb ihr weg.

-XXX-

Es war einfach für ihn, auf den Balkon zu klettern. Er war zwar nicht groß, doch er war stark und er war schlau. Er hatte sich auf einen der Terrassenstühle gestellt und an dem Balkongeländer hochgezogen.

Die Balkontür war verschlossen. Er drückte sein Gesicht gegen die Scheibe und starrte hinein.

Die dritte Frau lag im Bett und schien zu schlafen. Sie sah unglücklich aus. Er hätte sie gerne gefragt, was ihr denn fehle. Jetzt wo er sie nicht mehr als Feindin sah, konnte er sie fragen.

Sollte er einfach an die Balkontür klopfen? War es nicht üblich anzuklopfen?

Jetzt beobachtete er, wie die Schlafzimmertür langsam geöffnet wurde und ein Schatten an das Bett der Frau trat, sich zu ihr hinab beugte und ihr die Hand auf den Mund legte.

Die Frau versuchte zu schreien. Doch die Hand auf ihrem Mund erstickte jeden Ton.

Der junge Mann, der der Frau den Mund zuhielt, dreht ihm ruckartig das Gesicht zu.

Er hatte ihn entdeckt.

Gleich wird ein Unglück geschehen, er wird sie töten und man wird mir die Schuld geben, dachte er.

Was sollte er tun? Er schlug gegen die Scheibe, die aber unter seinem Schlag nicht zerbrach. Der junge Mann ließ die Frau los, stand auf und kam mit festen Schritten zur Balkontür. Als er sie fast erreicht hatte, zog er ein Messer aus seinem Gürtel.

Was sollte er jetzt tun? Gegen einen Mann mit einem Messer kam er nicht an.

Er schwang sich über das Geländer und sprang auf die Terrasse hinab.

Beinahe wäre er auf einen der Polizisten gefallen, die unten auf der Terrasse auf ihn zu warten schienen.

Als man ihm die Handschellen anlegte und ihn abführte, fühlte er sich irgendwie erleichtert.

Auf der Straße hatte sich eine Menschenmenge versammelt, die bei seinem Anblick laut aufschrie.

Wenn er in Zukunft zu diesen Menschen gehören wollte, durfte er sie nicht mehr verängstigen oder erschrecken. Darum ruckte er mit dem Kopf in ihre Richtung und lachte freundlich.

Ein weiterer Aufschrei war die Antwort.

Nur das rothaarige Mädchen und der dicke Junge schrien nicht. Das rothaarige Mädchen starrte ihn nur an und der dicke Junge nickte ihm freundlich zu.

XXXI

Bierbach, 03. August 2004

„Der Werwolf hat tatsächlich gedacht, Falk wollte dich umbringen?", fragte Jessica, während sie Tomaten in Scheiben
schnitt.

Sie stand vor der Arbeitsplatte in Sylvias Küche und schaute
immer wieder aus dem Fenster zu Margots Haus hinüber.

„Ja, stell dir vor. Und er wollte die Balkontür einschlagen, um
mir zu helfen." Sylvia schniefte und wischte mit dem Unterarm
die Tränen aus ihrem Gesicht. „Ich glaube, zwei Zwiebeln rei-
chen für den Tomatensalat."

„Er wollte dir helfen, aber wenn du ihm zwei Tage früher in
die Hände gefallen wärst, hätte er dir die Kehle durchgebissen.
Das ist der Wandel vom Monster zum Samariter. Ein schönes
Thema für Alfreds nächste Predigt."

„Wenn Alfred bei uns bleibt. Aber vielleicht hat er gefallen am
Klosterleben gefunden. Es ist sicherlich ruhiger als ein Leben in
einer Gemeinde wie Bierbach."

„Was wäre dir lieber?"

„Mir und jedem hier in Bierbach wäre lieber, wenn er bliebe",
antwortete Sylvia. Sie stand auf und kippte die in Würfeln ge-
schnittenen Zwiebeln in die Salatschüssel. „Erstens, weil er ein
guter Freund ist und zweitens, weil ich und andere das Gefühl
haben, dass Pfarrer Kolbe sich hier unwohl fühlt."

Jessica schob die Tomatenscheiben vom Schneidbrett in die
Salatschüssel.

„Warum dauert die Gegenüberstellung denn so lange. Es ist
schon halb fünf! Margot und Venn werden ihn doch auf Anhieb
identifizieren können. So viele Werwölfe gibt es doch nicht."

Sylvia deckte die Schüssel mit einer Klarsichtfolie zu und
stellte sie in den Kühlschrank.

„Vielleicht nutzt Feuerstein die Gunst der Stunde und lädt
Margot noch auf einen Drink ein."

Jessica zuckte betont gleichgültig mit den Schultern und ging hinaus auf die Terrasse. Sylvia schenke Kaffee in zwei Tassen und folgte ihr.

Feuerstein hatte Margot, die sich selbst aus dem Krankenhaus entlassen hatte, in Homburg abgeholt und nach Saarbrücken ins Polizeipräsidium gebracht. Sie und Venn sollten den Werwolf identifizieren. Dass Alfred, in seiner Rolle als Seelsorger, ebenfalls dabei sein wollte, gefiel Feuerstein zwar nicht, aber er konnte es nicht ändern.

Sylvia und Falk hatten ihre Aussagen schon in der Nacht gemacht.

„Ich bin froh, dass die Sache jetzt zu Ende ist. Es hätte alles noch viel schlimmer kommen können." Sylvia setzte sich, stellte eine Tasse vor Jessica auf den Tisch und eine auf ihren Platz.

„Ich weiß nicht, ob die Sache zu Ende ist, Sylvia. Irgendwie habe ich das Gefühl, das dicke Ende kommt erst noch."

„Glaubst du?"

„Ja. Das glaube ich. Was ist mit dem Bild? Wo ist es? Irgendjemand muss es genommen haben und will es nicht wieder herausrücken. Warum? Dafür muss es doch einen Grund geben." Jessica trank einen Schluck Kaffee und schaute sich nervös nach einem Aschenbecher um.

„Vielleicht ist demjenigen einfach nur peinlich, zugeben zu müssen, dass er in das Hexenhaus eingebrochen ist und das Bild gestohlen hat."

„Ja, aber warum ist er überhaupt dorthin gegangen? Keiner konnte doch wissen, dass es dort hängt."

Jessicas Augen suchten immer noch die Terrasse nach einem Aschenbecher ab. Ihre Bewegungen wurden immer fahriger.

„Aus Neugierde." Sylvia schaute sie an. Bis vor einigen Monaten hätte sie sich noch als schlechte Gastgeberin gefühlt, wenn sie nicht sofort aufgesprungen wäre und einen Aschenbecher geholt hätte. Aber jetzt sah sie es nicht mehr ein, jemandem bei seiner tödlichen Sucht auch noch zu unterstützen.

„Oder weil er etwas gesucht hat."

Jessica stand auf und ging ins Wohnzimmer. Gleich darauf kam sie mit einem Aschenbecher zurück. Sie setzte sich wieder hin und zündete sich eine Zigarette an. Schon nach den ersten Zügen ließ ihre Nervosität nach.

„Ja, aber was gesucht? In diesem Haus gab es nichts von Wert." Sylvia verzog bei dem Gedanken an den Tag im Hexenhaus angewidert das Gesicht.

„Es ist ja auch nicht wahrscheinlich, dass jemand nach etwas sucht und dann, weil er das Gesuchte nicht findet, einfach irgendetwas anderes, in diesem Falle das Bild, mitnimmt."

„Vor allem hatte nie jemand das Hexenhaus betreten, also konnte auch niemand wissen, was es da zu finden gäbe."

Es klingelte an der Tür. Sylvia stand auf und ging hinein. Kurz darauf kam sie mit Alfred zurück.

„Wo ist Margot?", fragte Jessica statt einer Begrüßung.

„Feuerstein hat uns hergefahren."

Alfred setzte sich, schaute begehrlich auf die Kaffeetassen und schluckte trocken.

„Das ist keine Antwort auf meine Frage!", herrschte sie ihn an.

Alfred zuckte zusammen.

„Du kannst doch von einem Pfarrer keine klare Antwort auf deine Frage verlangen, Jessica. Sie sind gewohnt in Gleichnissen zu reden", sagte Sylvia lachend. Es war jetzt an ihr, die Spannung am Tisch zu lösen. „Willst du auch einen Kaffee, Alfred?"

„Ja gerne. Ich hole ihn mir selbst." Er stand auf und ging in die Küche.

„Ich habe wegen Falk ein bisschen schlechtes Gewissen, Jessica."

„Warum denn?"

„Ich habe geglaubt, dass Falk die Situation ausnutzen würde, um mal jemanden richtig zusammenzuschlagen. Dabei hat er sich sehr vernünftig verhalten und die Polizei angerufen."

„Ja, er macht manchmal einen sehr ungestümen Eindruck. Aber da brauchst du doch kein schlechtes Gewissen zu haben."

„Ich bin ja noch nicht fertig. Lass mich ausreden, bevor Alfred wieder da ist. Er hat, nachdem er den Werwolf auf der Terrasse gesehen hat, sofort die Polizei verständigt. Und dann ist er in mein Schlafzimmer gekommen."

Jessica runzelte überrascht die Stirn. Die Geschichte kannte sie ja schon. Falk hatte Sylvia die Hand auf den Mund gelegt, damit sie nicht schreit.

„Nachdem der ganze Spuk vorbei war, saßen wir noch eine Weile im Wohnzimmer und haben eine Flasche Wein getrunken. Da hat Falk mich in den Arm genommen. Wir haben uns angesehen und dann haben wir uns geküsst."

Jessica prustete in ihre Kaffeetasse.

„Jessica, das ist nicht komisch!"

„Hat es dir gefallen?"

„Ja, das ist doch das Schlimme daran. Es hat mir gefallen. Aber Falk könnte mein Sohn sein."

„Ist er aber nicht. Es ist doch ganz normal, dass du dich nach körperlicher Nähe sehnst. Und Falk ist kein Kind mehr. Also mach dir keine Gedanken."

„Keine Gedanken? Worüber?", fragte Alfred, als er wieder auf die Terrasse kam.

„Über Margot und Feuerstein", antwortete Sylvia.

„Feuerstein ist drüben bei ihr im Haus. Er will nachsehen, ob alles in Ordnung ist", erklärte Alfred.

„Was soll denn da nicht in Ordnung sein? Es ist alles aufgeräumt, frische Blumen stehen auf dem Tisch."

„Frische Blumen? Wo hast du denn die so schnell herbekommen?", fragte Sylvia.

„Aus einer der Blumenvase neben dem Altar."

„Jessica!"

„Reg dich nicht auf, Alfred, das war nur ein Scherz. Ich habe sie aus dem Garten vom Lehrer Mauß. Er hat sie mir gegeben, nicht dass du denkst, ich hätte sie geklaut."

„Ich denke überhaupt nichts."

„Das sieht dir ähnlich."

„Habe ich euch eigentlich schon erzählt, wie der Lehrer Mauß den Werwolf fangen wollte?", fragte Sylvia.

„Nein", antworteten Jessica und Alfred gleichzeitig.

„Er hat Essensreste in seinem Garten verteilt und wollte ihn so anlocken." Sylvia lachte.

Alfred verzog das Gesicht.

„Und dann?", fragte Jessica nach.

„Was dann?"

„Hätte er ihn mit dem Lasso eingefangen oder was?"

„Das hat er mir nicht verraten."

„Jetzt ist er wenigsten in guten Händen", sagte Alfred. „Er befindet sich jetzt im Winterberg-Krankenhaus in Saarbrücken. Und schläft zum ersten Mal in seinem Leben in einem richtigen Bett."

„Bei allem Mitleid mit diesem Menschen sollten wir nicht vergessen, was er getan hat."

„Du hast recht, Jessica. Das tue ich auch nicht."

„Du sag mal, Alfred, wieso hatte Venn eigentlich einen toten Hasen von Ottmar Bechthold in der Hand, als er im Hexenhaus zur Tür hereinkam?", fragte Jessica.

„Das weiß ich auch nicht."

„Apropos Bechthold. Margot hat mir gestern Abend am Telefon erzählt, dass Bechthold bei ihr im Krankenhaus war. Nur um zu fragen, wie es ihr geht", sagte Sylvia und fügte hinzu: „Das ist doch merkwürdig. So gut kennen sie sich doch nicht."

„Der Name Bechthold taucht ein bisschen häufig auf. Bechthold hatte die Leiche der alten Grützler gefunden. Und der Werwolf frisst gerne seine Hasen. Und dann taucht er noch bei Margot im Krankenhaus auf, um sie zu fragen, wie es ihr geht", bemerkte Jessica, „ich bin gespannt, wann der Name das nächste Mal fällt."

XXXII

Saarbrücken, 03. August 2004

Das Telefon auf ihrem Schreibtisch klingelte. Markowitz, die allein im Büro saß und ihrem Tagtraum von einem Segeltörn in der Karibik nachhing, nahm den Hörer ab und meldete sich. Der Gerichtsmediziner Dr. Wagner war am Apparat.

„Um diese Uhrzeit noch im Büro?"

„Wo sonst?"

„Ich habe Neuigkeiten für Sie."

„Das ging aber schnell, Doc."

Feuerstein hatte eine Exhumierung der Leiche von Eva Grützler beantragt, die der zuständige Staatsanwalt auch prompt genehmigt hatte

Seit einer Stunde hatte Dr. Wagner die Leiche erst auf dem Tisch und schon schien er erste Ergebnisse zu haben.

„Die Wunde am Hinterkopf war nicht zu übersehen. Und ich kann jetzt schon sagen, dass sie nicht durch einen Sturz verursacht wurde, sondern durch einen heftigen Schlag mit einem stumpfen Gegenstand. Meinen vollständigen Bericht bekommen sie im Laufe des morgigen Tages. Wer immer den Totenschein ausgestellt hat, hat ziemlich gepennt."

Laut einer statistischen Erhebung gab es jedes Jahr ungefähr 1200 Tötungsdelikte, die unentdeckt blieben. Vor allem, wenn es sich um ältere Menschen handelte. Erst letzte Woche hatte Markowitz von einem Fall gelesen, bei dem der Arzt nicht einmal bei gut sichtbaren roten Striemen am Hals des Toten stutzig wurde.

„Danke, Doktor."

Sie unterbrach die Verbindung und wählte die Nummer von Feuersteins Handy.

Sie ließ es lange klingeln. Feuerstein ging nicht ran. Warum hat er nicht wenigstens die Mail-Box angestellt, dachte sie, wenn er schon anderweitig beschäftigt war.

Es klopfte an der Tür.

Ob Jessica Lück gerne segelt, fragte sie sich noch, bevor sie sich für heute von ihrem Tagtraum verabschiedete.

„Herein."

Ein Mann trat herein, dessen Gesicht ihr irgendwie bekannt vorkam.

„Mein Name ist Bechthold. Ottmar Bechthold aus Bierbach. Ich will eine Aussage machen. Kann ich das bei Ihnen?"

„Ja, natürlich. Ich bin Kriminaloberkommissarin Markowitz."

„Ich weiß, ich habe Sie schon in Bierbach gesehen."

„Worum geht es denn, Herr Bechthold?"

„Es geht um meinen Bruder."

„Ihren Bruder?"

Sie deutete mit der Hand auf einen Stuhl, und er setzte sich.

„Meinen Halbbruder."

„Wie heißt er und was ist mit ihm? Ist er verschwunden oder was."

„Verschwunden ist er nicht. Und seinen Namen weiß ich leider nicht."

Die Leute aus diesem Dorf sind mehr als merkwürdig, dachte Markowitz. Kein Wunder, dass Jessica Lück lieber ging als kam. Verdammt, schalt sie sich, konzentrier dich auf das Gespräch.

„Ich habe nie mit ihm gesprochen. Aber sie nennen ihn den Werwolf von Bierbach."

„Ach tatsächlich? Und das ist Ihr Halbbruder?" Markowitz bemühte sich sachlich zu bleiben. „Und wer sind Sie außerhalb ihrer bürgerlichen Fassade? Der Permes? Oder sonst wer?"

Bechthold schüttelte den Kopf. „Seine Mutter, Eva Grützler, dachte immer, unser Vater wäre der Permes."

„Ach tatsächlich?" wiederholte sich Markowitz. „Dann sind Sie also Permes junior? Das ist ja interessant. Aber ich habe für die verzwickten Familienverhältnisse der Bierbacher Art keine Zeit."

„Sie verstehen mich nicht. Um das alles geht es nicht. Was mein Vater getan hat, ist lange her. Er hat mir auf dem Sterbebett von damals erzählt. Von dem Tag im Wald, viele Jahre ist das her, als er Eva Grützler..." Er ließ den Satz unvollendet, und

Markowitz, die wusste was er meinte, sprach es aus. „Er hat sie vergewaltigt und sie wurde schwanger."

Bechthold zuckte zusammen, dann schluckte er und nickte „… und sie dachte", fing er mitten im Satz wieder an, „er wäre der Permes. Das dumme Ding von den Frommen Lämmern hatte ja keine Ahnung von der Welt."

„Hat Ihr Vater gewusst, dass Eva Grützler ein Kind von ihm bekommen hat?"

„Ja, aber er hat sich nicht weiter darum gekümmert. Mein Vater", er knetete seine Hände, als wolle er die passenden Worte heraus wringen, „mein Vater war, wie soll ich sage, mein Vater war nicht gerade ein …", er verzog angestrengt das Gesicht, „… herzlicher Mann. Wenn Sie verstehen, was ich meine."

Markowitz nickte.

„Als mein Vater dann tot war, bin ich zum ersten Mal zum Webenheimer Bösch hinauf gegangen, um meinen Halbbruder zu suchen."

„Wann war das?"

„Vor zwei Jahren."

„Waren Sie jemals in dem Haus gewesen?"

„Nein. Hätte ich das gewagt, ich glaube, die Alte hätte mich totgeschlagen. Ich habe mich dann immer wieder mal in der Nähe herumgetrieben, um meinen Halbbruder zu treffen. Das war kein Problem für mich."

„Kein Problem? Wie meinen Sie das?"

„Ich bin geschieden."

„Und deswegen haben Sie Zeit im Wald herumzulaufen."

„Ja. Und da irgendwann habe ich ihn dann auch gesehen."

„Ihren Halbbruder."

„Es war mir sofort klar, dass er es sein musste."

„Hat Sie sein Aussehen denn nicht abgestoßen?"

„Nein. Aber mir ist sofort klar geworden, warum seine Mutter ihn versteckt gehalten hatte. Und als sie dann tot war, habe ich versucht, ihm ein bisschen zu helfen. Er war ja jetzt ganz allein."

Rührend, dachte Markowitz.

„Wie haben Sie ihm geholfen?"

„Ich habe ihm ab und zu einen Hasen und andere Lebensmittel vor die Tür gelegt, damit er sich etwas kochen konnte."

„Das ist doch nicht Ihr Ernst, Herr Bechthold?"

„War das falsch?"

„Ob falsch oder richtig, weiß ich nicht. Jedenfalls war es dumm. Saudumm! Sie hätten die Behörden verständigen müssen, damit ihm professionell hätte geholfen werden können. Vor allem in Anbetracht der Tatsache, was er danach getan hat. Was ihr Halbbruder getan hat, heißt in polizeilichem Sprachgebrauch Mordversuch."

Bechthold legte seine Unterarme auf die Oberschenkel und schaute zu Boden. „Es waren meine besten Hasen. Der eine sogar preisgekrönt", murmelte er.

Markowitz stand auf. Dieses Gespräch war für sie beendet. „Lassen Sie ihre Adresse hier, eventuell werden meine Kollegen noch einmal bei Ihnen vorbeikommen. Gib es noch was?", fragte sie unhöflich, als Bechthold sitzen blieb.

„Ich wollte Ihnen nur sagen, dass mein Halbbruder seine Mutter nicht umgebracht hat."

Markowitz setzte sich wieder auf ihren Stuhl. Sie hoffte, dass sich die Verblüffung nicht auf ihrem Gesicht widerspiegelte. „Woher wissen Sie überhaupt, dass Sie ermordet wurde?"

Bechthold ging nicht auf ihre Frage ein, stattdessen sagte er: „Es geht um viel, viel Geld. Fragen Sie doch mal Jessica Lück, wo sie am 13. Juli gewesen ist."

XXXIII

Saarbrücken, 03. August 2004

„Ich war am 13. Juli in Breslau! Wie oft soll ich das noch sagen?", schrie Jessica. „Ich habe dir doch Zeugen genannt, die das bestätigen können, Feuerstein. Du brauchst nur anzurufen."

Sie saß mitten im Raum auf dem Besucherstuhl. Feuerstein und Markowitz saßen hinter ihren Schreibtischen. Markowitz kaute an einem Stück Pizza, das der Rest ihres Abendessens war.

„Ottmar Bechthold will Sie aber am Webenheimer Bösch gesehen haben", entgegnete Markowitz ruhig.

„Dann irrt er sich eben." Jessica schlug sich mit der Faust auf den Oberschenkel. „Hat man es hier denn nur mit Idioten zu tun?"

„Pass auf, was du sagst, Jessica! Ich kann dich auch für vierundzwanzig Stunden in eine Zelle sperren lassen!", brüllte Feuerstein. An seiner linken Schläfe pulsierte eine Ader in schnellem Rhythmus.

„Und wenn du mich vierundzwanzig Jahre in eine Zelle sperren lässt, wirst du nicht bei Margot landen!", entgegnete Jessica grinsend.

Feuerstein sprang von seinem Stuhl hoch.

Markowitz sah ihren Chef an und dachte: Eine Grundregel der polizeilichen Ermittlungsarbeit lautete, die ermittelnden Beamten sollen nie persönlich in einen Fall involviert sein.

Feuerstein ließ sich wild schnaufend auf seinen Stuhl fallen.

Sie wandte sich Markowitz zu.

„Welchen Grund sollte ich denn haben, diese alte Frau umzubringen?"

Markowitz musste ihr recht geben. Ein Motiv hatte Jessica Lück nicht.

Es klopfte einmal kurz an der Tür.

Die Tür ging auf und Ungerbühler kam herein. „Hier ist er, Chef."

Hinter ihm betrat Ottmar Bechthold den Raum.

„Herr Bechthold, ist das die Frau, die Sie am 13. Juli am Webenheimer Bösch gesehen haben?" Markowitz hielt sich nicht mit einer Begrüßung auf. Ihrer Meinung nach wurde sowieso schon zu viel Zeit verschwendet.

„Ja, ich erkenne sie an den Haaren."

Jessica drehte sich zu Bechthold um. „Ich bin doch wohl nicht die einzige Frau mit rotblonden Haaren!"

Bechthold zuckte mit den Schultern. „Als ich am 13. Juli am Webenheimer Bösch war, habe ich dich gesehen, wie du hinunter ins Schweitzertal gerannt bist. So als wäre der Leibhaftige hinter dir her. Ich habe noch gedacht, was macht die denn schon wieder hier..."

„Schon wieder?", fragte Jessica dazwischen.

„...und bin zum Hexenhaus, um nachzusehen, warum du davongerannt bist. Und da habe ich die alte Grützler im Graben liegen sehen. Am Hinterkopf hatte sie eine Wunde und daneben lag ein blutiger Ast."

„Und warum hast du das nicht gleich der Polizei gemeldet, du Idiot?" Jessica sprang so ungestüm von ihrem Stuhl auf, dass er polternd hinter ihr umfiel.

„Setz dich Jessica. Das Verhör hier führe immer noch ich!", herrschte Feuerstein sie an.

Ungerbühler stellte den Stuhl wieder auf und Jessica setzte sich.

„Keine schlafenden Hunde wecken, habe ich gedacht. Sonst kommen sie und durchsuchen das Haus und finden ihn, meinen Halbbruder."

„Das wäre nicht das Schlechteste gewesen. Deinem Halbbruder wäre geholfen worden. Oder meinst du, er hatte ein schönes Leben in diesem feuchten Keller?", fragte Jessica wieder.

„Nein, hatte er nicht. Das weiß ich auch. Aber ich habe gehofft, dass er sich an mich gewöhnt, und dann hätte ich ihn mit zu mir genommen."

Jessica tippte mit dem Zeigefinger an ihre Stirn und wandte sich Markowitz zu. „Habt ihr den Ast, mit dem sie erschlagen wurde, gefunden?"

Markowitz verneinte. „Aber wir suchen noch danach. Es kann nicht mehr lange dauern."

„Hoffentlich werden Fingerabdrücke darauf zu finden sein."

Es klopfte wieder an die Tür.

„Herein!", rief Feuerstein.

Es waren Margot und Alfred.

Jetzt geht's rund, dachte Markowitz.

„Margot!" Feuerstein stand halb auf und ließ sich wieder zurücksinken.

„Jessi, wir gehen", sagte Margot und legte Jessica eine Hand auf die Schulter. Der sanfte Druck von Margots Hand ließ sie leicht erschaudern.

„Margot, wir sind hier noch nicht fertig!", sagte Feuerstein.

„Es ist halb elf. Was denkst du dir, willst du sie die ganze Nacht hierbehalten", fuhr ihn Margot wütend an.

„Andreas, wenn Jessica sagt, dass sie nicht in Bierbach war, dann war sie es auch nicht. Und rotblonde Haare hat auch Lisa Ehrmantraut", sagte Alfred, der noch in der offenen Tür stand.

Sein Blick ruhte für einen Moment auf Jessica und Margot.

„Die könnte es auch gewesen sein. Genau! Lisa Ehrmantraut!", rief Bechthold.

„Aber trotzdem werden wir die polnischen Kollegen morgen früh bitten, noch die Zeugenaussage von …" Feuerstein blätterte durch die Papiere auf seinem Schreibtisch, „…die Zeugenaussage von Frau White aufzunehmen. Leslie White, hübscher Name. Wie du ausgesagt hast, Jessica, wart ihr den ganzen Tag und die ganze Nacht zusammen. Nun, ist denkbar, wenn man zusammenlebt."

Margot zog die Hand von Jessicas Schulter, als hätte sie sich verbrannt.

Markowitz schaute Jessica ins Gesicht. Sie hätte erwartet, dass diese sich um Margot bemühen oder Feuerstein einen wütenden Blick zuwerfen würde oder beides nacheinander.

Doch nichts davon geschah. Jessica Lück saß einfach da und schien mit ihren Gedanken weit weg zu sein. Sie drehte sich nicht einmal um, als Margot aus dem Zimmer ging.

XXXIV

Wörschweiler, 04. August 2004

So einen Ort wie Wörschweiler hatte Markowitz noch nie gesehen. Es gab nur eine Straße. Und die hatte auf der einen Seite das Bliestal und auf der anderen Seite die bewaldete Höhe, die, und dafür waren die Wörschweiler laut Ungerbühlers Aussage dankbar, nicht mehr zum Pirmannswald gehörte.

Das war Wörschweiler, ein Schlauch zwischen den beiden Dörfern Beeden und Bierbach, und dieser Schlauch hieß auch noch Bierbacher Straße und führte nach Bierbach, das gerade mal drei Kilometer entfernt lag.

Vor dem Haus in der Bierbacher Straße 57 standen Markowitz, Ungerbühler und Feuerstein. Ungerbühler klingelte.

Niemand öffnete.

Markowitz schaute auf die Uhr. Es war halb acht.

Feuerstein nickte Ungerbühler zu und der drückte noch einmal auf die Klingel, über der Ehrmantraut stand.

„Sie muss zu Hause sein. Ich höre doch Musik", stellte Ungerbühler fest.

„Geh mal ums Haus rum", forderte ihn Feuerstein auf.

Während Ungerbühler durch den Garten ging, schaute sich Markowitz schnell um. Als sie niemanden sah, nahm sie ihre Scheckkarte und zog sie in Höhe des Türschlosses durch den Spalt zwischen Tür und Türrahmen.

„Was Sie da machen, Markowitz, ist nicht erlaubt", sagte Feuerstein, nickte ihr aber gleichzeitig aufmunternd zu.

„Wohnt Frau Ehrmantraut allein?", fragte sie.

„Ja. Ihr Lebensgefährte ist vor drei Monaten ausgezogen. Das hat mir Ungerbühler erzählt."

Die Tür ging auf und sie gingen hinein. Die halb offenstehende Tür gegenüber der Eingangstür führte in die Küche. Man sah einen weiß gefliesten Küchenboden, an der Wand unter dem Fenster einen Herd mit sauber polierter Abdeckplatte und daneben eine Spüle, auf der eine Tasse ohne Untertasse stand.

Doch eine Farbe passte nicht ins Bild einer sauberen Küche. Wirkte abstrus.

„Oh Gott", sagte Markowitz.

Eine riesige Blutlache war um den Herd herumgeflossen, vor der Lisas dicker Perserkater saß und gierig schleckte.

Markowitz machte die Tür so weit auf, bis sie beide die Leiche von Lisa Ehrmantraut sehen konnten. Sie lag auf dem Boden, neben ihr ein bronzefarbener Kerzenhalter, der eindeutig die Tatwaffe sein musste.

Feuerstein machte einen schnellen Schritt auf den Kater zu, packte ihn und setzte ihn hinter die nächste beste Tür, die Gott sei Dank in das Badezimmer führte.

Markowitz näherte sich vorsichtig der Leiche, ging in die Knie und fühlte nach der Schlagader an Lisas Hals. „Sie ist tot, Chef", bestätigte sie, was sowieso eindeutig war.

Feuerstein schaute betreten zur Seite.

Hätte er sich nicht so an Jessica Lück festgebissen, wäre dieser Mord zu verhindern gewesen, dachte Markowitz. Nach der Körpertemperatur zu urteilen, war Lisa Ehrmantraut vielleicht eine oder höchstens zwei Stunden tot.

„Sie war es, die Bechthold am 13. Juli am Webenheimer Bösch gesehen hatte. Und wie es scheint, hat sie auch jemanden gesehen." Feuersteins Stimme klang belegt.

„Aber wen? Und warum wurde die alte Grützler überhaupt erschlagen? Wegen des gestohlenen Bildes vom Permes?" Markowitz stand auf und holte ihr Handy aus der Jackentasche, um den Gerichtsmediziner und das Team der Spurensicherung anzurufen. „Bechthold hat die Alte mal brabbeln hören, dass es um viel Geld geht. Wessen Geld?", überlegte Markowitz weiter, während sie die Tasten drückte.

„Die einzige Möglichkeit, die ich mir unter den gegebenen Umständen vorstellen kann, ist, dass Lisa jemanden erpressen wollte", sagte Feuerstein.

Ungerbühler kam aus dem Garten zurück.

„Lisa Ehrmantraut ist tot", teilte Markowitz ihm mit.

„Ach du lieber Himmel." Er wandte sich an Feuerstein. „Dann wird ja interessant sein, was ich draußen im Garten gefunden habe."

„Was?", fragte Feuerstein.

„Frische Fußspuren. Jemand scheint durch den Wald in den Garten gekommen und dann auch wieder so verschwunden zu sein."

„Sehr gut."

„Ich kenne sie."

„Was?"

„Die Fußspuren."

„Was redest du da für einen Blödsinn, Ungerbühler!"

„Die Sohle des linken Schuhs ist gebrochen und ich weiß, wer so einen Schuh trägt."

XXXV

Bierbach, 04. August 2004

Jessica und Margot saßen sich am Frühstückstisch schweigend gegenüber.

„Es tut mir leid, ich hätte es dir sagen müssen", versuchte Jessica einen Anfang.

Margot hob den Kopf und sah sie an. „Ja, das hättest du." Sie nahm sich eine Scheibe Brot aus dem Brotkorb, legte sie aber gleich wieder zurück. „Ich habe keinen Hunger."

Jessica hörte auf zu kauen, als wäre es ihr peinlich so hungrig zu sein. Schluckte dann scheinbar den ganzen Bissen auf einmal herunter.

„Warum hast du es mir nicht gesagt?"

Jessica überlegte stirnrunzelnd.

Das tut sie immer, wenn sie Zeit gewinnen will, dachte Margot. Ihr Herz verkrampfte sich so sehr, dass sie fast keine Luft mehr bekam. „Warum bist du überhaupt gekommen?"

„Weil", begann Jessica, „es um dich ging. Du warst verletzt und ich habe mir Sorgen um dich gemacht."

„Sehr freundlich von dir."

Jessica nickte kurz, als hätte sie die Ironie in Margots Worten nicht gehört und fuhr fort: „Deswegen bin ich ja auch sofort gekommen. Was hast du denn geglaubt? An Leslie habe ich gar nicht gedacht. Dazu hatte ich gar keine Zeit. Erst als Feuerstein gestern Abend ihren Namen erwähnt hat …" Sie zündete sich eine Zigarette an, inhalierte tief und stieß den Rauch wieder aus.

„Und vermisst du sie nicht schon sehr?"

„Wenn du mich so fragst, ja. Ich vermisse sie", antwortete Jessica und dachte: Zumindest ein bisschen, aber ich vermisse sie nicht so sehr, wie ich Dich vermisst habe. Warum denke ich das nur? Warum spreche ich es nicht aus?

Margot verscheuchte mit der Hand angewidert den Rauch, der zu ihr herübergezogen war. „Deine Zigaretten stinken so sehr, dass es einem fast schlecht wird! Kannst du nicht wenigstens morgens darauf verzichten?"

Jessica drückte die Zigarette im Aschenbecher aus.

Margot stand auf und begann den Tisch abzuräumen, wobei sie darauf achtete, Jessica nach Möglichkeit immer den Rücken zuzuwenden. Den Triumph gönne ich dir nicht, dass du siehst, wie sehr ich leide, dachte sie, während sie die Butterdose in den Kühlschrank stellte.

Auch wenn Jessica die meiste Zeit fern von ihr war, so hatte sie sich doch immer die Illusion erhalten, dass sich Jessica genauso sehr nach ihr sehnte wie umgekehrt, und dass eines Tages ein gemeinsames Leben möglich sein würde.

Doch das war alles nicht wahr. Ihr ganzes Leben kam ihr plötzlich wie eine einzige große Lüge vor.

„Sie sieht dir sehr ähnlich", hörte sie Jessicas Stimme und ein Schauer lief ihr über den Rücken.

„Ach, tatsächlich? Soll mich das trösten?"

„Sie hat deine Größe und dieselbe Haarfarbe wie du. Als ich sie das erste Mal gesehen habe, dachte ich einen Augenblick, du wärst es."

Margot stellte das Geschirr in die Spülmaschine. „Du bist geschmacklos, Jessica." Margot trat mit dem Fuß gegen die Tür der Spülmaschine, die mit einem lauten Knall zufiel.

„Entschuldigung, Margot." Jessica machte ein so überraschtes Gesicht, dass Margot ihr am liebsten eine Ohrfeige gegeben hätte.

„Am besten verschwindest du von hier! Hau ab!", schrie Margot stattdessen so laut sie konnte und rannte aus der Tür. Sie lief die Treppe hinauf, ins Schlafzimmer und warf sich aufs Bett. Mit dem Kissen vor dem Gesicht fing sie an hemmungslos zu weinen.

Sie hörte Jessica in den Flur treten. Für einen kleinen Augenblick hoffte sie, dass sie die Treppe hochkäme. Doch unten fiel die Haustür ins Schloss und Margot wusste, dass ein Kapitel ihres Lebens ein für alle Mal vorbei war.

XXXVI

Bierbach, 04. August 2004

Jessica spazierte lustlos die Bühlstraße hinunter. Auf dem Kirchenvorplatz sah sie Alfred mit einem anderen Priester stehen.

Das ist sicher seine bisherige Vertretung, dachte sie und ging, ohne sich bemerkbar zu machen, weiter die Hügelstraße hinunter. Sie hatte kein besonderes Ziel, wollte nur ein bisschen frische Luft schnappen.

Hätte sie Margot nachgehen sollen? Aber was hätte sie ihr schon sagen können? Dass es ihr leidtat? Das würde sie ihr später sagen. Ich bin müde. Eigentlich will ich nur noch meine Ruhe, dachte sie.

Ob der Werwolf jetzt seine Ruhe hatte oder ob sie im Krankenhaus Experimente mit ihm machten? Für die Psychiater und Psychologen war er ein interessantes Studienobjekt. Keine rosigen Zukunftsaussichten.

Sie kam an Rita Bachmanns Haus vorbei, an dem die Rollläden herunter gezogen waren. Ein Blick auf die Uhr verriet ihr, dass es gerade Mal viertel vor acht war.

Am liebsten wäre sie wieder umgekehrt, zu Margot ins Schlafzimmer gegangen, um sie zu umarmen und um Verzeihung zu bitten. Später, sagte sie sich. Ich muss ihr Zeit lassen.

In der Pfalzstraße bog sie links ab und ging weiter am früheren Bürgermeisteramt und am alten Forsthaus vorbei.

Sie bog wieder links ab und spazierte die Bruchbergstraße hoch.

Plötzlich wurde eine Haustür geöffnet und jemand rief mit zittriger Stimme ihren Namen.

Sie drehte sich um.

Georg Venn.

„Jessica, ich gebe dir etwas für Margot mit. Sie wartet bestimmt schon darauf."

Sie ging zu ihm hin.

„Was ist es denn, Georg? Bist du krank?"

Auf seiner Oberlippe standen Schweißtropfen. Seine Augen flackerten wie Irrlichter.

„Ein Muster, sieht aus wie eine Art Strickmuster. Komm einen Moment herein. Ich hole es", sagte er, ohne auf ihre Frage einzugehen.

Er trat zur Seite und ließ Jessica eintreten.

„Margot wird das Wappen vom heiligen Pirminius als Blumenteppich knüpfen", erklärte er und seine Stimme zitterte wie seine Hände. Er schloss die Tür.

„Sag nur", entgegnete Jessica lustlos.

„In Saarwellingen haben sie das letztes Jahr auch gemacht. Also nicht den heiligen Pirminius, sondern ihr eigenes Wappen. Und die Anleitung, wie so etwas geht, hat mir der dortige Ortsvorsteher dieser Tage mit der Post geschickt. Meine Frau ist zum Einkaufen, die wüsste gleich, wo ich es hingetan habe. Aber so muss ich suchen."

„Georg, ich habe nicht viel Zeit." Jessica schaute demonstrativ auf ihre Armbanduhr. „Ich sage Margot Bescheid, dass sie später bei dir vorbeikommen soll."

„Nein, nein, warte nur." Er zog die oberste Schublade einer Kommode auf. „Setz dich doch einen Moment. Da geht es in die Küche."

Jessica blieb wie angewurzelt stehen. Auf einmal war sie hellwach, so als hätte ihr jemand einen Eimer kaltes Wasser ins Gesicht geschüttet. In ihren Fingerspitzen fing es an zu kribbeln.

Venn schloss langsam die Schublade, genauso langsam drehte er sich zu Jessica um. Sein ganzer Körper schien jetzt zu vibrieren.

„Den Satz hast du schon einmal gesagt, Georg."

„Ich weiß. Das war ein Fehler. Er ist mir damals auch gleich aufgefallen."

„Mir ist es nicht gleich aufgefallen, und Alfred sicher auch nicht."

Venn nickte und lächelte traurig. „Ach Jessica, warum kann denn nichts im Leben so bleiben, wie es ist?"

„Du warst früher schon im Hexenhaus bei der alten Grützler. Du kanntest dich aus. Warum hast du das nicht gesagt?"

Er zuckte mit den Schultern.

„Du hast so getan, als wärst du noch nie bei ihr gewesen. Aber du wusstest genau, wo es zur Küche geht."

Er zitterte jetzt wie Espenlaub und sein Gesicht glänzte vor Schweiß.

Jessica konnte seine Angst riechen.

„Du hast sie umgebracht. Oder?"

Er schwieg und sah an ihr vorbei.

„Und warum, Georg?"

Er begann noch mehr zu schwitzen. Sein Hemd war jetzt völlig durchnässt.

Sein Gesicht verzog sich zu einem schmerzverzerrten Grinsen, als er zur Haustür ging, sie abschloss und den Schlüssel in die Hosentasche steckte.

„Was soll das?", rief Jessica. Sie redete sich ein, dass sie keine Angst hatte. Mit Venn würde sie allemal fertig werden. Vor allem mit einem Venn, der so zitterte und schwitzte und am Ende seiner Kräfte war.

„Ich habe heute Morgen auch Lisa Ehrmantraut umgebracht. Das Aas hat mich erpresst. Heute Morgen wäre die zweite Rate fällig gewesen. Aber ich habe kein Geld mehr."

„Sie hat dich im Wald gesehen. Und Bechthold hat sie gesehen und gedacht, ich wäre es."

Venn nickte.

„Die alte Grützler ist eines Abends hier aufgetaucht und wollte mich erpressen. 5000 Euro wollte sie von mir, oder sie würde jedem erzählen, dass das Grundstück, auf dem heute die katholische Kirche steht, nicht von der Gemeinde hätte verkauft werden dürfen, weil es gar nicht der Gemeinde gehört hat, sondern in Privatbesitz war. Wenn das bekannt geworden wäre, hätte es die Gemeinde viel Geld gekostet. Das musste ich als Ortsvorsteher verhindern. Dafür bin ich doch gewählt worden. Ich habe sie vertröstet und gesagt, dass ich zwei Tage Zeit brauche, um das Geld zu besorgen und es ihr dann am Webenheimer Bösch übergeben würde, und sie wollte mir die Besitzurkunde aushändigen. Am Treffpunkt habe ich ihr das Geld gegeben, aber sie wollte die Urkunde nicht herausrücken, sondern verfluchte uns bis in die siebte Generation. Da bin ich so wütend geworden, dass ich ihr das Geld wieder aus der Hand gerissen habe, einen Ast genommen und ihr über den Schädel gezogen habe. Und dabei hat mich Lisa gesehen."

„Und dann wollte Lisa Geld?"

„Ja."

Er ballte die Hände zu Fäusten und schlug sich vier Mal gegen die Stirn. „An! Aus! Immer geht die Lampe: An! Aus!"

Jessica wich einen Schritt zurück. „Was für eine Lampe?"

„Ich (Schlag) bin (Schlag) ein (Schlag) Mörder (Schlag)."

„Du bist vollkommen verrückt, Georg."

„Ich wollte es nicht, und was ich jetzt mache, will ich auch nicht."

„Dann lass es doch einfach", entgegnete Jessica mit ruhiger Stimme.

Venn öffnete noch einmal die Schublade der Kommode und hatte plötzlich einen Schraubenzieher in der Hand.

Verdammt, dachte Jessica.

In der Ferne hörte man eine Polizeisirene, die langsam näherkam.

Sie war dankbar, wunderte sich aber, wieso die Polizei schon auf dem Weg hierher war. Oder war sie gar nicht auf dem Weg in die Bruchbergstraße, sondern fuhren nur durch Bierbach durch?

Das Geräusch wurde aber schließlich so laut, dass es keinen Zweifel mehr geben konnte, dass Venns Haus ihr Ziel war.

Jessica atmete auf.

Venn stand noch immer vor ihr, den Schraubenzieher in der Hand.

Das blaue Licht, das rotierend durch die Scheibe fiel, irritierte ihn sichtlich.

Konkurrierte es mit der Lampe in seinem Kopf?

Seine Augen flackerten.

Jessica ging einen Schritt auf ihn zu.

Die Sirenen wurden ausgeschaltet.

Eine unheimliche Stille folgte.

Das blaue Licht rotierte noch immer. Ohne das Sirenengeheul wirkte es kraftlos.

Warum kommen denn Markowitz und Feuerstein nicht herein, dachte Jessica.

„Sie holen mich jetzt. Stimmt's Jessica?", fragte Venn in die Stille hinein.

„Ja, Georg." Sie streckte die Hand aus, „Gib mir den Schraubenzieher. Bitte."

Er streckte den Arm aus, drehte die Hand. Jessica glaubte, er wolle ihr den Schraubenzieher mit dem Griff voran übergeben.

„So ist es gut, Georg", sagte sie leise.

„So ist es gut", wiederholte er leise und rammte sich den Schraubenzieher in den Bauch.

Es war ein Geräusch, das sie nie mehr vergessen würde. Es erinnerte sie an das Zuschneiden von Teppichböden.

Und dann...Jessica konnte ihre Augen nicht abwenden.

Venns Arm bewegte sich.

Hoch.

Runter.

Links.

Rechts.

Es sah aus, als wolle er sich mit dem Schraubenzieher im Bauch bekreuzigen.

Ein Teil des Magens quoll aus der vergrößerten Wunde.

Jessica taumelte rückwärts in die Küche, und übergab sich in schnellen Intervallen auf den Fußboden und ihr T-Shirt. Tränen schossen ihr in die Augen und ihre Nase begann zu laufen.

Durch einen milchigen Schleier sah sie, wie Georg Venn ihr mit dem blutigen Schraubenzieher in der einen und einem blutigen Klumpen in der anderen Hand folgte.

Jessica schrie laut auf, drehte sich um, riss das Küchenfenster auf und sprang hinaus. Direkt in die Arme von Cornelia Markowitz.

XXXVII

Bierbach, 05. August 2004

„Wolfie Grützler hat Venn auch als den Mann identifiziert, der seine Mutter erschlagen hat", sagte Markowitz, die neben Jessica auf dem Sofa im Pfarrhaus saß.

„Ist seine Aussage denn überhaupt etwas wert?", fragte Jessica.

„Das muss der Richter entscheiden, aber da wir Venns Geständnis haben, spielt das keine so große Rolle mehr."

Auf den beiden Sesseln saßen Margot und Sylvia.

„Wolfie?", fragte Alfred, der das Treffen bei sich arrangiert hatte, „haben Sie ihn so genannt?"

„Nein", antwortete Markowitz, „so haben ihn die Schwestern und Pfleger im Krankenhaus getauft. Irgendeinen Namen braucht er ja."

„Ich werde ihn besuchen, immerhin ist er ein Mitglied meiner Gemeinde. Ich werde mich auch um Georg kümmern. Und auch um Andreas. Wo ist er jetzt?"

„Bei Venns Frau", antwortete Markowitz, „aber nicht als Polizist, sondern als Verwandter."

Margot hob interessiert das Kinn.

„Wenn Sie nicht rechtzeitig gekommen wären, hätte Venn mir ebenfalls den Schraubenzieher in die Eingeweide gerammt. Nicht gerade die Art und Weise, wie ich einmal abtreten möchte." Jessica nahm eine Zigarette aus dem Päckchen, steckte sie aber gleich wieder hinein. Margots Reaktion, als Feuerstein erwähnt wurde, ärgerte sie. Das ist nun wirklich nicht nötig, dachte sie. Das ist kindisch von Margot, es mir mit gleicher Münze heimzahlen zu wollen.

„Wir waren so schnell da, weil Ungerbühler den Schuhabdruck erkannt hatte. Er konnte sich daran erinnern, dass Venn bei Regen immer einen nassen Fuß bekam, weil die Sohle einen Riss hatte", berichtete Markowitz weiter. „Inzwischen hat Venn ein vollständiges Geständnis abgelegt. Er hat Eva Grützler ermordet, weil sie eine Besitzurkunde hinter dem Permes-Bild gefunden hatte, die sich auf dieses Grundstück hier bezog."

„Ja, ja, das weiß ich alles", sagte Jessica gereizt.

„Außer dir sind auch noch andere Menschen hier im Raum", entgegnete Margot ebenso gereizt.

Gestern war Jessica in dem verdreckten T-Shirt zu ihr nach Hause gekommen, die Augen vor Entsetzten geweitet, und eigentlich hätte sie sie gerne tröstend in den Arm genommen. Doch dafür war es jetzt zu spät. Margot schluckte.

Wie war es möglich, dass ein Traum einfach endete. Sie konnte es nicht fassen, aber sie musste es akzeptieren.

Die Nacht hatte sie wach liegend im Bett verbracht und Jessica hatte im Wohnzimmer auf der Couch gelegen und ferngesehen.

Jessica schaute sie an. „Ich weiß, dass noch andere Menschen im Raum sind, Margot."

„Das Grundstück, auf dem die Kirche steht?", wunderte sich Sylvia, nach einem schnellen Blick zu Jessica und zu Margot. „Aber das hatte doch seinerzeit die Diözese der Gemeinde abgekauft."

„Scheinbar gehörte es aber nicht der Gemeinde, sondern einer Privatperson."

„Und wem?", fragte Sylvia.

„Die Urkunde steckte hinter dem Bild vom Permes, das Jessicas Großvater gemalt hat", antwortete Alfred.

Alle Augen wandten sich Jessica zu.

„Wem die Urkunde gehört, weiß nur Venn, aber er will es nicht sagen. Die Urkunde hatte er Eva Gützler abgenommen, nachdem er sie erschlagen hatte, und als er zu Hause war, hatte er sie sofort verbrannt", berichtete Markowitz.

„Soll das heißen, er hat gemordet, um die Gemeinde Bierbach vor finanziellem Schaden zu bewahren?", fragte Margot ungläubig.

„Er hat sich wohl zu sehr mit der Rolle des Ortsvorstehers identifiziert", sagte Sylvia.

„Das ist krankhaft. Das grenzt ja schon an Größenwahn." Jessica schüttelte den Kopf.

Markowitz fuhr fort: „Lisa Ehrmantraut hatte ihn dabei beobachtet, wie er die alte Grützler erschlagen hat und versuchte, ihn damit zu erpressen. Als herauskam, dass Ottmar Bechthold eine Frau mit rotblonden Haaren im Wald gesehen hatte, ist es Venn zu heiß geworden und er hat sie umgebracht, bevor wir sie befragen konnten."

„Und außerdem hatte er auch kein Geld mehr. Erpresst zu werden, ist eine kostspielige Angelegenheit.", bemerkte Jessica.

Es klingelte an der Haustür.

Gleich darauf, kam Frau Vatermann ins Wohnzimmer. „Lesche Irma!", kündigte sie die Besucherin an.

Alfred stand auf, um der ältesten Bewohnerin Bierbachs entgegenzugehen.

Frau Vatermann blieb mit verschränkten Armen neben der Tür stehen. „Das gibt eine Überraschung", sagte sie und deutete mit dem Kopf zu der alten Frau.

„Was ist denn das, Irma?", rief Sylvia, die das Bild hinter Irmas Rücken zuerst gesehen hatte.

Irma zog es vor und legte es auf den Tisch.

„Das Bild vum Permes", antwortete Lesche Irma und legte es auf den Tisch. „Ich han gesiehn, wie es Eva das Bild metgenomm hat. Un als es dot war, han ich gedenkt, ich hole mirs ins Haus, bevor die drei Mäde", sie deutete auf Sylvia und Margot, sah sich um, als würde sie Rita suchen, „das Haus ausraume un irgendjemand vun außerhalb das Bild kriet. De Permes geheert noh Bierbach, han ich gedenkt. Es gebt so wenich, was vun frieher übrig gebliebe is. Eichentlich nur der Permes und ich."

„Du hättest etwas sagen müssen, Irma!", schimpfte Frau Vatermann, „Das war…"

Alfred winkte ab und Frau Vatermann verstummte.

„Wie der ganze Aufwand los gang is, han ich mich nimmi getraut." Sie schaute Markowitz an. „Jetzt werd ich feschtgenomm, gell?"

„Das überlege ich mir noch. Aber vorerst nicht", antwortete Markowitz lächelnd.

Irma nahm das Bild wieder vom Tisch und hielt es Jessica hin. „Es geheert dir. Dei Großvadder hat es gemolt."

„Und was soll ich damit?"

„Nimm es bitte mit, egal wohin!", sagte Margot, „und bring es nie wieder her! Und wenn möglich, komm auch du nie mehr her!"

Sylvia und Alfred riefen gleichzeitig: „Aber Margot!"

Jessica nahm das Bild und stand auf. „Wie du willst!"

XXXVIII

Bierbach, 06. August 2004

Es war ein schneller Abschied gewesen. Und Jessica befürchtete, dass es ein Abschied für lange Zeit sein würde.

Bei der Gerichtsverhandlung gegen Venn würde sie nicht persönlich dabei sein müssen. Da sie sich beruflich im Ausland aufhielt, reichte eine schriftliche Zeugenaussage.

Das Grundstück, auf dem die Kirche stand, gehörte also einer Privatperson und nicht der Gemeinde, die es an die Kirche verkauft hatte.

Das wäre teuer geworden, dachte sie.

Vielleicht gehörte das Grundstück tatsächlich ihrem Großvater?

Es war ihr egal. Was würde es ihr auch bringen, sich damit zu befassen? Es gab ja nicht einmal einen Grundbucheintrag.

Sie schaute zum Permes, der neben ihr auf dem Beifahrersitz stand.

Da gehörte er nicht hin.

Zu seiner Zeit gab es keine Autos und keine Flugzeuge. Zu seiner Zeit gab es nur den Wald und das Stück Erde, auf dem er schon immer zu Hause war.

„Du gehörst nach Bierbach, Permes."

Sie hielt an und fuhr ein paar Meter rückwärts, bis sie vor Theos Wirtschaft stand.

Sie nahm das Bild, öffnete die Autotür und stieg aus.

Die Tür zum Gastraum stand offen.

Jessica sah, dass Ruth gerade den Fußboden feucht gewischt und die Tür offengelassen hatte, damit er schneller trocknen konnte.

Sie ging hinein und obwohl sie vorsichtig auftrat, hinterließ sie Fußspuren auf dem feuchten Boden.

Einen Moment lauschte sie, ob jemand kam. Aus der Küche drangen gedämpft die Stimmen von Ruth und Theo. Geschirr klapperte.

Sie ging auf die Wand mit dem hellen Fleck zu, über dem der Nagel noch immer in der Wand steckte, als hätte er all die Monate gewartet, und hängte das Bild wieder auf.

Die Kohlenaugen brannten unvermindert. Alles war wie früher, nur das Glas fehlte.

„Halt die Augen offen, alter Kumpel, und pass auf, dass sie dir nicht wieder etwas anhängen. Keine Morde und keine unehelichen Kinder."

Sie ging zur Tür. Bevor sie auf die Straße trat, drehte sie sich noch einmal um, hob die Hand und lächelte der schwarzen Gestalt zum Abschied ein letztes Mal zu. Dann ging sie zum Auto zurück und fuhr los. Als sie auf der Höhe der Hügelstraße ankam, bremste sie so abrupt, dass der Wagen hinter ihr fast aufgefahren wäre.

Nein! Sie würde nicht einfach so verschwinden. Auch wenn vieles in der Welt unsicher war, eines war sicher: Sie liebte Margot und Margot liebte sie. Und mit ihr wollte sie leben.

Als sie in der Bühlstraße einbog, schoss gerade ein Peugeot aus der Garage, die zu Margots Haus gehörte. Beide bremsten und standen sich fast Stoßstange an Stoßstange gegenüber. Jessica und Margot stiegen gleichzeitig aus und schlugen die Autotüren zu.

„Du bist noch nicht weg?"

„Nein. Ich muss dir noch etwas sagen."

„Und was?"

„Das sage ich dir, wenn du mir sagst, wo du hinwolltest."

„Dir nachfahren."

„Warum?"

„Weil ich dir dasselbe sagen wollte wie du mir."

Sylvia hatte die Motorengeräusche und das Quietschen der Reifen gehört. Sie war zum Fenster gegangen und schaute hinaus. „Das wurde aber auch Zeit", murmelte sie, als sie Jessica und Margot in inniger Umarmung auf der Straße stehen sah.

Glossar:

awwer: aber
Babbe: Vater
Brauchen: Heilen
Buwe: Jungs
daab: taub
Dähl: Teil
Dehemm: Zuhause
demet: damit
Dochtermann: Schwiegersohn
èmol: einmal
èrinn: herein
erläwe: erleben
Gäggischer: Witzfigur
gedählt: geteilt
greschte: größte
Humborch: Homburg (saarländische Kreisstadt)
iwwermied: übermüdet
Jubbefaller: (von frz. Jupe; Rock, Jacke) jemand, der einem auf
die Nerven geht
Kaadeblätsch: Kartenlegerin, Wahrsagerin
Mamme: Mutter
mei Mad: mein Mädchen
Mores: Angst
Muschtergret: Frau, die sich auffällig schmückt
neverm leit: neben ihm liegt
Plotzer: jemand, der viel arbeitet
Retsch: jemand, der Gerüchte und Neuigkeiten verbreitet
Schebbi Laab: schiefer Mund
schlaat: schlägt
Schnäkes: Süßigkeiten
Schwaduddler: jemand, der zu viel trinkt und sinnlos schwafelt
Struss: Mund
teische: täuschen
Vadder: Vater
wiehe: wiegen